朱門

林語堂

—經典新版—

林語堂作品精選 5

林語堂 著

林語堂作品精選：5
朱門【經典新版】

作者： 林語堂
發行人：陳曉林
出版所：風雲時代出版股份有限公司
地址：10576台北市民生東路五段178號7樓之3
電話：(02) 2756-0949
傳真：(02) 2765-3799
執行主編：朱墨菲
美術設計：吳宗潔
行銷企劃：林安莉
業務總監：張瑋鳳

初版二刷：2023年1月
ISBN：978-986-352-509-7

風雲書網：http://www.eastbooks.com.tw
官方部落格：http://eastbooks.pixnet.net/blog
Facebook：http://www.facebook.com/h7560949
E-mail：h7560949@ms15.hinet.net
劃撥帳號：12043291
戶名：風雲時代出版股份有限公司

風雲發行所：33373桃園市龜山區公西村2鄰復興街304巷96號
電話：(03) 318-1378
傳真：(03) 318-1378
法律顧問：永然法律事務所 李永然律師
北辰著作權事務所 蕭雄淋律師

行政院新聞局局版台業字第3595號 營利事業統一編號22759935

定價：280元

國家圖書館出版品預行編目資料

林語堂作品精選：5 朱門 經典新版 / 林語堂著. -- 初版. -- 臺北市：風雲時代, 2017.11 面； 公分

ISBN 978-986-352-509-7（平裝）

857.7 106018230

朱門

目錄

自序

林語堂

本書人物純屬虛構。正如一切小說角色，他們取材自真實生活，卻是組合體。但願沒有人自認是某一個軍閥、冒險家、騙子或浪子的原版。如果某一位女士幻想她認識書中的名媛或美妾，甚至本身有過類似的經驗，那倒無傷大雅。

不過，新疆事變卻是千真萬確的，歷史背景中的人物也以真名出現：例如首次帶漢軍家眷移民新疆的大政治家左宗棠；一八六四至一八七八年領導大回變的雅庫布貝格；哈密廢王的首相約巴汗；日後被手下白俄軍團逐出新疆，在南京受審槍斃的金樹仁主席；繼承金主席成為傳奇人物的滿將盛世才；曾想建立中亞回教帝國，最後在一九三四年年尾隨同喀什噶爾的蘇俄領事康士坦丁諾夫跨向俄國邊界的漢人回教名將馬仲英等等。一九三一至三四年的回變有不少第一手的資料，例如史文海丁的《大馬奔馳》和吳艾金的《回亂》等書。關於這次變亂，本書只描寫了一九三三年的部分。

第一部

大夫邸

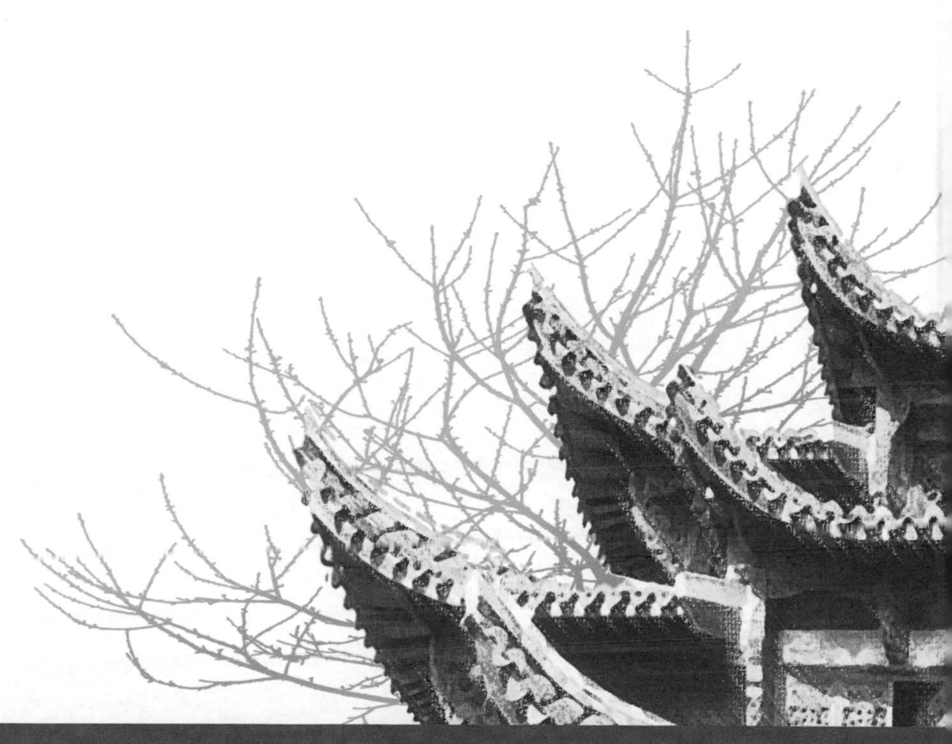

1

李飛坐在茶樓的一張內座上，凝視外面的大街和對面的舖子。茶樓正對面是一家專賣絲綢綿織品的大店。二月天氣很冷，風沙也大，門上垂著厚厚的夾簾。右側有一間羊肉飯館。夏天裡飯店前門完全敞開，天冷的時候就用隔板和小門封起來，上半截安上玻璃框，可以看見裏面的動靜。

狂風颳起人行道上的塵土，人行道早已被騾車刻出一道道溝槽。雨天汙水流不進人行道和柏油路之間的水溝，老騾車路的灰塵就化成一片泥沼，到了晴天，輕輕的和風又揚起滿天灰沙，吹得路人一頭一臉。騾車依照傳統，仍舊走人行道，不肯駛中間的大路。也許當局不准他們走車道吧。也許是車夫一輩子走泥漿路，習慣成自然了。街道有四十呎寬，爲什麼市政當局只鋪中間呢？李飛的腦子向來充滿疑問。也許整條都鋪太花錢了；也許當局相信騾車天生就愛走泥路。框著金屬的大木輪會壓鬆嵌好的石塊，使汽車和黃包車專用的道路破壞無遺。這條路就像半途而廢的工程，給人行道帶來兩三吋的泥土，害本市顯得髒兮兮的。他不喜歡。他向來不喜歡半途而廢的作品。

剛剛他的腦子並不是特別想著這一個問題。他是在西安古城長大的，以它爲榮，也希望看到它改良進步。隨著他的成長，城市也一天天改變，他覺得很有意思。他記得學生時代，他看到南北大道第一次裝上街燈，曾經激動異常。中央公園的設立，幾條道路鋪柏油，橡皮輪子的黃包車和汽車出現，都曾經引起他的興奮。他看過不少外國人——大多是路德教會的傳教士、醫生、教師，還有不少長腿的歐洲旅客或機師，穿著西褲和襯衫，面孔像半生不熟的牛排。他常常想，那種牛肉般的膚色不知道是怎麼來的。

他看到這座恬靜的古城，唐代的名都，慢吞吞、不情不願卻一天天改變著。西安遠在內陸，是中國西北的中心地帶。他稱本市為「中國傳統之錨」。這是他的故鄉，他喜歡這兒的一切。西安不會變得太優雅，居民、風氣、政治和衣著的改變都是一片混亂。他喜歡這一片亂紛紛的矛盾。

現在他聽到樂隊演奏的聲音，弄不清是怎麼回事。今天是星期五，又不是假日。他走到門口去看個究竟。警察樂隊剛剛開過，後面是一大排學生，正向「東大街」走去。這條街已經正式改名叫「中山街」，以紀念孫中山先生。不過本地人還是叫它「東大街」。有一個好管閒事的執政黨擁護者曾經寫信給報社，建議誰若再把「中山街」叫做「東大街」，就由警察罰款。結果行不通，除了正式的公文，連警察本身也繼續用「東大街」這個名字。

李飛看看街上的情景。那是一幅活動的畫面，塵土飛到學生臉上，太陽也映在他們身上。一大排白布高舉在竹竿頂，學生手上拿著紙旗，隨風飛揚，上面寫著壯觀的標語。「支持第十九軍！」「全國團結！」「支援抗日！」「毋忘九一八！」這是支援一九三二年第十九軍抗日的示威，結果並沒有打成。

李飛暗自歡喜，尤其看到警察樂隊，心裏更高興，可見市政府支持學生的舉動。聽說北平的警察和學生發生打鬥呢。

他踏出門外。學生們容光煥發，在陽光裡微笑。隊伍有點亂，不過也無傷大雅。大家都圍在街上看遊行，高高興興閒聊著。參加的也有小學生，每一隊都由校旗前導。一隊男童子軍穿著厚厚的內衣，把制服都鼓起來，他們的笛子和銅鼓吸引了大多數人的注意。還有一列中學生走過，其中一個男生敲著煤油桶，群眾都笑起來。

有一隊是「女子師範學院」的學生，大部份穿冬季長袍，但是前面的十二個女生頭髮剪得短短的，只穿白襯衣、黑燈籠褲和布鞋。她們是排球隊的。幾個老太太看到她們白白的小腿，連忙用手去遮臉。

「羞死了！這麼大的閨女不穿長褲！」有一個人說。

男士們——店員啦，街上流蕩的年輕人啦——都看得目瞪口呆。一切都有點雜亂——就像近代的中國本身——新舊雜陳，亂紛紛的。

李飛轉身跟在女學生行列的後面。他喜歡噪音、樂隊、學生臉上的陽光、童子軍，還有那個汽油桶。中國的年輕人正向前邁進，雖然矛盾，卻充滿希望。他心裏一陣興奮，不下於以前第一次看見汽車走上東大街的心情。

少女們嘻嘻哈哈的。有幾個年齡較大的女生穿著高跟鞋，似乎跟不上隊伍，她們隨大家輕輕喊著口號，有點不好意思。連這一點他都喜歡。不過大多數女生年齡都不大，十七歲到二十歲左右。她們短短的頭髮，歡笑的面孔，各種毛料的圍巾——深紅色居多——看起來真漂亮。狂風不時由後面吹亂了她們的髮絲，塵土在街上迴旋，吹進她們眼睛裏。有些人用圍巾遮住鼻孔，有些人咳嗽了。她們的辮子和捲髮一擺一盪，簡直像風中的牧草。

李飛是國立「新公報」的西安特派員。他跟在遊行隊伍後面，倒不是因爲記者的身分，而是他對這些很感興趣。他總覺得一定有妙事發生。如果遊行不出事，平平靜靜完成，那才真是奇蹟哩。

警察大隊長慷慨派出了管樂隊，他自己也是擁護抗日的年輕人。這並不表示，本城的警察機構一定贊成這次的舉動。事實上西安是一省的省會，主席是半文盲的軍閥，他聽說街上有學生示威，打了電話給警察局長，也就是他的小舅子，叫他驅散遊行的隊伍。

隊伍已經來到「滿洲城」的東南角，清代的總督和滿洲衛士都住在這兒，義和團之亂，慈禧太后逃出了八國聯軍的掌握，曾經來過這個地方，所以才取了這個名字。

李飛看到一條巷口排著大隊警察，約有三十人到五十人左右，都帶著長長的竹桿。警察樂隊已經走到彎路前五十碼。哨音一吹，警察就從各條巷子衝出來，一邊「嗬！嗬！嗬！」大叫，一邊追趕學生。

李飛退後幾步，雙手叉在胸前，靜靜觀望。真怪，他自言自語說。敲竹打棍，又「嗬！嗬！嗬！」亂叫，簡直像趕鴨子嘛。

接著就發生一場滑稽、英雄式的戰鬥。竹棒打不死人，學生們便英勇抵抗了一番。有些學生抓緊棍子的末梢，雙方展開拔河比賽，誰也不肯放手。

有一根竹竿彈起來，在空中翻了二十呎的大觔斗。很多棍子斷裂了，危險性反而增加，會刮破流血。雙方肉搏、扎刺、拉鋸、拔河、拍打、腳踢了好一會。塵土迷了雙方的視線。大體說來，學生覺得很有趣，警察就顯得滑稽可憐了。

混亂開始的時候，女子師範學院的學生已經來到街角。她們沒法前進，又不願意回頭。現在有幾位警察轉向她們。

「我們去抓女孩子！」

「不要。」

「當然嘛。我們接受命令，要阻止示威的行列。不是挺有趣嗎？」

「我們去趕那些娘子軍！」

十幾個年輕人衝向那些少女。「嗬！嗬！嗬！」他們帶著長棍子前進，有些完完整整，有些已經斷裂了。

少女們尖叫一聲，轉身逃走。誰都忍不住要看看排球隊豐滿雪白的膝蓋。

說起來這些警察脫下制服，也和一般年輕人沒有兩樣。也可以說，他們穿上制服，成群行動，往往會做出個人穿便衣絕不會做的事情。何況好警察具有追獵任何逃犯的本能，很多人從來沒有機會和大學女生說話，更不要說正式負責追她們、抓她們的身體，從她們白白的臂膀上奪下旗幟，和她們磨肩接踵了。

李飛熱血沸騰。這連逞英雄都談不上，卑鄙懦弱。他衝向警察，也陷入拳打腳踢的混亂中。一個年輕的警察追上一個排球隊員，抓住她的大腿，一起掙到地上。

少女坐起來，怒氣沖沖向他叫道：「不要臉！」

「命令就是命令嘛，」說著含笑站起來，懶洋洋拍掉制服上的塵土。

少女看到警察的帽子橫在地上。

「好哇！」她撿起帽子。掛著校徽的白上衣肩膀撕破了一塊。

「別生氣，小姐，」年輕的警察說。「我們奉命維持和平與秩序。帽子還我。」

少女還很氣。「不，」她繃著臉說。

「給我！」

「來拿呀。」

警察走上去。少女揮揮帽子，用帽身打他的耳光，一左一右動作挺美的；然後轉身跑開。李飛大笑。她跑得很快，不過前面有一大堆人，警察從後面抱緊她。他是不是在搶帽子，根本看不見。

李飛用力把那個人踢倒，少女終於掙脫了他的擁抱。

李飛若無其事地走開，像個沒事人似的。警察站起來，戴上帽子。四處張望，神情很激動。

「是你踢我？」

「沒有哇，我爲什麼要踢你呢？」

少女們一面尖叫、咒罵、呻吟，一面迅速解散。有些女孩子一拐一拐的。那位警察腳也跛了，他面色激動，顯出雄性動物肉搏中的原始趣味。

一位警官在旁監督。哨音一響，滿身髒兮兮的警員全都退回巷道裏。

「這些摩登的大學女生挺不錯的！」一個人說。

「什麼時候會再來一次女生參加的示威，長官？」另外一個問道。

警官看看李飛。

「你在這邊幹什麼？」

「我是新聞記者，」李飛說著，掉頭走開。

警官追上他：「你不會把這些事全寫出來吧，嗯？我們奉命要阻止示威的。」

「你們也不必欺負女孩子呀。何況，她們都逃了。」

「只是執行任務，我告訴你。」警官轉身，招手叫其他的人跟上去。

一場混戰結束了。說來也是一大諷刺，警察軍樂隊又開始吹吹打打，因爲樂隊在街上有責任演奏，一般警員卻應該追獵奔逃的人，都是免不了的例行公事。

女生已經不見了，地上灑滿前一刻還迎日光飛舞的紙旗。沒想到中國青年光輝的進行曲，結局卻慘兮兮。一切還頗有女性風味哩，到處都是髮夾和絲帶。李飛還看到一小撮頭髮，一定是哪個少女頭上掉下來的。

他看到一個穿黑棉袍的女生獨自坐在樹底一張長凳上，頭髮零亂不堪，正用手揉著膝蓋。

李飛走向她。

「要不要我幫忙？」

女孩子抬頭看了他一眼。她右邊的太陽穴有一塊好玩的汀跡，不過她的眼睛又黑又大。

「不，謝謝你。」

「受傷啦？」

「不嚴重。」

他看到她耳朵後面有一處傷痕，正在流血。

「流血哩。那邊。」

「不知道什麼東西由後面刮了我一下。我正在找手錶，應該在這附近才對。」

「只要沒有踩爛，應該不難找。」李飛巡視亂糟糟的現場，在地上踱來踱去，井井有條地踢開一堆堆紙片。

「是金錶？」他轉向少女。她已把長袍撈起來，檢查膝蓋上的青腫。她馬上遮住膝蓋。

「是的，金殼的。一定是掉在這裏，不可能在路上弄丟哇。」

樹葉在明亮的土地上映出一片片飛舞的碎影，少女站起來，想要走動。膝蓋上的瘀腫一定痛得很厲害。

地方不大，發亮的東西應該很容易找才對。一陣風吹來，把紙片颳得滿地亂滾。李飛把其他雜物堆起來，還是沒看到手錶。他慢慢走回少女身邊，她現在彎身站立，一手護著膝蓋。他看到搖曳的樹影中有一個亮晶晶的東西。

「在那邊！」手錶半埋在塵土裏。他拿起來，放在耳邊。不走了。

「真謝謝你！」

他把錶遞給她，她道了謝，一拐一拐走回凳子上。她有一張小圓臉，下巴很勻稱，身子苗條而優雅。

「妳的傷口流血了。」

「沒關係。」

她咬咬嘴唇，拂拂秀髮，想梳弄整齊。

「妳的太陽穴有一塊汙跡。」

他拿出手帕，叫她擦掉汙斑。她沒有擦乾淨。

「我來替妳擦吧。」他用手帕輕輕擦拭她的太陽穴。

「我的樣子一定很恐怖。」

「不，看起來像女英雄。」

她對他笑笑。「刮傷也算不上什麼英雄。」

他存心開玩笑。「妳是爲國家流血呀。來吧，傷口一定要洗乾淨，包紮好。隔三條街有一家醫院，我帶妳去。」

她眼中現出猶豫的神色，勉強站起來。他招了一輛黃包車，扶她上去。

「我陪妳去，妳一個人去不好。」

「那你再叫一輛車。」

「不，我寧願走路。不遠嘛。」

李飛叫車夫慢慢走，他在旁邊跑步跟隨。

「我還沒謝你呢，」她說。「你沒有告訴我你的尊姓大名。」

「姓李，」他說。

她又看了他一眼，沒有再問下去。

「妳呢？」

「我姓杜。」

「我若知道妳的名字，到醫院比較方便。」

「柔安。」她臉紅了一下。「柔和的柔，安詳的安。」

她面色蒼白，耳後的傷痕痛得很厲害。激動、流血、外貌零亂，使她覺得很不舒服。現在她有點冷，她咬緊牙關，在寒風裏前進，但是又覺得這種經驗蠻不錯，蠻有意思的。李飛在她旁邊步行。被人當貴婦來侍候真過癮。

她設法打開話閘子。

「你生在這兒？」

「是的，我是這裏長大的。住在北城。」他嗓音堅定、自信，有一點粗鹵，態度無憂無慮、蠻不在乎的。

「我聽得出你的口音。」李飛從上海回來以後，又開始講本地的方言，「住」字帶有「十」音。

「我也聽得出妳的。」

「你做什麼工作？」

「我是記者。」採訪人員、特派員、編輯都算記者；就連名編輯也以記者自稱。

「原來你是作家！」

他們來到市立醫院的大門口。有些女生臉上、手上包著紗布走出來。柔安向一個同校的學生打招呼。她覺得下車比上車還要困難，伸出一隻手要人攙。李飛把手臂伸給她，她慢慢滑下來。他扶她上了臺階。

兩人進入候診室，還有一大堆男生女生等著療傷。進到屋子裏，避開了冷風和灰塵，柔安覺得好多了。

「恐怕要等很久喔，」說著叫她把頭靠在椅背的牆上。他到櫃檯去替她掛號。

「她的住址？」護士長問道。他想了一會就寫下「女子師範學院」。護士長很多事，愛小題大作。一下子湧來這麼多病人，她似乎有點光火。

「她的身分證明，拜託。」

「她的傷口就是最好的證明，」他不耐煩地說。

護士長抬眼看他。「我沒有時間說廢話。她父親的姓名年齡和住址呢？」

李飛沒想到急診還要扯上病人的父親，他勉強壓住怒火，拿了一張掛號卡，回到長凳上。

柔安把頭靠在牆壁上，第一次打量這個年輕人。他中等身材、瘦瘦的；輪廓清晰突出，嘴唇很靈敏，眼裏有一股特殊的光輝。他動作很快，步伐穩定靈活，不過有一種漫不經心的調調，一撮亂髮幾乎落到前額上。

四目交投，她垂下眼皮。認識這麼一個年輕人也不錯。她還把那條沾滿血跡的手帕壓在頭上。

「妳看，」他說，「他們要知道妳父親的名字和妳的住址。我可以替妳填，地址是……」

「東城，大夫邸。」

李飛的眼睛突然一亮。全西安的人都知道「大夫邸」，那是杜衡大大所建的老宅。「大夫邸」就是「官爺的住所」，「大夫」是他祖父的官銜哩！李飛一面思索，一面寫下地址。他真希望自己救的不是前市長杜芳霖的女兒。他離開西安很久，一年前才返鄉，不知道杜芳霖有女兒。

「妳父親的大名？」他的聲音有點顫抖。

「杜忠……忠心的忠，」她加了一句，看看他的表情。

李飛聽過大學者杜忠的盛名，他是杜芳霖的哥哥。民國初年杜忠曾寫過不少犀利、熱情的文章，表達他對「君主立憲」的信心，李飛熟讀過。杜忠是保皇黨。自從他參加豬尾將軍張大帥擁立小皇帝歸位的陰謀失敗以後，他就不再發表議論，完全脫離了政治圈。雖然有那一段不幸的際遇，大家倒尊敬他是一個忠心耿耿的人，肯在一個王朝不受歡迎的時候堅決擁護他們，本身又是大學者。帝制時代，他曾做過「翰林」，是大清學術院的學士。他和梁啓超私交不錯，後來梁啓超轉而擁護共和政體，他還固執己見，效忠一個大勢已去的王朝。他是最後剪辮子的人之一。

柔安發現李飛迅速瞥了她一眼，才寫下她父親的名字。

他帶著卡片去掛號，然後回來。

「妳臉色很蒼白，真希望弄一杯茶給妳喝。」

她輕輕鬆鬆笑了一下。「醫院的候診室可不供應茶水的。」她雙頰又發紅了。

李飛四處走動，聽說一個男生肚皮戳破了，要花很多時間，護士忙得很。

他回到她身邊，滿面怒容。

「真是笨蛋，」他說。

「不是笨，他們要先治療嚴重的病人。」

「我不是說護士，我是說警察。一部份警員領導遊行，另一半卻來破壞。西安就是這個樣子，什麼怪事都會發生。」他突然大發宏論。「他們應該打爛自己的軍樂隊！」

她開懷大笑。傷口又痛了，她用力吸了一口氣。

「對不起。」

「沒關係，說下去。我喜歡聽。」

「還有，警察局要是聽說大夫邸的市長姪女兒也受了傷，局長會親自向妳叔叔道歉哩。市長是妳叔叔，對不對？」

她面部突然繃緊了。「是的。我就怕這樣，不能讓我叔叔知道。」

他把頭向後一仰，大笑起來。

「你不知道他。」她說。

「我知道，不過警察局也沒有閒工夫來查傷者的名單……他們真不該讓妳等那麼久。」

他又走到療傷室，敲敲玻璃門。一個護士走出來。

「這邊有一個女生，她已經等了半個鐘頭，血還沒有止住。妳能不能想想辦法？」

護士抬眼看看他，含笑說，「帶她過來吧。」

李飛高高興興回來告訴她。他只能在玻璃門外等候。她回頭對他笑笑，才走進去。

過了幾分鐘，她出來了，面部已經擦洗過，頭髮也梳理好，耳朵後面有一塊整潔的紗布。他看到她深黑抑鬱的眸子。

她伸出手來謝他。她長長的睫毛，小小的圓腕，略帶哀怨的眼神，使他覺得這樣分手太遺憾了些。

「我還不知道你的全名呢，」她說：「你幫了我這麼大的忙，我應該知道。」

「單名飛字。李飛。」

「飛翔的飛？」

「是的。」

「咦，我一直不曉得，你是那位名記者！」她默默看了他一會。

「別損我了，妳現在真需要好好休息一下。一定餓了吧。」

他看看手錶。「十二點早就過了。經過這麼一場混亂，他們不會等妳回家吧。」

她有氣無力地說，「不會。」

「午飯時間過了，到妳家還有一大段路要走。我請妳吃中餐，有沒有這份榮幸？」

她高高興興接受了，簡直像迎接一場小奇遇似的。

他們到一家館子，他叫了熱茶、米飯、鮮味鯉魚湯和蔥爆羊肉。

柔安恢復了常態。她欣賞這個人的文筆，卻從來沒想到會認識他本人。她發覺自己坐在一個男人身邊，他的內在思想她早已熟悉萬分。

她說，「我想起你那篇討論磕頭的文字。」

「妳喜歡嗎？」

「我讀的時候，簡直笑破了肚皮。」

他記得自己曾大談磕頭對體態的貢獻。他把磕頭當做一種體操，屈膝、合掌、胳膊外彎，一再趴倒，使全身的肌肉充分運動一番；和游泳差不多，不過比游泳更妙，有人憑磕頭找到工作，游泳可沒有那麼大的作用。他建議所有想從政的人都要練好這一招，尤其穩健的官僚更應該天天勤練。他還附帶叫小姐太太們把磕頭當做減肥的良方。他引用孔子祖先的座右銘說：國王一聲令下，低頭；二聲令下，俯胸；三聲令下，彎腰。貼牆急走，別人都不敢侮辱我。

「做官的人都應該看看這一條，」他說。那篇文字輕鬆、好玩、充滿諷刺意味。

「你怎麼會替報紙寫文章呢？」她眼睛很黑，聲音充滿熱誠。

「我不知道。我們往往不知道自己爲什麼做一件事——尤其我們生命中的大事。其實，我是偶然進入報界的。我畢業的時候，一家報館有缺，我就接受了。」

「你沒有立志寫作？」

「也許有吧。我真的不知道。我這麼做，只因爲要討生活。」

「你喜歡嗎？」她天真浪漫，打破沙鍋問到底。

「喜歡。我有不少旅行的機會，我愛旅行。尤其現在我發現有一個像妳這麼漂亮的小姐愛讀，我更喜歡了。」

她想謝謝他的恭維，但是沒有說出口。她喜歡他用單純、自然的態度來討論自己的作品。她又好奇又興奮，勉強保持莊重。

「別談我了。妳父親呢？」

「他住在三岔驛。」

「在什麼地方？」

「甘肅南部。我們在那邊有一塊地產。」

他心儀萬分，眼睛裏也表露無遺。李飛不是保皇黨——完全相反，但是身爲作家，能認識一個觀點執拗、飽受讀者重視的名學者的千金，他忍不住深深動心。

李飛叫人來算帳。她說要付錢，但是他堅持要請客，同時準備離開。

「能不能拜託你一件事？」她的聲音有點顫抖。「你若報導今天早上的事件，別提我的名字。」

「爲什麼呢？」

「因爲我叔叔會不高興的。他永遠和當局站在一條線上，他若發現報上有親姪女的名字，和反警察示威扯上關係，一定會生氣。」

「等妳回家，他總會知道吧？」

「我說全體學生都去，他就不能怪我了。只要我名字不上報，就沒有關係。」

李飛聽過肥胖、多心的前市長杜芳霖的作風，他是西安社會的支柱，也是公共道德、法律、秩序的擁護者。他寬容地看看她說，「我懂了，」然後又帶著傾心的表情說，「妳還不錯。」

他替她叫了一輛黃包車。她轉身對他笑笑，那副笑容和眼神永遠刻在他心裏。她的眼睛好黑呀。

2

短短的上海之役，絲毫沒有驚動內陸，卻給西安帶來很大的騷動。國都暫遷到洛陽，大批政治領袖，政黨人員、將軍、記者，以及一大堆所謂「知識分子」——大學教授啦，外國顧問啦，經濟學家啦，名學者等等——都流入這個地區。

幾乎每天都有要人來到火車站，有軍樂隊在月臺上迎接他們。如果來人很重要，就會有兩個樂隊迎接，一個是警察局，一個是省政府派去的。從火車一進站，到要人離開月臺，尤其在他登上轎車的一刹那，兩個樂隊同時大吹大奏，曲子不同，音調各異，反正聲音愈大，愈表示熱烈的歡迎。

全國緊急會議要在洛陽召開。有一個代表團說要把西安闢為「西都」，因為西安是古中國的名都，離洛陽又只有幾小時的車程，大多數領袖都趁機來參觀一下。隴海鐵路設置了鋼鐵車身的「藍色特快車」。不識字的軍閥，西安警察局的首長，鐵路局的局長都忙得不可開交。警察換上了嶄新的春季制服。街上的汽車也顯著增加。軍隊調動得更勤了，風塵僕僕，衣衫襤褸的士兵紮著綁腿和涼鞋，在市區裏遊蕩，有些還帶著毛邊加耳罩的滿洲帽子。

國際聯盟派了李頓調查團來斟酌「瀋陽事變」的是非，日本卻加強他們對滿洲各省的侵略。溥儀皇帝遭到挾持，當李頓爵士來往於日本和上海的時候，「滿洲國」宣布成立。滿洲的中國兵被逐出家鄉，越過長城，前往內地，變成一支沒有根據地的隊伍。人流向西北，有一位滿洲兵的大司令也來了，暫時住在西安不遠的潼關。戲院、茶樓、飯館生意都不錯，因為很多男伶、女伶和藝人也逃到了西安。

和柔安吃完午飯，李飛走了二十分鐘才到家。他喜歡散步。雖然他是本地人，對這個城市仍然充滿興趣。由上海回來之後，他開始用成熟的眼光來觀察它的一切。本市不乏大膽的色彩，像村姑在市集上的打扮，大紅、「鴨蛋綠」再配上深紫色。在西安的街上，你可以看到母親們裏著小腳，身邊卻有長袍畢挺、捲髮飛揚的摩登女學士同行。這是一個強烈對比的城市，有古城牆、騾車、現代汽車，有高高的北方老商人，穿中山裝的年輕政工人員，有不識字的軍閥，凶巴巴的士兵，有騙子、有娼妓，有門牆褪色的老館子，廚房就在門邊，也有「中國旅行社」漂亮摩登的飯店，有駱駝商團和巨大的鐵路局競爭，有穿著紫袍的喇嘛僧，有少數下了馬顯得茫然若失的蒙古人，更有成千成萬帶頭巾的回教徒，特別分佈在城市西北角。

現在李飛回鄉已整整一年；替那家國立報館寫「西安通訊」。更早的時候，他曾經寫過一連串「洛陽通訊」。他的報導很特別，他從來不喜歡記錄確實、統計性的經過，總要在字裏行間表達他個人的感想。上海的編輯埋怨過好幾回了。有一次，他寄出一篇文章後，收到編輯一份挖苦的電報：「親愛的李先生，請好心來電說明事件的地點、時間、人物的全名和籍貫。你的報導只有事件和成因。」編輯也很意外，讀者紛紛來信說，他們喜歡李飛的文章，他的文體和評論總帶著人情味，別具風格，頗值得一看。李飛確實建立了自己的格調。半認真，半玩笑，往往含有諷刺意味，讀者喜歡他的意見，甚於他對事實的報導。於是他建立了自己的名氣，編輯也就任由他特殊的報導含糊不清。他並不喜歡新聞特派員的工作，他想要寫小說。他繼續幹下去，完全爲了討生活，畢竟報社的工作還是以寫作爲主，他喜歡寫作。有些作家把小說寫得像市政報告，李飛卻愛把新聞報導寫得像小說一般。這實在不合新聞寫作的正統、專技的規則。不過他就是這樣。

他確實寫過一個短短的小說，只有兩百頁，背景是國民軍由廣東北上，推翻各地軍閥時期，他參加北伐的經驗。懷著年輕人對國民革命的滿腔熱血，誓願推翻軍閥，統一中國，他在大學三年級就投筆從戎，參加很多大學生的行列。讀者蠻喜歡這部小說，不過他自己覺得沒什麼意思。這本書變成政工人員的滑稽劇，描寫他們的口號，特殊儀式和演講，幾乎有點像政工人員的假手冊。國民黨軍隊一路打仗，書中的主角卻大談標語的技巧，漿糊的準備工作，漿糊刷、漿糊罐、梯子的選擇，爲什麼選用藍色，如何在城牆和橋身漆上大字體；換句話說，就是如何使大家注意標語的存在。還有一些好玩的段落，描寫政黨的儀式、行禮、鞠躬，尤其是演說之後的「鼓掌」動作。黨員會議的備忘錄往往包括下列幾項：

3. 政黨領袖演說
4. 聽眾鼓掌
5. 介紹指揮官
6. 群眾起立歡迎鼓掌
7. 指揮官演說
8. 聽眾鼓掌
9. 政黨領袖讚揚指揮官的演講，並頌揚孫中山先生。

老百姓看厭了標語，也不喜歡海報到處破壞城鎮和鄉下的觀瞻，那部小說大受歡迎，連政工人員都暗加讚賞。那本書變成北伐最好的打油詩。

李飛厭倦了革命工作，又回去完成大學的學業。他已經小有名聲。畢業後，一位在北伐中認識的朋友介紹他進「新公報」。如今他已經幹了三年的特派員，自己選擇地點，他向來不重複別人的報導。

他家在地價較廉的區域，靠近古城牆的東北角。房子後街有不少蔬菜攤子，都是附近農民經營的，還有幾家肉攤、雜貨店，一家回教餐館，和兩三家平民小吃店。

房子都是乾磚建造的，有些刷了粉牆，有些保持原樣。蜿蜒的街道對面有一個大池塘，鄰居的鴨鵝常在池中戲水；池塘邊上長滿青浮草和沼地濕草，他小時候常在附近玩耍。夏天裏池塘半乾，他喜歡在爛泥漿裏穿梭，撈一點蛤貝，把腳泡在冰涼的泥漿裏，讓泥水滲過腳趾縫，那種舒服勁兒真是一輩子忘不了。他喜歡這個池塘，也愛看古城牆和牆內一大片沃草叢生的土地。

他家的房子比鄰居稍微好一點，是一間古老、堅固的紅磚房，立在靜靜的窄巷裏。他可以閉著眼睛走進那條小巷，輕易摸到家門口。他是這兒生長的，曾經和鄰居小孩在這兒玩耍，他一天天長大，每次由上海回來，總覺得巷子一次比一次小了。

大門口有兩根紅磚柱子，伸在白粉牆外。小時候他喜歡閉著雙眼，用一根棍子沿牆畫過來。棍子碰到紅磚柱，就知道家門已到。每回他母親叫他去買青菜豆腐，他就愛那樣，他母親常常在門口看他。他一睜開眼，往往會撞到母親，母親總是笑笑，就算他把豆腐壓爛，她也不生氣。

現在他母親已屆中年，他回家也不再閉著眼睛走了。他用穩定的步子走上來敲門，通常是女傭李媽開的門。他父親是鐵路局的員工，他很小的時候，父親就去世了。他母親洗衣煮飯，一手把兩兄弟帶大；現在他們請得起傭人了。小時候他曾經說將來要送母親「一大球硬幣」。他把第一篇文章賣給報社，就將三塊半稿費換成一角、兩角的零錢。他買過一個地球儀，在北極的地方刻一個圓洞，開始存零錢。等到大學三年，零錢幾乎滿了，他就帶回家送給母親。

「媽，這是我送給妳的滿球硬幣，」說著把球搖得叮噹響。母親笑得臉都皺起來。長大後他還常常和母親開玩笑，說些各式各樣的故事來逗她，有真有假，她搞不清楚，從來不曉得該不該信他的話。這種頑皮的作風，真話假話相雜的寫法，在他的文章裏也表露無遺。

有時候是他嫂嫂端兒來開門，她的聲音像銀鈴似的。她是一個鞋匠的女兒，是他母親作主替哥哥娶的。這個嬌小的小娃兒怎麼生得出三個孩子，他實在想不通。他哥哥五呎十一吋，比他還高出一吋呢。他哥哥李平很少說話，喜怒哀樂也不大表現出來。他現在已經是小有成就的皮貨商。他母親辛辛苦苦把兩兄弟帶大，讓大的在商場立足，小的完成大學學業，他實在很感動，總覺得女人比男人強多了。至少在養兒育女方面，父親根本可有可無。李飛很相信自然的法則，自然的安排永遠勝過人類勉強的成就。公鵝不可能養育小鵝，公鵝也是可笑的父親。他還相信，一個未受教育的街頭少女，只要天賦不錯，照樣能抓住男人的心，不管對方是名將或學者都一樣，「自然」並不要求女孩子用文憑來吸引男士呀。

他回家總是先去看母親。

「吃過午飯啦？」她問道。他雖然已二十五歲，因爲是小兒子，又還沒成親，母親仍然把他當做幼兒。

「是的。我和一個漂亮的女孩子一起吃飯呢。」

母親眼中現出不相信的神色。他又說，「學生和警察鬥了一場。妳知道，媽，真莫名其妙。學生遊行是警察樂隊引導的，警察卻來破壞。」

「遊行幹什麼？」

他母親不認得字，他也不想說太多，怕她愈搞愈糊塗。她只認得狹窄的西安世界，和她的家人親友。

「上海有戰事發生，和日本打仗。有一部分軍隊在打敵人，一部分不打，學生要支持打仗的軍隊。」

「你說你陪女孩子吃飯？你不是又騙我吧？」

「不，媽。很多男生女生都受了傷，有一個女孩子受傷落在後面，我只好幫她的忙。我帶她到醫院，然後請她和我一塊吃飯。」

「是不是好女孩呀？」母親真不該用這個字眼，天下女孩子應該都是好的。

「是的，我想是吧。」

母親心裏很注重這個問題。她一心想看自己的小兒子成家。她不是專制的女人，她只是靜靜觀望。

「你該對女孩子多留意了。你哥哥給我生了三個孫子，你還不結婚。告訴我，她是誰呀？」

「一個大學生。」

「長得什麼樣子？」

李飛雖然很會說話，卻想不出該怎麼形容她。「叫我怎麼說呢？她是很規矩的女孩子，小臉蛋，黑眼珠。」

「你喜歡她？」

「喜歡。我看她一個人坐在樹下揉膝蓋，表情有點悲哀。」

「你會和她再見面吧？」

「哎呀，媽，別催得太緊，我今天早上才認識她。她是一位學者的女兒，是杜市長的親戚，住在大夫邸。」

「我不喜歡。」他母親繃緊嘴唇。「我想富家女孩子不會是我們家的好媳婦。」

「但是她不一樣。妳還沒見過她呢。」

「我只是不希望再看你傷心。記得吧？」

他母親記得很清楚。他在上海讀大學的時候，郎如水是他的同窗好友。他曾經癡戀過郎如水的妹妹，充滿柔情，充滿理想。但是郎如水的父親是工廠老闆，一心要找有錢的女婿。女孩子對他印象不錯，老是對他笑瞇瞇的，他們也約會過不少次。但是他沒有機會，女孩子和有錢的少爺訂婚了。他開始嘗到心碎、失眠、絕望的滋味。

那年夏天，他回到西安，一副可憐、傷心、失魂落魄的樣子。他沒有對任何人說起，一個人默默忍受。他嫂嫂看得出來，他母親也看出來了。

有一天晚上，全家都睡了，他睜眼躺在床上。他祈禱那個少爺善待她，讓她快樂，求上天別讓她吃苦。這是他唯一的希望。那樣他就高興了。

他聽到母親的床鋪吱喳響，然後是劃火柴的聲音。腳步聲向他走來。她手上拿著蠟燭，坐在他床上。

她輕輕撫摸他。「孩子，你到底有什麼煩惱？」

這樣一來，他淚眼模糊，像小娃娃般大哭起來。自從他長大，這還是第一次哭呢。

他對母親訴說一切。她非常溫柔，一心要幫助他。

「你一定要回上海嗎？你可以留在這兒，我替你找一個女孩子。」

後來他回上海，大家都忘了這回事，但是他母親牢記在心裏。

「飛兒，你還是小心一點。」現在她端詳兒子的表情說。

她沒有再多話，但是心裏一直胡思亂想。說來她也很高興兒子又對戀愛發生了興趣，自從那次失戀後，他對女孩子一直不起勁。

如今寫文章的念頭在他心中並沒有太大的份量，他知道讀者想明瞭剛才的事件，但是他不必急著寫。他和「新公報」約定每個月至少寫六篇，他是按件拿最低的稿酬；除非有特殊的事故，他不必打電報。他的寫法可以依賴其他記者的資料，他可以讀讀當地明晨的報紙，收集一切實情，人物地點的名稱——這是他所謂「報界的騎牆作品」。然後咀嚼事實，加點佐料，用空航寄出，西安每週只送一次空郵，星期三發件。現在離星期三還遠得很。學生示威表面上平淡無奇，卻是很好的戲劇材料。

他可以寫「西安實錄」，一連串這樣的悲喜劇。西安還有什麼事瞞得過他？有多少事他知、人知，清楚得沒有必要發表。

主席是半文盲的軍閥，五呎十吋，吃過多少泥沙，才爬上今天的位置，民國初年有不少虛張聲勢的人大字不識一個，卻爬上各省和中央的高位，他也是其中之一。有一次他自己頒佈了軍令，卻想通過哨兵崗。他穿著便服，對方找他的麻煩。

「幹你娘！」他咒罵說。

哨兵又向他挑釁。「口令！」

「幹你娘！」他重複這句髒話，一手推開哨兵，當場把他槍斃。

從此別的軍官也學他的榜樣。凡是有勇氣幹他娘的人，哨兵都不敢攔阻。後來老百姓也依樣畫葫蘆；小哨兵怎麼知道誰是便衣的長官呢？

心裏想著今天早上他認識的女孩子，加上一些微妙的聯想，傍晚他就去找郎如水。郎如水是一個很特別的人，年約二十八歲。李飛參加北伐的時候，如水繼續完成學業，然後到巴黎去學藝術。他帶回滿肚子法國烹飪的學問和法國「油煎蘋果」的做法。

說來他們個性完全不一樣。郎如水像一個富家少爺，整天玩玩照像機、畫筆、棋盤和金魚；但是他有一張敏感的臉，膚色很白。他對生意或政治都沒有興趣，連一隻蒼蠅都不敢打。他回到中國，堅信中國的生活方式優於每一個國家，只是他也說不出個所以然來。李飛沒去過外國，卻相信中國必須要改變，否則就無法在現代世界中立足。李飛對軍閥的作爲覺得可笑或憤怒，郎如水完全不在乎，根本不感興趣。兩個人都愛旅行，李飛勸郎如水到西安來看看古都，如水本來只打算待幾個月，結果快一年了還沒有走。

李飛叫了一輛黃包車，駛向「東大街」的方向。到了滿洲區附近，他下車穿過幾條窄巷，擠過一群群擁擠的人潮，才來到如水和麻子方文波的住所。

文波是一個粗嗓門的矮個子。有一頭茂密的怒髮。他五官勻稱，麻子不太明顯，所以相貌並不難看。你若經常看一個朋友的面孔，你就看不出他破相的特徵了。有麻子的人通常都很能幹、固執、不容易相處。也許從小被人嫌慣了，笑慣了，他們產生侵略性的態度。文波老到、世故、吊兒郎當、自信，而且非常健談。他沒有什麼特殊的成就，卻交遊廣闊，他打入藝術圈、名人圈，還交了不少朋友。

李飛和他很熟，方文波是單身漢，只有一間大屋子，李飛就請他招待郎如水。文波喜歡交朋友，他對李飛快人快語，常常給他坦率的建議。有時候他也妙語如珠。

「怎麼啦？」李飛一進門，方文波就問他。

「我要和郎如水說話。」

「怎麼不跟我談哩？如水正在睡覺。」

他們的聲音把隔壁的如水吵醒了。他走出來，揉揉眼睛，扣上皮袍的釦子。手織的粗毛線襪鼓在大大的白布鞋上端。他摒棄西服，走路也搖頭擺腦，一副老學究的樣子。稀疏的短髭在嘴角劃出兩條直線，一小撮鬍子，加上眼睛裏銳利、入神的光芒，更強調了文人面孔的特色。如水從來不像方文波那麼乾脆，他講話柔聲柔氣的；長圓形的臉蛋，白白的膚色，眼睛裏柔和的修養，一看就覺得是宿學藝術家，也就是情感豐富，卻不太有思想記憶的人。

他坐在一張黑墊的硬躺椅上，文波和他曾經多少次在這兒下棋下到深夜。

有一個傭人進來倒茶。

「有什麼特別的新聞？」如水問道。

「沒什麼。我今天早上看到示威，吃完飯沒事可做，我想我還是來看看你。」

「他有特殊的事情要告訴你，不想讓我知道，」方文波說。

「我沒有那樣說。」

「差不多啦。」

「他們和警察鬥了一場，很多學生和警察都受傷了。他們用竹棍打，有些女生的衣服都撕破了。」

「我真恨不得去看一看。」文波說。

「別那麼沒良心，他們是爲上海的戰事而示威。」

「反正也打不久。」

「你怎麼有這種想法？」

「不可能嘛，別自欺欺人了。日本人已經被趕到郊外，不錯，但是他們的海軍還沒有開動哩。我們何不逛到市集，喝杯茶去？」

三個人走出門。如水和李飛愛走路，文波硬是不肯勞動雙腿。他們坐黃包車來到市集的一家茶館，找了一張桌子坐下來，由玻璃板觀察下午的人潮。說書的時間還早，屋裏只坐了三成客人。他們坐的是空木椅，有硬硬的棉墊，前面擺了一張搖搖晃晃的方桌，上面放些瓜子、花生、榛子和五香豆腐乾。如水叫了半磅高粱酒和一碟薰魚肉，他喜歡在下午喝一盅。

李飛啜了一口高粱，覺得很不錯。他可以喝一點酒，但是要慢慢喝才行。

鼓」。

「昨天晚上你真該來聽崔遏雲姑娘的大鼓，」文波說。「她是北平來的。」

文波向來愛捧女藝人。崔姑娘是說書家，配著小鼓敘述歷史上的故事，說也奇怪，名稱卻叫「大鼓」。

「小小年紀真不簡單，」文波說。「你應該去聽聽。她在笛笙樓表演。」

「講的是什麼故事？」

「李香君。」

「那應該不錯，」李飛有點動心了。

「她怒斥阮大鋮強娶香君，折磨香君，講得好極了。」

「你們在女子師範有沒有熟人？」李飛突然問道。

文波正眼盯著他。「是為了記者的任務，還是有別的事情？」

「也許兩樣都有。你在那邊有沒有熟人？」

「女子師範沒有。你若要新聞，我可以挖到一點。」

「不必麻煩了。我陪一個受傷的學生吃飯。」

「不過你是和尚啊，我從來不曉得你對女孩子有興趣。」

李飛不喜歡他的腔調，他本想找如水談談柔安的事情。在方文波眼裏，女人都是一樣的，但是郎如水會瞭解，不亂開玩笑。他覺得自己像一個天文學家，剛找到一顆新星，想找人談談。

「她膝蓋受傷，所以落後了。我送她上醫院，然後請她吃飯。」

「長得什麼樣子？」如水問道。

「很年輕，身材嬌小，不過眼睛漂亮極了。她是你一見就不想放棄的那種女孩子。」

「糟了，」文波咂咂舌頭說。

「你能不能再和她見面？」如水問道。

「我試試看，也許可以。她是前市長杜芳霖的姪女。」

「慘了！」文波大叫。「除非你開工廠、開銀行，你根本沒有機會。」

「不過我可以試試看。」

「是啊，你可以試試。但是我不鼓勵你到這位杜小姐的叔叔家去找她，門房會把你扔出來。」

李飛感受到自己的處境。他幾乎敢斷言，她雖然畏懼叔叔的權威，自己一定也有獨立的思想。她叫他不要在報上登她的名字，他看出她靈活的雙眼含有憂慮的神色。他十分相信，柔安如果能自己作主，一定會給他再見的機會；他相信彼此有很多話可談。

「你見過她父親杜忠翰林吧？」

「見過，」文波說。「他的書法很有名。我在碑林遇到過他兩次，正在觀察古代的作品。」

「他一定是很有趣的人，」如水說。

「不錯。你若引經據典，對古代思想表示同情，他會和你談話。他也許是最後一個保皇黨了，現在他們大都去世了。」

「難怪他有一個這麼特出的女兒。」

話題轉到柔安父親的身上。杜忠是一個易怒、難處，但是很特別的人，身爲儒家信徒，他對已逝的王座具有異樣的忠心，對民國卻沒有好感。雖然他堅持帝制，袁世凱稱帝的時候，他卻不肯爲他做事；他認爲袁世凱陰謀出賣光緒帝，只能算是反賊。光緒被慈禧太后囚禁的時候，他和翁同龢、康有爲都是保皇黨之一，反對孫中山先生所領導的共和革命家。

杜忠有兩個信念：一是中國雖然革新，也該學日本維持帝制；二是「中學爲體，西學爲用」——所謂「用」是指輪船、槍砲、電氣和水管之類的東西。這是一八九〇年代非常流行的公式，大家面對摩登的時代，設法找到了這個結論。誰也不能動搖杜忠這兩大信念。

你對一個堅決的保皇分子真是一點辦法也沒有；他寧可隨風雨沉沒，也不肯隨波逐流。現代的亂局加深了他的信念，使他成爲已逝目標的鬥士，冷門思想的支持者。不過世上就有既高且直的老橡樹；很可能被伐木工人砍倒，內部卻不可能腐爛。看到亂糟糟的共和政體，不識字的軍閥，不學無術的大官，再加上受現代教育卻對本國文化歷史完全陌生的半盲——譬如他的親姪兒祖仁——也難怪他看不起。他把這一切歸咎於帝制的消失。原因也許不在這兒，不過共和國政治的分割使他堅信，中國已經淪落了。他憑著單純的看法，認爲日本崛起是因爲他們還有皇帝，人心的忠誠還沒有消失。

吃過晚飯，大夥兒到笛笙樓去聽崔遏雲說書。崔姑娘要八點才出場，不過茶樓已經滿座了。文波和茶房很熟，茶房特地給他們安排了一張保留的檯子。

方文波在這兒來去自如，很像混混的遊民。他把氈帽斜戴著，直等到屋裏熱得吃不消才脫下來。屋裏充滿男男女女說話的聲音，大家都來聽北平說書家的表演。茶房熟練地在顧客頭上抛送熱毛巾。他們忙著把大銅壺的開水倒在顧客茶杯內，傳送瓜子、糖果、五香牛肉、找零錢、搬凳子，爲新客擠出新的座位來，沒有人注意舞臺上的動靜。客人五方雜處，從衣著華貴的婦人到一般的勞工，大家都湊在一起，享受晚上的節目，準備爲一個出名女藝人珠圓玉潤、節奏完美的故事而動容。

崔姑娘在臺上出現了。額上覆著瀏海，體態很年輕。她身穿淺藍衣裳。觀眾熱烈鼓掌，由隔膜下發出典型、有力的「呀嗬！」聲。呀嗬聲像一串爆竹，響徹了四方，西安的觀眾熱情而狂烈。崔姑娘手拿小鼓，大大方方跨向前去。她的眼睛掃了觀眾一眼，在燈光下水汪汪的，嘴上掛著微微的笑容；然後她板起臉來。喝了一口桌上的熱茶，轉向陪她出場的老頭子。等他拉起三弦，她就敲了三下小鼓，觀眾慢慢靜下來。她宣布要講「空城記」，孔明用計在空城退敵的經過。這個故事早有人講過千百遍，但是觀眾永遠聽不厭。她在對話中扮演不同的人物，姿勢完美，聲音清晰，抑揚頓挫使內容產生意想不到的美感。整個故事都用定步的韻文念出，配上小鼓的旋律。她只要稍稍改變鼓聲的拍子，就能使觀眾興奮、心顫。講到激昂處，她會突然唱出一首短歌。她名叫遏雲，聲音卻圓潤而不尖銳，像大珠小珠落玉盤；觀眾放鬆自己，全心激賞女性柔美的音調。

一片沉默中，李飛的感覺被音樂、歌、詞、少女靈活優雅的姿勢麻痹了，思緒飛得老遠。今天的遭遇，晚飯喝的一點酒，加上女孩子的聲音，使他陷入沉思的心境中。他很少讓自己沉入這麼慵懶、舒服的迷醉狀態。女孩子正在講故事，他只欣賞聲音，卻沒有把內容聽進去。他的思想飄到柔安身上，想起她低垂的頭部，她的眼睛——一雙深黑窒人的眼睛——和笑容。等他回到現實，崔姑娘已經打住了。

表演結束後，方文波站起來，示意大家跟他走。他領他們到樓上的一個房間，敲敲門，發現小說書家正和老頭子談話呢，原來他就是她的父親。文波說，他特地來道賀，如果有什麼困難，他願意幫忙。他建議少女在城裏該參觀哪些地方，譬如專門訓練八歲以上男童的「戲劇學校」就值得看。

「你們是頭一次來西安？」

老父親點點頭。

「你的女兒太棒了，西安真是虧待了她。」

老人彬彬有禮，不過有點困惑。「我覺得觀眾很熱情、很捧場。」

「觀眾很多。那還不夠，」文波熱情地說。「她應該更出名。你們要叫上流社會和大官都來聽她表演。報上也應該登。如果你們運氣好，說不定主席會請她到官邸去表演呢。」

「謝謝你的好意，我們這樣也過得挺不錯的。」

「只要曉得門路，她應該轟動整個西安才對。也用不著花什麼錢，」文波又說。「你們該送票給幾個顯赫的世家，茶樓的掌櫃會替你們辦。我開幾個名單給你。」

他寫下幾個地址。杜家也是其中之一，簡簡單單的「東城，大夫邸」就夠了。

他把紙片遞給老頭子說，「叫老闆去送票。下星期六晚上一定要留幾個好檯子。我這位朋友是記者，我叫他在報上寫點東西。」

老人和崔姑娘都很感動。

「真不知道該怎麼謝你，」崔姑娘說。她年方十七歲，下了舞臺衣著很樸素。她明眸皓齒，臉上帶有自然的紅光，除此之外，一切都像普通幹活兒的少女。她們這一流的藝人不會裝腔作勢，也裝不起派頭，和有力人士打交道，也是他們職業的一部份。

走下樓梯，李飛問方文波，「你爲什麼這麼熱心捧崔姑娘呢？」

「你這個笨蛋，我是幫你的忙呀——我自己也想見見杜小姐，所以我定了星期六；我希望杜小姐來聽。」

3

柔安第二天才回家。她心花怒放，聲音也輕快得很。有人說，大家的生活每天都差不多，只有點綴生活的希望和夢想才帶來種種差異。柔安是任性的人；因為她空洞、茫然的目光，學校裡大家給她取了「慈悲女神」的綽號。誰也不知道「慈悲女神」幻想些什麼。

她這次才認識李飛。他對她不錯，似乎不太讚許她的出身，但是他曾驕傲又謙虛地說：「妳還不錯。」如此而已，不過她已經心滿意足了。這是一段刺激的經驗，她懷著大膽的熱誠，希望他們能有再見的機會。

她努力掩飾自己微跛的動作。她知道，自己勇敢的表徵——繃帶——叔叔想到起因，是不會歡迎的。到家的時候，她特意把紅毛圍巾拉高一點。

下午的陽光照著「大夫邸」高聳的入口。這是六、七十年前官宅格式所建的大院落，燙金的「大夫邸」幾個字貼在門口綠色的橫匾上，頂端有「皇恩」兩個小字。

這一類住宅都有寬敞的馬車停放所，如今放著一輛黑漆漆的「派克」轎車。大門正對面是一扇轉角一百二十度的斜牆，兩頭石獅子列在門階的兩側。有頂的門柱中間是一個門廳，後面的正門通向第一院，除非正式的場合，通常都不開放，平常出入都走邊門。

朱紅色大門最近漆過一次，鍍金的把手在入口處閃閃發光。紅門高十二呎，寬十呎，象徵著建宅大官的氣派。地磚不是現在鋪的，每片一呎半見方，泛著深灰色。門廳兩邊的傳達室特別寬敞，令人想起幾十年前，房子是房子、空地是空地的時代。正門四周的隔板和邊門都漆成黑色。杜芳霖隨時留意大門的外表，要保持古典的氣勢，門房老王也奉命維持鍍金把手的光澤。有人開玩笑說：「那棟房屋就連石獅子都不乾不淨。」但是一看到大門的鮮紅和黃金色，誰也免不了羨慕這家人的富裕。除了正式場合，大門從不開放，可見裝飾的價值超過實際的用處，不過它確實博得了訪客的讚賞，認爲是這家人社會地位明顯的象徵。

第一院鋪著大大的細石板，有三級臺階通向第一廳，是招待客人用的。祖父的一張水彩畫像掛在中鑲板上。細細的格子窗泛著金色和粉紅色，可以窺見第二院的情景。傢俱都是檀香木，有迂迴的轉角和大理石桌（椅）面。兩邊牆上掛著幾幅字體不凡的書法；西面是柔安的父親所寫的「翰林」字卷，東西是呎餘高的一幅對聯，是光緒最後的臣子之一——也是杜忠的好朋友——翁同龢親筆寫的。對聯旁邊有一幅馬遠的巨幅山水畫，是稀世的珍寶呢。

不過，整個古典氣氛被一幅廉價的複製品「巴黎的抉擇」破壞了，畫中有三個不同角度的裸女。前市長的兒子祖仁把這幅畫由他家拿到這兒來。他搬出去住在城東住宅區，他太太湘華嫌這幅畫不正經，不肯要。柔安的叔叔挺喜歡，就拿來掛在這裡。西方的作品也可能是傑作，但是和馬遠的山水畫掛在一起，就顯得不倫不類了。

一個十八世紀閨房用的鍍金橢圓鏡斜在大廳的一角。這件傢俱是進口的「西洋鏡」，被人看做時髦優雅的玩意兒。據說妖魔鬼怪平常看不見，在鏡子裡就會現形，所以這一面鏡子具有照妖驅妖的功能，又能讓前市長杜芳霖顧影自憐一番，才出門工作。他習慣站在鏡子前面，揉兩下鬍鬚，研究自己胖嘟嘟、圓滾滾的面孔，才走出門去。

世上的事情實在很虛偽。表面上全家都活在古代一個大政治家的蔽蔭下，他那張額頭飽滿、面色慈和、留著白鬚的畫像正由牆上向子孫微笑呢；但是整個大廳的佈置顯得刺眼、不調和、充滿粗鹵的自信，倒和現在的主人差不多。與其說是大政治家、大學者後裔的住所，倒不如說是鹹魚大富商——她叔叔就是——的宅子更恰當些。

她希望叔叔正在睡午覺。她飛快穿過第一院，走向西面的迴廊。春梅聽到腳步聲，由叔叔房裡叫道：「三姑，是妳嗎？」

春梅本是嬸嬸的丫頭，因為替前市長生過兩個小孩，她以「三姑」來稱呼柔安。她的身分「未明」。古家族喜歡把堂兄弟姊妹一起排行，顯得人丁興旺些。柔安雖然是獨生女，卻變成老三了。

柔安轉到後院，由一個月形拱門進入自己西側的庭園。這是一個整潔幽靜的院落，鋪著泛藍的木紋長石板，每塊長十五呎，上面立著兩座大金魚缽，內側都長了青苔，牆邊的兩棵梨樹光禿禿立在冬陽下。她在門廊上站了一會，欣賞盆栽的秋海棠。

一進入自己的院落，她就覺得孤單。她隨父母度過了快樂的童年；她是父母的獨生女。她對祖父、祖母也有些印象。後來母親去世了。她十四歲的時候，一家人住在北平。更早曾在南方的嘉興待過，帝制時代他父親在那兒擔任「道臺」的官職。

現在一切都變了。母親去世後，她一直孤單單的。父親在上海孫傳芳將軍的麾下任職；孫傳芳被國民黨擊敗，他的財產就充了公，他遠走日本，把女兒送到西安上大學，因為這裡是她的故鄉。流浪一兩年，她父親又回到「大夫邸」。兄弟倆合不來，杜忠生性倨傲，雖然阮囊已空，也不願意討論家庭的利害問題；他寧可到三岔驛祖產附近的一間喇嘛廟去隱居。

唐媽正和別的傭人聊天，聽到小姐回來，趕快走到院子裡。唐媽從七歲就撫養柔安，她母親死後，一直是她忠心的僕人和夥伴，總覺得自己有責任像母親般照顧她。她來自北平，和其他傭人不太合得來——只一心忠於杜忠的家人——她出身農家，對於皇帝親點的「翰林」具有特殊的敬意。結果她對市長一家人的看法就和柔安差不多，柔安的許多秘密也只告訴她一個人。唐媽天生一副農人的面孔，肩膀寬寬的，綁過的小腳一搖一擺，她對柔安非常盡責，隨時留心她的飲食、衣著和利益。柔安對她的信賴，不下於自己的父親。一年前他住在這裡，三個人就像一個安詳自足的小家庭。

「小姐，妳回來啦，」唐媽說。

「妳看，唐媽，」柔安摸摸頸上的膏藥說。「我和警察在街上打架，被打傷了。所以才打電話，說我昨天不回家。」

唐媽拉長了臉孔，檢查傷痕。柔安把膝上的瘀傷翻給她看，還告訴她打鬥的詳情。

「他們怎麼能這樣！」唐媽咂咂舌頭說。

她爲柔安清洗膝部，仔細包紮，才安下心來。

柔安一拐一拐上床，春梅正好進來。

春梅是二十八歲的少婦，鼻子尖挺、顴骨突出，眼睛很靈活。由她的衣著看來，誰都會以爲她是這一家的小姐。她的頭髮剪短燙過，身穿黑緞袍子，襯出一幅優美的身材。她精力充沛，常常過來找柔安聊聊，柔安畢竟是這棟屋子裡唯一年齡相當的女性。她跨上臺階，就大聲宣告自己的光臨，「三姑，很高興妳回來了。我聽唐媽說妳昨天不回來。」

她看到柔安一拐一拐的就說，「怎麼？出了什麼事？」

「坐下，梅姐，」柔安拍拍床鋪說。她叫她「梅姐」，因爲她身分高於僕人，又爲市長生過孩子。

春梅坐在床沿上。柔安想了一會說，「梅姐，今天晚上吃飯我和妳換位子。」她指指耳後的繃帶。「我不希望叔叔看到。」

「妳怎麼會受傷呢？」

柔安告訴她一切經過。

「那很簡單，」春梅說。「妳把頭髮放下來，老頭子不會注意的。」春梅在背後總是叫杜芳霖「老頭子」。「老頭子」比「老爺」親密些，又不像「老古板」那麼不敬。

「他昨天晚上問起妳，我說妳要留在學校開會。」她對少女眨眨眼。「把手錶給我，我派人去修。」

柔安非常感激。春梅當家，總能替她做些小事，節省她的開銷。

春梅繼續說，「妳不必謝我。大夫邸的產業不是妳父親和叔叔共有的嗎？我想妳父親也不必覺得自己是用他弟弟的錢。老頭子愛發脾氣，不過我們都是分享祖先的財產。我從來沒見過兩兄弟性情差這麼多，就算錢是妳叔叔賺的，也全靠那個大湖。俗語說『抓賊打虎靠血親。』妳父親的自尊心很強，我知道，不過他是學者嘛。家裡有一個兄弟當學者，一個當商人賺錢，不是挺光榮的嗎？」

柔安不好意思向春梅提起那個送她上醫院的人，告訴唐媽倒無所謂。

春梅站起來說，「我來安排今天晚飯的座位。老頭子正在睡覺，我溜進來和妳談談，現在我得回去了。」

春梅走後，柔安忍不住佩服這不識字、名份只是丫頭的女子，她一手贏得了家庭重要的地位，實在全靠特殊的魅力和才華。

一週後，柔安的叔叔杜芳霖飯後在自己的房間裡看報。第二院的格局和其他部分差不多，中間是客廳，兩側是廂房。兩廂各用木板隔成兩間臥室，以前造的房子很寬敞，深達三十呎。太太的房間在西廂，老爺的房間在東廂，春梅和孩子就睡在老爺的後房裡。

杜太太年屆五十，已到達安全感確立、住得好、吃穿好、舒服卻寂寞的年齡。她替丈夫生過兩個兒子。長子十六歲那年夏天，在三岔驛的大湖裡淹死了。後來次子祖仁又出了國。現在他長大成家，寧可搬出去住，這是她很難接受的事實，她原以為自己的晚年會兒孫繞膝。但是，現在除了春梅生的兩個兒子，屋裡聽不到小孩的聲音，雖然他們也奉命叫她「婆婆」，叫市長「公公」，卻不是她真正的「孫子」。

春梅掌握了她的家，在家裡生根，能幹得事事少不了她，又聰明得欺壓不下，實在教她很傷心。唯一的好事就是丈夫不再來煩她了。春梅對她畢恭畢敬，教她更沒有辦法。她不會讀書看報，以前常出去打麻將，或邀人來家裡打，但是她最近常鬧神經痛，很少出門。閒來無事，她就打開皮箱，看看自己的東西和丈夫的東西，然後監督一點家事，其實春梅樣樣弄得有條有理，根本不必要。她知道自己已經輸給這個少婦了。

杜芳霖坐在燈下一張廣東製的麻將長椅上；春梅則在後房裡縫衣服，不打擾他，但是他有事一叫，她卻隨時聽候差遣。他愈來愈少不了春梅。他很欣賞她年輕的魅力，只要她在附近，他就覺得舒服輕鬆。有時候他替自己找藉口說，男人為公益忙了這麼多年，也該有自己的享受了。春梅來到他身邊，算他好運，他對她的才華和自己的福氣覺得很吃驚。他再也找不到更迷人、更聰明、更有用的情婦了。一切情況都是自然而然發生的，雖然破壞了常規，他卻覺得很舒服。

他對她叫道。「春梅，妳要不要去笛笙樓聽一個北平來的名藝人唱大鼓？我收到四張明天晚上的招待券。報上還提到這個女孩子哩。」

春梅說要去。「婆婆去不去？」她問道。她知道太太鬧神經痛，正躺在床上。

「我想她不會去。」

「我希望陪三姑和小孩去。」

「你們年輕人去。那個地方小孩去不好。叫祖仁和湘華開我們那輛車一起去，我明天晚上要他們過來吃飯。打電話說我有事要和祖仁商量，然後你們一塊兒去看表演。」

她打電話給祖仁的太太湘華，湘華很高興，自從來到西安，她一直悶得慌。

春梅回房後，杜芳霖拿出一張哥哥的來信。

「我哥哥簡直瘋了。無緣無故寫這麼一封氣沖沖的信。他是氣我賺錢。」

「信上寫什麼？」春梅問道。她把家中大大小小的事，看做她的職責。

「喔，談到我們大湖邊的回族鄰居。他認爲我們該把水閘拆掉，好讓河水流到回人的谷地去。」

家裡大大小小的事情，春梅最不清楚的就是三岔驛大湖的一切，她只知道他們的鹹魚生意靠那邊得來。她從來沒到過那兒，每次杜芳霖和杜太太去，她必須留在家裡照顧一切。

杜太太把她留在西安，還有一個理由：祠堂在三岔驛。杜太太永遠不希望春梅參加祖先的祭典，怕她成爲家庭正規的一分子，那樣會造成微妙的問題；年輕聰慧的春梅也許會憑「孫兒」母親的身分壓倒她。杜太太和這個丫頭鬥智，一仗也沒有贏過。

春梅看到老爺每次收到柔安的父親討論水閘的信，就冷笑不已。她知道那個水閘爲三岔驛的人帶來不少糾紛，也引起兩兄弟的不和。

「說說那些回族鄰居的事吧，」現在她說。「柔安的父親是怎麼寫的？」

杜芳霖知道春梅是一個能幹的女子，很會當家，但是他從來不和她討論重大的決策。對付回人的事他要和兒子商量，女人智力有限，不懂這些複雜的事情。所以他笑笑說：「妳這個漂亮的小腦袋還是別操心這個問題吧。」

春梅受到了屈辱，但是沒有說什麼。

第二天祖仁和湘華來吃晚飯。他是一個方臉的年輕人，個子不高卻很結實。和西安其他的進步青年一樣，他穿一件海藍色的嗶嘰中山裝，領口拉起來，外衣口袋伸出一枝金筆。湘華打扮入時，穿一件緊身的新式旗袍，瘦瘦的面孔仔細化粧過。

祖仁來和父親討論生意。他不懂少婦少女們怎麼會對大鼓那麼熱中。他從來不喜歡音樂，西樂國樂都一樣。他在紐約大學讀書的時候，愛到露西劇院去看表演。有一次別人帶他到卡內基音樂堂去聽演奏，他在座位上蠢蠢不安，覺得自己好像被迫聽一個鐘頭的外國話演講，結束前又不敢出去。今天他勉強去聽，只因為湘華很想去，而他是個摩登的丈夫，知道先生有義務陪太太參加晚會。

飯桌上他父親提起伯伯的來信，祖仁看了一遍。

「全是傻話嘛，」他說。「如果我們看重鹹魚的生意，當然該把湖水圍起來。自從我建了水閘，湖水水位升高了十呎左右。水量大增，我們每年都抓到更多大魚。我們的鹹魚銷路現在遠達太原和洛陽。生意會繼續拓展，我們可以盡量多放小魚進去。只要不隨河水飄走，魚量會一天天繁殖，我不懂伯伯操什麼心。我已經通知地方官留意水閘，侵犯我們財產的人要依法嚴辦。幾個士兵就夠對付回人了。」

「我父親就是怕這一點，」柔安說。「他說士兵不能阻止戰爭，反而會挑起戰火。他不相信我們能靠武力保護水閘，又在那麼遠的山區中。」

祖仁看看堂妹，面上閃過迅速、幾近寬容的微笑。

「柔安，妳父親是大學者，但是他不懂生意。」

他說得很客氣，免得她不高興。柔安知道水閘是他想出來的——他回來參加他父親業務所想出來的第一個賺錢的計畫。她不想和他辯論，只說，「我聽父親說過，祖父免掉了三岔驛的流血衝突，就因爲他不靠兵力。」

春梅用心聽著，沒有插嘴。湘華對她丈夫的生意向來不感興趣。柔安一心想去聽大鼓，在北平的時候，她最愛聽人說書，他們都有專門的技藝，把歌、音樂和故事揉合成一體。遏雲是北平來的。此外，柔安讀到一篇介紹她演藝的文章，署名「飛字」。一下了飯桌，大夥兒就準備到笛笙樓茶館去。

4

茶樓還是像往日一般喧鬧、雜亂——空空的牆壁，幾年前就該重新粉刷的斑駁木柱子，褪色的桌凳，旁邊還有一道暗濛濛的廢梯。但是氣氛大不相同，觀眾之間不乏衣著考究的人士。報紙的評論一致讚揚這位唱大鼓的藝人。星期六晚上觀眾本來就多些，學生來了，政府機關和鐵路局的職員官員也帶家眷出來走動。茶樓的賣座空前爆滿。掌櫃的看到人們一批批進來，好幾次笑得臉都皺起來了。

李飛他們來得很早，佔了一張正中的好檯子，離舞臺只有三兩呎左右。座位的安排很特別，其他客人看到好幾張檯子標了「已定」的字樣，都猜到有重要的人物要來。

掌櫃親自來招呼方文波和他的朋友們。文波忙得很。一個人幫了別人的忙，就更想幫到底。起初文波到後臺自我介紹，只想要幾張招待券，好見見杜小姐。後來他帶記者去見這位大鼓名伶，遏雲知名度提高，大大成功了，茶樓天天爆滿，演出的期限延長了兩週。這件大新聞的標題和李頓爵士到上海的消息用同型的黑字印出來，讀者對這件事比李頓的消息更注意。觀眾有不少觀光客和穿灰衣的軍人。客人初到西安，總有人帶他去看崔遏雲的表演。

李飛緊張萬分，希望再見到柔安。方文波最先看到杜氏一家進門。

「他們來了，小杜和他太太。」

李飛回頭張望。一個梳高髻的摩登少婦走在前頭，接著是前市長的兒子，手拿外套，一副參加大舞會的派頭。後面是穿黑衣的柔安和一個漂亮的少婦，比她們兩個都漂亮。

李飛記得幾年前曾經在上海的一次宴會中見過小杜。祖仁——人家介紹說是杜衡大夫的孫子——比他大四、五歲。後來他聽說小杜出國念書去了。李飛認爲，祖仁不可能記得他。

柔安穿一件式樣簡單的黑緞袍，除了玉耳環，什麼首飾都沒戴。她忙著和那位神秘的美婦人說話呢。

李飛興奮異常，心卜通卜通跳者。女孩子臉上摻有高貴的安詳感和愉快的熱情，對他產生一股特殊的吸力。他把柔安指給方文波看。

「你應該謝我，」方文波得意地說。

「和她說話的美人兒是誰？」

「沒見過。」方文波自覺有義務認識全西安的社交界，答不出來似乎很丟臉。

李飛背對著來人。他們列隊走過他身邊，柔安一眼瞥見他，頓時滿面羞紅。她彷彿要說又忍住了，走上去在她的位子上。她與高采烈和春梅低聲說了一句話，就離開座位走過來。李飛馬上站起。

「李先生，你好嗎？」她的語氣很快活，她也不想掩飾。

「很好，妳的傷勢如何了？」

就是這樣，他們簡直像老朋友似的。她用眼睛打量他，彷彿要確定她上週認識的男人真正存在。她頭髮向後攏，仍是那樣頑皮的微笑，仍是那樣活潑的眼神。

「我想妳會來。妳收到招待券了？」

柔安眼睛一亮。「是你送的？」

李飛點點頭。「我一直想再見妳，又不知道該怎麼辦。我的朋友文波認識掌櫃的，我們就碰碰運氣。我想打電話給妳，又不敢。」

他轉身介紹他的朋友。方文波照例拉長了臉，站起來鞠躬。春梅和湘華都回頭望。祖仁正在看別的地方，似乎不希望別人打擾他。身爲美國回來的留學生，他在茶樓裡顯得格格不入。

柔安回座，向大家說明招待券是誰送的。她眼睛瞥向李飛的檯子，掩不住滿眼滿嘴的笑意。

不久其他檯面也滿了。掌櫃上前招呼貴客，然後又轉到李飛的檯子，對方文波說，「方老爺，崔姑娘要謝謝你，請你點一個你愛聽的故事。」

方文波徵求朋友的意見。李飛向柔安的方向點點頭說，「問那一桌的小姐她要點什麼。」

經理走到柔安面前，她嚇得挺了挺背部。

「宇宙鋒，」她大聲宣布。

這時候祖仁注意到了。他看看方文波，問柔安另外一桌的客人是誰。他早已忘掉「宇宙鋒」的內容，這是一齣冷門戲。

崔姑娘穿一件藍緞袍出場，袖子又緊又長。她的頭髮捲成流行的式樣，前面拿一方小鼓，對徑十二吋左右。觀眾報以熱烈的采聲，方文波也隨大家鼓掌。她父親穿著褪色的破藍袍，正在調弄三弦。她瞥了一眼特別座上的客人，就宣布故事的題目，並且說明是客人點的。

她徐徐開始，圓潤的嗓子輕輕鬆鬆傳遍了整個大廳。「宇宙鋒」是宇宙的瘋狂，是一個女孩子拒絕后座的精采故事。秦始皇——也就是萬里長城的建立者——去世了。太子不贊成父親的暴政，被逐出宮；趙高假傳聖旨，擁立放蕩的次子繼位。爲了鞏固自己對少皇帝的權威，他有意讓自己的女兒當皇后，皇帝也答應了。不過趙高的女兒知道全民都在暴政下呻吟，帝國四分五裂。她知道太子被假聖召殺死；皇帝親自下詔娶她，她不能公開拒絕，她只能用計逃開他們的安排，於是她就裝瘋。

崔姑娘把瘋女的言行表現得唯妙唯肖。她不認識自己的父母；她言語帶刺、滑稽荒唐，又神經兮兮大笑大鬧的。在她眼裡，全世界都顛三倒四。上了金殿，她瘋得更厲害。鼓聲愈來愈快。她說出一大段斥罵皇帝的瘋言瘋語，侮辱他，笑他。皇帝把他哥哥如何了？他爲什麼被殺？

她有時候柔婉和諧，有時候又慷慨激昂。少皇帝火了，說要處死她。瘋女繼續狂笑，沉迷在自己的夢幻世界中。皇帝相信她真瘋，決定不要她做皇后了。崔姑娘發出神經兮兮的狂笑，就此打住。

趙高女指罵昏君、冷嘲熱諷的時候，每罵一句，觀眾就大聲鼓掌。崔姑娘口舌伶俐，語調動人，完全掌握了觀眾的情緒。

柔安似乎很感動，最後大聲喝采。她真的沉迷在故事中。觀眾七嘴八舌表示讚賞，她則回頭看看李飛。

崔姑娘喝了一口茶，坐下來喘氣。觀眾鬧哄哄，她也和老父交談幾句，然後站起來繼續說別的故事。她早已帶動了整個場面，一舉手，一回頭，口舌一轉都博得大家的賞識。單說那一面小鼓在她熟練的敲打下發出各種節奏，聽起來就夠動人了。

李飛心不在焉。柔安現在也活潑多了，不再全神貫注。她直挺挺坐在椅子上，身子微微向前傾，好偷眼瞄他。在一襲黑衣的襯托下，雪白的面孔泛出青春的紅光，他真希望自己有勇氣去坐在她身邊，但是她那一桌很擠，祖仁又一副威風凜凜的德性。李飛天生不愛對自負的人多禮，怕別人誤會他。

少女又完成了一段精采的表演，掌聲如雷。茶房四處穿梭，賣些橘子、梨、花生和糖果。屋內很熱，柔安正用一條白手帕搧涼呢。

休息時間很長，舞臺上空空如也，茶樓趁這個時候大做一筆生意。祖仁不耐煩了，他掏出香煙，插到金邊的煙嘴裡，擺成適當的角度。

茶樓是公共場所，誰花兩毛錢買票，誰就有權進來。遏雲演出的夜晚，簡直是人山人海，不只是一批「觀眾」而已。這麼一群三教九流的人物，尤其街上又有不少閒蕩的敗兵，觀眾的舉止已經算非常文雅了。

方文波可不是一個姑息養奸的人物，他的保護網散佈在茶樓內外。屋頂堅固防水，但是免不了有拳風拳雨來壞事。方文波位居「大叔」，也就是說，他在「河南紅鎗會」的一個聯盟組織中算是第三號的人物。秘密組織遍佈低層社會、茶樓、酒館、戲臺，那些地方難免有糾紛，通常都靠幫會人物來保鏢。

李飛向柔安招手，他這一桌還有幾個空位。柔安和湘華一起走過來。李飛和柔安說話，郎如水則和湘華聊開了。

柔安要春梅來，春梅不肯，她知道自己的身分很難介紹。

「杜小姐，坐妳旁邊的美人兒是誰呀？」方文波問道。

柔安看看湘華，遲疑半晌才說，「她是我叔叔孫兒的褓姆。」

郎如水正和湘華聊起他到城中回教廟宇參觀的趣事，那些廟宇是幾百年前元代建立的。他又說起一千年前唐代的回人由中亞細亞遷來西安的經過。湘華沒見過回寺的內涵，因爲她丈夫沒有興趣，她又不敢一個人入廟。她聽得津津有味。

李飛則獨佔了柔安的心神。

「我看看妳的手錶。」

柔安伸給他看。她的手又細又白。「走得好好的，」她高高興興望著他說。「我修過了。」

「真高興妳掉手錶，否則妳也許和別人一起回學校，我就不會認識妳了。這就是因緣吧。」

少女盯著他的眼睛。「你相信緣分？」聲音低柔無比。

「也許吧，我不知道。很多際遇都是我們沒法控制的。」他開始大聊起來。「我寧願相信它。命運牽著繩索，我們毫不知情，那樣比較刺激嘛。命運真是一個幽默家，他喜歡惡作劇，捉弄人，看男女雙方受苦，他就開懷大笑。然後他一扭繩子，他們又團聚了；等一對男女順利訂婚結婚，命運對他們就沒有興趣了。有時候他也是大諷刺家。」

李飛的眼睛落在她身上。他喜歡她走過來，乾乾脆脆說，「妳好嗎？」當時她臉紅了。他很健談，她則聽得津津有味。

「說說妳爲什麼點宇宙鋒這個故事。」

「我看過這齣戲，一直忘不了故事的內容。有些故事我不覺得什麼，但是這齣戲我很感動。」

「告訴妳吧，裡面有善良的太子和邪惡的篡位者，趙高的女兒愛慕善良的太子，所以發瘋了。」

「咦，我也這樣想過，從來沒有人這樣說法。那她會真瘋才對。我很高興你的聯想和我差不多。」

「我們說得都沒錯。」兩個人大笑。柔安快快活活看了別人一眼。李飛真孩子氣。

「我能不能再和妳見面？」他問她。

「可以呀。」

「我不敢打電話到妳家。」

「你可以打電話找唐媽。」

「能不能一起到外面吃飯？」

「我可以來，但是不能吃晚飯。我叔叔會找我，我又不願意解釋。」

祖仁在另一邊坐立不安。他付了茶錢，丟一塊大洋在桌上，示意小姐太太們跟他走。湘華不太想走，不理他的召喚。他走過來拍拍她的肩膀。「走吧，」他說。湘華火大了，繼續聊天。

這時候門口突然一陣喧鬧。一個軍人喝白乾大醉，錯過了遏雲的表演，正用力擠到前面。

「遏雲，遏雲，出來，妳老子找妳。」

觀眾拍手大叫。

「嘿，遏雲，出來！」

掌櫃的走上前。「她已經唱了兩次，累了。」

「她不認識她老子？你看她出不出來。」

醉兵由槍帶掏出一把手槍，向舞臺射擊。觀眾大驚，尖聲喊叫。

一直做壁上觀的文波站起來望望廳裡安插的「姪兒」輩。他甩甩頭說，「把他扔出去。」士兵拉長了脖子，眼睛望著舞臺。後面有一塊硬梆梆的東西打到他頭上，他膝蓋一軟，就癱倒在地。幫會的兄弟們奪下他的手槍，把他拖出去。緊張的觀眾舒了一口氣，開始解散。有人大叫，「幹得好！」

祖仁早已往外走，女士們跟在他後面。春梅迅速瞥了李飛的朋友一眼。他們站起來說再見。柔安經過李飛身邊，李飛問她說，「怕不怕？」

「不太怕，」她說。「幸虧那個軍人被攆出去了。」

她長長瞥了他一眼，然後才走開。

5

杜氏一家出門的時候，茶樓外面人山人海。祖仁很不舒服。他到過外國，見過比說書更好的節目，他是純粹陪太太來的。沒有通風設置，空氣混濁，不加護罩的大燈照得他眼花撩亂。出來後，吸到爽淨的空氣，才覺得好過些。二月的夜裏空氣冷颼颼的，祖仁把車開到門口，讓太太小姐們上車。幾個身穿麻布袋的乞兒伸手要錢，湘華打開皮包，祖仁有點光火。原則上他不贊成乞討。「別給他們錢。上車吧，我們離開這兒。」

湘華闔上皮包，登上前座，心裏很沮喪。柔安和春梅進入後座。祖仁砰的一聲關上門，走到另一邊，登上自己的位置。群眾還呆呆瞪著黑亮的派克大車身。祖仁亮起前燈，猛按喇叭。不是嘟嘟響，而是「梭・多・雷・咪」四個音符的協奏曲。引擎先鏗鏗響了幾聲，然後噗噗半天。車子又作怪了。他猛踩汽化機，車子擺向旁觀者，幾個小乞丐嚇得連忙逃開。

「喔，老天！」湘華差一點叫出聲。

「我們不該來這種地方。」

「你會壓死人哩。」

「從來沒出過事。」

祖仁面帶怒容。他覺得，和一個神經緊張的女子爭辯，也沒有多大的意思。前燈照過街道，映出幾條直直的窄巷，然後他們又開到大路上，店鋪大多關門了。黑暗中誰也沒有說話，連引擎的嗡嗡聲都清晰可聞。

祖仁停下車，點了一根香煙。湘華偏過頭來看他，一句話也不說。

「我看不出有什麼意思，」他說。「不像唱歌又不像演戲，故事又枯燥。」

「除了你，大家都喜歡，」湘華說。

「我簡直迷住了，」柔安說。「不管她說什麼故事，我都百聽不厭。」

要祖仁喜歡這個故都，永遠是一大挑戰。他留學美國，攻讀「商業行政」，對身邊怠惰、不講效率的風格難免十分不耐。他甚至盡量幫這個地方現代化，全西安只有他的辦公廳設有一套橄欖綠色的鋼櫃，檔案箱和一張迴旋椅。但是一切麻煩也應運而生，他不得不訓練老式職員運用檔案箱。設立卡片系統之後，他才發現中國語言竟沒有索引制度，至少不能隨要隨查。他痛罵「康熙字典」，查來查去找不到「它」字和「爲」字。「爲」字原是猴子的象形。他怎麼知道漢字的語源呢？「肯」字看起來像「月」部。結果在「肉」部找到，因爲這個字原是「著骨肉」的意思。他相信中國字應該完全廢除。職員把他的檔案櫃弄得一團糟，又恢復舊有的記錄簿作業法。

他想起自己在紐約大學修過的會計、廣告和商業推廣課程，不禁絕望訴苦。因爲沒有鐵路，他的鹹魚還是用馱車、馬車和舢板運出三岔驛的大湖。他的血液中有一種杜家天賦的神祕因子，他若自覺不對勁，和西安格格不入，他就要西安來適應他。他要改進道路，所以開了一家水泥廠。最近他體重大增，似乎有無窮的精力。他才不想聽什麼大鼓呢。也不能算失望，本來就和他想像的差不多——原始，未經雕琢，可以說是半野蠻的玩意兒。

他嘆了一口氣說，「妳們真該看看紐約露西劇院，那些燈光、佈景和舞蹈家的表演；一分鐘都不必等，分秒都算得好好的。」

一談到美國，他就熱情洋溢，只有這個時候他才充滿誠意和信心。

車子裏沒有人答腔，他閉口不響了。簡直是對牛彈琴嘛，他覺得好寂寞。

湘華沒有反應，因爲心情不好，而且聽丈夫談美國也談得太多了。她沒去過那兒，根本答不上腔，只能靜靜聽他講。每次他看不慣西安的某一件事情，她心裏就有了準備。平常柔安會問問美國的情形，但是現在她心不在焉。她正想起李飛，和他那一段緣分的妙論，尤其他說命運是一個諷刺家，更叫她一想再想。

車子轉了幾個彎，在他們家門口停下來。祖仁讓柔安和春梅下去，繼續開回自己家。

春梅和柔安走出車門，她看看傳達室，一切如常，就和門房笑笑說了聲晚安。

門房老王是一個五十歲的老頭子，已經跟了杜家三十年，他抬眼說，「梅姐，妳們回來得蠻早嘛。」

「是啊。你現在可以鎖門了；別忘記西院的邊門喔。」

「不會的，梅姐。」

老王眼看著「梅姐」十七歲進杜家當女傭，又眼看她爬上重要的地位，成爲不可缺少的人物。她常常幫些小忙，替他掩飾一些過錯，他非常感激，也願意在她手下做事。譬如昨晚他忘記鎖邊門，春梅發現了就直接告訴他，沒有去報告老爺。

她和柔安走入第一院，唐媽正一個人靜候柔安回來，她說了聲晚安，就進入老爺、太太所住的第二院。

她先進房去看兩個孩子，九歲的祖恩和七歲的祖賜睡得正甜呢。她脫下首飾和宴會服，換了一件棉袍，到廚房看看他們有沒有聽她的吩咐，十點鐘把藥湯端給老爺喝。

杜芳霖正在太太的房間裏聊天。春梅進來，走向床邊說，「婆婆，您需要什麼？我去泡杯茶來。」

「不用了，既然妳回來，你們兩個都可以走了，」彩雲說。「我要睡了。」

春梅的禮貌無懈可擊，彩雲一點辦法都沒有。

春梅年輕迷人，又從早忙到晚，家裏大大小小的事情一概弄得妥妥貼貼，已變成這棟屋子的靈魂人物。她沒受過教育，卻記得收租、付帳的日子。說來她很像當家的少奶奶，只不過她和老爺同榻而已。她懂得應付老爺，安撫太太，贏得年輕一輩的好感。家裏的傭人都怕她，因爲誰也騙不了她，又因爲她爲人公正，不擺架子，大家也敬重她。她很願意親自做家事，又不隨便罵人，大家都各守自己的崗位。太太愈來愈覺得有必要罵傭人，確立自己的權威。相反的，傭人對春梅比正太太更有好感。

她的名份有一點「曖昧」，這不能怪她。她自己也不太高興這一點，但是她的成績確實很不錯。

春梅的崛起不但靠她本身的條件，也歸功於杜芳霖的特殊作風。大眾仍傳說前市長沒有納妾，所以才帶來稱呼上的混淆，讀者看到那些叫法，一定很奇怪吧。

春梅到杜家那年，只有十七歲。她體態迷人，又比一般女孩子有腦筋。長到十八歲，愈發標緻嫵媚。杜芳霖雖然關心公共道德，自己卻被這個少女的美貌和才智深深吸引了。他送上大批禮物，要她侍候起居，而且在大家看不到的範圍內，採取了進一步的行動。

在帝制時代，一個老爺若和丫頭生了孩子，她會被納爲偏房。但是杜芳霖一向是公共道德的維護者，身爲現代前進的市長，他公開抨擊納妾制度；現在他不能名正言順娶姨太太了，可又不願意放棄自己的親骨肉。他暗暗希望自己不曾公開發表反納妾的言論。祖恩出世了。他匆匆叫春梅嫁給園丁，自己領養孩子，以繼承亡故長子的香煙。也就是說，孩子降了一輩，不過他也不得不考慮長子的香火問題。於是他要小孩子叫他公公。他向來喜歡祖父的地位與尊嚴。那時他已四十八歲了，如果祖正還活著，娶了親，這時候杜芳霖早該當了祖父。他要春梅住在隔壁的後房裏，算是小孩的媬姆。園丁根本不喜歡這樣，但是杜芳霖卻免掉了一場緋聞，使孩子合法化，自己又升了一輩。

兩年後，祖賜出生，情況再也守不住了。他送園丁三百元，叫他另娶一房妻室。園丁一腳踢開他的贈款，辭工不幹了。「真是不切實際的人，」杜芳霖對春梅說。「他到哪裏再找三百塊錢？」

最妙的是，杜芳霖天天聽見「公公」的叫聲，竟騙自己說他是孩子的祖父。這一來稱呼全搞亂了，春梅生的兩個孩子只好叫親哥哥祖仁「叔叔」，叫柔安「姑姑」。杜市長非但不煩惱，反而很高興。「姑姑」「叔叔」「公公」的稱呼多多少少給家庭帶來三代同堂的感覺，其實只有兩代。

「我弟弟玩牌，總是自創規則，」柔安的父親有一次對她說。命名法也顯出他發揚大夫威名的天賦。四個兒子的名稱都帶「祖」字，指杜衡大夫而言；他們分別叫祖正、祖仁、祖恩和祖賜。

「說到祖恩和祖賜，」柔安的父親說，「其實是他自己的傑作，由他生，由他種，由他自己所享有。」

春梅是女傭，不過無論如何她總是女人。根據舊傳統，她會成為偏房，穿衣褲而不能穿裙子。問題是一九二〇年代摩登女子突然放棄衣裙，改穿旗袍。沒有禮俗規定姨太太不能穿旗袍。有一次春梅開玩笑說，她很想做件旗袍來穿。當時正流行，穿旗袍可文雅多了。杜芳霖很高興、很贊成。他太太仍然穿衣裙套裝。服裝上的小改變——就像軍人制服上加一條槓似的——使太太非常生氣。春梅不但更漂亮、摩登，妻子和半妾半婢的姨太太之間整個尊卑的順序也弄亂了。太太退了一步，春梅的權利卻明顯升高了些。

頭幾年，祖恩、祖賜還小的時候，春梅常站在桌邊，侍候老爺太太吃飯。有一天春梅為太太裁一件衣裳。太太有事不高興。杜芳霖到春梅屋裏睡覺，似乎比進她房間的次數還要多，她滿肚子牢騷。那天早上春梅的一舉一動都不對勁。她忘記換毛巾。春梅放水壺，水也濺出來了。等一切就緒，太太又發現水溫溫的，不夠熱。

「妳這小巫婆，丫頭，狐狸精，」太太彩雲說。「妳若不想做，就別做好了。妳簡直忘了自己的出身了，要不是我收留妳，現在妳還不知道在哪裏呢，揀垃圾的丫頭，妳這個狐狸精憑妳放蕩的……迷掉男人的靈魂……」有些話實在不宜記下來。

春梅嚥下一切羞辱，對她道歉。現在太太雙目瞪著她，她手裏的剪刀不禁抖了兩下。彩雲又發火了。「白癡、笨蛋，前世註定的萬代冤家！」

她奪下春梅手裏的剪刀，一次又一次戳她的臂膀。那夜春梅在床上大哭。情況再也忍不下去了，她求杜芳霖讓她和兒子搬到別的房間住。

第二天午飯，春梅站在兩個幼兒身後，仍然以女傭身分侍候大家，手上綁著繃帶。

「春梅，」老爺說。「坐下來。」

春梅目瞪口呆。

「春梅，這是我的命令。妳是我孫兒的母親，從今天開始，妳和祖恩、祖賜坐在一塊兒。」

春梅戰戰兢兢坐下來。彩雲的眼睛冒火了，她知道丈夫是間接責備她昨天的行爲。妻妾之間的另一道界限又消除了。在老爺口中，她是「祖恩的媽」，太太仍叫她「春梅」；祖仁和柔安則叫她「梅姐」。在她孩子心目中，她是「阿姆」，也就是「母親」的意思。萬一老爺去世，真要上海的律師協會或者第一流大學的法學院才能斷定春梅是不是杜家合法的一分子，她既沒有嫁入門，也不姓杜。

這都是好幾年前的事了。生米已成熟飯，大家也習慣了，就不再大驚小怪，你就別去想它就對啦。春梅的傷口早已復原，一兩年後，連手臂上的疤痕也幾乎看不出來了。

一個女人日漸受男人寵愛，就和漲潮或森林的擴展一樣，是不知不覺的。每一年春天，森林更接近田野一步。等湘華嫁入杜家，春梅不但開始用胭脂面霜，甚至頭髮也剪短，燙成摩登的式樣，杜芳霖當然十分欣賞。他覺得很滿足。社會不准他寵幸別的女子，他私心感到一種得意和報復感。

彩雲眼看著一切。她特意雇了年輕漂亮的傭人，以求報復。新傭人沒幹多久。春梅想辦法讓她幹不了多久。

湘華第一次到杜家，有點看不慣。她是一個受大學教育的摩登女子，又出身上海的世家，家裏的傭人都很守本份，要她和女傭同桌，她覺得是一大侮辱。不但如此，湘華還心直口快的。安撫湘華，爭取到她的好感，才真正見出春梅的功夫。她隨孩子們叫湘華「二嬸」，堅持侍候她。湘華一碗飯吃光，她的利眼馬上注意到，即時站起來替她添滿。湘華新到西安，春梅抽空陪她逛街，介紹她上最好的舖子，總是笑著叫她「二嬸」，替她拿東拿西的。

那天晚飯桌上，春梅由父子二人的談話和柔安惱怒的目光，猜出三岔驛的河谷一定有嚴重的事態發生，掀起家內的不和。她一聲不響，靜靜聽著，因爲她對三岔驛一無所知，杜芳霖也不願意告訴她。

第二天她來找柔安談。

「老頭子收到妳父親關於三岔驛水閘的來信。我不懂什麼事讓妳父親和叔叔一來一往的寫信商量。」

柔安說明一切，又說她父親要她春假上三岔驛一趟。

「我將近一年沒看到我父親了，不過他也寫信和我談起這回事。妳知道，祖仁從美國回來，就建了那個水閘。回人住在湖泊西北角，靠湖水流下去灌田，水閘一建，水位就降低了。我父親說，回人的田地缺水，谷地居民都很反感，怨氣沖天呢。」

「我明白了，」春梅說。「你二叔建水閘，當然是要避免魚群順水溜掉。記得他住在家裏的時候，我們常聽他大談那個計畫，他認爲是偉大的見解哩。」

「沒建水閘，魚量也很多，用不著切斷回人谷地的水源。我覺得這樣很卑鄙、邪惡、自私。我父親私下寫信給我，說水閘會帶來大糾紛。」

春梅盡力瞭解情況。「我想，剝奪鄰居的水源實在不合我們的家風。」

「叔叔怎麼說？」

「他說妳父親瘋了，他知道該怎麼做。」

「我聽到父親說過不少新疆回變的故事。他的憂慮是有原因的，妳根本想像不出那邊的情形。湖泊北邊全是回人的疆域，那邊已經有流血的回變發生。」

柔安告訴春梅，她父親曾說起祖父替三岔驛消弭一場叛變的經過。那兒的情勢一向多變，緊張，很容易造成民族爭鬥和屠殺。她還聽過不少左宗棠把三岔驛產業賜給祖先的故事。

杜衡大夫從柔安的曾祖父——左宗棠鎮壓一八六四至七八年「回亂」的一名部將——手中繼承了官職和三岔驛的產業。當時甘肅的回人侵犯西北兩省，甚至攻入西安；整個新疆都掀起了叛亂的狂潮，由突厥名將雅庫布•貝格所領導。

左宗棠是偉大的軍人兼政治家，第一個帶漢人移住新疆成功的人物。他們一路向哈密沙漠西行，他一路叫部隊種植樹木，而且在沙漠邊緣開出不少田地，做爲糧草的來源。爲了介紹養蠶事業，他又叫士兵的眷屬在腋窩或胸部挾帶蠶卵。據說他們還沒到新疆，有些蠶卵就孵化了。士兵把柳樹秧苗和弓箭、油布傘一塊兒帶去。直到今天新疆境內通往哈密路上的楊柳還叫做「左公柳」呢，那真是偉大的成就。回亂弭平後，柔安的曾祖父獲得甘肅南部大夫的榮銜，三岔驛的大湖就封給他做私產。死後兒子杜衡接下他的官職、頭銜和那一片產業。

左宗棠雖是大行政家，對土著卻不大留情。他認爲，西北邊疆的突厥、龜茲、準噶爾、哥薩克、韃韃等十二族千百年來的問題，定期的屠殺和宗教暴亂，唯有建立漢人殖民地，強迫土著改變宗教，接受漢人生活才能獲得適當的解決。他殺回僧、毀寺廟。等武力壓平了叛變，很多村鎮全毀，回人降服了，心裏都含有敵意和怨恨，他一死，變亂又開始了。

三岔驛地區和西北別的地方一樣，南部岷山住著西藏人，有不少堡壘似的喇嘛廟，北面姚河上流的谷地有一個突厥部落居住，他們是因爲貿易和農業而流散到這裏。杜衡手下的中國兵本來也以征服者的姿態來對付回人，凡有剝削土著、屠殺回人的案情傳到他耳朵裏，他一概嚴辦。捕魚是一項大問題，回人要在湖裏釣魚，因爲他們需要魚類當食品。雖然這個湖是他的私產，杜衡大夫還是任他們自由漁獵。他沒有什麼驚人的成就，但是公正待人，贏得了回族的好感。

一八九五年西寧回變發生，回人爲報復左將軍治下漢人的酷行，大肆屠殺漢人。回教波濤洶湧，幾乎要帶來毀滅，據說死亡的無辜漢民回民總共達到二十萬人。叛變眼看就要傳到甘肅南部了，杜衡把回教「阿亨」叫到他的辦公所，告訴他整個大局，同時用平靜的表情直爽盯著他。回僧笑笑，杜衡也拍拍他的背部，表示友善，雙方沒有說一句話，整個地區就免掉一場恐怖的屠殺，其他地方則無一倖免。

春梅十分感動。「我不明白二叔爲什麼一直那麼敏感、緊張、生氣勃勃。他眼中有冷酷的神色，臉上肌肉始終繃得緊緊的。」

「妳也有這種感覺？我想他對自己的作爲十分滿意。他一定是在美國學到了那種緊張、生氣勃勃的態度。他吃飯也很快，彷彿吃飯也是公務似的。當然叔叔很高興他幫忙擴展了鹹魚的事業。」

祖仁和湘華在東區找了一間房子，身爲杜衡的男孫，不陪父母住在祖宅，在他父親眼中實在是不忠、不孝的行爲，不過他們也有充分的理由。花園小，和鄰居很接近，有摩登的白牆和綠色的百葉窗。最正當的理由就是新房子有搪瓷浴缸，浴室白磚磁鋪到牆頂的一半。祖仁裝了一套淋浴設備，幻想自己又回到了美國。他常常狠命揉擦身子。他赤條條的身子不太美觀，而且他老是把水濺了一地，湘華簡直嚇壞了。既然有浴缸，她不懂得男人為什麼連洗澡都不肯乖乖坐下來。

那天晚上由茶館回來，湘華進入自己的房間，脫了衣服，覺得蠻愉快，又覺得一個晚上的氣氛全破壞了。有點像口渴，妳正在喝水，卻有人搶了茶杯；妳喝了，但是沒有全喝，沒有喝夠。祖仁很會賺錢，自從回國，他就接管了父親的生意，憑遠見和他所謂「進取的策略」加以擴張。他看到新紀元來臨，中國會有更多車路和新建築，這些都需要水泥。他進展得不錯，很快變成西安傑出的現代青年之一。

祖仁和太太分住兩間臥房。他走向冰箱，搜尋進口的「白馬」威士忌；他太太不喝酒。她舞姿很美，但是兩個人好久沒跳舞了。全西安找不到一個高尚的舞廳，也很少跳舞的機會。

冰箱有時候也不靈光，斷電、嗚嗚響，等他放棄了，它又恢復原狀。線路有毛病，西安竟沒有一個人會修；運回上海修理又太貴了。今天冰塊凍不起來，幸虧晚上涼快，他可以不加冰。他喜歡喝一杯冰威士忌蘇打才上床睡覺。他覺得自己犧牲一切，回來為故鄉和祖國效命，實在很高貴。不加冰的威士忌！

「我能進來嗎？」他敲敲妻子的房門。他受西化的教育，禮貌很週到；普通的中國丈夫會筆直走進去。他總是開車門讓太太先上車，走在街上也謹守一定的方位。這是一種習慣，不過也沒有多大的差別。湘華並不覺得他真尊重女人。開車門讓太太先上車不見得表示他有柔情，那種女人內心渴望的柔情。湘華發現，一個人在國外多年，接受整套的摩登教育，他對女人的觀念也不見得會改變多少。我們無權要求紐約大學的畢業生自動變成理想的丈夫，穿西服打領帶會自動清除男人的野氣。不過湘華和許多人一樣，總對西方教育和出國旅遊的好處懷著誇張的看法。

「你去睡吧。我累了。」湘華在門裏說。

「我想先談談，再上床睡覺，達玲。」這句話是中文，「達玲」兩個字卻是英語。湘華的英語會話還馬馬虎虎。這個稱呼是怎麼啦？還是同樣的英文，祖仁追求她的時候，這個暱稱顯得好溫柔、好美妙——簡直漲滿女人的心房，但是同一個叫法現在卻發了黴、走了味，不再美妙動人了。

「你去睡吧。」湘華對他一向很粗鹵，言談就像兩三年的老夫老妻似的。

祖仁掉頭走開，覺很更寂寞了。

她已經脫掉衣服，把頭髮放下來。因爲人瘦，肩胛骨很明顯。她頰上有一股特別的紅光——不是抹上去的厚胭脂，而是洋溢的溫暖感。她對鏡觀察自己的面孔。她覺得自己的婚姻很像吃半熟麵包的滋味，一邊軟軟的，一邊卻又生又粗。她對自己的服裝和首飾相當自豪，老是把首飾端詳半天，才鎖進櫥去，衣服也小小心心掛在衣櫥裏。然後她換上毛邊的拖鞋，溜入絲被中。她的大床有閃亮的銅柱。她關掉電燈，看見丈夫房間的門縫滲出一條白光。

那一道光線使她輾轉反側，她還爲茶樓的槍聲而緊張呢。她聽到丈夫在鄰室踱來踱去，自己咯咯笑起來。「活該。如果他在茶樓不那麼粗鹵，我會讓他進房的。」

她丈夫是不是還像以前那樣愛她呢？他似乎少不了她，需要她，而且也給了她舒適的生活。不過隨便他娶那一個做合法的太太，他都會要她、喜歡她的。祖仁學經濟，天生不熱情，不過可以做一個很好、很規矩的丈夫，值得敬仰的公民。他們剛結婚不久，她就發現自己所嫁的男人相當乏味，腦袋似乎只朝一個方向發展。他看不出她強烈感受的事物。他有心建立好家庭，他的意思也就是住一棟好房子，太太有好衣服穿，客人來的時候菜碼還看得過去。但是他自己從來不喜歡美味的菜餚，一道湯沒有火腿味，他都吃不出來。他就是不在乎這些。人類的神經就像底片；有些很細緻，能捕捉一切光色的變化，有些則粗粗陋陋的。他胃口不錯，精力充沛，但是他沒法欣賞遏雲輕快的韻律和美妙的音調，他只聽到噪音和傳達意思的聲音。大鼓名伶的某些辭藻是華麗、冗長、故作聲勢的廢話——他就不耐煩了。他一向對文學敬而遠之，甚至有些害怕。他也不懂太太爲什麼打開皮包，拿錢給街頭發抖的乞丐。他說他不贊成乞討，這樣會鼓勵怠惰。在寒冷的夜裏，乞丐往往凍死在路邊。

根基穩固，受人敬重是他私下的理想，清潔、進步和水泥則是他對中國的願望。「中國需要的是水泥，」他對太太說過一千遍。「咦，美國的水泥路好乾淨，你躺下來都不會弄髒身體。」

她是在上海認識他的。他剛留美回來，帶著西化青年一切的光采。湘華兩年前畢業。雖然他皮膚粗黑，體格倒很壯，衣著又無懈可擊；每一方面看來，他都具有清醒、能幹、正經、嚴肅、進取青年的神色和氣氛。湘華被他自吹自擂，大談美國的話題弄得暈頭轉向。嫁歸國學人是摩登的舉動，是現代社會的最高標準，湘華覺得她再也找不到更好的男人了。他們在上海歡度了兩個月，幾乎每隔一天就到豪華夜總會跳舞，和他的朋友們聚會，上蘇州、杭州、無錫郊遊，最後定居在古都西安的家裏。

結了婚，女人往往會發現兩個心靈的真相。首先是丈夫的。男人內心的思想和秘密的野心都暴露無遺，不像社交場合那麼容易掩蓋和隱藏；人類性格的種種限制、弱點、偏見、自我主義，和無知都展現出來。而且她通常會發現自己的靈魂，找到自我，找到她的命運，她出生的目標。第二個發現要從孩子落地開始。湘華已經發現了丈夫的靈魂和個性，卻還沒有找到自己的。

她來到西安就茫茫然失去了方向——奇異、陌生的西安——這是李白、杜甫、楊貴妃住過的地方，漢武帝曾在這兒建都，遠征突厥，多少戰役發生，朝代易手，宮殿連燒數月，皇帝的墳陵遭到掠奪。祖仁幫不了她的忙。聽說城外有「唐宮」和「漢鎮」，但是她從來沒見過；她丈夫把那兒說得一文不值。「沒什麼好看的。只是土丘和村落罷了。」她在大學讀過「景教碑」的記載，已有千年歷史，是遠入中國的景教基督徒建立的，就在西安城外的一座廟裏。她連「景教碑」都沒見過。她丈夫甚至不知道有這麼一個東西存在；他老是辯論說，他學的是經濟嘛。

今晚郎如水提到唐朝來西安的基督徒，突厥人和波斯人。郎先生還告訴她「波斯關」——唐代波斯人所住的特區——的資料。他一面談，她一面感染了他的熱勁兒。他說有一天他和朋友們救下了六塊古雕刻的鑲板，那些鑲板被一個窮人鋪在院子裏，天天踩來踩去。每一塊板子都刻著一個全身的女像，顯然是波斯人。那些女人穿外衣、戴帽子，腳上是翻起的小鞋。「真不可思議，」郎先生說，「很像波斯帽。那幾塊鑲板一定是八世紀左右的遺物。」這時候，她丈夫來到她後面，輕輕拍她的肩膀說，「走吧。我們回家！」他就不肯坐下來，等她把話說完。他天生不是那種脾氣，就算沒有醉鬼出現，就算他坐下來等，他對郎如水的話題也不會有興趣。

如果有一個甜蜜的小寶寶睡在她身邊，對她咕咕叫，她就不會那麼空虛了。唯有嬰兒的小手能解開女人本性的環結，打開她的水閘。沒有人打開湘華的環結；醫生說祖仁不能生育。

6

柔安搭黃包車到火車站附近的「翠香樓」飯館，心裏卜通卜通跳個不停。外面下雨，黃包車前面遮得密密的，只有眼睛上端射進一條光線，讓旅客看到街上的情景。和李飛約會也沒有什麼不對，但是這樣沒人看見她，心裏覺得舒服點。已近黃昏，她由邊門溜出來，她必須回去吃晚飯。他到學校找過她幾回，也打過電話給她，但是到現在還沒有約她出來過。

這是她第一次正正經經和男人約會。一到飯館，心跳得更厲害，李飛在茶樓對她很坦白。她喜歡他談吐的方式，彷彿他們已認識很久了。他就是那樣。她也喜歡他那雙清晰的大眼所放出的頑皮光芒，筆尖又有才華和獨立的精神，由「磕頭」那篇文章就可以看出來。她喜歡愛旅遊的青年，對生命玩笑置之，和她所見過的一切認真、平靜、能幹的薪水階級完全不一樣。她接過年輕人不少動人的情書，有些相識，有些不相識，內容純粹是自作多情，她一看就噁心。

她走下黃包車，穿著紅羊毛外套進餐館，努力壓住滿臉的興奮，四處張望。李飛正在等她，立刻上前替她脫下外套。

後房正對著鐵路廣場，隔五十碼就是火車站。雨聲漸漸小了，旅客和挑夫在月臺上走來走去，一輛火車頭正慢慢在邊軌上移動。雖然只有他們兩個人，能看到外面的風景，柔安總覺得自在些。

柔安把皮包放在桌上，盯著他。

「妳幾點要回去？」他說。

「七點以前。」

「我很高興。」他慢慢捲舌說。「我叫妳柔安好嗎？我不喜歡叫小姐。」

「請便。」表面上她比李飛還要興奮呢。

「妳也叫我飛吧。我打電話給妳，因爲我要去蘭州，希望臨行能見妳一面。」

柔安現出詫異的眼神。「你要去多久？」

「不一定。這是我自己向報社要求的。我要看看邊界，先打探新疆的情形。我對那個陌生的世界始終充滿幻想。」

「你有些魂不守舍，對不對？」

「我喜歡旅行，研究其他種族的生活。嘿，我和妳訂一個約。妳若答應再見我，我十天後就趕回來。我可以搭飛機來回，報社會出一部份旅費；這就是當記者的好處。我自己可出不起全部費用，我是窮人，不像妳。」

「我也不富啊，我爸爸的財產都被國民政府查封了。」

「有這麼一個爸爸，一定很不錯，」李飛說。

「我想是吧。我很佩服他。你知道他是保皇黨。」她的眼睛筆直盯著窗外。

李飛叫了兩碗湯麵。

「是啊，我讀過他幾篇文章。妳一定繼承了父親不少才學，可以說，妳來自『書香世家』。」

「你知道，書香還雜著鹹魚味哩，我叔叔是『鹹魚大王』。」

李飛大笑。她又繼續說，「當然我聽父親說起不少康有爲和梁啓超的故事。你欣賞梁啓超的文章嗎？」

「還不錯。」

「近代作家你最佩服誰？」

李飛很高興，也有點吃驚。他早該料到「翰林」的女兒會問這個問題，不過他還得時時提醒自己。在他心目中，她只是一個眼神如夢、睫毛濃黑的聰明少女，也就是這一點叫他著迷。

「佳音學派，」他斷然說。「可惜那份雜誌停刊了。唯有他們揉合了古典的雅意和現代強大、合邏輯的推理。古典風格的缺點就是說理不精確，往往失之空泛。」

柔安很意外，簡直像發現了同好。佳音雜誌早已停刊了，自然沒有人模仿，因爲一個人若不十分精通古典文學，又徹底受過西方的邏輯訓練，根本學不來；「佳音」的主編姓張，是留英的法律系學生，她只由父親口中聽過「佳音學派」。

「我父親也這麼說，」她說。

這是一次古怪的約會。她來赴約的時候，曾經希望李飛向她示愛。她不會生氣的。

外面還下著小雨。等他們吃過湯麵，他說：「妳要不要散步？我喜歡在雨中走走。」

她遲疑了。她不想淋濕，但又不願叫他失望，兩個人就一起走出來。日子很短，街燈稀稀落落排成一串。她和李飛並肩慢行，手插在口袋裏，一股新鮮的土味和濛濛的雨滴迎面飄來；她發現了他的某一種特色。雨中漫步似乎能激發他的思想，他甚至不打算扶她。他看到路邊一個破孔的排水管，就想起家中破孔的水塞。

「西方的東西總做得牢固些，郎如水不相信西方文明，我可相信。」

她回答說，「我父親常說『中學爲體，西學爲用』。他還信那一套。你看法如何？」她很想知道他對父親的概念有什麼看法。她見過他輕鬆愉快的一面，也見過深沉嚴肅的一面。

和所有現代中國人一樣，李飛深知中國遇到了優秀的西方文明，政治、機械、音樂、戲劇和醫藥都優於中國。李飛不像郎如水，他相信進步，相信中國應該略做調整。「調整」是現代中國一個溫和的字眼，代表社會、知識的大變革，人們不但面臨新事物，也面對了新觀念。最後總是回到老問題上，中國有什麼不對勁，或者中國應該怎麼辦？

兩個年輕人在雨中思索這個問題。

李飛很熟悉「中學爲體，西學爲用」這個名辭，這是光緒維新派最喜歡的說法，意思就是中國學識爲根本，西方學識爲工具；也就是說，我們應該保持中國文化的精神，把科學成果用在日常生活中。多多少少也暗示中國文明屬精神，西方文明屬物質；我們應該心靈維持中國化。

「我不信那一套，」李飛回答說。「根本不通。基體和功能是分不開的，妳佩服一個國家，只佩服它的產品。但東西是人類腦子創出來的，妳不能將產品和製造產品的腦袋當成兩回事，總不能說發現無線電的腦子比製造漏孔水塞的腦子缺乏靈氣吧。這個想法等於邊讀孔子哲學，邊用西方肥皂、聽收音機、拍電報。我們是主人，替我們做電報儀器和肥皂的西方國家是僕人。我們在騙自己。個人可以這樣，國家卻不行。不懂電學，就不能製電報。只用一樣東西，不明白它的道理，實在不高明。沒有了機械原理，妳甚至連巨纜和簡單的長銅線都做不出來。」

「你認爲中國必須改變囉？」

「那是不用說的。舉水塞、螺絲釘、甚至縫衣針和鐵釘這個簡單的例子，西方的針線、鐵釘、螺絲和木塞做得比較好，因爲是機械原理做的。一般主婦才不管那根針是西方製還是中國製的呢，她只要一根好針。我們不肯不用；卻硬不肯自己製造。除非我們具有製造那些東西的腦袋，我們自己根本做不出來。」

「我辯不過你，不過我父親深信一件事，他老說『失去靈魂的國家完蛋了。』」

李飛讀過她父親登在雜誌上的尖刻文章，對這個說法並不陌生。

「這是錯覺。如果國家有靈魂，絕不會失去的。但是我們要弄清楚，用肥皂而不用豆渣的人不見得就缺少靈性。大家都有一個錯誤的觀念，以爲一週洗一次澡的人比天天洗澡的人更有靈氣；根本不見得。」

「但是我們可以一面享受現代的舒適生活，一面維持靈性呀。我父親也許是這個意思。他說，我們可以用搪瓷浴缸，但是別忘了我們對人生的基本看法。」

「談到舒服，我倒不覺得西方有什麼值得效法的。若單論舒服，我還支持中國哩。大家都不知道，我們其實是很重物質的文明。住公寓、用電梯的西方人自以爲享受了舒適的生活，他簡直不知道舒服的滋味；住在不用電梯的平房豈不更好。別以爲西方人會享受，他們用高領、皮帶、吊帶來束縛自己、勒住自己，而我們在室內室外都穿便袍和睡衣。」

「我父親聽到你這些話，一定很高興。你何不寫一本書談談這個問題呢？」

「我也不知道。不識字的軍閥在我們頭上作威作福，愛殺誰就殺誰，討論文明未免太沒用了些。臨到我該出來說話的時候，我也許寧願得罪人。」

他們來到市政府附近。天色已經全黑了，他們走了半個多鐘頭，她的腿很酸。

「現在我得回家了，」她說。

他停下來面對她，手還插在口袋裏。「妳真的非走不可啦？」彷彿他們坐在客廳，他是主人似的。

「真的要走了。你什麼時候動身？」

「飛機星期五開，我下星期就回來。妳會答應和我見面吧？」

她點點頭，眼睛在夜色中閃爍。

「那就一言爲定囉。」

他替她叫了一輛黃包車，伸手告別。那時他可以吻她，爲什麼沒有動呢？真是個怪人，她想。但是她爲他而興奮；如果他只說些普通年輕人和女友散步時愛說的情話，她也許會對他失望呢。很高興他沒有這樣做。

二月轉入三月。早晨的太陽由窗口射到柔安閨房的鏤花隔板上。搖晃的樹影告訴她，今天風很大呢。在颳風的日子裏，她老聽到正院屋簷下的小鐵鈴叮噹響，她打小時候就聽慣了這種聲音。鈴聲依舊；人事全非。她靠在枕頭上，可以看見正院彎曲的屋頂邊緣藍綠色的陶土小公雞。她有點近視，不過腦海中清晰映出它們的影像，因爲她小時候常抬眼看屋頂上的那幾隻公雞哩。

今天早晨她心中充滿幸福和期盼，同時又一臉認真，李飛回來了，咋晚打電話說要帶她見家裏的人。她聽到唐媽在門廊上爲秋海棠澆水，她叫人把早餐送到房裏來，是一大碗湯麵，兩個荷包蛋和一片火腿。她看看院子前面的白牆，狂風猛吹著兩棵大梨樹，枝上已有新芽，她知道春天來了。去年春天，她眼看梨樹花開花落，在孤獨的院子裏聽著同樣的鈴聲，覺得好寂寞；今天她看到梨樹發苞，心狂跳不已。這種大風天她不想再散步了，幸虧李飛打電話說，他們要到屋裏坐坐。

昨天晚上她這廂的電話鈴一響，她就衝上去。

「我今天下午剛回來。」

「旅程如何？」

「很辛苦，不過我很高興。本想待久一點，但是我想念妳。」他的聲音溫婉而熱情。「柔安，我有一個要求。妳肯不肯去見我母親？」

「我以爲是兩個人單獨見面哩。南郊的桃花都開了，我們何不到那邊走走？」

「柔安，拜託。」

「是你母親說要看我？」

「不，是我提出來的。」

她遲疑了半晌。「我寧可不要。我會緊張的。」

「不必緊張嘛，這件事對我有特殊的意義。」

「好吧。我願意看看你家，參觀你工作的地點。」

兩人要傍晚才見面，還有好幾個鐘頭；只要期待著約會，一切都好過多了。她走出院外，觀賞梨樹上的小花苞，不再覺得寂寞。她希望李飛的母親中意她，這個年輕人——他顯然是認真的——能進入她的生活，引她脫離花開時節的一片空虛感。唐媽由窗口看著她，知道她戀愛了。

在蘭州短短幾天，李飛已探出回變的概況。回亂已打了一年，最近在吐魯番一帶又重新燃起戰火，據報導很可能擴大，把整個新疆捲進去。

這次的導火線是一個中國小稅吏把一個回教少女帶回家。回教女子不能嫁教外人，這次是兩情相悅，還是仗勢逼姦，大家都不敢斷定，但是哈密附近的回教人早已心存不滿和怨怒。哈密王的權利被剝奪，專制的金主席又開始重配土地。在這個善意的藉口下，本區的突騎施族——也信回教，佔新疆人口的百分之七十——被趕出故居，分到貧脊的土地，而他們原來的沃土則分給甘肅來的漢人和滿洲來的難民。回人怨恨不滿，結果一場宗教事件就把不滿化成毀滅的烈焰。那個回教女子被中國官吏帶走，整個哈密都沸騰了。據說回教僧侶決定，那個中國官吏和他們本族的少女處死，結果真的照辦。金主席把突騎施族趕出哈密，他們就退到吐魯番平原。突騎施族僧侶約巴汗向甘肅的回教漢人名將馬仲英求援，馬仲英衝進沙漠，帶五百騎兵來助陣，和其他回教兵力會合，包圍哈密六個月之久。

奇人馬仲英是年僅二十二歲的將領，中國人叫他「小司令」，回教徒叫他「死亡天使」，他一路衝鋒，進逼新疆省會迪化。後來他受傷，一時衝動，就撇下戰局不管。他回到甘肅西北的肅州，掠奪西特探險隊基地的汽車、輪船、零件和無線電補給品，但是他所接觸的其他各軍仍然繼續打下去。中國主席封鎖了新疆邊界，很少消息傳出來。

李飛原可上肅州去見馬仲英，這時有五位漢人回將，都姓馬，彼此有親戚關係，馬仲英最年輕、最兇猛、野心最大，在回教人心目中是個大人物。但是肅州離蘭州四百哩，李飛心裏又有別的事情。他答應柔安最遲第二個禮拜六要回來的。

一路風塵僕僕，他搭了五天車，走四百多哩的餘程。公車翻山越嶺，但是平涼一過氣氛就不同了。十天前他動身去蘭州的時候，到處還是冬天的情景，四野一片白色，樹枝也光禿禿的；現在各地的麥芽都冒出來，有些已呎餘高。擁擠的汽車駛過紅色的矮山和田野，他恨不能飛回來，奔向他違別十天的少女。

到了家，他走回自己熟悉的斗室。房裏有一張他父親用過的舊書桌，抽屜上裝著四方的銅把手。牆上是一個沒有加漆的書架，幾本書散放在地上。

餐桌上他對母親說，「媽，我能不能帶杜小姐來看妳？」

「誰？」

「我跟妳提過的那個女孩子，市長的姪女呀。我要她來見妳，妳會喜歡她的。」

李太太有點發窘，她畢竟是舊式的女子。在她那個時代，女孩子就算訂了婚，也不好意思上男家，更不要說和未婚夫的母親會面了。

「我該做些什麼?怎麼稱呼她?」

「妳就叫她杜小姐嘛。什麼都不必做，只要把她當做我的朋友就好了。」

他母親確實很想見見兒子中意的少女。「好吧，時代真變了!不過，飛兒，我很高興，我們不該隱瞞什麼。」

「妳是指什麼？」

「我是說，我們是貧賤人家，我們家大門可沒有石獅子。如果她看了我們家，還喜歡你，那她大概是好女孩。你知道我們家不適合千金小姐入門的。」

他回房坐下來，寫一篇他在蘭州的見聞；回變和回人的一切都使他感興趣。他很想寫一串「新聞通訊」，一定很新鮮。新疆有法國、德國加起來那麼大，占了中國四分之一左右，卻完全籠罩在神秘中。

第二天他沒有去找朋友們，怕他們留他。他希望整天空下來。

他到巷口去接柔安。她發現自己被引向一間樸實堅固的住宅。心卜通卜通亂跳。這件事不太妥當，她滿懷歷險感。她想，這也許就是李飛的作風吧，衝動，不落俗套，但是動機高貴無邪。

屋門半掩。他推門大叫說，「媽，杜小姐來了。」

柔安看看小院子，大約十呎乘二十呎見方。廚房伸到大門口附近，上兩個臺階就是堆放柴火和煤炭的地方。說是大門，其實是後院。屋子有東廂和西廂，南面圍成一個小院子，面對鄰居後面的一扇牆壁。

柔安瞥見廚房一個少婦的面孔，客廳的窗條後面也有幾張小臉。

李飛掀開厚厚的夾簾，內院的光線映出一間整潔卻塞滿傢俱的房間。由藍色的地氈看來，這家人在陝西算是中等以上的小康之家。李飛注意到，他嫂嫂在屋角的大桌上放了一塊新的紅絨布，還有一瓶鮮花，不禁微笑了。

「好啦，這就是我們的公館。」他大笑說。

三個小孩都站在附近，最小的才三歲。兩個大孩子一男一女，用好奇的眼光盯著柔安。

李飛介紹孩子們和柔安見面，他們眼睛不離客人，開始吃吃笑。

「請坐，」他指一張鑲黑布襯羊皮的舊籐椅說。

柔安憋憋扭扭坐下來。她瞥見一個少婦晃過去，消失在東廂的房間裏。彷彿聽見幾聲悄悄話，才看見一個中年婦人慢慢走出來，由少婦攙著。她額上加一條黑束帶，中間鑲一塊方形的綠玉，還帶著小小的玉耳環。

柔安立刻站起來。

「媽，」李飛連忙去扶她。他出門迎客前，聽說母親要穿上最好的海藍色銅扣衣裳。他告訴母親，這只是隨便的拜訪。但是母親受慣了老式的儀節訓練，對少女訪客難免要正式些，何況她對她又十分感興趣呢。李飛的嫂嫂端兒在最後一分鐘衝進去，看看婆婆臉上的粉有沒有擦勻，裙子在足踝上是不是長度相當。

柔安靜立在一旁，看一個快樂威嚴的母親由兒子和媳婦攙出來。這是令人感動的畫面。李老太太挺著頭部，雙眼注視年輕的少女。柔安臉紅了，但是她很高興自己見了他的家人，對他更瞭解幾分。她羨慕李飛有媽媽。端兒超速瞥了她一眼。

「我母親，我嫂子，」李飛說。

柔安鞠了一個躬，等他們把老太太扶上座位，才小心翼翼坐下來。

「我知道我來看您很冒昧，但是令郎要我來的。」柔安開始說客套話，不太確定自己有沒有說錯。

母親右耳不太靈光。她轉向端兒，端兒把柔安的話重複了一遍。

「正相反，妳來，我們很榮幸，」做母親的人回答說。「我們的小屋子亂糟糟的，妳不要見怪才好。」

「媽，柔安！妳們如果要講官話，我們根本就沒法談下去。」李飛說。

「妳別怪我兒子，」母親說。「他不懂禮貌。說真的，我們的房子實在不配招待妳這樣的小姐。」

「我母親要爲我們的破草寮道歉哩，」他開玩笑說。

「來這邊坐，杜小姐，」母親指指左邊的一張椅子說。「我右耳不好，這樣我們才好說話。」

柔安的憋扭一掃而空。他母親雖然有了皺紋，輪廓倒挺秀氣的，而且眼神很單純、很清晰。柔安不再怕她了。端兒到廚房去泡茶，纏在她身邊的孩子就圍到祖母四周。李飛就近找一張椅子坐下來。

「我說到那裏了？」母親問道。

「這位小姐光臨，妳很榮幸，媽，」她兒子說。「再從頭說這間破草寮吧。」

母親慈祥地看看他，對柔安正色說，「妳真的別怪他失禮。妳和他熟一點，就知道他心還不壞。」

「他對我很好，」柔安說。「我受傷的時候，他幫過我的忙。」

「是啊，他說他就是那樣認識妳的。」母親說得很慢、很清楚。

「李太太，您有一個聰明的兒子。他很有名呢。」

「我知道他聰明，不曉得他有名氣。」

李飛起身到廚房。

「嫂子，我來幫忙。嘿，妳覺得她怎麼樣？」

「她蠻誠懇的，和我想像中不一樣，不像一般富家千金自以爲了不起。」端兒是鞋匠的女兒，丈夫事業做得不錯，她覺得自己很幸運，帶著三個孩子，請了一個女傭幫忙，她理家理得蠻快活哩。

李飛從磚灶上拿出一塊抹布，動手擦舊茶壺的邊角，茶壺都有了裂痕。他手托茶盤進客廳，把茶盤慢慢擱在桌上，開始放茶杯和茶把。

「你該用好茶壺。我們有一個新的嘛，」母親說。

「媽，沒關係啦。每一個茶壺用久了都會裂，對不對，柔安？我們平常用這個茶壺已經用了十年了。」

「我不要客人以爲我們家裏連一個好茶壺都沒有。」

李飛倒了茶。端一杯給柔安，然後拿一杯給母親。

「別洩氣，媽。舊茶壺也沒有什麼不好嘛。」他低頭看母親，手徐徐搭在她背上。

李飛的姪兒、姪女天生親切，現在大女兒小英走上前來，身體靠著柔安的椅子，用手摸她的髮辮說，「妳的頭髮好漂亮！」

「我燙過了，」柔安看看小女孩說。

「我喜歡媽媽有一頭和妳一樣的花捲，」小英說。

端兒拿一盤熱包子出來，李媽端著另一個盤子跟在後面。小孩子衝向熱騰騰的點心。「孩子們！」他們的母親大聲制止，先把包子端給客人。

「來吧，」她對小孩說，「每人一個。」

「我們沒有精緻的東西來請妳。」李太太說。

「您不知道我現在多高興。」柔安答道。

小英慢慢啃包子，知道只能吃一個。但是三歲的么兒小淘兩三口就吃完了，塞得小嘴鼓鼓的。柔安的包子還沒動，小傢伙走上來盯著包子。

「妳不吃？」小淘滿眼困惑。

「走開，小淘，」他母親大喊。「別太貪心，你晚飯都吃不下了。」

小淘一搖一擺走開，柔安看著他失望的表情。

「小淘，來吧，」她叫道。「讓他再吃一個好了。」小淘走回來，胖胖的小手慢慢抓住柔安給他的包子，一臉得意的表情。

「我這幾個孩子真丟人，」端兒說。

「妳的家庭很幸福，」客人回答說。她眼中有快活的神色，她就是渴望這種溫暖幸福的小家庭。於是屋裏充滿女性的家常話兒。李太太問起客人的家庭情況，孩子們更增添了熱鬧的氣氛，只有小英靜立在母親身旁，聽大人說話。

時間過得很快，柔安站起來說要走了。

「我能不能參觀你房間？」她問李飛。

他領她到西廂的房間，窗口對著內院。她流覽書桌和地上的一堆書，書桌靠裏側，臨近窗口。窗紙半捲，傍晚的光線落在書桌上，映出滿桌的書本和紙張。她看到桌上有一本攤開的《香妃誌》。

「你在讀新疆的資料，」說著用手摸桌面。「你還用油燈？」

「小時候用，現在還喜歡。我喜歡煤油和臭氣的味道，能激發我的靈感。」

柔安大笑。「你真怪。這邊很靜嘛。」

「除非小孩上床，也靜不到哪裏去，妳也看得出來。」

他們走出房間，母親正在等他們，柔安謝謝大家的招待。

「我陪妳走一程，」李飛說。

出門到巷子，他面對她。「妳覺得我母親怎麼樣？」

「你有這麼慈祥的母親，真幸運。誰都會喜歡這麼一個親切的老太太。」

「我很高興。我好急喲。」

「爲什麼？」

「希望世上我最關心的兩個人彼此能有好印象。」

她滿面通紅。他說得很自然。她彷彿有話要說。「我羨慕你有這樣的家庭。」

「是啊，稍微擠一點、吵一點、亂一點。我嫂子也是一個單純的女人，不過她很滿足。」

「這就是我心中理想的家庭。我家像陵墓，外表很漂亮，裏面又空又冷。」

他們繼續向前走。夕照使灰灰的巷子和鄰居的房屋都顯得柔和些。天空有烏鴉盤旋，幾個孤漢在荒郊忙了一天，正要走回家；溫暖的春風拂上他們的面頰，幾枝桃樹開滿了粉紅色的花朵，止由牆上伸出來看他們。

他們邊走，李飛邊談他去蘭州的經過，以及他到邊疆看回人的願望。

「我對他們很有興趣，」他說。

「如果你想看他們，應該去三岔驛。湖水很美，附近還有喇嘛廟。你會看到小雞、小狗趴在屋頂上。」

「聽來蠻有意思的，」他叫了一輛黃包車，送她回家。

他一回來，母親就問他，「我們會不會丟臉哪？」

「不會，媽！妳不知道妳有多美。」

他個子高，母親個子矮。他把手放在她肩上，愛慕地俯視她。她把他的手甩開說，「嗟！我都老太婆了，你不該拿出那個破茶壺。」

他大笑。房屋一角傳來端兒清脆的聲音。「杜小姐很漂亮。」

李飛高高興興回房去了。

第二部

滿洲客

7

遏雲從小就受戲曲和說書的訓練，因爲她父親也幹這一行。戲子、女伶、樂師的地位都不高。他們嫁娶圈內人，子女又從父母學藝。藝術家和樂師從名伶、高級歌女到一般藝人，無所不包。子弟若沒有音樂天分，就學拳術。他們的世界很狹窄。藝人和武師常常在路上奔波，被稱爲「江湖客」。他們的活動圈只限於舞臺、騾車，偶爾也在富家的宴席上表演。「賣身」和「賣藝」有一個微妙的區分，界線很難劃，而且在職業有關的社交中往往很容易越軌，這就靠他們本身的人格來約束了。歌女的身子應該不能侵犯，她第一次接受男人要經過審慎的商議，而且要根據她的名氣大開筵席來慶祝。

遏雲是父親和母親教大的，母親已死，從前也世代唱戲；她十三歲就顯出偉大的才華。唱「大鼓」比較自由，不靠任何班子。遏雲手勢靈活，又有生動、巧妙的表演天分。她告訴方文波，她去年春天離開北平，到瀋陽待了幾個月，後來被日本人趕出來。北平也不安全，她就下南京，不久上海附近掀起戰火，她只好再度出奔。說來她是道道地地的戰爭難民。

遏雲和她的父親老崔很感謝方文波。方文波把崔姑娘當做自己的門人，請朋友去看她，請她吃宵夜，他覺得很榮幸。他說他絕對沒有歪念頭，這倒是真心話。遏雲是一個活潑的少女，有一雙雌鹿般的眼睛，現在爲自己的聲名而高興，不過還天真無邪的。方文波夜夜上茶樓，他曾經再度帶郎如水和李飛去聽戲，郎如水一句話也不說，卻爲她神魂顛倒。方文波曾單獨去看她好幾次，郎如水一直盤問他，他知道方文波和女人鬧慣了，有點擔心。

「喔，」方文波說，「我的年齡都可以當她爸爸了。我只是為自己發掘人才而得意，我對她的興趣只限於她的演技。」

方文波老愛裝腔作勢，其實他為朋友可以不計一切。郎如水願意相信他。方文波對女人沒有什麼高貴的理想，他常常上紅燈區，不過他老是提供朋友可貴的建議。「千萬別惹良家婦女。你若要女人，到處都有，但是不能惹良家女子，她們將來要嫁人的，這樣你就不會有煩惱了。這是我的原則。」

方文波還有一個原則，就是「服從自然律」。每次他說要去服從自然律，李飛和郎如水都知道他要上哪兒，就不打擾他了。不過，他對遏雲是採取保護，幾近父兄的態度。

那天晚上，醉漢被扔出去以後，方文波帶郎如水進去看遏雲父女，心中充滿高貴的情操。他把手放在少女肩上。

「妳怕不怕？」

「怎麼不？」她的腔調很迷人。

老崔倒了兩杯茶，遞給方文波和郎如水，手還在發抖。然後又倒了一杯給女兒，一杯給自己。他一面喝茶，一面斜瞟著方文波。

「有方老爺在，算我們幸運。」她父親對方文波說話，總是避免用「你」字。「茶樓裏有這麼多軍人，這種事難免要發生。幸虧方老爺在。」

少女沒精打采，跌入一張直木椅中，手臂擱到桌上，頭也靠過去，似乎累到極點了。說書是很累人的工作，夏天晚上，她演完非換內衣不可。看她表演的方式、優雅的姿態與完美的節奏，聽眾一定以爲這一行很輕鬆，每一個故事她都說過好幾遍了嘛。其實不然，她的神經繃得緊緊的，五官密切配合；她必須相信自己所說的故事，而且每一個音節、手勢、腔調和鼓聲都要算得恰到好處。

郎如水看到她的頭髮隨背部一起一落，白皙的雙手擱在桌上。她父親慢慢裝好長煙斗，把玉煙嘴插在唇上，點著了，開始吸起來。

「方老爺，」他說。「我們父女多虧了您。我想方老爺若不嫌棄，遏雲就做您的乾女兒吧。」

「遏雲，」她父親說。「出去吃宵夜好不好？」

遏雲慢慢抽回手臂，把頭抬起來。「怎麼？」她睡眼惺忪問道。

「我們去吃宵夜。我要方老爺做妳的乾爹。」

「反正我也想邀妳出去，」方文波說。

「她累了，」郎如水說。「何不讓她睡覺休息呢？」

遏雲用手托住下巴，眼神空空洞洞，「沒關係，」就從椅子上站起來。

他們走下樓，看見兩個人站在大門口。他們是外貌馴良的老百姓，但是長袍的領口和胸口都敞開著。他們走向方文波，抓住他的手，彼此交換秘密的訊號。

「幹得好，」方文波說。「現在沒事了。」他遞了兩張一元的鈔票給其中一個人。

他們到附近一家小飯館，挑了一間樓上的雅房。跑堂的認識遏雲，掀起簾子讓她過。一盞電燈由天花板垂下來，燈上是普普通通的白瓷燈罩。中間有一張白布覆蓋的方桌，三、四張硬背椅和幾張黑漆小桌緊靠著牆壁。

天氣很暖，郎如水走到窗前，開了窗，凝視外邊的夜色。跑堂的上來，在各人的茶杯裏倒上素馨茶。

遏雲習慣吃宵夜，馬上精神就來了。方文波坐下來研究菜單。他偶爾徵求小姐的意見，很快寫下幾道菜名，檢查一下，再略微修改，交給跑堂。計有魚雜湯、竹筍炒扁豆、炸雞翅、雞油豆鼓燒鱸魚、南京板鴨和鹹蛋。還點了天津的五加皮酒。

「如水，你在那邊幹什麼？」

郎如水回過頭來。他頭上那頂西伯利亞式的波斯綿羊帽是返鄉途中在哈爾濱買的，使他顯得比實際上高一點。「沒什麼。我在看屋頂的夜色。」他在方桌旁坐了下來。

「妳一定很辛苦。我聽妳說最後一個故事，聲音抖了一下。」

郎如水看看遏雲，她兩手各拿一隻筷子，玩得正起勁呢。

「你聽出來啦？我繼續說完，以爲觀眾沒有注意。」

做父親的人又說了，「若不是方老爺，不知道那個醉鬼會鬧出什麼事來。」

「別擔心，」方老爺說。「我們的弟兄每天都保護那個地方。」他轉向少女。「只要我在城裏，妳就安全了。沒有人敢動妳一根汗毛。」

遏雲感激地看看他。「我們賣藝的姐妹不怕街頭的流氓。我們天天看他們，早已習慣了。當然啦，在北平我們也有自己人。江湖人互相尊重，我們只怕大官和官少爺，那些公子哥兒。」

她白皙的雙手放在桌上。郎如水雙手蓋上去，表示要保護她。

「想想妳這樣的小姑娘居然要在遊民粗漢間拋頭露面。」

「你認識他們，就知道他們並不壞，」遏雲目光閃閃說。「只要能以拳頭對拳頭，你就可以來去自如，沒有人會傷害你。他們可沒有半點歪心。世界太大了，只要有藝人的地方，自然有花花公子和粗漢，你也許不喜歡他們的大蒜味兒，但他們是出外謀生，像我們一樣找樂子的人。除非你是鄉下來的嫩角兒，或者不懂規矩，想壓制他們，他們是不會打擾你的。最難對付的是大官和有錢人家的浪蕩子。」

郎如水微笑了。「妳年紀輕輕，好像懂得不少嘛。」

「我是在江湖中長大的，我們吃的是這種飯。我們賣藝的姐妹可以和莽漢翻山越嶺走一百哩，可是若和紳士在同一間屋子裏待一夜，就不安全了。」

這番話和她的小小的俏臉、天真的圓眼睛很不相稱。

「妳是說妳不信任我們！」方文波笑笑說。

「我不是指你方老爺和郎老爺。」她咯咯笑著。「你幫了我這麼大的忙，我若有這種意思，未免比一條狗還不如。」她懂得應對高級的紳士。

「這才像話，」方文波讚許說。「妳也別恭維我，妳敢和我在同一間屋子裏過夜嗎？」

「我敢。」

「妳是說我不是紳士囉？」

她皺起眉毛。「你真會逗人。你書讀得多，我不會和你咬文嚼字。我是說，你是真正的紳士。」

「你真不害臊，」郎如水對方文波說，「人家小姑娘累了一晚，想要吃頓飯，你卻和人家嚼嘴磨牙。」

「謝謝你，」遏雲說。「我不會那樣說的。自從來到西安，幸虧能碰到你們。女孩子也可能遇到壞人，我們若受不了善意的小玩笑，還不如放棄這一行呢。我只懊惱沒有像你們讀那麼多書。」

「妳認得多少字？」

「很難說，大概有幾千字吧。」

「真的？」郎如水很意外。

「我們要讀傳奇小說和正經書，總要看字嘛。過不久就認得了，知道老是那些字。」

「妳會說多少故事？」

「五十個左右。」

「妳記性一定很好，才能一行一頁記得清清楚楚。」

「那是我們的飯碗哪。我不懂你們有學問的人怎麼寫得出一本又一本著作，話都教古聖人說完了，你們怎麼還有那麼多話可說呢？」

方文波正在啃一塊南京板鴨。五加皮溫暖了他的腸子，精緻的鱸魚撫平了他的口舌，滑溜溜的雞翅潤濕了他的喉嚨，他覺得又輕鬆又舒服。

老崔又倒了一杯酒。「敬方老爺，」他舉杯說。「我是說真的。遏雲，敬妳乾爺一杯。」

「你知道我不會喝嘛。」遏雲啜了一口，就放下酒杯。「我真的不能喝，不是心裏不願意，是舌頭不聽話。你若要我喝茶，我就喝三大杯表示敬意。」

「等一會，」父親說。「妳若真要做方老爺的乾女兒，妳應該站起來鞠三個躬。」

她側身挨近方文波，手貼著身子，深深鞠了三個躬。

敬完禮，她走回座位，拿起一個茶杯，連倒了三杯茶，一杯一杯喝下去。「敬你，乾爹，」然後把空杯拿給大家看，高高興興坐下來，一切都不拘禮俗。

「照規矩，」她父親說，「遏雲應該到您家，讓您放一根紅束帶在她頭髮上。」

郎如水倒了一些酒，起身說，「敬遏雲！」

少女迅速瞥了他一眼。

「你該對我的乾女兒說幾句賀辭，」方文波說。

郎如水秀氣敏銳的面孔在燈光下微微發紅。「我沒有什麼話可說。說那些有什麼用呢？世上只有一個遏雲，你不能給百合花鍍金吧。」

遏雲的眼睛笑瞇瞇對他眨了一下。她是真心喜歡這句恭維話。她享受著職業上的成就，現在又不必擔心安全的問題了。

郎如水對遏雲清新活潑、既文雅又天真的氣質十分傾倒。在巴黎的時候，他曾和一個花店送花的女孩子同居。女方繼續在店裏工作，他很佩服她的獨立性。他回到中國，對時髦的小姐太太沒有一絲好感，他一直想找一個有趣、有靈性、不依賴男人的少女。他討厭一般的社交，便退出社會，到周圍環境中去尋求美感。他一向認爲，窮人比較真摯；藝術訓練使他在街頭襤褸女孩兒身上看到聖潔的美質。現在他崇拜遏雲優美的頭部、柔軟的身材、一切靈活坦白的姿勢和直接了當的談吐，總覺得她像自己在蒙馬特區認識的少女；自立更生，無憂無慮，又堅強又快活，有時候鹵莽得像森林的仙女。他總覺得貧家女勇氣可嘉，因爲她們飽經風霜，對生命不畏懼，可以和男人平等相處。他看出這位姑娘表面上對他和朋友們快活有禮，實際上卻含有傲慢、疏遠的意味，更教他神魂顚倒。

有一天如水和文波帶遏雲父女到南郊去看「杜曲」的桃花，桃花開得正好。天氣不錯，有陣陣春風吹來。遠處的終南山清晰澄藍，山腳下一路都是粉色的花朵，桃樹綿延兩三哩。這個地區是紀念大詩人杜甫客居而得名的。

他們來到城外三哩的灞水岸，大家停下來休息。遏雲坐在草地上，腿盤在一邊。她身穿粉紅黑花的棉衣，袖子又長又窄。陽光在她頭髮上飛舞，映成蓬軟如絲的棕色，倒不像黑髮了。

遏雲在市街和公共場合長大，和男人相處慣了。她並非沒想到方文波和郎如水都是年輕人，如水又特別體貼，但是她一點也不覺得憋扭。她在臺上臺下都看慣了打情罵俏那一套，默默把這兩個人歸在富家少爺那一類，天生愛逗年輕的女孩子。她做鬼臉，講話又快又大聲，似乎毫無禁忌，因爲她覺得郎如水不屬於她這一類型，她只是容許預料中的小調情罷了。

「我沒想到春天的西安是這麼美。說來打仗也是一件好事，否則，我還在瀋陽、北京或南京呢。」她用圓潤清脆的嗓音說話，一字一句都顯出優美、柔婉的風韻。

「那我就不會認識妳了，」郎如水說。

「那你就會看上別的女孩子啊，」她巧妙地說。

如水眼中現出痛苦的神色。「妳碰到我們，難道一點都不高興嗎？」

遏雲對他笑得很開心。

方文波靠在樹幹上說，「來吧，遏雲，唱支歌給我們聽。唱一支戀愛的小曲。」

遏雲看看兩個年輕人。她會唱不少歌女所唱的流行歌——肉麻，多情，而且很下流。

「不，」她說。「我給你們唱點別的。」

她開始唱一支古曲改編的小調，歌詞是許多位詩人塡寫的。老崔撿起一根竹條，在岩石上打拍子。曲名「行香子」，是一支短調，每一節後面都是三言的煞句。她的聲音又低又柔，字裏行間則哼出調子來伴奏。

有也閒愁，無也閒愁
有無閒得白頭。

花能助喜　酒能忘憂
當樂而飲
醉而歌
倦而眠！

短短橫牆，矮矮疏窗
忔憎兒小小池塘。
高低疊障，綠水近旁
也有些風
有些月
有些涼！

紅了櫻桃，綠了芭蕉
送春歸客尚蓬飄。
昨宵穀水，今夜蘭皋
奈雲溶溶
風淡淡
雨瀟瀟。

何妨到老，常閒常醉
任功名生事俱非。
衰顏難強，拙語多遲，
但酒同行
月同坐
影同嬉。

也愛休官。也愛清閒
謝神天教我愚頑。
眼前萬事，都不相干
訪好林巒
好洞府
好溪山！

野店殘冬，綠灑春濃。
念如今此意誰同。
溪光不盡，山翠無窮，
有幾枝梅
幾竿竹

幾株松。

水化之居，吾愛吾廬
石磷磷亂砌階除。
軒窗隨意，小巧規模
卻也清幽
也瀟灑
也完舒！

方文波瞇起眼來聽少女的歌聲。詞中的意境，他很難說贊成或不贊成，但是他沉迷在詩情畫境裏。他閉上眼睛，隨她輕輕哼著，等她唱完，他興致還很高。

郎如水卻悶聲不響。他沒想到遏雲還懂正規詩人的作品。她的嗓子像雲雀在鄉間高唱，樹影落在她臉上，使他像著了魔，創造出完美、近乎空虛的幻影。他一隻手支著草地，凝視她靈活的唇部、如絲的秀髮，簡直不相信自己的眼睛。背景是一個老漁夫，像一座觀魚的塑像，還有幾匹馬在原野中奔跑嬉戲。遏雲年輕的體態在草地上和這副背景相輝映，比舞臺上更勻稱，更優美。

「再唱第一節給我聽，」她答應了，他就跟著她唸歌詞。

「人類的煩惱，」他說，「就是樂而不飲，醉而不歌，倦而不眠。妳記歌詞的本領真不錯！」

「打從小時候，」她父親說。「遏雲只要聽一遍詞兒，就能記下來。」

如水對少女說，「妳聽過蘇東坡填的這支小調嗎？」

「沒有。」

「那我寫下來給妳，他的行香子。」

「用不著寫。你念出來。試試看。」做父親的人面有得色說。

郎如水把蘇東坡的詞一字一句念出來。

「妳記下來了？」他清心問道。

「我想是吧。不過我若忘掉，可別笑我喔。再念一遍，比較有把握。」

郎如水再念一遍，遏雲嘴巴一開一闔，默默跟著他。

「我記得了，」說著開始唱。

清夜無塵，月色如銀
酒斟時需滿十分。
浮名浮利，虛苦勞神
嘆隙中駒
石中火
清中身！

她歇了一會又唱：

雖抱文章，開口誰一親？

且陶陶樂盡天真。
幾時歸去，作個閒人
對一張琴
一壺酒
一溪雲

「了不起！」郎如水說。

老崔爲掌珠而驕傲。「可惜她生在我們這一行，沒上過學校。她只有一個缺點，就是固執。」

遏雲不是溫馴、甜蜜、滿腦子閨閣教養的女孩子。

「你怎麼能這樣說呢，爸爸？我從來不固執。」

「你們聽聽，她真是利嘴利舌。」

遏雲伸出舌頭說，「我靠這根舌頭討生活哩，對不對？」然後大笑。

她父親看看郎如水，「去年在北平，有一位蔡家少爺要娶她，她硬是不肯。」

「喔，爸爸，別再提那個傻瓜了。」

她父親繼續說下去。「他每天晚上都來捧場，對她非常傾心，她就是不肯嫁給他。」

「當然不肯嘛。」

方文波問道，「爲什麼不肯呢？」

「我不喜歡紈袴子弟，公子哥兒。這究竟是我的終身大事啊。」

「她硬是不肯當商人的太太，」她父親說。

「你不能怪她，崔先生，」郎如水說。

「我只是以父親的身分替她著想。女兒一大，哪一家父母不關心她們的婚事？爲我自己來說，我希望老年有一個依靠。她不肯嫁同行，又不肯嫁富家子弟。你們兩位都太好了，否則我也不會說起。」老人的眼光落在郎如水身上。

「爸爸，我們玩得正痛快，你就開始擔心我的未來了。我還年輕嘛，等我到中年還沒嫁出去，我再嫁給商人好了，別擔心。」

她站起來，走向河邊。

「別那麼悲觀，」方文波說。

「回來吧。我們談得正起勁，」父親說。

她回過頭，苗條的身子和河岸相輝映。

「你們別再談我的婚事，我就回來。」

然後她慢慢走回來，笑瞇瞇的，臉頰上有一片溫柔的紅光。這時候她簡直像小孩子似的。

8

六、七天前，有一個滿洲將軍來到本市。他統領一支滿洲軍隊，雖然被日本人趕出來，落魄殘敗，對滿洲故鄉倒忠心耿耿，對他也矢志效忠。

西安主席的麾下只有三萬人馬，很想和這位滿洲將軍結盟；因此歡迎這支滿洲敗兵來他的轄區內。年輕的將軍在火車站受到空前的禮遇，有三支樂隊此起彼落大吹歡迎曲，二十多位大官站在月臺上迎接他。撤出瀋陽的時候，這位將軍的夫人曾經用好幾輛軍車來載運珠寶和皮貨，這件事報上登過，史料上也有記載。但是一支大軍的將領總是有舉足輕重的力量，爲了現實的利害，他進入西安所受的重視不下於空前勝利的英雄。

主席親自到火車站迎接貴賓，然後用車子帶他到自己的花園官邸。他家佔地好幾畝，位於城北一個幽靜的角落，主要是招待貴賓用的。楊主席本來想住在這兒，可是衙門在滿洲區，他往往在辦公廳吃飯，晚上待到半夜。他太太精明能幹，斷定丈夫有心要避開她的監視，寧可住在衙門後面的故居，好就近控制丈夫的一舉一動。說來誰也不信，又高又壯的主席，殺人不眨眼的統帥，卻見到一個女人就發抖。不過誰都知道他太太當著部下面前痛罵他，他卻不敢違背她的意思。

楊主席要盡力招待這個滿洲將領，他派自己的廚師侍候他，每天早上又親自到花園官邸請安。有一次客人隨口說，他住的就是唐代楊貴妃的浴池所在地，楊貴妃愛吃的一道奇菜他卻從來沒吃過。第二天，他看到飯桌上有一大碗清燉駝峰肉。滿洲客嘗了一口說，「很好吃。像滿洲熊掌，沒有那麼細，但是有一點腥味。你從哪裡弄來的駝峰？」

「殺一隻駱駝還不簡單？」楊主席說。「如果你願意，天天都可以吃。」

青年將領被他的熱誠感動了。他喜歡跳舞，尤其喜歡玩女人，這是家喻戶曉的癖好。楊主席並沒有忘記這一點，何況主席自己也找到了堅強的口實，可以稍微脫開太太的監視。有不少官太太認爲，和滿洲客同桌是一大榮耀。四面都是主席的副官從官太太群中精挑的美女，面前又擺著美味的駝峰，青年將領喝得醺醺然，矢志要「收復滿洲！」

以個人來說，這位滿洲客算是相當迷人的青年。他受過良好的教育，頭腦也很新，喜歡騎馬、運動、舞跳得不錯。他任性，但是能幹，溫和，領悟力很強。他在滿洲的時候，和軍官太太們隨便慣了，這一點是遠近聞名的。很多太太被這位青年暴君迷住了，心甘情願侍候他。很多丈夫都因爲舞池裡、麻將桌上，甚至照一般邪門的說法，因爲床上的一句話而升官。他一手大送禮物，一手又大收祭品。如果他看上一個女伶或名媛，只要請她到家裡住幾天就行了。有些人出來說，她們只不過玩玩麻將，有些大吹府裡的歡樂時光，也有些人乾脆一句話都不說。

現在楊主席玩得正痛快呢。他很少和女人廝混。因爲頭腦簡單，重要的決定都請教他的太太。他喜歡戰爭、名駒、醇酒和女人；四樣中倒有三樣都絕了緣。太太限制他喝酒，不許他接近年輕的女人，她自己年齡都快半百了。他駐紮的地方並沒有戰事發生。他默默忍受一切屈辱，聽命於太太，甚至在自己房間裡剃頭，四面也有衛兵拿剃刀指著理髮師，因此，也指著他自己。

「妳意思是說，我連一個理髮師也對付不了？」

「你脖子一伸，就沒辦法自衛了，我可不能冒險。」他太太回答說。

他嘆了一口氣，回想自己當班長的時代，盤桓各省，打過多少熱仗，還用河水洗傷口呢。那彷彿是好久好久以前的事了。「現在我剃個頭，居然要四把剃刀對著我，保護我！」

他太太贊成最近的狂歡節目，因爲和丈夫的權力有關。她丈夫若能和這位滿洲司令結成拜把兄弟，也許可以借重他的軍隊，增加自己的實力。因此楊太太容忍，甚至鼓勵年輕女子在他家花園裡走動。楊主席像出籠的囚犯，雖然發誓要守規矩，卻是自由自在的，簡直和婚前沒有當主席的時候差不多。

主席思索著下一步該怎麼招待客人。

「城裡有一個漂亮的說書女伶。要不要聽聽？」

「如果真不錯就聽聽吧。」滿洲客說。

「年輕漂亮，全西安都爲她轟動。」

「你怎麼知道她漂亮？」楊太太問道。

「他們說的嘛，」她丈夫東張西望，找人撐腰。

「是的，很不錯，」副官的太太說，她是將軍的膩友，丈夫在滿洲軍裡任職。

「那我們去聽聽。她在哪裡表演？」

「笛笙樓。不過用不著去，我們把她叫到這兒來。」

「我願意去，」青年司令說。「美國俗話說，爲駱駝走一哩，我願意爲一個年輕漂亮的小姑娘兒走一哩。」

「真的不必要，將軍。」

「那就拿我的名片，請她來這兒做客。她不過是茶樓說書的藝人，我派兵去找她。」

副官太太微笑了。「將軍，我想你又有一張新菜單囉，」她故意咯咯笑了幾聲。

「別亂講，」軍官和顏悅色說。

主席把助手叫來，低聲說了幾句話，最後用響亮的命令說「快去，別讓大家久等！你X！」髒話只說了一半，不是他想在太太和貴賓面前表示禮貌，而是大家都有省略俗字的習慣。但是吞回去的髒話比說出來更有效；屏息忍住「你娘」二字具有軍令般的效果。

我們已經提過，主席喜歡動不動就「幹你娘」。有一次一位將軍參觀他的軍隊，他特地舉行一次閱兵，客人應邀發令。不過他是廣東人，用廣東國語喊口令士兵都聽不懂。他下令「走」，發音像

「早」字，大家以為他要發表一篇愛國的演說，就按兵不動。楊主席氣壞了。

他一腳跨上去。

「走哇！你娘的！」

這句髒話發生了效果，你看，大軍不是移動了嘛。主席笑著轉向客人，開始和他聊起來。

「只是證明我的部下多精良。」

「好極了！」廣東客說。

但是這一營大軍像機器似的，雙腳一動，就像爬行的電動玩具，非遇到障礙就停不下來。主席只對客人表演玩具發動的技巧。士兵筆直前進，有如戰場上的羅馬方陣，離主席和客人只有二十呎了。

「好極了！訓練精良！」廣東客說。

「咦，你不叫他們止步嗎？」

「不。我以為──」

「快叫停！」

「你說什麼？」

大軍離他們只有五呎了，像一股大浪衝上來。主席面色發紅，還弄不清怎麼回事，大軍已像巨浪把他和朋友捲在中間。兩位候補軍官撞到了他，但他們是軍人本色，繼續前進，排入隊伍中。

主席滿面通紅。他回頭一看，大軍由他背後前進，逼向二十碼外的一條清溪。

「讓他們喝個飽！」他咒罵說。

一位軍士先到河邊，沒有進一步的命令，他已經走到水裡，水深及膝，候補軍官則遲疑了一會，在岸邊踏步。

主席兩手抓頭髮，大聲發令。

「立正！向後轉！你們這些猴崽子，我叫你們前進。我叫你們去喝水呀？」

遏雲的表演剛到尾聲，主席的手下就來了。她演完到後臺，碰到三個士兵。

「跟我來，」隊長說。

老崔進屋，一時嚇慌了。

「你不能抓她，她沒有做壞事。」

「別怕，」隊長說。「我接到命令，要帶她到主席家。」

「爲什麼？」她大叫。

「主席請妳到他家，總不會有壞事的——又不是上監牢。」他轉向老崔。「你是誰？」

「我是她父親，替她彈三弦。我能不能一道去？」

「不，我們奉命只帶你的女兒。來吧，快點。」

「你用不著那麼粗鹵，」遏雲說。「如果主席要我到他家去唱戲，他會事先通知我。我怎麼知道你是誰？」

隊長不耐煩了，指指他的徽章——一塊紅邊的方布——上面有「陝西省政府憲兵隊」的字樣。

「車子正等著呢。」

遏雲走出門，她父親和士兵跟在後面，觀眾詫異地盯著他們。方文波正好不在，他的手下靜看著一切經過。有幾個人跟到門口，看看是怎麼回事。

小小的黑轎車掛著市政府的牌照。她父親想上去，隊長堅持說，「對不起，我沒有奉命帶你去。」

老崔把小鼓和鼓槌交給女兒，一面看看車裡，一面低聲對她說，「儘快回來，我等著。」

「我們會送你女兒回來，別擔心。」

車子立刻發動，紅紅的尾燈消失在遠處。

「她被捕了？」有一個兄弟說。

老崔看看他。

那個人和顏悅色說，「方大叔今天晚上不在。」他用大拇指做了一個暗號，但是老崔看不懂。

「你是方老爺的朋友？」

「是的。崔姑娘似乎被請去表演給主席和他的滿洲客欣賞，那是政府的車子。」

老崔搖搖頭。「從來沒聽過這種事，抓女孩子像抓賊似的！在北平就不會這樣。」

「你回去吧，我們會通知方大叔。」

老崔舉起軟弱的雙腿，由大門進入自己的房間。雖然有隊長和那位弟兄的一番話，他仍然很不安。他點上煙斗，儘量往好的方面想。他演完總要吃一頓點心，就走到父女常去的小餐館。跑堂看見遏雲沒和他一起來，問她上哪兒去了，他含含糊糊說；「被人家請出去了。」但是心裡很不舒服，吃完點心就回房歇著。

他幹這一行太久了，深知賣藝的女孩必須忍受哪些事情。由於遏雲生性獨立，他一直小心保護她，希望有一天她能嫁到好人家。很多女伶都被請到富家公館去，甚至金屋藏嬌；遏雲不同，她有自己的主張。兩天前，他提到婚姻大事，心裡真的關心郎如水看她的眼神，但是希望不大；郎如水是斯文的學者，曾經留學，又無拘無束的，老崔不敢奢望什麼。所以他嘴巴張開又閤上了，只把遏雲的婚事當做一般問題來討論。遏雲說過不少纏綿的故事；她自己卻從來沒有看中任何男人。

他們住在瀋陽的時候，這位滿洲軍閥對女伶和名媛的作風早已家喻戶曉。一想到滿洲客會如何，遏雲又會如何，老崔實在很擔心。他點起煙斗，注意牆上的壁鐘，小小的銅擺左右晃動，指針走著走著，時間一分一秒過去。到了一點鐘他女兒還沒有回來，時間的擺動簡直像在捉弄他似的。太晚了，也不好去打擾方文波。

在擔憂和恐懼中，他打了一個小盹兒。

第二天，他被敲門聲吵醒。他已把百葉窗放下來，天色很暗，看不出是什麼時間。門外有人叫道，「崔大叔，遏雲回來沒有？」是方文波的聲音。

這一問，他突然想起昨夜的事故。遏雲還沒有回來呢！他走上去推開百葉窗，一面問道：「是您哪，方老爺？」

開了門，看見方文波一臉嚴肅的表情。

「那麼遏雲昨晚沒回來囉！飛鞭來告訴我，遏雲被士兵用車子載走了。」

老崔匆匆穿上外袍。他說出一切經過，和方文波聽到的差不多。知道他女兒被留在主席官邸過夜，他顯得更茫然，更擔憂。

「簡直無法無天嘛！他們把我女兒看做什麼人？妓女呀？」他氣得唾沫橫飛。「大家會怎麼說呢？遏雲要怎麼樣見觀眾？」

「飛鞭說她被帶走，我就覺得他們不會放她回來。」

「拐人家的閨女，法律難道不管嗎？」

「你也知道嘛，東三省的將軍丟了他的王國，西北的閨女就倒楣了，」方文波諷刺說。「日本蹂躪滿洲，滿洲的軍閥就蹂躪中國的女孩子來出氣。這是狗吃狗的世界。」

方文波的眼睛轉來轉去，聲音很冷靜。

「我能不能問你一句私話，和遏雲有關的？」

「當然。她是你的乾女兒嘛。」

「她是不是乖女孩——我意思是說，她有沒有過男人？」

「方老爺，您幫了我這麼多的忙，我告訴您真話。別的女孩子到了她這樣的年紀，也許有過男人了，我的女兒可沒有。她沒有上過學，沒讀過多少書，不過就連我們這一行，女孩子對貞操也很看重的。我們賣藝；我們不賣身。我們是貧賤人家，不過我們很古板。」

「這就更糟了，」方文波說。

「您這話是什麼意思？」

「我是來問你，遏雲是不是黃花閨女，她對這一類事情的態度怎麼樣。如果她很隨便，可能就不在乎。她明後天就會回來，也不覺得多難受。」

方文波表情凝重，正眼看著做父親的人。「崔大叔，你聽過這位滿洲將軍吧？」

她父親垂下眼睛說，「誰沒聽過？我們本來住瀋陽哪。」

「你說遏雲很倔強。」

「是的。就算平安無事，就算她好好回來，這件事也會變成大家的話題。閒言閒語的，我們會羞死。」

「現在先別談面子的問題。也許還不會這麼糟。來吧，你下樓吃一點東西，到主席官邸去，以父親的身分打聽打聽消息。」

樓下的茶館已經開門。幾張檯子坐著喝早茶，吃包子，用熱毛巾擦臉的客人。

老崔搭黃包車到主席官邸，十點左右來到方文波家。郎如水也在。

「探聽出什麼結果？」

「沒有。衛兵不讓我進去。我說明身分，並說我女兒沒有回家，衛兵說『她是主席的客人，你擔心什麼？』我不喜歡他那副邪門的笑容。我想再問，衛兵說：『我勸你走開。這裡是你盤桓的地方嗎？』我連一句話都沒法向她交代。」

「衛兵也是滿洲人？」

「不知道。我想是吧。他很高，很像我們常見的滿洲軍人。」

下午消息更不妙了。一點左右，有一個軍人到茶樓，叫經理貼佈告說，名伶遏雲生病，節目要暫停幾天。老崔跑去告訴方文波，急得直跺腳。

「方老爺，我擔心極了。不知道遏雲會做出什麼事來，被關在那兒，誰也沒法和她連絡。難道沒有王法嗎?這樣綁人家的閨女！」

方文波癟癟嘴，看著她父親。「嘆氣也沒有用，至少她還平安無事。」

「你不知道我這個女兒，爲了保全清白，她什麼事都做得出來。」

郎如水靜靜聽著，突然把椅子往後一推，站起身來。「老方，我們一定要想辦法。總不能眼睜睜看一個好孩子被花賊蹧蹋吧。」

「別衝動，」方文波說道。然後又轉向她父親。「問題很簡單，但是你要做一個選擇。遏雲是我的乾女兒，我答應過你，她在西安一定安全。老方是不會食言的；我一定要把她救出來，而且一定辦得到。」

「真的？」老人的眼睛充滿淚水。

「我若不救她出來，我就不姓方。別擔心，大叔，你必須做一個決定。他們不會殺她的。她若不從，他們會關她幾天，要她屈服。否則那個畜生大概會強姦她，然後放她出來。他不會永遠留她。那麼你就靜靜不要聲張。當然大家會說閒話，但是過一段時間，大家就忘得一乾二淨了。這是一個辦法，安全平靜的辦法。不過你若要我現在就把她救出來，我也辦得到，只是我提醒你，你和你的女兒必須立刻逃出城。」

「你現在如果能救她出來，我什麼都肯幹。」

方文波站起來，把手放在她父親肩上。「回家去，一句話也別說。茶樓是公共場所，你要裝出若無其事的樣子，付清房飯錢，收拾東西，可別說你要走。半夜後到這兒來接你女兒，你們倆必須立刻出城，明天就走。」

半個鐘頭後，李飛來看他的朋友，他剛剛才出遠門回來，對於昨夜的事情一點都不知道。他看到方文波兩腿伸在椅子上，手放在腦後，正在抽煙呢。郎如水坐在另一張椅子上，表情似乎很激動。方文波平常臉色微褐，現在皮下有一股血色，尤其麻子的地方更明顯。李飛以前看過他生氣，就是這個樣子。此時他怒髮衝天，更加深了憤怒的印象，眼睛也只向兩邊轉。這時他說話的聲音特別低柔，簡直有點恐怖。

「坐吧，」方文波只說了一句。

李飛坐下來，拿出一根香煙，還沒有點，先打量方文波和郎如水。「這麼死氣沉沉的？」

「遏雲被人綁走了，」方文波說。他的聲音顯得很冷靜。

「綁走？被誰呀？」

「被那個年輕光頭的滿洲惡棍哪。他被日本人趕出來，現在欺負女孩子來顯威風，我一定要把遏雲救出來。說來也很不幸，遏雲和她父親只好明天出城。」

方文波又說，「那個滿洲客只想蹂躪人家的閨女，老方可不許這種事發生。我們西北人不能讓一個東北浪子來蹧蹋我們的女孩兒，這事我管定了。」

李飛說，「今天晚上中國旅行社有一個舞會，是爲滿洲將軍開的。」

方文波立刻直起身子。「真的？你怎麼知道？」

「我以記者身分接到了請帖。」

「我們都去。你能不能弄到門票？」

「不過你說你今晚要救遏雲出來。」

方文波站起身。「我要看一看那位年輕的將領。」他一面搔頭，一面對自己笑。

李飛說，「我不想參加舞會，我討厭那些事情。我想一定會有演說。你真的要去？」

「你弄幾張票，我們一起去，」方文波在地板上走來走去說。

「我不去，」郎如水說。「若要遏雲回來，我不懂你去幹什麼。」

「別擔心，她會回來的。我們的運氣來了！」

「我寧可留下來等她。」

「她要到半夜才回來喔。」

郎如水滿面愁容，又有點激動。方文波外表粗鹵，對朋友倒挺關心的。他點了一根香煙。「我真不懂你。遏雲是好女孩，我敢擔保，不過你去過巴黎，見過多少美人兒，現在你倒叫我擔心了。奇怪，除了我，好像大家都戀愛了。」

9

西安很少有這麼盛大的場面，因此也很少開過舞會。所有大官和眷屬們，不管會不會跳舞，都應邀參加。各類汽車停在門外，穿黑衣的警察守住街口，只許有門票的人通過。大廳最多容得下兩百人，如今擠得磨肩接踵。臺上一個號稱有四把提琴的管弦樂團在演奏，中間還放了一張非要不可的講桌，頂上掛著大布條，上面有「歡迎X將軍，收復東北」的字樣。李飛一看到講桌就發愁。有人要上臺發表愛國的訓話呢。

下面鬧哄哄的，大家都很興奮。主席和他的古板太太也來了，還有憲兵隊的戴司令，以及西安社交界稍微小一點的人物。男士們穿著正規的禮服，長袍馬褂。楊主席鶴立雞群，飽受風霜的面孔和身上的絲袍很不相稱。滿洲客則和部份年輕人一樣，穿著西式小禮服；身材短小，圓臉微帶棕色，頭上只有幾根稀疏的毛髮。只因為身邊圍滿美婦人，大家才注意到他。他站得筆直，見誰都笑瞇瞇的，隨時有一群人擠過來聽他的每一句話。不少年輕人身穿海藍色中山裝，顯得很出眾。還有幾個外國牧師帶太太來赴會，她們原則上不贊成跳舞，但是很想一睹滿洲將軍的廬山真面目。

女士們都穿優美的絲袍。有些是中年的老式婦女，應邀參加，專門來看這位顯赫的將軍。大官連子女都帶來了。老太太把頭髮向後攏，梳得光光滑滑，在後面挽一個圓髻，少婦少女則留著一頭捲髮。除了少數做了精巧的髮型，大部份都披在肩上，這是西安最時髦的髮型，因為西安一向比上海要落後兩年。

會跳舞的新派太太都接到了請帖。這些少婦衣著入時，身分都不太重要，她們接到請帖，只因為會跳舞的女人太少了。其中有一個尤物，聽說是歌女出身，正陪著財務總長，一雙大眼睛和靈活、優雅的笑容使她豔冠群芳。她應該算姨太太，因為財務總長有一個老妻住在湖南鄉下。至少他在西安任職的幾年間只有她一個太太，公開場合大家都叫她丁福晉，把妻妾的界限拋在一旁。

李飛看到杜家全來了，只有太太不在。杜市長本來不讓春梅來，他太太也覺得這樣會僭取了她的地位。不過這是少有的社交場合，春梅堅持要來，甚至不惜考驗自己的力量。

出門前，家裡曾有一場風暴，杜市長左右為難。

「我怎麼介紹妳的身分？」他說。

今晚出現在西安最大的社交場合，對春梅實在太重要了。她淚流滿面，表示她一定要達成自己的願望。她倒在床上，講出下面一大段話，使老爺嚇了一跳。這似乎是她內心深處的委屈，壓制已久，現在像決堤的流水，奔洩不停。

「我和你同住十一年，為你生了兩個孩子。我活到這麼大，還沒有見過我們這樣的家庭，你一定要為我著想。我算什麼？不是下女，又不是姨太太！我從來不敢違抗你的太太，我儘量尊重她。別的女人就可以公開露面，只有我不行。我也是人，不是幽靈！別以為我會使你丟臉。連一隻狗都可以公開露面，跟隨他的主子！我還不如一條狗嗎？我若算得上你孩子的好母親，孩子們必須知道母親是誰。如果我沒有盡到責任，你覺得我丟臉，討厭我，你可以明天就把我趕出這棟屋子，我馬上收拾行李，帶孩子離開！」

一大串話還雜著一串串淚珠。

杜芳霖說，「我沒說什麼，我對妳完全滿意。不過這個舞會是正規的場合，我不能帶妳去，說妳是我的姨太太，妳也知道原因嘛。」

「我是不是你孩子的母親？人活在世上總要有一點面子。等我死了，孩子們甚至不明白墓碑要怎麼寫法！你就算不替我想，也要想想你的孫子！」她用諷刺的腔調說出最後兩個字。

杜先生又窘又愁。他太太在房裡聽到這些話，連忙走過來。

「反了，」太太說。「丫頭就是丫頭，丫頭的脾氣，丫頭的心思。」她罵道。「她居然找這麼一個晚上來作怪！」她的頭髮剛剛由一位女髮師做好。她走向春梅，準備用女拳師的態度來解決。

杜先生把太太推向門外說，「我來和她講，妳出去。」

但是他太太站在門口，眼看另外一個女人在床上痛哭。她臉色氣得發青。

杜先生坐在床沿上，充滿耐心說，「春梅，妳要講理呀。妳要替我和一家人著想。不是我不帶妳去，而是沒有辦法，別人問我妳是誰，我真不知道該怎麼說。」

「很簡單，」春梅說。「你若不知道，我今晚可以去問主席大人，要他替你決定。我要告訴他，如果主席說我沒有權利住在你家，我也會接受的。」

「別孩子氣了，他們不會讓妳進去的。」他說。

「喔，不會才怪！我看看誰敢不放杜市長孫兒的母親進去。」

「妳不是威脅我，要在這麼重要的晚上弄出一幕街頭鬧劇吧？」杜芳霖也發火了。

「不是威脅。我要手拉兩個孩子，以母親的身分進去。」

現在杜芳霖真的嚇慌了。他可以對付奸巧的政客，卻應付不了一個哭鬧、絕望、果斷的女子。他的語氣軟了下來。

「如果妳能教我怎麼辦，我就高高興興照辦。」

「你們男人讀了那麼多書，還比不上一個沒有受教育的女人！」

「妳有什麼辦法？」

「我是不是你孫兒的母親？」

「當然是。」

「那孫子的母親應該叫什麼？」

「當然是媳婦嘛，」杜芳霖脫口而出。然後才明白她的意思，他臉色一陣驚慌。「好聰明、大膽的女子！」他自忖道。

「這不是很簡單嗎？我的墓碑也可以冠上杜姓，」她堅定地說。

過了好一會，他才感受到這個念頭的壓力。這個身分可敬，合理，而且不必改變現狀，連稱呼都不必改，但是他總覺得自己被誘入一個寧可避免的情況。

「咦，當然嘛，親愛的媳婦！當然嘛。妳是我兒子的遺孀！我從來沒想到這一點。妳起來吧，我會說妳是我的媳婦。」

他拍拍她的大腿，用手揉捏了幾下。他太太站在門口，與其說是生氣，還不如說楞住了。如果這時候有一個照像師來拍下杜市長家居的快照，一定比客廳裡那幅「巴黎的抉擇」還要迷人，還要精采。

「我的腿不需要按摩，」春梅坐起來，把他推開。

為難的身分問題解決了，春梅順了心，安靜下來。杜芳霖走到妻子的房間，卻發現她把精心梳理的頭髮放下來，坐在床上。太太長話短說，宣布她忽然頭痛，不想參加舞會。

這種情形下，杜芳霖只有兩條路可走，一是說服太太接受現實，仍舊參加。結果勸不動。事已至此，他一時想全家都不去了，但是又想到這個場合的重要性。太太叫他「老不羞」，他惱羞成怒，就回到春梅身邊。

既然她已贏了一場棘手的戰役，就起身打扮。一看到漂亮的少婦，妻子的羞辱立刻拋到九霄雲外，他笑著走向春梅，低聲說：「我的心肝，妳婆婆不去了。」

「我聽到了，」春梅繼續化粧。

春梅知道自己的顴骨微凸，但是眼角很平滑，她懂得敷上胭脂，使雙頰在明眸下閃閃生輝。她在前額刷上幾道流蘇做陪襯，然後畫出新月般的細眉。青春加上巧飾，使她光采奪人。杜芳霖看著她，心裡很高興，一切打消去意的念頭都拋在腦後。

春梅挑了一件粉紅鑲黑邊的衣服，更顯出她的青春。她在鏡裡端詳自己，知道她比得上任何一個女人，心中了無懼意。

祖仁開車來，看到春梅打扮好，正要一道去，真的嚇了一跳，湘華也目瞪口呆。做父親的人解釋一切，有點開玩笑的口吻。「我早該想到的。畢竟春梅也有權公開露面。我很高興她現在有了合法的身分。」

湘華發現，她憑空多出一個嫂子，心裡很佩服春梅的巧計。誰若以爲春梅沒到過正式的場合，一定不知所措，那他會大吃一驚哩；她舉止優雅，儀態端莊。她隨湘華走來走去，湘華介紹說這是她的嫂子。一進大廳，杜芳霖就由女人自行活動。

祖仁今天很高興，客人中有不少南京來的，他父親把他介紹給滿洲將軍，主席還說他是很有前途的青年。他有一套建立公路網的概念，心裡也沒有忘掉他的水泥，很希望能當上「西京」發展委員會的一分子。

大廳裡冠蓋雲集。祖仁看看妻子，心中充滿自豪。三岔驛附近卓尼喇嘛廟的一位「活佛」也來了，彼此認識，還有生意上的往來。這時候有人拍拍他的肩膀說，「嘿，派克。」他回頭一看，是他在扶輪社認識的一個美國牧師。他們用英語交談；會說英語的人自然而然聚在一塊兒。他們的信念大體相同，具有同樣摩登的觀點。牧師當然同意中國——尤其是西北——需要好道路和水泥。他們談起報上登了幾十年的鐵路延伸問題。布達蕭牧師對活佛很感興趣，祖仁說他認識，他就叫他介紹。

活佛（**大大小小五百多位活佛之一**）是一個剃光頭的西藏人，頭戴法冠，身穿紫袍和高高的軟皮靴，非常引人注目。布達蕭的中國話還馬馬虎虎。活佛聽說這個美國人是牧師，便發出和善而自負的笑容。布達蕭提出不少問題，而且半開玩笑抱怨說，他從來沒辦法收到西藏信徒。

「來試試看嘛，」活佛笑著說。「有人試過五十年。我請你來，你若能讓我們的同胞改信基督教，你就是破天荒的第一個。」

布達蕭對祖仁坦白說，教團能招到漢人信徒，對回人或西藏佛教徒卻毫無辦法。

「所以我喜歡漢人，」布達蕭說。

「漢人不把宗教看得太認真，」祖仁說。「藏人和回人就不同了。你最好不要接受活佛的邀請，他是在戲弄你。」

樂隊吹奏國歌，大家都立正，面對講臺。楊主席和滿洲將軍站在臺上。國歌吹畢，他們轉身向孫中山遺像鞠躬，觀眾也跟著行禮。大部份觀眾都站著，除了牆邊的一排座位，中間根本沒有椅子。

李飛在公共場合很害羞。柔安和家人在一起，他沒有上去搭訕。方文波似乎認識每一個人，尤其和警察界的戴司令談得很起勁。

免不了的演說要開始了，主席準備說一段滿洲將軍的介紹歡迎辭。李飛希望別太長，他不想再聽愛國、愛親人民是「中國主人翁」的那一套訓話。要人的演講很少超出小學程度，因爲他們除了勸大家如何如何，也想不出什麼話來說。

不過，今天楊主席和平常不一樣，他急著爲全西安和滿洲客重溫他統治的記錄。他喜歡借用「進步」和「民主」之類的新名辭，甚至嘗試更摩登的「革命階段」和「群眾」等字眼，那是左派作家推廣出來的。他最喜歡的一個名稱是「心理學」。大體上他用字還不至於出錯。不過今天晚上他想有更好的表現。他談到已築道路的里程，西安婦女的解放，鴉片的禁止，娼太太的絕跡，還有這一省健全的道德風氣。提到教育，他說，「十年前，本省只有百分之十五的人能夠認字，現在是千分之十五了！」他用大拳頭重重捶了桌子一下。

他特別強調這個字，因爲這是他最近聽來的新名辭。也因爲「千」字比「百」字大多了，也動聽多了。

有些觀眾聽出他的錯誤，覺得很好笑，但是大多數人不是沒有聽，就是覺得本省教育有了飛快的進展。他們由總督的熱誠猜出了他的意思，他的口才推動著他們。李飛看到幾個人站在附近，笑瞇瞇地耳語著。

「你的報導要不要把這『千分之十五』寫上去？」他問一個新聞同業說。

那個人大笑。「我想挨槍子啊？」

「照這種進步率，再過十年只有萬分之十五的人能夠看報，我們都要餓死了。」

這個笑話慢慢流傳，幾天後全城皆知，但是當然沒有一家報紙登出來。

年輕的司令講話沉悶些，老套些，但是也短一點。他的聲音不太清楚。他很高興今天晚上為他而設的盛宴，謝謝總督和大家，然後唱起道德的高調來。他熟讀中國歷史，引了不少困境中忍過難關的例證。他用旗布上的「收復東北」做講題，大大發揮了一番。

「時局愈艱苦，我們愈堅定。只要國民不失去古老偉大的道德精力、耐力、願意吃苦，願意犧牲，決心掙扎、奮鬥、忍耐，最後的勝利定屬於我們！我保證沒有搬不動的石頭，沒有移不動的高山，沒有任何艱苦是我所不能忍耐的，最後滿洲總會回到中國手中！」

掌聲如雷，樂隊又開始演奏，兩個演說人走下講臺。

舞會開始了，老太太退到牆邊的座位上，準備觀察有些人一輩子還沒見過的新玩意兒。主席太太當然也不會跳舞，滿洲將軍的秘書特意選了幾位摩登的女士。他領他去找財務總長的太太丁福晉，她穿著華麗的絲絨衣裳，是褐底黑紋的花色。將軍雖然有點禿頭，倒留了一撮小鬍子。他自然成為宴會上的舞王。快步急轉，丁福晉也優雅而熟練地跟著他。現在舞池中已有不少對男女，男士有的穿禮服，有的穿絲袍。

「佛靠金裝，人靠衣裝」這句話大體不假，不過也有例外的時候。楊主席穿著一身絲袍，他最近才在家庭舞會中學會了跳舞，躍躍欲試，很想學時髦。他發現跳舞很容易，只要連續把腿左右移動就成了；他說跳舞像飯後的散步，能夠幫助消化，又能擁抱漂亮的女士，更增添了許多樂趣。他跳得也不笨；用戶外運動的精神來從事這種室內的新運動。他勇敢下池，拖著一隻黑靴的大腳，前前後後，永遠在一條直線上活動。有時候他會撞上別的男女，就像急行軍似的，不過大家都知道他是主席嘛。不久，別的舞客都知道他跳舞的線路，留心他來臨的方向，事先讓出一條路來。結果他像 具割草機，所過之處，就掃出一片空間來。

他的寬長袖圍著舞伴，身體的重量也使他做了相當的運動。他比別人高一個頭，誰都看得見他，可以輕易躲開他，尤其他頭型很特別，剃成陸軍頭，露出上斜的輪廓。他留著黑黑的髭鬚和鬍子，下巴、面孔又寬又胖，結果整張臉變成倒卵型。耳朵後掀，大鼻子扁扁的，彷彿天意不讓任何東西突出來破壞那個橢圓似的。雖然如此，他看起來倒挺熱情，挺討人喜歡。厚嘟嘟的嘴唇，飽滿的雙頰，寬寬的塌鼻子，都顯出他是一個溫暖熱情的人，眼睛稍微向下垂，他就用那一雙眼睛高高興興窺探腳下的世界。

杜家人坐在大廳的另一側。李飛走上去，發現柔安正看得起勁呢。一看到他，就滿面羞紅。她把他介紹給身旁一位年輕貌美的少婦，鼻子高挺，胭脂和香粉都塗得勻稱。

「我嫂子春梅，」她說。

李飛坐下來。「妳不陪我跳跳？」

「我真的不會。你喜歡嗎？」

「看妳肯不肯陪我嘛。妳不跳，我也不，我寧可陪妳說話。」

「舞要怎麼跳？」春梅問道。

李飛說，「要不要我教妳？」

春梅一直看人跳，早就動心了。她站起來，柔軟的衣料襯出她優美的外形。她年輕貌美，身材迷人；他們在角落裡跳了幾步。春梅今天很高興，因爲家中的一場勝仗使她覺得自己又跨過了一條界限。像春梅這樣天生優雅的女人，對於跳舞真是如魚得水。她一隻手舉得高高的，隨節拍前後移動。他們回到座位上。

春梅對柔安說，「妳怎麼不學？沒什麼嘛。」

「我太懶了，」柔安說。她覺得，和李飛跳舞一定很快樂，但是應該在自己神聖的小天地裡，遠離公開的場所。

他們看到主席高高的個子向他們走來。他剛才看見春梅在角落裡練習，被她出眾的體態吸引了。他走到她面前，沒有鞠躬，只用孩子氣、叫人無法拒絕的姿態伸出寬袖中的手臂。

「你要跳？」春梅問他。

「當然，」他的厚嘴唇露出開朗的微笑，帶有命令的調調。

她站起來，還沒有扯好衣裳，主席已經把她拉走了。柔安替她擔心，但是過了一會他們看見春梅跳得挺不錯的。

「妳是誰？」主席問道。

「一個鄉下姑娘，」春梅高高興興回答說，她知道別人都在看她。

「我也是農家子弟。有見識、有勇氣的人總會爬到最高的地方。」

主席的身子老向前傾，春梅就向後仰，把重量擱在舞伴的腰部，讓他帶著走，自己的腳步則邊迅速配合移動。她天生一副好體態，柔軟而豐滿，幾乎融化在主席的臂彎裡，不久大家都在打聽這位神秘的貴婦人。湘華由角落裡一看，不禁佩服她新「嫂子」的勇氣。滿洲將軍走上來，想要搶舞伴，主席笑笑說，「不，不，」看熱鬧的人紛紛笑起來，年輕的司令也大笑走開了。

方文波走向李飛，看看手錶說，「我們該走囉。」

李飛站起來。柔安看到他們嚴肅的表情，很遺憾這一場歡聚被人打斷了。

「文波家裡有客人，」他解釋說。「陪我走幾步吧。」

她慢慢站起身，隨他們穿過人潮。

「妳明天能不能來我家一趟？」他低聲說。「我一定要見妳。只好妳來，因爲我不能去妳家。」

她答應了，回到座位，他們倆就默默走出了大廳。

方文波和李飛回到家，已經十一點半。遏雲的父親早就來了，和郎如水等得焦急萬分，他的女兒卻沒有出現。

「別擔心。她會來的，」方文波立刻說。「你把東西帶來啦？」

老崔指指沙發上的一個藍布包袱。

「我帶了遏雲幾件比較好的衣裳。也不能全帶呀。」

「你睡一會兒。她來了，我們再叫你。」

10

那天晚上，主席的花園官邸靜悄悄的。官邸位在城北的偏區，四周都是泥牆。前門有一條磨石路通向屋子，兩旁都種了果樹，後院則是一大片菜園、馬廄，靠近一扇大木門。晚上這個時間，屋裏平常是燈火通明的。幾輛車停在門口，衛兵也站崗，不許閒人出入。

在方文波部下的眼中，這是一件簡單的差使。文波經過審慎的計畫，他聽說遏雲關在花園府邸，而不是滿洲區，問題就更簡單了。他計畫等大家熟睡，叫部下爬過矮泥牆，逼園丁說出遏雲的所在，然後救她出來。

飛鞭和豹三都是行家，他們不怕衛兵。他們懂得出其不意，又是耍刀弄槍的好手。他們的消遣就是舉一個四、五百磅的石磨；遏雲體重不會超出一百磅。他們有事可做，興致勃勃。六百年歷史的「白蓮教」可不是玩兒的，改朝換代，這些民間勇士的秘密組織卻繼續留存，深入低層社會中。它們能夠留存，因爲大家都需要保護，政府不足以保衛人民，大家就想辦法自保。政治賢明，會社的數目就少一些，即便如此，互助的拳道和兄弟情感對於某些人自有一股吸力，政府若不賢明，會社就如雨後春筍，一天天增加，不少被重賦逼得走頭無路的農人也紛紛入會。在某一個教主領導下，他們結成龐大的力量，甚至威脅到朝廷的安危，「義和團」就是一個例子。他們具有長遠的忠順和紀律傳統，階級嚴明，過年過節互助還債，對外地來的會員施出援手，使他們成爲真正的四海兄弟，特殊的時候就派上了用場。他們可以把未嫁的女兒託付給自己的弟兄，翻山越嶺，安全無虞，交情深厚的死前還可以託孤託寡。

方文波聽說有舞會，滿洲軍閥也要去，更放心了，他救遏雲，可不希望打傷人。弄她出來他倒不擔心，擔心的是脫險後的安排。

他派傭人老陸去找飛鞭，老陸在一個他們經常出入的地點找到了他。

「告訴方大叔我半夜帶遏雲來，還不是簡單得像吃塊豆腐一樣？」

嘴裏這麼說，飛鞭並沒有忘記重大的儀式。他眨眨眼，示意豹三跟他來。他們進入一間酒店，叫了兩斤牛肉和大餅，匆匆吃完，又打了一罈酒，然後到一家香燭店，丟下兩個銅板，買了一包香。

「豹三，你去找小劉，叫他在蓮花池準備一輛黃包車。我們要走那條路，叫他把黃包車蓋好，但是在地上點一根香等我們。我們大概午夜到。」

飛鞭回到他那幢兩房的屋子裏，又喝了一點酒，覺得很舒服。不久豹三推門說，他已經吩咐小劉了。

每次飛鞭要去幹一件差事，他就自覺很管用，喜歡談談他上次的事跡，包括他打倒隊長逃出河南軍隊的舊事。他腦中充滿狗肉和尚魯智深和打虎武松等英雄人物。他有一回試吃狗肉，吞了兩斤，不久就吐得精光，從此他更佩服花和尚了。傳說花和尚吃得下整條狗肉，使他大惑不解，更堅信了原有的理論。

「我們不行，現代人絕對比不上古人。」

過去三個月的生活太平靜了，如今春天已到，城裏又有那麼多軍人和訪客，他希望有事情發生，好讓他再動動拳腳。

「謝謝老天派來那個東北的混蛋。他若不綁遏雲，我真不知道今年春天要幹什麼好。現在我也用不著擔心端午節了，方大叔總會記得的。走吧。」

他點上香柱，走到院子裏，把香插到地上，又在地上灑了三杯酒，他和豹三面對東南天空，鞠了三個躬，找一顆流星——叫做「賊星」的。他等了五分鐘，才有一顆出現。一個燦爛的賊星閃過天際，他用手摸摸眉毛，心裏很高興。他正和天上掌握人運的神靈打招呼呢。有時候他雙眼看到南面的天狗星，不禁懷疑魯智深的靈魂若在天上喝醉了，又遇到這隻狗，牠會有什麼樣的遭遇呢。

他對好兆頭十分滿意，就把香柱留在地上，隨夥伴回到屋裏。

一想到這次的差使，他特別高興。憶起舞臺上他仰慕已久的女伶，心裏熱哄哄的。

「等救出遏雲，讓我來攢她，」豹三說。

飛鞭看看他。「你這歪腦筋！我知道你心裏想些什麼，我自己來攢。」

兩個人準備妥當。他們把衣服塞在寬寬的黑布腰帶裏，武器藏在腰帶內，又在頭上綁了黑布條。

布條除了不讓人抓到他們的頭髮，還有很多功用，可以蒙面，也可以蒙住敵人的眼睛。

遏雲擔心了一天一夜。她走出車門的時候，心裏直發抖，因爲兩邊都是軍人。她知道自己是應邀來表演，不過心裏卻有被捕的感覺。她要認真表演，儘量有禮貌，然後趕回家去。

她進入主席家，看到一群男女正在吃飯喝酒，屋子裏燈火輝煌。她一進門，所有眼睛都轉到她身上。

士兵早已放開她的膀子，站在她後面。

「這是楊主席。」遏雲鞠躬說，「主席，我被捕了嗎？」她掃視滿桌衣冠楚楚的客人，不覺面色通紅。

「咦，不是，」主席大笑說。「我叫妳今天晚上來表演。」

他示意兩個軍人退下去。傭人在離桌較遠的地方弄一張椅子給遏雲坐，又端了一杯茶給她。尷尬的一刻鐘過去了。大家繼續吃喝，沒有人理她。她看到這種情形，不禁怒火中燒。這是永無休止的大宴小宴之一。在上菜的空檔中，大夥兒說笑，划拳、鬧酒。她靜靜坐了好一段時間，大家沉默了一會，滿洲將軍看到她，才說：「喔，崔遏雲在那邊，我們聽她說一段吧。」

有些女孩子會覺得，應邀到主席家，表演給這麼重要的客人欣賞是一大榮幸。相反的，遏雲卻煩得要命。她只想說一段故事，趕快演完回家。

幸虧她唱到一半，傭人就端來一大盤八寶飯，可見宴會快要結束了。

「來吧，趁熱吃。」主席夫人粗粗的大嗓門她覺得好刺耳。

聽眾一一拿起湯匙，動手吃起來。幾乎沒有人聽她唱。

遏雲氣沖沖敲了一下小鼓，就此打住。聲音驚動了大家，他們都回過頭來。

年輕的司令站起身，把她拉到餐桌上。「妳該吃點東西。」

「謝謝你，我不餓。」

「坐吧。」有人拉出一張椅子，等她坐下。

「你們如果要我再說一段，我遵命，不然我就要回家了。」

滿洲將軍一直催她坐，手放在她肩上。

「將軍要妳坐，妳該聽話呀，」主席說。

「我不配。」

「別拌嘴。」青年司令強按她坐下。

大家的眼睛全落在她身上，她覺得很不舒服。青年司令舉杯敬她。她只啜了一口。司令走向她，高舉杯子說，「來吧，這樣不行。乾杯。」

「我真的不會，我不習慣陪酒。」

主席夫人說話了。「將軍是給妳一個大面子。我沒見過女藝人這麼不懂規矩，亂擺架子的。」

「請你原諒，我頭痛。能不能回家？」

「不行，妳今天晚上留在這兒。」

現在遏雲真的嚇慌了。

「裏面有一間雅房，妳若要休息，可以進去。」他的手又搭在她肩上。

「遏雲若累了，應該去躺一躺，」副官的太太說。「將軍也頭痛，兩個人都該去躺一躺，兩人的頭痛自然就好了。」

遏雲天生是火爆脾氣。「我是幹活兒的女孩子，不像妳們這些貴婦人。我的頭痛不是陪別人的丈夫睡睡覺就好得了的。」

「婊子！好大膽！」主席夫人說。

「讓我來，」青年司令說。「你們不懂得應付女人。來吧，」他柔聲對她說。「妳去躺一會，我的車子會送妳回家。」

「那就現在送我回去，我不要躺。」

遏雲怕主席的衛兵，現在司令的眼神更叫她害怕。「我告訴你，你們這些紳士淑女各有丈夫和太太，爲什麼不能放過一個可憐的弱女子呢？我賣唱，不賣身！」

主席站起來。「將軍，真抱歉。沒想到一個街頭賣藝的人敢這麼無禮。」

遏雲還弄不清怎麼回事，衛兵已經抓住她，把她拖到一間秘室中。她鎖上門，瀏覽房裏的一切。有一張豪華的外國床，地上也鋪了厚厚的地毯。她餘怒未消，靜觀以後的變化。

外面的笑聲並沒有停止。

說也奇怪，她關了燈，不敢睡覺，靜靜等待著，他們卻沒有來打擾她。她漸漸睡著了。

一早醒來，居然平安無事，她覺得很吃驚。她打開房門，看到一個衛兵。她走上去，說她要回家了。

「不行。將軍還沒有起來，我想妳不能走。」

一整天，她窺視窗外，想查出自己在什麼地方。後窗外有一片菜園和馬廄，越過花園的矮壁，她看到了城牆。陽光落在上面，可見是北城牆。由窗外斜看西邊，只見一大堆果樹，她搞不清花園是通向哪一個地方。

青年司令顯然已忘掉了她，不然就是把她軟禁在家裏，要她考慮。他出去一整天了。晚餐時分她聽到有人敲門，就把門打開。青年司令站在門口。

「妳好嗎？」他問道。「妳昨天晚上實在太傻了。」

「拜託，讓我回去好嗎？」她哀求道。

「我今晚要出去，回來再和妳談。不過妳大驚小怪，未免太傻了。」他說話溫文有禮，但是她討厭他臉上的奸笑。

有人把晚飯送進來給她。後來聽到喇叭的嘟嘟聲，車子全開走了，屋裏靜得出奇。就她所知，只有一個女傭人在附近，不過廚房很亮，她聽到裏面有走動的聲音。

她觀察窗外的果園。門口一定有衛兵，不過她也許能找到別的出路。昏黃的月色照得花園裏鬼影幢幢。她聽到馬廄附近有腳步聲，也看見一個衛兵在木門前的磨石路上走來走去，衛兵轉身的時候，偶爾還看見刺刀的光芒。

後來廚房的燈也滅了。她看看桌上的一個手錶。十一點。她熄了燈，靜靜躺著，假裝睡著。

「遏雲，」女傭人從門外叫她。

「我在這兒。」

「乖乖睡吧。」

「我還好。妳也去睡吧。」她聽到女傭慢吞吞走開，偷偷爬起來。窗口離地七、八呎，她必須脫鞋跳下去，不能弄出太大的聲音。就算被抓，充其量也只是再關起來而已，對她也沒有什麼損失。

她望著馬廄的方向，注意那個衛兵的形影。四周靜悄悄的。她手提鞋子，跳出窗戶，啪的一聲掉在地上。這一跳，有一隻鞋子弄丟了。她蹲伏在地，看四周有什麼動靜，幸虧沒有人聽到她的聲音。

眼睛適應了黑暗，她找到鞋子，慢慢爬過一片空地，衝向果園那一片暗影。腳下乾樹枝一響，她就嚇得要命。

草地上露珠已起，她雙腿都溼淋淋的。她向枝葉繁茂、光線較暗的西邊走去。走了五十碼，碰到一堵牆。牆高十呎多，她不可能爬過去。她沿牆直走，發現有一棵棗椰樹伸出牆外，不過樹枝很小，她不知道該怎麼辦。她向馬廄這邊一看，星光下有一條人影。她也許可以爬上馬廄的屋頂，再跳下去，但是她不敢向這邊走來。

絕望中她返身踏過溼溼的草地，向密林走來。回房也不可能。她站在一棵樹下，不知道如何是好，突然聽到暗處有人低聲說，「遏雲，妳不是遏雲嗎？」她發出一陣尖叫。心都要跳出來了。

兩條人影衝向她。「別出聲，」對方說。她還不知道怎麼回事，飛鞭已經從後面掩住她的嘴巴。「我們來救妳出去，方大叔叫我們來的。」

「誰在那邊？」有一個聲音大叫。從樹影縫中，他們看見一條人影竄來竄去，手電筒四處亂閃。衛兵順著尖叫的方向，正向他們走來。

「別出聲，」他們蹲在樹叢裏，飛鞭說。手電筒的燈光愈來愈近了。飛鞭一腿跪在地上，準備行動。衛兵的電筒照到遏雲淺藍色的衣裳。

「出來！」衛兵大叫，同時把口哨放進嘴裏。

就在這一刻，一把黑色的武器——形狀像尖頭的切石鑽——飛入衛兵的胸膛。他應聲倒地，手電筒掉在草地上。

「我們快離開這兒！前面的衛兵也許聽到了妳剛才的尖叫。」

飛鞭抱起少女，在樹影中沿牆飛奔。廚房的燈亮了。

「那邊，」飛鞭來到棗椰樹下，把女孩兒放下來。他們回頭一看，遏雲房間的燈光也亮了。

「豹三，上牆拉她一把，我來推她上去。」

豹三爬上牆頂，飛鞭蹲下來，要遏雲坐在他肩上，然後站起身，豹三總算拉到她了。接著飛鞭躍上棗椰樹，再跳到牆頂。已有腳步聲從前院奔來，四處亂跑。

飛鞭在牆頂吐了一口痰，才跳出去，這是祈求好運的慣例。只是程序倒過來了，三個人早已安抵牆外。

飛鞭定了定神。他向來要搜搜身子，確定沒有留下任何東西。另外兩把鋼鑽還好端端插在腰帶裏。

牆外有一大排樹，再過去就是一片空地，有一條騾車路交叉而過，比地面低三四呎。

「我們安全了，」飛鞭把女孩兒攬在身後，打算往下走。「那些混蛋至少要半個鐘頭才弄得清我們的方向。我想他們也不會冒生命危險來追我們。」

月亮從稀稀的雲層中冒出來，照見了大地，也使他們更好走了。這時候路上渺無人跡。到了城牆底，飛鞭就把女孩兒放下來。他們找到一排階梯，登上去，沿牆走向北門塔，然後在暗處觀察主席的房子，心裏很高興。

他們蹲在低牆下，又爬了一小段，確定沒有人看見他們。遏雲的雙腿興奮得走不動了。她靠在兩人的肩上，一步一步向前走。他們沿東牆走了二十分鐘，來到出口，可以悄悄溜下去。

憑著微弱的香火光，他們找到了黃包車，把遏雲放進去。然後倆人脫下頭巾和腰帶，走入荒涼的巷道。一個警察斜睨著密不通風的黃包車。

「是我母親。她病了，」飛鞭說。

他們到方文波家，才十二點過十分。

遏雲一來，大家壓不住滿心的激動。郎如水、方文波和李飛早已等得心急如焚。她伏在父親肩上，痛哭失聲，他也高興得直掉淚。

「喔，女兒。他們有沒有對妳怎麼樣？」

她抬起臉，驕傲地搖搖頭。「但是我好害怕。」

「快磕頭謝謝妳乾爹救妳出虎穴。」他叫方文波坐在椅子上，接受她的拜謝，「他真是妳再世的爹娘。」

她叫了一聲「乾爹」，跪倒在地。恨不得磕三個響頭，方文波笑著說，「別這樣，」又把她扶起來說，「現在妳真是我的乾女兒了。妳還是謝謝弟兄們冒險救妳吧。」

遏雲轉身，向帶她回家的人一鞠躬。

「有沒有傷到人？」方文波問道。

「我從來不失手的。那個人當場就死了。」飛鞭說。他說明經過，方文波眉頭皺起來。

「我真希望你沒有殺人。警察會找她，她若被捕，我們都完了。」

「我想不會吧，」遏雲說。「你們救了我，他們就是折磨我，弄死我，我也不會吐露半個字。」

方文波叫弟兄們回家去。

「趕快溜出去。沒有必要，不要隨便出門，需要錢來找我。叫小劉把黃包車停在巷口。我也許用得著。」

弟兄們走後，方文波說，「我們有麻煩了，警方會調查是誰救她的。」

這句話觸動了少女的心思。她被關的時候，滿腔怒火，一心只想逃命，逃走的過程中，又只想安全返家，根本沒時間考慮其他的問題。現在脫出了暫時的危險，她突地想到將來的處境，忍不住放聲大哭。眼淚一流，似乎就收不住了。

「我們完了，」她泣啜說。「父親和我要上哪兒去呢？」

她覺得有一隻手輕輕放在她肩上。「別哭，這兒一定有朋友願意幫助妳。」是郎如水的聲音。

「到沙發上躺一會，」方文波說。「我們會想辦法讓你們平安無事。」她父親把她拉起來，領她到沙發上。郎如水脫下外套給她蓋，她覺得很感動。年輕的心靈充滿了感激。她真不相信，世上有人這麼邪惡，有人卻這麼好心。她哭累了，就朦朧睡去。

方文波叫僕人熄了吊燈去睡覺。他們四個人坐在桌邊，桌上有一盞紅色的檯燈。李飛從來沒有這樣接近過人類的劣性，氣得失去了平時的修養。他愈想愈氣，熱血沸騰。

「這種事都能發生，下回還不知道有什麼花樣呢？一定要阻止他們，」他說。

「誰來阻止？」

「報紙呀。遏雲不能上舞臺了，她的失蹤會傳遍各界。有人被殺，大家一定想知道是怎麼回事。若不是爲遏雲，我可以報導給大家聽，但是我知道我不能寫她的事情。」

「現在我們的任務是救遏雲脫險，」方文波說。

有一件事已成定局，遏雲再也不能公開露面了，除非在很遠很遠的地方，不然就要靠大人物的保護。衛兵一死，帶來了他們沒有料到的問題。警察會找遏雲，逼問誰殺衛兵，同謀又是誰。她只好隱姓埋名藏起來。

「你不能和遏雲一塊兒走，」方文波對她父親說。「這樣她很容易被發現。你去天水，我提供你幾個人名。明天村裏有市集，你早點出發，混在人群中溜出去，黎明就出城。我們會把妳的女兒藏起來，等搜索緩下來再說。」

11

楊主席九點被被一個助手吵醒，他說，「戴司令來了，說要見你。」

楊主席半靠在床上。

西安警察署的戴司令是一個大頭方臉的人，黑黑的長鬍子和一副黑邊眼鏡就是他的特徵。他筆直站在主席床邊，報告遏雲逃走、一位滿洲衛兵在花園裡被殺的消息。

主席坐起來，下巴的肌肉直發抖。

「真是一大侮辱！誰這麼大膽——居然鬧到我家裡去！我在將軍面前太丟臉了，竟保護不了他的衛兵。」他大吼大叫，闊臉顯得更寬，更加強了倒卵形的印象，和絲睡衣領口露出的脖子連成一條線。

「把我小舅子找來，」他在電話中大吼，還嘟噥幾句髒話。「我要追查到底。」

他的小舅子席局長接電話。主席下令澈查兇手。「查不到，你休想保住飯碗！」

午餐後，柔安來看李飛。她穿一件深藍的素袍，頸上圍著紅領巾。她在客廳看見李飛的嫂嫂。

「李飛要我來，」她解釋說。

「是的，他告訴我了。」端兒邊說，邊起身進去。

天氣晴朗，柔安希望能和李飛共度一個星期假日。她出門的時候很不耐煩，家裡什麼都不對勁。嬸嬸沒出來吃飯，叔叔一句話也不說，老爺心情一壞，春梅也靜靜的，只顧招呼孩子。他們曾談到昨晚的舞會，以及宴會上看到的人。但是老爺的心情像一張黑幕，籠罩著整個餐桌，柔安很高興出來透透氣。

她坐在李飛的客廳裡，心緒很不安。由李飛和方文波匆匆離開舞會的神情看來，她覺得一定有什麼事發生了。她好奇，想問問他。她並沒有等多久。李飛出來，熱情地抓住她的小手，但是臉色很沉重。

「我們可以一塊兒出去，」她說。

「是的。」反應不像平常那麼熱烈。

她端詳他的臉色說，「你知不知道有人被殺，警察正在搜每一間屋子?唐媽說，城門被警察擋住了。」

「這是實話。」她看出他凝重的臉色。

「他們會不會搜妳們家?」他問道。

「他們不敢。」

「妳敢不敢把人藏在妳的院子裡?」他看了她一會，又說，「不，我這樣問，未免太傻了。我不想把妳扯進去。」

「你有了危險?」她馬上問道。

「是我的朋友遭到了麻煩。」

「仔細告訴我吧。你可以信任我，我會盡力幫忙的。」

他說出一切經過。「事關女孩子的名節，我們只好想辦法救她，」他下結論說。

柔安聽到這件事，非常吃驚，一臉沉思的表情。

「是不是我們參加舞會的時候發生的？但是方文波也在舞會上呀。」

「那是他的計謀。他不必自己動手。舞會後我去他家，親眼看到了遏雲。等他們搜方文波家，不知道會有什麼結果。」

「他們若抓到遏雲，你也會牽連進去囉？」

這時候，郎如水匆匆進來，表情很激動，他把李飛拉到一邊，低聲說話。

「杜小姐不妨事，她都知道了。」李飛說。

「他們挨戶搜人，」郎如水說。「她父親今天早上出發了。文波要我來看看，遏雲來這邊安不安全。他們今天不會搜這兒，我們要把她藏在安全的地方。」

「這邊也一樣危險，」李飛說。

柔安馬上搭腔了。「你們如果要把她弄出城，我有一個建議，雖然冒險。我想行得通。」

「怎麼呢？」

「我叔叔的車子啊！警方認識車牌號碼，他們不會阻攔的。」

「但是柔安，妳能弄到車嗎？妳要負很大的責任哩。」

「可以，那輛車算是第一次派上了好用場。不過得找個人開車。」

「妳若願意冒險，我來開。」

柔安開心地看了他一眼，然後咬緊下唇，斷然拿起電話，撥給湘華。

「誰要載妳？」湘華問道。

「李飛。妳若不介意，我想單獨陪他出去走走。」

「那就叫他來吧。」

柔安掛斷電話，呼吸很沉重。「哎，我撒了一個謊，」她笑笑說。

李飛和郎如水對柔安的舉動非常吃驚。她看起來只是一個不現實、文靜、愛幻想的富家小姐，在公共場合很害羞，沒想到她有勇氣採取行動。柔安知道李飛有了困難，這一刻她知道自己該做什麼，便斷然做了。

「萬一被抓怎麼辦？」李飛說。

「我想不會吧，」柔安答道。「坐那輛車不會。全西安只有兩輛派克車，一輛是警察局長的，一輛是我們的。警察都知道。我認識祖光廟的尼姑，我叔叔是那間廟的大施主，我們可以把遏雲藏在那兒。我們就結伴去北郊吧。」

「走，要快一點，」郎如水說。「你們倆去開車，我回去接遏雲。」

李飛說，「遏雲就扮做我的嫂嫂，我要帶小姪兒們去。柔安沒問題，我相信我們混得過去。」

如水到方文波家，文波正穿著外衣，懶洋洋坐著，假裝看報，一面留心警察的動靜。如水在他耳邊說出大夥兒用前市長轎車載遏雲出城的計畫，他立刻直起身子。

「沒想到杜小姐能幫這麼大的忙。我不想牽連到她，但是也沒有別的辦法了。」

方文波立刻去告訴遏雲，她正喬裝成傭人，在方家藏身。眼中充滿生死的恐懼。她已經把瀏海剪掉，要一位女傭替她在後面裝一個假髻。

「別這樣，」方文波說。「生氣吧。想想那些混蛋，想想他們本來要怎麼對付妳，妳就不怕了。」

不久，美麗的派克車已停在門口，柔安和李飛都坐在車內。他們默默上車。汽車到李飛家接孩子，然後往北門開去。李飛和郎如水坐在前面，遏雲，柔安和小孩子坐在後面，大女孩小英則坐在前頭，非常醒目。

「妳是我嫂嫂，」李飛對遏雲說。她面色蒼白，嘴唇也抖個不停。柔安握住她的手說，「別擔心，這輛車子比得上警察局的座車。我們會說，我們要去參拜祖父的墓地。」

北門口有兩三個穿綠制服、帽子帶紅徽章的憲兵，和六、七個穿黑衣、打白綁腿的警察。他們盤問出城的百姓，也調查密封的黃包車。

柔安偷偷塞一張名片給李飛說，「這是祖仁的名片。按喇叭，不要停車。如果他們攔阻，就把名片拿給警察看。」

李飛猛按喇叭，腦子裡卻閃過千萬縷思緒。

「和小孩玩玩，面帶微笑，」柔安對遏雲低聲說。

一個警察走上來敬禮。

李飛把祖仁的名片遞上去，眼睛不看他，只管和郎如水聊天。警察笑笑，示意車子往前走。

「這是幹什麼呀？」李飛問道。

「有人被殺了，我們奉命搜索出城的人。午安，杜先生。桃花開得正好哩。」

警察根本沒往車裡瞧，他叫別人讓路。李飛又按了幾聲喇叭，車子就悠哉遊哉出城了。

遏雲滿手冷汗，把小淘抱得緊緊的。車子走了一小段距離，她歪倒在座位上，噓了一口氣。

「告訴妳我們會成功的，」柔安得意地說。

李飛回頭問她，「妳不怕？」

柔安答道，「只有一點點，不過這是安全的賭博。我們摘些花，放在車子裡帶回去。」

郎如水大笑。「回去的時候，他們愛怎麼搜就怎麼搜吧。告訴老方，他會大笑一場。」

汽車疾駛了三哩左右，地勢向西北隆起，他們看到一座小山，山頂附近有杉木林。柔安指指那片樹林對李飛說，「我們的祖塋就在那邊。祖光廟在山腳下。」

「現在怎麼辦？」郎如水問她。

「我們到廟裡去。尼姑認識我，讓我來跟她們談談。遏雲待在尼姑庵，最安全不過了。她可以待到風波靜下來，你們再想法帶她和父親團圓。」

車子穿過廟宇的外門，上坡一小段，就來到廟門口。大夥兒下了車，郎如水連忙去扶遏雲。她跨出車門，差一點就癱倒在地。

「妳現在安全了，」如水安慰她說。

春天的太陽映在她臉上，她眼下有一層黑圈。她擔憂地回頭看看西安城，簡直不相信自己真的脫險了。

「沒有人會到這邊來找妳，」柔安說。

李飛看看柔安，她也匆匆瞥了他一眼。「妳是個勇敢的女孩子。」

「我們上去。」柔安說了一句，算是回答。

李飛要孩子們跟著他，柔安牽著小英的手，如水扶遏雲上門階，一群人真的很像春遊的旅客。

他們爬上一道石梯，由尼庵側面通向一個老石壇。四處靜悄悄的。外廟是一個小小的方形建築。

遏雲坐在前殿的石階上，兩手抱著頭，茫然若失。她還沒有克服心裡的恐懼。

柔安進入後殿，大家都在外面等她。殿後有一扇木椿門，掛著「佛門淨地。閒人免入」的牌子。

李飛看到內側有一列房間，由走廊和廟宇相連。

「廟裡只有兩個尼姑，」柔安說。「你們在這邊等，我進去和她們談談。」

小孩在院子裡玩耍，李飛出去陪他們。遏雲站在菩薩前面，說要燒香許願。神龕邊緣有好幾包香。她拿起一包，點上香，插在大香爐裡。然後跪在龕前的草墊上，感謝神明，並求神保佑她和父親，又在地上磕了一個頭才起身。

如水站在一旁，癡癡看這位嬌小的少女站起來。

「我許了一個願，」遏雲說，「如果平安無事，我能和父親團圓，我要回來拜謝。」

「遏雲，妳若願意，我會帶妳去找妳父親。妳在這邊好好休息幾天，等搜索過去，然後我樂意陪妳去。」如水的聲音很溫柔，有點發抖。

遏雲一想到父親，就熱淚盈眶，她含淚笑笑。

「謝謝你。總要有人陪我去才行。」她說。

他們聽到殿後有腳步聲，柔安陪一位灰袍黑帽的老尼姑走出來。

「我已經和尼姑講好，讓遏雲在這兒待幾天。」

老尼姑看看遏雲，又抓起她的手說，「可憐的孩子，他們怎麼能這樣對妳呢？妳在這邊很安全。妳是乖女孩，菩薩會保佑妳。」她的眼睛轉向另外幾個人。「但是你們不能來看她，免得引起注意。她需要住多久，就可以住多久，沒有人注意這裡，只要你們不聲張，就不會有人知道。」

如水把遏雲裝衫褲的小包袱遞給尼姑。

遏雲看看郎如水說，「既然你們遠道而來，請多留一會兒。」她年紀小，又一直在父親身邊，現在要和他們分手，孤單單一個人，心裡很難過。

尼姑奉上茶來，大家都覺得任務完成了。柔安靜坐著，小英靠在她身上。

「這真是不凡的一次郊遊，」李飛說。「柔安，說老實話，我沒想到妳敢冒險。」

「爲什麼呢？」

「因爲妳平常好文靜。」

柔安沒有答腔。

李飛問老尼姑。「告訴我們妳離家剃度的經過。」

大夥兒一面喝茶、啃瓜子，一面聽尼姑道出身世。「我是河南來的。宣統一年河南不是有個大飢荒嗎？我丈夫被抓去當兵，從此就斷了音訊。我和婆婆帶著一個週歲的小孩過日子。天旋地裂，寸草不生。能搬家的人都搬向河邊，留下來的只好吃樹皮草根。最後連樹皮草根也吃光了，連燒一杯水的木柴都找不到。我的奶水乾了。婆婆對我說，『媳婦，妳帶我孫子離開這兒吧！』她又老又病，走不動了。我抱著嬰兒，隨難民邊走邊討東西吃。我們聽說西安有糧食，就向西走。參加的農民愈來愈多。我抱緊孩子，慢吞吞跟著走。他靜靜躺著，好幾天沒吃東西，從此就沒有再醒過來。最後我發現他死了。我不敢把他丟在路邊或埋掉，怕被飢民看見。所以我帶著他走，一句話也不說，晚上也把他抱在胸前，怕有人趁我睡覺把他搶去。我昏昏沉沉走著。第二天傍晚我看到一座廟，就走過去。全身無力，竟昏倒了。有一位好和尚救了我的性命。醒來一看，我正躺在廟宇的地上，和尚給我喝米湯，我慢慢恢復了神智。我把嬰兒埋在廟後，和尚准我留在廟內，替他撿柴火。然後他說起這間廟，我就來削髮當了尼姑。現在我已經來二十三年了。」

尼姑的血淚史和她平靜、溫和的語氣很不相稱，彷彿她說的是別人的故事。

「妳在這邊快樂嗎？」李飛問。

老尼姑笑笑。「我心滿意足。」

遏雲專心聽尼姑的遭遇，一時忘記自己的煩惱。她慢慢說，「若不是爲了我父親，當尼姑也算一種平靜、安詳的生活。」

「不，孩子，」老尼姑說。「妳還年輕。妳還有一輩子要過。我不勸年輕女孩子出家。妳該嫁一個好丈夫，侍候妳的老爸爸。最重要的是行善事，種善因。妳看好了——那個害妳的壞人來生會變狗變驢，供妳驅使。」

大夥都笑了，起身告辭。郎如水拿出十塊錢給尼姑說，「請好好照顧她。」

遏雲送他們到石壇邊。她想走下廟門，大夥兒叫她不要。她看見車子開下山，駛出外門，然後才轉身入內。

李飛開車回城，心裡很困惑。柔安在舞會上顯得好文靜，不愛跳舞，還說她：「不在乎被冷落，」但是她卻做出了別的女孩子不敢做的大事。他第一次看出這位文靜的少女具有不凡的特質。

「就像她父親，」他自言自語說。

郎如水回家，發現方文波洋洋自得。

「警察來了，」他說。「我約他們進來。有兩個，一個是警官，一個是部下，我請他們喝了一杯酒，聊得蠻投機的。」

他們都很客氣。「我們奉命挨家搜查。當然，方先生，你不會介意吧。」

坐。

「當然不會。」

警官隨文波入內，還抱歉說是奉命行事而已。他們隨便搜了幾下。方文波請他們喝酒，要他們坐坐。

「這是怎麼回事啊？」他問道。

「你沒聽人說？那個說書女伶在主席家失蹤了，還死了一個滿洲衛兵。」

「死了！誰那麼大膽？」

「你認識崔遏雲？」

「誰不認識呢！」

「而且，她父親也不見了。」

「我常去聽崔遏雲說書，不過她父親太老了，不可能救她，更不要說殺死衛兵了。」

「我們是執行任務，」軍官說。「其實太傻了，我相信她已經不在城裡。那個人一定還沒天亮就帶她出城了。」

「那你認爲兇手是抓不到囉？」

「是啊。我告訴你，這些都是做給滿洲將軍看的。主席若不採取行動，怕會丟面子。那些滿洲兵在城裡惹的麻煩夠多了，我們都煩透了。現在我們西安人再也聽不到遏雲的大鼓。聲音真好聽，」他甩甩頭，眼睛轉了幾下。

「但願她平安脫險，希望那個滿洲人沒有欺負她。」方文波說。

軍官大吼。「那個畜牲！我們西安的閨女遭殃了。等大家知道，那才出醜哩！」

「祝福遏雲！」方文波舉杯說。

「祝福遏雲！」軍官也回敬道。

12

火車在夜色中駛入咸陽。月臺上旅客不多。微光下，郎如水拿一個小提箱和布包袱。身邊的少女穿著藍布土棉襖，頭髮梳一個高髻，用頭巾遮住臉邊和脖子，村姑的打扮和肩上一條照相機的皮帶顯得很不相稱。

由廟宇到火車站是一段驚險的路程。他們下午乘騾車出發，鄉村很美，但是車前和兩邊都蓋得緊緊的。遏雲總覺得不太安全，有被逐出鄉的感覺。

騾車在泥土路上一起一伏，她突然體會到，郎如水一直對她很好。在四個小時的路程中，她開始看出郎如水和方文波的差別，方文波是以父兄的態度來保護她。如水臉上有一種特別的柔情，對她說話，聲音也格外溫柔。她黑白分明的杏眼由布簾頂端向外張望，郎如水就坐在她旁邊。

她覺得一段戀愛就要開始了。但是他樣樣高出她許多，她不免檢討自己的條件。她覺得，如水只是一位富家公子，自以為很容易打動女孩子的芳心，也許還認識不少女人呢。他和她不是同一類的人，她要小心，不隨便墜入情網，以免將來遺憾。

「遏雲，」他說，「從那天郊遊，我每天都想著妳。妳知道我的心意。」

「我知道，不過這都是錯覺。」

他提出抗議。

「你看到舞臺上的我，」她繼續說，「以爲你喜歡我。我告訴你，一切都是錯覺。你太詩意了，我沒有權利騙你，你不瞭解我。」

「我瞭解。我要怎麼樣才能讓妳明白呢？」

「我是幹活兒的女孩子，我不像杜小姐進過學堂。我曾經在街上和男孩子打架，和他們一起在泥地上打滾。」

「這很好哇！也許妳嫌我家境不錯，又受過教育——妳對我有偏見。」

他看看她傲然的表情。

「也許吧。貧富是合不來的，我嫁人只求提籃子買菜、煮三餐飯。你可不要生氣。」她的聲音緩和下來。「你救我出險，我卻說這種話。」

他拿出一根香煙，默默抽著。

「妳是個好女孩。妳不喜歡紳士。」

「確實不喜歡。」

他不由得笑起來。「喔，好吧，我承認這是我的一大缺點。但是我父親有錢，也算我的錯嗎？」

她由眼角看看他，知道他發火了。

「你們是好人，不要以爲我不懂得感激。」

八點整，他們在火車站下車。火車要九點才來，郎如水帶她到一家飯館去。兩人的話題教他生氣。他在上海和巴黎見過不少女子——漂亮、懂事又有成就——坦白說他都很厭煩。他不喜歡政治、商業和賺錢，所以社交的虛僞也令他生厭。他一直尋求生命中清新、真實的一切。遏雲的天真無邪和獨立精神使他神魂顛倒。

那天在春郊他意外發現她很聰明，很清新。她的體態和鄉村、樹、馬融合在一起，簡直美得出奇。他覺得自己找到了知音。現在和她在暗暗的餐館中，坐得那麼近，她顯得更迷人了。

遏雲把他召回到現實中。

「你在西安做些什麼？」她問道。

「我畫畫和照像來消遣。我有不少嗜好呢。」

「你一定有幾種野心吧。」

「我沒有野心。」溫和的聲音更加重了他話裏的意思。

「我第一次看到你，還以爲你是一個正經人，不像吃喝玩樂的富家公子。」

「現在呢？」

「現在我不知道。」

他的自尊心受到了傷害。「妳要我做什麼呢？」

「你可以找工作啊。我就是幹活兒長大的，我想像不出一個人不做事是怎麼樣的光景。」

「告訴妳，全世界只有兩種人是真正有用的，一種是母親，一種是農夫。母親生孩子，農夫產糧食。他們生產東西。其他的人都靠別人的產品來過活。政府煞有其事地辦公，掠奪人民。他們坐在辦公室裏，簽公文叫人民不要幹這個，不要幹那個，就算是一天的工作了。作家掠奪死人，把前人的思想當做自己的創作。老師偷取別人的知識，賣給小孩子。商人也儘量偷取利益，他們只能賺別人的錢；他們不生產。生命就像接收彼此的髒衣服，你洗我的，我洗你的，就算是謀生了。咦，會打銅片造水壺的人還讓我敬重些呢。就湊成三種吧，只有母親、農夫和工匠。我把自己看成工匠，至少我還生產照片哩。」

「你受過教育，可以做一番救國的事業，」遏雲天真地說。

「想救國的人太多了，大家都要插手，每個人都有自己的問題，想趁機拉自己一把，所以大家都在救國。」

他們上車，找到了座位，看到五十多名軍人身穿灰色的髒制服，來到月臺，吵吵鬧鬧，帶著背包和步槍爬上車子。帽子上有毛邊的耳罩，可見他們是滿洲兵，又是一群沒有基地的流浪軍人。他們有點像難民，唯一的財產就是手上的步槍。中間好像沒有隊長，他們狼狽擠上車。

「媽的！」有一個軍人大叫說。「火車是國家的，售票員竟要國家的士兵買票！」事實上，買票已經成爲過時的規定。

「我給他奉票，他不肯收。」奉票是信用掃地、一文不值的滿洲紙幣。

這是一群喧鬧、瘋狂的旅客，使平民客人相形失色。郎如水聽說他們要到西北的回疆去。據說政府把土地撥給滿洲難民，他們的一位將領盛世才在那邊是舉足輕重的人物。

由於軍人出現，遏雲緊貼郎如水。吊燈很暗，她儘量待在陰影中。郎如水用手環住她腰部，臉頰摩擦她的頭髮，她也不在乎。車廂裏只聽到士兵的聲音。

「你想那些軍人會不會認出我來？」她低聲說。

「不會，」郎如水向她保證。

她晚飯吃得很飽，尿急憋不住了，就說：「我必須起來一下。」甬道上都是軍人，她站起身，拉拉棉襖和頭巾，用力擠過去。年輕的女人一出現，大家的目光都轉向她。

「對不住，借光兒。」遏雲一面向前擠，一面用標準的北方話說。有些士兵笑著讓路。她擦過一個人身邊，那人對她奸笑，還說了幾句粗話。她轉身打了他一個耳光。

「你不認識你老娘！」她咒罵說。

那個士兵大笑。「呵！有這麼年輕漂亮的老娘也不錯。」

遏雲進入洗手間，士兵都高高興興等她回頭走過來。郎如水覺得她對士兵的態度很有意思，不過又有點擔心。

「她是不是挺像那個說書的？」有一個人說。

「你喝醉了。」

「咦，面孔和眼睛都很像嘛。」

「我還是說你醉了。」

遏雲在裏面待了很久，希望回程不必再擠半天。她一出門，挨巴掌的士兵就大叫說：「讓路給我漂亮的老娘，」大家居然讓路，她很吃驚。

「嘿，妳去過奉天？」

「怎不，」她一面走一面回答說。

「和我們一樣是難民。」

「口音和我們一樣！」

「聽女人說鄉音，真舒服。」

她回到座位，又躲入陰影中，不覺滿面通紅，挨近郎如水。

「妳很會對付男人嘛，」他低聲說。

「是啊。」她甩頭笑笑。

不久吵鬧聲靜下來，他們聽到前面的士兵談起他們奉天的家鄉。夜色漸深，他們也靜多了。有人蹲在地板上睡覺，車廂很擠，充滿大蒜味和打鼾聲。遏雲把頭靠在如水的肩上，隨著車輪的鏗鏘聲跌進了夢鄉。

到了寶雞，發現旅社都滿了，因爲靠海的難民來了不少。幾經波折，才在一間土裏土氣的三流客棧找到一個房間。客棧掌櫃說房裏有一個大炕，可以睡四、五個人，所以要討高價。這是唯一的住處，郎如水只好無條件答應了。

晚上，「紳士」的問題又起了。遏雲不得不脫衣服，其實只是脫掉棉襖。郎如水也脫下外衣。

「我以爲妳不敢信任一個紳士哩。」

「我信任真紳士。」

「妳可以信任我。」

「好吧，不管信任不信任，我的褲帶是很緊的，告訴你，男人不重視女孩子的貞操，我們可重視。」

「妳用不著害怕。」

她熄了燈，在黑暗裏脫衣服。

「晚安，」她溜入棉被中。

「晚安。」

遏雲沒有立刻睡著，她聽到郎如水翻來覆去。

「郎先生，」她低聲叫道。

「怎麼？」

「我若告訴父親我們同床睡覺，他會怎麼想？」

「我真的不知道。我若告訴方文波和李飛，不知道他們會說什麼。他們會以爲我說謊。」

過了一會，郎如水說，「好冷。」

「你如果守信用，我就讓你挨近些。六吋。」

如水靠近一點。

「現在暖些了？」遏雲說。

「嗯。就是靠近妳也好。」

「天下女孩子在男人眼中不是都一樣嗎？」

「對方文波來說，是的。對我不見得。」

「我跟其他女孩子沒有兩樣。」

「不，妳不同。」

「現在別說話。我們該睡了。」

她在暗夜裏微笑，高高興興轉向另一邊。他覺得有點屈辱，不過對遏雲的天真傾倒不已。她真的睡著了。他認爲這是對他的一大恭維，自覺高貴無比，然後他也朦朧睡去。

半夜遏雲覺得有一個頭擱在她胸上，她輕輕把它抬起來。如水睡得很熟，她靜靜在他頭上吻了一下，才用手推開。

第三部

三岔驛別莊

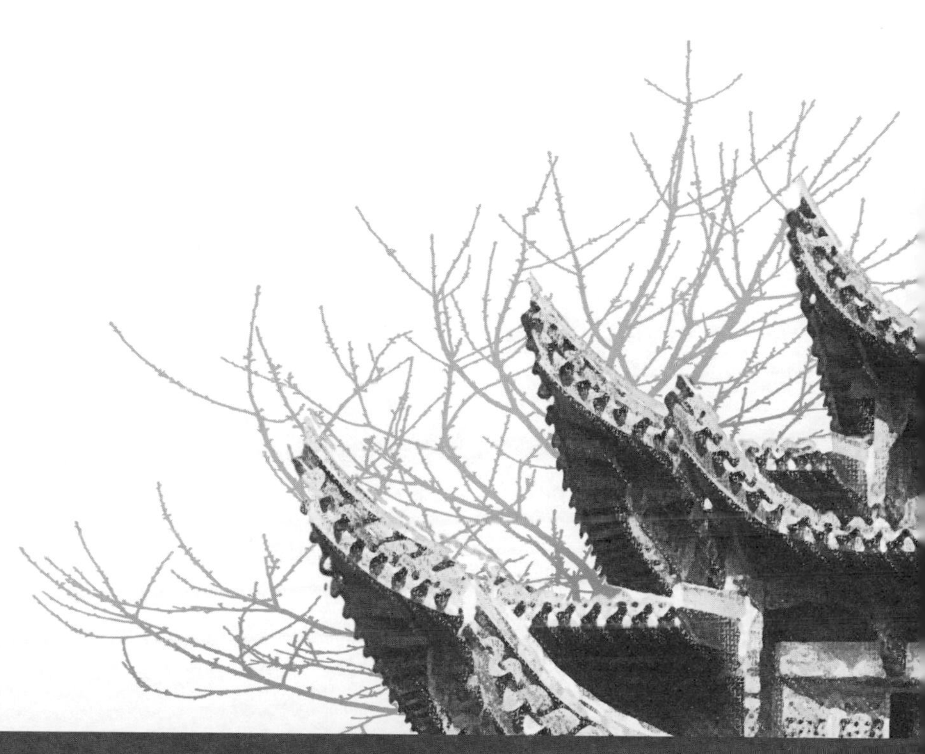

13

西安的新局面惹惱了人民，大家對滿洲將軍的印象都很差。戲院本來生意興隆，由於上海附近的騷亂，很多名角名伶都來到西北。遏雲失蹤，節目中斷，警察又挨家挨戶搜人，招來不少閒言閒語。第三天，全西安都知道她被囚在主席官邸的消息，大家都氣憤塡胸。這是活生生的醜聞，謠言紛起。有人猜遏雲被殺了。毫無疑問，這位女伶和她父親不是逃走，就是藏起來了。其他女伶看到遏雲的下場，紛紛走避。另外一家茶館也把節目取消了，然後又有兩家戲院因爲女伶出城而關閉，使西安戲迷懊惱萬分。

店舖老闆都不喜歡滿洲的紙幣。有些軍人買一包煙，拿出一文不値的滿洲一元劵，要人找九毛錢，老闆除了白送一包煙，還被迫交出九毛眞錢。有些店舖不答應，不愉快就時常發生。幾家報社提到這種情況，要「滿洲當局」注意。有一家晚報「新聞報」指示滿洲兵不該入城，軍隊有責任養他們，給他們當地的鈔票，滿軍行爲太惡劣，這種種情勢應該想辦法解決。

主席把他小舅子——也就是警察局長——找來，大吼大叫，「我不能忍受這種侮辱。過不久我睡在自己家裏都不安全了。聽說戲院關了門，去叫他們照常開放。別站在那兒——說話呀！」

「主席，」受迫的小舅子說，「你叫我太爲難了，沒有演員，我不能逼戲院開門呀。」

局長跑去找主席的太太，說明自己的困難。

「我不是菩薩，」他姐姐說。「不過大家有困難都來找我。別擔心，戲院會重新開放。將軍現在已來了兩週，他回潼關我也不在乎，我自己都受夠了。等他一走，演員會自動回來的。」

兩天後，將軍真的離開了西安。遏雲的事情太引人注目了。

他一回潼關，女伶又登臺表演；其他宣告「病假」的女藝人也突然康復了，戲院回復了往日的情況。

李飛的心情和其他本地人一模一樣。這種局面雖然有一點趣味性，但他覺得是本城的一大汙辱。他認識批評滿洲那家晚報的楊主編，由於他們大膽揭發不正當的情事，頗受讀者歡迎。主編可以用暗示，用間接法，用印刷技巧來表達意見，而又不觸怒當局。舞會第二天，「新聞報」把主席、將軍的演講辭和崔遏雲失蹤、挨戶搜人的報導並列在一起。天味樓一關，報紙就刊出黑色大字的標題，「又一家戲院關門了。」一個「又」字抵得上一篇長長的社論。楊主席不大高興，他認為這家報社「反政府」。

「只要把過去兩週來的事件一天天刊出，就夠有趣了，從將軍光臨那天寫起。」李飛說。

「你怎麼不寫呢？」楊主編說。「我來發表。喏，我把資料都給你，讓事實說明一切。」

現在李飛坐在桌旁，看煙圈飄進大油燈罩下，懶洋洋消失。他不是寫作；而是整理混雜的印象和思想。遏雲可怕的經歷，和他親身助她逃走的情景，使他腦子裏沉甸甸的。他見過也聽過不少地方及中央政治的情形，報界同仁也交換很多軍閥的作為，可惜從來沒有刊登過。這些軍閥和將軍似乎一直忙東忙西的，簡直像一幅特殊的人情萬花筒，動機有好有壞，有人貪權貪勢，有人私欲永不滿足，有人在變遷的亂世中為生存而奮鬥。楊主席是不是壞人呢？李飛不以為然。他只是一個膽小鬼，位極一省的主席，卻不明白自己是怎麼爬上去的。

李飛和郎如水有很多共同點，對政府和政治的看法也差不多，但是如水早就對政治失去了興趣，李飛由於本性和職業，卻不能完全抱著超然的態度。

他在所謂「知識分子」群中有不少朋友。他們大多在國外讀政治學。他曾用三百字寫過「知識分子小傳」，得到不少激賞，因爲他說的全是真話。這一類知識分子由外國回來，腦中充滿新理想，就開始寫一些學術性或政治性的文章，憑滿腹經綸批評這一項或那一項措施。他在某一所大學擔任政治教授。如果他批評政府夠厲害——總有很多事可批評——他就被看成有資格從政的人，也就是說，有資格處理一般人不知不懂的複雜社會、經濟和政治問題，沒有受教育的人是看不出其間的種種關連的。換句話說，他適合當統治階級，簽文件來教人做事，自己不必動手。他會辭去教職而「入閣」。等他一「進去」，觀點又不同了。這時他已達三十歲至四十五歲，結了婚，有兩個小孩，在南京也有了一棟房子。他欣賞高度複雜的官僚制度。他發現人在政府中「真的無能爲力」，外人批評政府當然很簡單，不明白決策中牽涉的人情和個人因素，其實外人空談自己不瞭解的事情，實在沒有多大的用處。不過他收入頗豐，家裏還雇了好幾個下女。如果他還野心勃勃，不滿意、很活躍，他就繼續穿西裝，如果已「功成名就」，便改穿舒適的長袍，手拄一根拐杖。他不再公開寫文章，轉而做私人討論和委員會報告，主旨都是說明一件事「行不通」和「不能做」的原因。過幾年他就老死政壇了。他自以爲瞭解的複雜社會、經濟和政治問題還是沒有人瞭解，還是懸而未決。這就是「知識分子」典型的一生。

李飛曾經抱著超然的態度，以好玩的心情來觀賞病態、混亂、悲喜參半的人生萬花筒，但是遏雲的問題有如當頭棒喝，給了他特別的刺激。因爲他認識遏雲，就不只覺得有趣了；他氣憤塡胸，一氣就寫不出東西。他氣這種事還會層出不窮，但是報界卻沒有人說一句話。他看透了楊主席和警察局長，知道他們爲什麼做出這種事來。他想起明末李香君被俘的故事，基本的畫面並沒有改善，今世仍有不少「宦官的孝子」，和明末差不多。

他手上拿著一根小螺絲，癡癡望著，想起他和柔安的談話。

他把螺絲丟入筆筒中。小小的螺絲釘——西方文明的象徵——藏在筆筒內，彷彿還困擾著他。

然後他坐下來寫文章，題目是「西北光復記」。

「歡迎名角名伶回到西安！」他起筆說。「這表示中國是一個統一的國家。東北受挫，西北也深切感受到它的影響，看看過去兩週來的事變。」

他列出事變的時間。

「三月十八日。一位東北要人來訪。

「三月二十七日。女藝人崔遏雲應士兵邀請到主席家，就此失去蹤影。

「三月二十八日。當局爲這位要人開了一個大舞會，笛笙樓節目暫停。

「三月二十九日。市警察挨戶搜索，可能是搜崔遏雲，她的失蹤使大家莫名其妙。

「三月三十日。搜索繼續中。女伶姚富雲（牡丹）離城，取消合約。春明樓被迫暫停演出。

「三月三十一日。女伶傅春桂告病。又一家戲院關門。

「四月一日。故事頗多。傳言一犯人和遏雲失蹤案有關，已被捕槍決。貴客參觀教育機構，發表演說。東大街有小暴亂，一群士兵阻攔東北將軍，要求發餉。

「四月二日。東北將軍遊覽終南山。

「四月三日。要人離開西安。

「四月七日。女伶姚富雲恢復演出。春明樓再度開放。

「四月八日。女伶傅春桂感冒康復。天味樓重開。遏雲仍未出現，不過西安人又恢復了往日的快樂。」

由已知的事實來說，這是一篇無傷大雅的諷刺，能滿足讀者，卻沒有公開批評當局。主編也是西安人，他看文章裏每一件事都已家喻戶曉，就高高興興刊登了。

這小小的目錄引起了不少注意。大家都喜歡看可資談笑的題材，沒聽過姚富雲和傅春桂唱戲的人也對她們發生了興趣，紛紛去戲院觀賞。

李飛週末沒見到柔安，因爲她感冒，不得不躺在床上。第二個星期六他可以見她，郎如水和遏雲已經遠走高飛了。

似乎違別了好久好久，他打電話給她，知道她感冒已經好了。

「柔安，好久沒看到妳了。文波有機會要請妳吃飯，謝謝妳對他及大夥兒的幫助。」

「沒有必要，」柔安回答說。

「妳不喜歡文波？」

「不是的。他會害你惹上麻煩。」

「他很感激妳，妳真的冒了一次大險。」

「如果……任何女孩子都會這樣做的。」

「如果什麼？」

「沒什麼，我只是不希望你惹上麻煩。不過郎先生真是好人。」

「如水是我最好的朋友。柔安，拜託和我見個面。妳能出來嗎？」

柔安不知道李飛的朋友已經把她當做女英雄，不過她很高興李飛再約她。

「嗯，可以。」

他們到方家，文波熱烈招呼柔安。他很少這麼熱情，這麼感激。

「杜小姐，」他說，「我一直沒機會謝妳。那天要是沒有妳，我不敢說她會不會被警察抓去。」

「你可以把她藏在大皮箱裏，」柔安開玩笑說。

「是啊，可是不能藏好幾天。我總要把她弄出城。別小看妳自己，我真欠了妳一大筆人情債哩。妳抽煙嗎？」

柔安接過煙，李飛一面點火一面說，「我不知道妳抽煙。」

「偶爾抽抽，」柔安說。

「我喜歡抽煙的女孩子。」

「為什麼？」

「她肺裏也有一大堆壞空氣，彼此更合得來。」

柔安以前沒有在別人面前抽過，抽煙使她覺得很輕鬆，更舒服。她立刻說，「我在家裏抽。」

「妳叔叔贊成？」

「不。男人抽煙，卻不贊成女人抽，豈不是很不公平？」

文波對她平靜的語氣非常折服。「妳覺得男人對女人不公道？」

「我認為如此。」

「這是女人的錯，」李飛說。「只因為男人不贊成，她們就不敢做。」

「這很自然嘛，你又不是女人。」

李飛大笑說，「男人是不喜歡看女人吐煙圈。你和女人說話，她對你的臉吐煙圈，你就覺得她和你平等。男人最怕這一點。」

「原來機密在此。」

「是的。抽煙的男人頭頂有一圈光輪，身體自然舒展。如果女人一直吐煙圈，她就贏得了男士的尊重；如果她把煙吞下去，男人就可以忽視她了。」

柔安對著他的臉吐出一道長長的煙霧。李飛大笑，咳嗽說，「妳看，妳現在獲得我百分之百的敬意。」

「你現在才發現哪。」方文波生趣盎然，看著少女說。

柔安高興地仰望層層煙霧。「煙真是一種懶散的東西，」她說。「你看它捲得多美，飄得多美。有時候我坐在床上抽煙，眼看它飄浮、溶化，就和思緒一樣。」

李飛聽得入了神。「妳一定想得很多，也常常作夢。」

「我一個人在家的時間太多了，實在無所事事。累了，就躺在床上，找一本小說，望著煙霧發呆。它悠哉遊哉，就像你的思想現形了，漫無目的飄來飄去。不久就消逝得無影無蹤，和你的思想、你讀的故事沒有兩樣，一切都消失了。還有比這更完美的事兒嗎？」

「杜小姐，」方文波咂咂舌頭說。「我們要慶祝慶祝，陪我們吃飯如何？妳也喝酒吧？」

「一點點，」柔安巧聲說。

到了飯店，方文波舉杯敬柔安說，「我欠妳的情。如果有什麼事要我幫忙，別忘記我是妳的朋友，也是李飛的朋友。」

李飛又遞一枝煙給柔安，替她點上。

「盡情吐煙圈吧，」他說。

「妳若有什麼想法，別讓它消逝，」方文波說。「我們可以善加利用，」

柔安慢慢吐了一口煙。李飛也調皮地吐了一口，兩股煙混在一起，冉冉升空。

「我的思緒碰上了妳的，這是心靈的會合。」

她伸手揮開煙霧。「現在什麼都沒有了。」

「妳真是反覆無常。」他說。

「不，我們只是傻氣罷了，」她回答說。「我可以把一切思想用一元一盎司的代價賣出去。告訴我，如水是不是愛上了遏雲？」

「誰知道？」方文波說。「如水是一個怪人，他太重情感。我想她陷入困難，他才迷上她的。」

吃過飯，一個報商出現在門口。李飛要了一份晚報，打開來看，他那篇西北光復的文章就登在上面。

「看什麼？」柔安發現他專心看報，就問他。

「我寫了一篇文章。」他遞給她，她讀著讀著，臉上的笑容慢慢消失了。

「妳喜歡嗎？」

「不。你爲什麼要寫呢？」

「我沒說什麼呀，只列出我認爲有趣的事實。」

她面帶愁容。「也許不安全。你嘲笑滿洲將軍，主席會不高興的。」

方文波接過報紙來看。柔安的眼睛直盯著，她不耐煩地問，「你看法如何？」

「編輯敢登，大概是覺得沒問題吧。」

柔安對李飛說，「你若事先徵求我的意見，我不會同意你發表。誰知道當局會採取什麼行動？」

李飛很失望，他原以為她會喜歡的。她沒有再說話，晚宴不歡而散。

李飛替她叫了一輛黃包車，就回家去了。

14

第二天李飛收到上海「新公報」拍來的電報，要他去蘭州，可能的話，甚至到更近邊界的地方。社方很滿意他的報導，對新疆的回變也很感興趣。主編特別要他追蹤漢人回將馬仲英的生涯、計畫和野心。

新疆是一個封閉的世界，幾十年來不但是種族衝突的所在，因為地理位置的關係，也是列強外交協商的主題；中國對此區的控制向來不太穩固。居民百分之七十是維吾爾和其他回教部落，已經在那邊居住了好幾百年。他們對中國順服與否，往往看中國朝代的興衰而定。類似政治真空的狀態，吸引了外來的力量。蘇俄的勢力一天天增長。由於此區靠近印度和新疆，英國希望它半獨立緩衝區的現狀能夠維持下去。日本感興趣，則是因為俄國構成了蒙古背部的威脅。換句話說，新疆是一團謎霧，一向為中國人所不解、所遺忘；但是最近蘇俄的擴張和馬仲英的開墾，眼看就要建立一個橫跨中亞的回教帝國，又使新疆成為大家注意的焦點。此外，滿洲的敗兵退到那兒，也造成了新的問題，很可能破壞微妙的均勢。

李飛一直想到新疆陌生的世界去探險。隨異族部落旅遊，他覺得一定很有趣，他認爲自己該單獨離開西安一段日子。西安像一個太熟太熟的老朋友；新疆則像陌生人，充滿了陌生的誘惑。西安自有它小小的家庭悲喜劇，但是在新疆他可以看到真正的大場面，種族和宗教的大衝突。此外，他很想追蹤滿洲兵的作爲。剛剛才認識柔安，真不願意和她分別，但是他覺得他們倆個太投緣了——至少他確信自己的情感——暫時的分別絕不會帶來什麼改變。

他收到如水的來信，說他和遏雲一切順利，正要去天水和她的父親會合。如水又說，他想由天水帶他們去蘭州，遏雲在那兒比較安全。言外之意，他對遏雲愈來愈認真，有心作長遠的打算。

他打電話給柔安，說他決定去新疆，她嚇了一跳。過了一會，才說，「去多久？」

「只去幾個月。」

「什麼時候走？」

「可能明天就出發。」

「拜託，飛，我今天晚上不能來看你，我明天來。六點鐘才能來。春假我打算到三岔驛去看我父親，希望你也去。」

「那好哇。明天見。」

第二天四點鐘，飛鞭來到方文波家。有大事發生，飛鞭向來很興奮，他頭上圍著黑布，兩隻大眼睛閃閃發光，臉上的肌肉也繃得緊緊的。

「方大叔，我看到士兵進入新聞報辦公室，抓了一個人。他們用手銬把他帶走了。聽說是主編。」

方文波拉長了臉。「你親眼看到的？」

「我剛好走過，一大堆人擠在那兒。士兵帶一個人出來，我想可能是你的朋友，所以來告訴你。」

「誰告訴你是主編？」

「街上的人哪。他帶著黑邊眼鏡，臉色像白粉似的。士兵把大家趕走，就封了報社。你有沒有事要我做？」

方文波想了一會說，「沒有，不過你留在家裏，我也許會找你。」

方文波馬上打電話給李飛。

「趕快離開家。姓楊的被抓，新聞報也封館了。儘快來這兒，別冒險。」

李飛掛上電話。報紙被封，主編被槍斃，也不是第一回了。「哦，」他自忖道。匆匆走出房間，和母親話別。

「媽，警察也許會來找我。就說我出城了，到洛陽兩天。我現在去方家。妳找方文波，通知我警察有沒有來。」

母親溫和的面孔現出驚慌的神色。「兒子，出了什麼事？」

「沒有時間解釋了，我不能打電話給妳。媽，我也許要離開一段時間，不過別替我擔心。」

他捏捏母親的手，依依不捨地放下來。

巷子裏靜悄悄的。他儘快跑過一條橫弄，進入後巷，叫了一輛黃包車，來到方文波家。

方文波伶俐地瞥了他一眼。

「飛鞭看到姓楊的上了手銬，被抓走了。你如果珍惜性命，最好趕快出城，到天水去找如水。」

「但是我不能這樣就走，我要見見柔安。」

「搭下一班車，愈快愈好。」

李飛打電話給柔安，說明大略的經過。

「柔安，我必須馬上出城，但是我要先見妳。一定要，一定要。」

柔安發楞了好幾秒。她聽到他絕望的聲音。「柔安，沒有時間了，我能不能來妳家？沒見到妳，我不能走。還剩一兩個鐘頭。」

「你到西側的邊門，我在那邊接你進來。」

李飛在柔安家附近下了車，步行過去。他以前沒來過「大夫邸」，花了一點時間，才在一條小弄找到邊門。

柔安一個人站在門口。他一走近，她就低聲說，「進來吧。」

她正在發抖，深邃的眼睛充滿焦慮和柔情。她偷偷拴上門。這時候，她發覺李飛的手臂環住了她。一轉身，面孔和他相迎，他正熱情地俯視她，宛如花朵對太陽微笑，他們的嘴唇也自然而然貼合在一起。這是他們的初吻。

她不顧一切地抱緊他，然後睜開眼，用焦急的口吻低聲說，「到裏面去。我來帶路。」熱血在粉面上洶湧。

「我搭七點的車走。」

柔安甩甩頭，表示無可奈何的接受。「我們還有一個多鐘頭。」

「一定是那篇文章惹的禍。」

「現在擔心也沒有用了。你必須離開本市，到安全的地方。」說完最後一句話，她捏捏他的手。

傍晚的陽光照著她自己的院落前邊的院子，一個六角形的院門通向主院，沿著她嬸嬸的房牆有一道走廊，可進入側面的月形拱門。相距只有十五呎，恐怕有人會看見他們。

柔安屏息張望。看見大廳裏沒人，就溜進去，示意他跟過來。一進入嬸嬸房牆的陰影中，就不怕人看見了。

到了她自己的院落，柔安加快了步子，唐媽站在門廊上。

「到這裏就沒有人會知道了。」

唐媽隨他們進入客廳。

「唐媽，這是李先生。」然後她轉向李飛說，「她就像我的親娘，你不必擔心。你們最好認識認識。」

唐媽照華北農家的風俗行了一個禮，用眼睛打量小姐常常提到的青年，眼中閃著特殊的光輝。然後柔安面色緩下來說，「我看過你家了，你還沒看過我家。這棟房子是祖父蓋的。」

李飛瀏覽這間屋子，敞開的廳門內就是她父親的房間，可以看見不少書籍和一座舊式的櫥櫃。對面是柔安的閨房，有一扇繡簾掛在門口。

「唐媽，妳到院子裏看看有沒有人來。」

唐媽出去後，她說，「你要怎麼辦呢？」

「我不喜歡這樣匆匆逃走，不過我本來就打算去蘭州。」他的眼睛落在她身上，知道別離太難了。「柔安，」他說，「不會去多久，我知道一切都不會改變。也許很難，不過我知道一定可以回到妳身邊。」

「你非走不可，我也不能攔你。不過新疆太遠了，不知道什麼時候才能相見。」

他坐在她身邊的椅子上，「柔安，我們相聚的時間不多了。我們可以通信。我會想念妳，妳儘可能多來信。一切變故都無法拆散我們。」

他抓緊她的小手，擔心自己能不能去拿行李。四月的白晝加長了，梨樹的影子斜映在外面的石板上。

「柔安，替我打電話給文波好嗎？要他通知我，母親有沒有消息傳來。她若來電話，要她把我的行李送到他那兒。」

還沒有消息。他們靜靜坐著，屏息等待。

「我走後，拜託去看看我母親。妳可以把她的消息告訴我，因為她不認識字。她單純誠懇，會把妳當做自己的女兒看待，我已經告訴她我愛妳有多深。」

柔安眼睛盯著他，恍恍惚惚的，好像在聽，又好像沒聽進去。她正在思索，嘴唇喃喃唸出幾個字，最後才說，「飛，我有一個請求，一個大請求。我下週要去看我父親，你能不能來三岔驛住幾天？肯不肯？」

他的眼中恢復了光來。「咦，當然好囉！我可以上山，到那兒等妳。我走以前，我們若能共度幾天，那真太好了。」

「我也希望你見見我父親。」

電話鈴響了，李飛衝過去。是文波打來的。「飛，我接到你母親的口信，幾個士兵到你家去抓你……不，你母親嚇壞了，是你嫂子打來的電話。她們告訴士兵，你去洛陽了。士兵搜了屋子。士兵一走，她就打電話來……我想他們不會怎麼樣。算你運氣好……行李？你嫂子送到我家來了。我去火車站買票，我的手下會保護那個地方，萬一有什麼不對，他們會警告你。」

李飛掛上電話，深深吸了一口氣。「士兵真的來了，」他匆匆說：「幸虧我逃出來。」

柔安聽到這句話，脊骨都涼了。接著流下淚來，對著手帕泣啜。

「別擔心，」李飛想安慰她。「她們告訴士兵，我不在城裏，這就沒事了。」

她抬起一雙淚眼說，「他們若抓到你，我寧願死掉。」

「我該把那篇文章給妳看，妳會阻止我發表。」

「我不怪你，但是你若不能回西安，我也要離開西安。這是不是說，你永遠不能回來了？」

「過一年，主席就會忘得一乾二淨。」

「一年！那我怎麼辦？」

他凝視她的眼睛說，「文波也許可以幫忙，不然妳父親或妳叔叔也可以替我說幾句話。記住，有任何事情發生，文波和如水都是我最好的朋友。去請教他們吧，我會叫文波照顧妳。」

唐媽進來點燈。李飛看看手錶，起身告辭。

「我陪你去。」

「不要。」

「你先走，我遠遠跟在後面，看著你安全離開。」

她要唐媽到院子裏，看看過道有沒有人。

「別管我。你先走。我可以看見你，不過你看不見我。」

暮色蒼茫，李飛偷偷溜出走廊，進入前院，唐媽正在等他。

「唐媽，好好照顧妳家小姐，」他說。「我也許要離開一段日子。」

「別擔心，她就像我親生的女兒。」

到了車站，他看見方文波帶著行李。天已經黑了，幾盞吊燈在擁擠的月臺上映出幾道黃光。

「我也許要離開一段日子，文波。拜託你照顧柔安，我要她有困難來找你。你肯替我做這件事嗎？」

「如果她要人幫忙，我會盡一切力量。」

李飛接過行李，上了月臺。他回頭張望，知道柔安在暗處的某一個地方看著他。他舉起手，對夜色揮別。火車剛要開，他彷彿看見一條白手帕在空中揮舞，在亮處的邊緣若隱若現。他站在踏板上，直到火車出了車站，然後找一個空位坐下來，看窗外的街燈一一閃過。火車愈開愈快，對著夜空發出一陣尖銳的長鳴。他站起身，把行李放在頭頂的貨架上，再坐下來，才有時間整理一切思緒。

他摸摸自己堅硬的面孔，手指插進頭髮裏。這個動作有點像槍林彈雨出來的人，摸摸自己頭顱是不是安全無恙。他低笑兩聲，點了一根煙，看看車廂，乘客稀稀落落的，有幾個商人攜家帶眷出門。他知道自己安全了。不知道小楊會有什麼結果。然後他想起自己匆匆告別母親，又到柔安家秘密約會的經過。在亂糟糟的畫面中，升起一片溫柔的芳香——他們的初吻，她的聲音，她充滿恐懼的明眸，她聽到士兵搜家的哭泣，尤其她提出兩人到三岔驛見面的計畫。這份熱情的感受壓倒了他逃脫追捕的心情。她冒過不少險；他確信她還肯冒更多大險。這份愛情像一朵白色的火焰，使他心中充滿光熱，強烈震撼著他，宛如夜裏的一盞燭光，潔白，空靈，微妙，和平，卻又精美無比，燦爛無比。

火車環繞渭河，駛進咸陽站。他漸漸明白，自己已離開西安，不知道哪一天才能回去。他關心的每一個人都在那兒。心裏一陣絞痛。他是那座城的一部分，那座城已經在他心裏生了根。有時候，西安像一個邋遢老婦，不肯放下酒杯，把醫生都趕出門外。他喜歡它的稚嫩、它的紊亂、新改革和舊風情的混合，喜歡帝王的陵墓、廢宮和半埋的石碑、荒涼的古廟，喜歡它的電話、電燈和現在鏗鏘鏗鏘疾駛的火車。出城他有點難過，但是並不傷心。他在心裏低聲說，「再見，西安，我會再看到你！」然後微笑了。

方文波走出車站，看見柔安慢慢轉身，還頻頻擦眼淚。他上前說，「杜小姐，我不知道妳在這兒。如果有什麼事要我幫忙，希望妳來找我。」

他替她叫了一輛黃包車。

她沒趕上晚飯的時間。她好幾次沒有回家吃飯，叔叔也注意到了。

「她去哪裏？」他問唐媽。

「到車站去送一個朋友，馬上回來。」

開飯了，杜芳霖轉向妻子，用長輩的口吻說，「一個大閨女像懷春的母狗跑來跑去，成何體統？她到底在搞什麼？」

「畢竟她已二十二歲了，」彩雲說，「也難怪她對男人感興趣。」

杜芳霖臉色沉重。「我不容許她這樣。我對她父親有責任，而且我們要顧到家庭的榮譽。等她父親回來，我還是叫他趕快把女兒嫁出去。我提過銀行家陳經理的兒子，但是她執意不肯。」

「她又不是我們的女兒，你還是隨她去吧！」做嬸嬸的人說。

春梅靜靜聽著。「她可能戀愛了，」她笑笑說。

「妳怎麼知道？」

「那天在舞會上，她和李先生說話，我就看出來了。湘華說，前幾個禮拜她曾經借車和他出去過。」

彩雲說，「如果她找到男人，我們就可以少操一點心。現在找女婿也不容易呀。唐媽，妳知道多少？」

唐媽一直站在門口，一面等柔安回來，一面聽大家說話。

「我什麼都不知道，小姐在外面的情形我完全不清楚。」

柔安進來，滿面通紅，話題突然打斷了。

「妳去哪裏？」叔叔用嚴厲、氣憤的口吻說。

「到車站送一個朋友。」她發覺大家的眼光都落在她身上，只有春梅臉上有一絲笑容。她簡直沒有時間鎮定下來，思想一片紛亂。她真希望不必吃晚飯，可以回房去休息。雖然事先擦過眼睛，也在臉上敷了粉，激動的神情仍然看得出來。她拂拂頭髮，匆匆坐下來。彩雲看見她眼睛腫腫的。

「咦，妳哭啦？」

「我們是好朋友，」柔安立刻回答，除了唐媽，她決定不讓任何人知道她的秘密。「她提早度假去了。」

春梅插了一句話，使大家都輕鬆不少。

「火車站有不少動人的場面。前幾天我看到一對母子在車站分手，那個老太太哭得像淚人兒似的。」

電話鈴響了。是湘華要找柔安；她聽說那家晚報被封鎖，主編也被抓了。她看過李飛那篇文章。柔安儘量冷靜下來，靜靜聽著。湘華直接問起李飛，她馬上答道，「我沒聽到什麼消息，我想他一定平安吧。」

柔安回到餐桌上，大家問她電話的內容。她忍不住得意，李飛已經逃脫了。

「新聞報的主編被抓，報社也封了。」

「爲什麼？」春梅問道。

杜芳霖說，「一定是爲了前天發表的那一篇文章。」

話題轉到女伶出奔和回城的經過。

「不曉得崔遏雲怎麼樣了，」春梅說。「她沒有再露面。但是，那位主編會有什麼下場呢？」

「他會被槍斃，」杜芳霖只說了一句，彷彿這是世上最自然的事情。柔安打了一個寒噤。「作者也會被槍斃。」

「你覺得他該槍斃？」柔安迅速瞥了她叔叔一眼，努力掩飾心中的情緒。

「我沒有那樣說，不過他會被槍斃的。妳知道主席的作風。這也是他自己的錯，年輕人喜歡教長輩怎麼樣管政府。明天你們看吧，除非有人替那位主編求情，否則他頭上難免要挨幾顆槍子。」

「我覺得主席不對。我們都希望本地婦女平安，」彩雲說。「誰喜歡女兒被綁呢？那個滿洲人一來，全市就像雞鴨場被狐狸闖進來似的。這個主編用意不錯，你應該替他求情。」

「我們明天再看報紙吧，」叔叔敷衍說。

柔安親眼看李飛逃出災難，心裏很高興。叔叔說李飛會被槍斃，一字一句都刺入她的耳朵裏。她不明白李飛逃得多麼驚險，心裏只想到，只要他脫險，自己的任何犧牲都值得了。

一回到房間，她就頭暈目眩。她看到一個鐘頭前李飛坐過的椅子，很高興自己冒險去送他。然後想起他母親一定很擔心。她打電話找李太太，告訴她自己親眼看他安全上了車。「李太太，妳兒子平安了，我下星期有機會看到他，妳可以捎口信去。我臨走再來看妳。」

做完這件事，心裏好過多了。她和唐媽暢談很久，才上床睡覺。腦子裏亂哄哄的，充滿激動。

他們第一次相吻，他也第一次到她家。思緒，印象，恐懼，愛情，未來的計畫一一湧入她年輕的腦海裏。其中最重要的就是三岔驛之行，她可以單獨陪他過一週——珍貴的一週，然後他就要遠行了。她對自己說，她要高高興興，把一切憂愁拋在腦後，那麼他在新疆就可以回憶這難忘的一週，永遠記著她了。事後她叔叔也許會聽到消息，但是她不在乎。世上她關心的東西並不多，而她確實關心李飛的愛情。他們要上喇嘛廟，李飛會見到她的父親。父親喜不喜歡李飛呢？他們有沒有時間訂婚？

第二天早晨，報上登出「新聞報」封館、主編楊少河被殺的消息，即刻槍斃，很多人都大吃一驚。主席這麼快採取行動，一定有特殊的理由。平常主編入獄，大家都希望別人替他求情：他日後會在「懺悔」、改變論調的條件下放出來。官方報紙列出此一行動的原因：第一，楊少河已經證實爲「反政府」「不尊敬當局」，第二，「在國家動亂時期，楊少河傳播謠言，擾亂人心，動搖人民對政府的信念。」

官方的罪名可不是主席提出的，他只是下令槍斃楊少河。他起先看了李飛的短文，還相當喜歡，覺得很有意思，吃飯的時候就對妻子說起。她看一看，臉色馬上變了。

「你不能讓這種事情繼續下去，一定阻止，大家是在捉弄你。」

「他們開開玩笑又何妨呢？」主席心平氣和說。

「你以爲將軍會喜歡嗎？如果你不斷然阻止這一類的事情，你想當他的拜把兄弟，他可不願意跟你結拜哩。」

「我該怎麼辦呢？」

「你身爲主席，居然不知道該怎麼辦！我想你是真的老了。採取激烈的手段，將軍才會相信你的誠意。」

那天晚上主席把犯人找來，後者雙手帶銬，嚇得發抖。「你刊登那篇胡言，是什麼意思？」

「我只發表事實，大人。那些事誰都知道。」

「誰叫你發表事實？報紙就沒別的事情可幹啦？你管你的報社，我管我的政府，現在你竟想教我怎麼樣管理政府。」

「我不敢，大人。」

「你敢，你就敢。來吧，你坐上我的位子。我的煩惱夠多了。」他站起身，摸摸寬闊的大臉。「來呀，坐在那兒，看你喜不喜歡。我讓你當主席。」

「大人，我道歉……我冒犯了大人。」

主席貼近楊少河，小眼睛一閃一閃的。「原來你不敢哪；你不敢坐那個位子。我把主席的大位讓給你，你爲什麼不接受？」

「楊主席，我無意對政府表示不恭，我們的婦女太不安全了……」

「別教訓我。我知道自己做些什麼，」主席的獰笑突然消失了。他大發威風，把頭向後一擺，對副官吼道，「把他拖出去槍斃！」然後回到椅子上，發出爆笑和狂吼。

過了幾天，柔安接到李飛安抵天水的消息，就去看他母親。她發現老人家躺在床上，爲兒子擔憂成病。端兒帶她進入婆婆房間。大哥李平也在，柔安是第一次和他見面。

李太太支起身子，把床簾拉起，又拍拍床邊要她坐下來。頭上沒有了黑飾帶，她的白髮歷歷可見。柔安覺得，她比自己第一次見她的時候蒼老多了，安詳的白臉急忡忡望著她。

「杜小姐，有沒有我兒子的消息？」

「他已經到達天水。那是另一個省分，他沒有危險了。我要去看他，妳若有東西要交給他，我可以帶去。」

他母親感激地看看她說，「我兒子惹上這場大麻煩，我一個老太婆，也沒有什麼辦法。叫他照顧他自己，三餐多注意。告訴他這是他母親的叮嚀，我不知道能不能再見到他了。」她拿出一條手帕，頻頻揮淚。

「我會把妳的話告訴他。他不能不躲一陣子，但是過一段時間，當局就會忘掉這回事。他的朋友啦，或者我的叔叔，也許能替他說幾句話，他就可以回家了。」

「杜小姐，妳是好孩子，妳若能幫助我兒子回到我身邊，我真感激不盡。」

老母親伸手拍拍柔安的肩膀。柔安心中好感動。她已經多少年沒有接受母親的愛撫了。她突然趴在床上，號啕痛哭。老母親知道這個女孩深深愛她的兒子，只是不好意思說出來罷了。

現在輪到母親來安慰她了，少女一邊啜泣，老人家慈祥的雙手一邊撫摩著她。

「柔安，第一次看到妳，我就喜歡妳，妳別把自己當做外人。妳若肯看我兒子的面上，常常來玩，我會覺得快活些。」

柔安看看這位白皙、端莊的老婦，她是自己意中人的母親，心中便得到了溫暖。

「我會的。」她說。

端兒出去泡茶。喝過茶，大家坐在一起，母親問到柔安生父、生母的情形。然後李平把一封寫給弟弟的信交給她，列出天水和蘭州幾家必要時可以預支款項的店名。端兒也拿出一包李飛的長袍和鞋子，託她帶去。

柔安覺得這個小家庭特別溫暖，有慈祥的母親，又有知足的嫂嫂。她叫了一輛黃包車回家，手上拿著李飛的衣物，心中充滿自豪，他家人已經接納她，她一點都不孤單。

她一到家，唐媽就說，「妳父親來信了，」由桌上拿給她。柔安拆開來看，唐媽在一旁觀望，滿臉焦急。

「還是來信催我去，他不太舒服。」她咬咬嘴唇。「我父親真不該住在喇嘛廟裏，他若生病，應該回來看醫生。」

晚餐桌上，她談起父親生病的消息，還把信拿給叔叔、嬸嬸看。

「我巴不得馬上動身，」柔安說著，臉上一片激動。

「他若不能離開喇嘛廟，妳還得上丁喀爾工巴廟去看他。要不要我派人護送妳？」叔叔說。

「不必了，阿三會陪我去。」

杜芳霖表示默許，柔安鬆了一口氣。

「這時候他的人參大概吃完了，」春梅說。「我們上元節託人帶過一次。前幾天陳家送我們幾兩上等的高麗參，如果他咳嗽，明天我去抓一點四川熟地根和朮油，讓三姑帶去。我真不願意看一個五十多歲的老人單獨住在藏人的喇嘛廟裏，他不該拿自己的病情開玩笑。」

「我哥哥很固執，」杜芳霖說。「但是柔安，妳身為女兒，應該勸他回來才對。」

「我會盡力勸他。」

第二天，春梅帶了一包藥材給柔安，「三姑，妳把這些帶給他，不過我心裏很難過，誰替他燉藥呢？就算廟裏有僕人，也比不得自己家。誰又知道他肯不肯按時服藥？」

柔安真的很感激。「我會儘量勸勸他。」

春梅靠近來，柔安覺得她的眼睛正在打量自己。「聽說警方在找李先生，他逃掉了。但願他逃掉，我很擔心，因爲我知道他是妳的朋友。」

柔安滿面羞紅。「我也聽說了，」她匆匆答道。

「三姑，我不是逗妳。女孩子到了這個年紀，誰不想結婚成家呢？前幾天在舞會上，我看見李先生和妳說話，我就在心裏想，他和妳很相配。我們都是女人，我坦白說出心裏的想法。該是妳父親替妳安排一門好親事的時候了。」

柔安有點困惑。她嬸嬸從來沒有和她說過這些話，不知道該不該和春梅結盟；她會是一個有力的盟友。

「良緣天定，」柔安不置可否說。

「我只是告訴妳，我有心幫忙。妳看看我們家，外表看起來很不錯，二叔搬出去，妳父親和老頭子又合不來；人們看看大夫邸，數數孫兒的人數，實在不夠興旺。妳應該勸妳父親回來，這樣才像一個家。我不知道妳對我有什麼想法，我是以傭人的身分進來的，我能做什麼呢？我也是和妳一樣的少女。祖恩一出世，生米就成熟飯了，我一點辦法都沒有。別人都以爲我野心很大。我不是替自己辯護，女人一做了母親，第一個考慮的就是她的孩子，所以我留下來了。我不能離開這個家，就盡力而爲。治理這樣一個大戶人家，可不是一件容易事兒。那天要不是我拚命爭取，我甚至連葬在祖塋、用杜氏墓碑的權利都沒有。」

從來沒有人和柔安說過這樣貼心的問題，只有春梅，本是一個局外人，靠自己的努力升爲「兒媳婦」，對杜家卻比正牌兒媳婦湘華更忠心。春梅和她一樣，常常爲杜家著想。

「妳真該把名字和祖恩、祖賜並列在大哥的墓碑上，使身分成爲不爭的事實。」

「我早已想到了。我不敢想像十年後老一輩都過世，我們家會變成什麼樣子。妳天生是杜家人，我不是，但是我敢說，家庭的命運操在女人手中。我們有錢，我知道；不過富人如果長富，窮人就沒有機會了。這些事情全憑天數。我不敢說，風水不會輪流轉，我只想看到一家人和和氣氣的。我已經說得太多了，唯一的意思就是要妳勸父親回來，等妳嫁了丈夫，還可以陪他住在這個家裏。他們兩兄弟都很固執。他們和解，全看我們啦。」

柔安深深被她的誠懇和多慮感動了。

「我告訴妳一件事，」她說。「那天在舞會上，叔叔要我叫妳嫂子，我是奉命行事，現在我心裏真的把妳當做嫂子。妳對這個家庭，想得比男人還週到。」

「男人都是傻瓜，」春梅苦笑說。「妳還有什麼話要告訴我？」

柔安對春梅好感大增，就說，「有。我和李飛戀愛了。」

15

奧撒塔克峰的積雪已經融化，三岔驛湖水大增。李飛單獨來到，前往三岔驛杜宅，發現只有一對僕人住在那兒。他告訴僕人，他是柔安請來的，正要上喇嘛廟去看他們的老爺，杜小姐自己也要來。

三岔湖位在甘肅南部的岷山東麓，湖水一平如鏡，南面有巨大的石岬斜向湖邊，另外三面則是一連串低矮、光禿禿的紅土丘陵。一條小河由湖面向西北延伸，流到起伏的山谷，和舊洮州相通，以前杜衡大夫曾經在洮州設立官府。三岔驛杜宅隱在南面的幽徑中，四面都是山岬，在半哩高的斜坡上。屋後有一片叢林，通向斜坡背面的沼澤。除了深澗旁的一條小山路，大湖東面無法進來，位置又在岷山山腳，由小溪向西北流入洮河，整個大湖就像一塊隱秘的綠寶石，很少人知道。

這兒的居民大部分是回人，可以說是洮州以北回人區的南界。岷山山地則住著原來的羌族、玀玀和南邊搬來的西藏人。杜衡大夫當家的時候，喜歡來這兒度假，這是一個美麗的別莊，一個沒人要，不花錢的漂亮玩具。因爲漢人都不想定居在荒山僻野，離本省東部繁榮的社區太遠了，這塊土地等於一文不值。自從柔安的叔叔發展鹹魚工業，把這個無用的玩具化成家庭的財源，繁忙的漁村就建立起來了。小漁村和北岸三哩外的回人村落是這個區域唯一的人煙。

李飛站在古宅的門廊上，心中充滿奇特的感覺。這棟屋子是石造的平房，裏面刷了石灰，中間是長形的客室，兩端是廂房，大木樑橫在天花板上。屋內的牆上掛著左宗棠將軍戴官帽、穿官服、緞靴的畫像。他有一張圓圓的面孔，表情莊重，留著一撮鬍鬚，指甲少說也有兩吋長。高高的櫥櫃和大形的傢俱都表現出上一代的風采。

門廊鋪著石板，可以看見下面的大湖，一條蜿蜒的小路在荊棘叢中若隱若現，荊棘已經好多年沒有修剪了。漁村就在腳下，有一大排磚房，岸邊泊著小舟，沿堤防排列。深棕色的漁網掛在煙囱上曬太陽。幾個小孩在村後的小路上玩耍。漁婦都在靠近長形建築的東岸清洗早上捕來的魚兒。一排楊柳在彎曲的東岸擺動著淡綠金黃的腰肢，如今湖岸已掩在棕色巉巖的陰影下。巉巖比湖面高出三百多呎。巉巖的綠樹叢中有一棵巨大的青果樹，枝葉像陽傘般撐開來。左面的湖水把水邊的踏腳石淹沒了一半。一片山脊由水脊的山峰伸出來，封鎖了另一面的回人村莊，也造成另一片松樹叢生，鷺鷥築巢的岬地。春風吹過太陽下的叢林，連屋裏都聽得見松濤的佳音。南邊的水灣裏，湖水在峭壁下顯出深綠的色澤，湖面漸寬，水色又化成碧藍和艷紫，這是對岸紅土丘映照的結果。四面的山丘上，植物都顯出各種綠意，一靠近東崖的密林，色澤就逐漸加深，零落的白楊、梣木和楓樹則隨著草地上的紅莓迎風招展。這片產業不設圍牆，因爲大夫不願意封鎖起來，凡是湖岸眼睛看得到的地方，莫不是他的財產。

李飛在午後的門廊上閒逛，不斷望著東邊的山脊。柔安應該由那個方向走來，他自己也是從那邊來的。

「如果小姐早一點從天水出發，這時候該到了，」阿三說。「他們通常是這個時間來到。」

他走下斜坡，沿著漁村後面的小徑漫步，再轉到離屋兩哩外的青果樹那條山道。他站在樹下等她。山脊的背面是一片谷地，中間的溪旁有一片林子；他會看見柔安由遠處過來。

不久他看見樹林邊有一個移動的紅影。他斷定是柔安。她騎著一匹黑騾子，一個男人走在騾子身畔。等他認出紅毛衣和嬌小的少女身影，就拚命叫喚揮手，對方也揮手作答。他的心狂跳不已，開始向她跑去。簡直美得像作夢，他竟能在荒涼的谷地上見到她，他覺得有一股無形的力量把他們緊縛在一起。柔安真勇敢！

「柔安！柔安！」相距五十碼，他大叫說。

騎騾子很費力，她滿面通紅，頭髮也一迸一迸的。他看到騾子停下來。柔安輕輕跳下馬鞍，快步向他跑來。他還沒弄清是怎麼回事，她已經把臉埋在他胸上。騾夫在一旁微笑，他有點不好意思，但是柔安抬頭看他，眼睛充滿快樂說，「終於見面了，飛！」

他抱了她一會。「柔安！我簡直不敢相信。」

「你不覺得我會遵守諾言？」

「我知道。不過我不敢奢望——不敢相信——」然後他鬆了一口氣說，「無論如何，妳總算來了。簡直美得像作夢。」

她轉身。陪他前進，騾夫也跟上來。

「妳見到我母親了？」他問道。

「嗯。我替她帶了一個包袱給你。飛，我有好多話要對你說，不知道從何說起。」

「別說嘛。有妳在身邊，真是太好了。妳不知道我多快活。」

他們手拉手爬上山脊，在山頂休息了一會。柔安上氣不接下氣，但是表情很興奮。騾夫跟上來，一面拍騾子的兩側，催牠前進。

「你先走，」李飛對騾夫說，騾夫就牽著韁繩，慢慢帶牲口下坡了。柔安發覺李飛的手臂環繞著她，便把頭靠在他肩上，胸部一鼓一鼓的。她覺得李飛的氣息緊貼著她。

他帶她到樹蔭底的一塊石頭上。山風不斷吹來，柔安俯身凝視下面的大湖。懸崖下的湖水已經變成深綠色，輕風一吹，湖面掀起了陣陣漣漪。右側的西北方就是水閘，在懸崖下若隱若現，水閘下方有一道河床通向谷地。

柔安一句話也不說，低頭看看自己的雙腳。

「妳在想什麼?」

「想你出奔的經過。」她抓起一把砂石，慢慢由指縫中灑下去。

「妳不會替我擔心吧?」他用手握住她的小手。她把身子靠向他。

「妳是這個世界上我最珍重的寶貝，」他低低說著，熱烈擁吻她。她雙目緊閉，嘴唇張開。等他撫摩她小小的耳垂，她才睜開眼睛呢喃道，「你安全了，飛?」

「是的，當然我安全了。」

她直起身子，頭髮散在兩肩上。「你聽到楊少河被槍斃的消息吧？」

「是的。我在天水的一份報紙上看到了。」

「你自信能照顧自己？」

「是的。妳呢？」

「不必爲我擔心。你不瞭解女人，對不對？」

「也許我不瞭解。」

柔安站起來，拉拉弄縐的毛衣。

下坡很陡，然後路就愈來愈平了。

「我父親生病，」她說。「我們必須上山看他——明天去。」

她一直向前走，比李飛慢半呎左右。春風吹過日曬後的草地，帶來桃金孃和松樹的芳香。一群村民和兒童聽說他們來了，就走到路上看他們。柔安對大家一一打招呼。

「我小時候常來這邊抓喇蛄，」她說。「有一個回族小男孩，比我大一歲，我們常常到淺水裏去。他是游泳好手，我釣魚，他就到水裏玩耍，在石頭上跳來跳去，全身光光的。魚一吃餌，我總是叫他幫忙，他就躍入水中，游向船邊，幫我把魚鉤解下來，再鉤一條蟲上去。現在看不到蛋子在附近逗留了。每次我來三岔驛，總是想念小時候和蛋子遊玩的時光。」

「蛋子。這名字好怪。」

「他是回族少年。亂賊首領白狼一路燒殺擄掠，他父母就在那時候被殺。他只有六歲。我父親在洮州發現他，把他帶到這兒來。他不會說中國話，他學的第一個字就是『蛋』字，他很喜歡，一遍一遍重覆念，所以就變成他的小名了。」

柔安輕快地走上門廊前的花徑。老花缽放在牆邊，裏面卻空空的。一顆巨大的木蓮樹生在籬笆門口，葉色深綠，還有棕色的花苞。花園內雜草叢生，顯得很荒涼。

「現在沒有人來住了，」柔安幾近辯解說。「花園照顧得不好。」

阿三的太太達嫂站在門廊上。「小姐，妳回來了。」

「是的，我一整年沒來了。」她歡歡喜喜對這個婦人說，「妳見過李先生了。我們已經訂婚。」

婦人盯著李飛瘦瘦的身影，半晌才說，「咦，小姐，李先生沒有告訴我，」他沒有功夫難爲情，只是向柔安眨了眨眼。

「進來吧，飛，」她像一個自傲的主婦。拿出一點錢，叫阿三付給騾夫。等阿三出門，他太太也下廚去了，柔安把行李打開，取出李飛母親托她帶的包袱。

「喏，」她說著，面部充滿大功告成的喜悅。

「妳怎麼那樣介紹我呢？」李飛大叫說。

「別出聲，」她屏住氣息。「你會明白的。」

達嫂端來一盆水，放在牆邊的橡木舊桌上。

柔安一面洗臉，一面說話，像快樂的主婦迎接一個貴客似的。她指指左宗棠的畫像，又問李飛喜不喜歡釣魚，有沒有看到頂上祖父的房間。她走到側牆的一個圓鏡邊，一面搽粉一面說，「來吧，我帶你參觀這棟房子。」

她打開朝前的東廂，裏面有一個小洋臺，可以看到湖東的景色。腳下就是長滿栲木，灌木的山坡。她指指孤單單的青果樹說：

「我們把它叫做哨兵。月亮就從那邊升起。我來的時候，常常睡這間。」

她興致勃勃靠在臺邊上。

「我真希望你喜歡這個地方，因爲我自己喜歡這兒。你可以來寫作，我會靜坐在你身邊，不打擾你，你能寫出優美的作品，我就別無所求了。」

「妳會對我生厭的，」他開玩笑說。

柔安用手掩住他的嘴巴。「不許這樣說。」

「妳真的心滿意足，什麼都不要？」

「噢，我要我父親也來陪我們。」

達嫂打斷了他們的談話。

「小姐，姑爺，麵煮好了。」

傭人叫他姑爺，他覺得很窘。他慘兮兮看著柔安，柔安爆出一陣大笑。

他們就這樣開始了短暫而快樂的三岔驛假期。兩個人在那兒，柔安享受著眼前的歡樂，完全忘掉心中的煩惱。他們要相聚幾天，她希望這幾天成爲永久難忘的日子。她隨他四處流浪，不讓他離開視線一步，儘量討他歡心，狠狠把將來遠別的顧慮拋在腦後。

「要不要下去看漁村？」

「妳騎了一天騾子，一定累了。」

「不，我不累。」彷彿她這幾天具有無窮的精力。

他們手拉手走向河邊。

「你明白我爲什麼要說你是我的未婚夫吧？我們要在這兒待幾天，這樣比較方便。」

「我知道，」嘴裏說著，心裏卻爲她的大膽而詫異。他們沒有談過婚嫁或訂婚的問題，但是他知道彼此心裏都沒有貳念。她技巧地向傭人撒了一個謊，她一定希望人們把他倆當做未婚夫妻看待。

遠方的夕陽照在北岸的紅土丘上。

「我以前常打赤腳到這條巷子來，」她靠向他說。

「赤腳？」

「是的，他們把我打扮成男孩子。我父親想要生男孩。我們明天一定要去看我父親，我的春假再過八天就結束了。」

「柔安，我們也得到天水待一天。我在那兒見到如水和遏雲了，他們打算帶她父親到蘭州去住。」

他們走向岸邊，漁婦們正在補網，漁夫們卻在一旁抽煙。遙遠的北邊有白霧升起。

他們沿湖漫步，看到一大排磚房，屋頂下都有通風口，魚乾就存在那兒。柔安告訴他，漁夫黎明出去捕魚，早餐時間回來，於是太太們就出來洗魚，把鱗片和內臟留起來灌溉菜園，然後醃魚、薰魚，掛在岸邊草地的長繩上，等露水進到肉裏，輕風和太陽又把魚兒曬乾，整條魚就變成棕色。難怪三岔驛魚乾那麼好吃，原來肉裏有陽光、空氣、露水的味道。

暮色漸濃，烏鴉在空中盤旋，鷺鷥也在石巖頂的松林中安歇了，村民看到兩條影子，一男一女，互相摟著腰，慢慢走向古宅前的空地，大家都知道他們是一對戀人。

達嫂煮了一條鮮美的鱸魚，倆人在油燈下吃飯，真高興自己遠離塵世的喧囂。

飯後他們坐在門廊上。過了一會，柔安說，「到我那邊，月色看得比較清楚。」

他們進屋，桌子已收好了，達嫂問他們，「熱水好了。姑爺和小姐是現在洗腳，還是待會兒再洗？」

柔安知道山裏的人都很早睡，達嫂急著做完一天的工作，西北人上床之前，照例要先洗腳。

「我們現在洗吧。」她說。

柔安洗過腳，對達嫂說，「把茶端到我房間來，我們還不想睡。我不用妳招呼，妳可以鎖門走了。」

達嫂端茶進來說，「小姐，妳如果明天要去看妳父親，也該早點睡。」

「沒關係，李先生和我還有話要說。姑爺洗好沒有？」

「洗好了，正在換衣服。」

柔安進房，聽到隔壁李飛的腳步聲。不久他出到客室，換了一身新長袍。

「明天我穿這件衣服去看妳父親，妳覺得合適嗎？」

她仔細打量他說，「我父親很挑剔，他是守舊的人，你知道。你必須坐得直直的，跟他講話不能垂頭喪氣，也不能翹起二郎腿，他習慣用行止態度來判斷人。」

「我會緊張哩。」

「沒有必要。」她高高興興瞥了他一眼。「你現在穿起來幹嘛？」

「我以為我們還要談一會。」

「那就進我房間來吧，我已經叫達嫂鎖門了。你若要喝茶，那邊有。」

夜色寧靜，只有草地上小蟲吱吱叫個不停。柔安在窗邊放了兩張低椅子。她倒了一杯給他說，「要不要毯子蓋腳？」

「不必了，謝謝。奇怪，山風使我昏昏欲睡。」

「你如果累了，我們明天再談。」

「別管我，妳也需要休息嘛。來，坐在我身邊。」

柔安直挺挺坐著，眼睛望著他。「太美了——這裏真安詳、真寧靜——只有我們兩個人。」

「我彷彿在夢中似的。」他抓住她的小手，她把兩個人的手都擱在她膝上。

蟲鳴聲更大了，晚風的香味吹入房間裏。過了一會李飛的眼皮開始下墜，頭也斜向一邊。柔安沒有動，她恨不得屏住氣息。燈光映出他尖銳的輪廓。她太高興了，忍不住熱淚盈眶。她沒有伸手去擦，怕把他吵醒，只覺得淚珠在臉頰上一滾一停的。後來她發覺他的手鬆開了，就把小手抽回來，悄悄站起身，把油燈壓低。然後拿出一條毯子，蓋在他腿上。她靜靜坐著看他，心裏又驕傲又滿足。

七分的滿月漸漸爬上巖頂，山谷沐浴在銀色的柔光下。她覺得李飛的下巴和敏銳的唇部實在美極了。她再度起身，把燈關掉，又默默坐下去。一不小心，腳碰到李飛，他醒了。

「咦，我睡著啦！」他抬頭看看月亮，問她，「我睡多久了？」

「十分鐘左右。」

「只有十分鐘？我做了一個很長的美夢。」

「夢到什麼？」

「我忘了。只記得很快樂。」

「你要喝茶嗎？」

「我去拿。原來我睡著的時候，妳替我蓋了毯子！」

他站起來，給自己倒了一杯茶，又遞一杯給她，然後把椅子拖到她身邊，兩個人坐了一會，靜靜看月亮。他們聽到夜行動物的叫聲，然後大地又歸於寧靜。

李飛覺得涼涼的，就把毯子蓋在她身上，又用手摟著她，她也舒舒服服挨在他胸口。

「我現在想起剛才的夢了，」他說。「我和妳漫步在充滿花朵的山坡上，妳摘了幾片花瓣，放進嘴裏。我叫妳別這樣，妳大笑，把花吃下去。然後我也學妳，兩個人笑個不停。我們的小孩……」

「小孩？」

「是的，我們的小孩，他大概兩歲左右，胖胖的小腿在草地上踩踩走著。我去追他，把他帶回來，也拿花瓣給他吃。妳生氣了，我們吵了一架。然後妳抓起小孩，把花瓣從他嘴裏挖出來。我們又和好如初。」

「是男孩？」

「嗯。」

「你知道我認識的人誰最快樂？」

「我。」

「我不是說我們自己，你猜嘛，我們倆都認識的一個人。」

李飛腦海中現出一個個人影。沒有一個稱得上快樂。

「我猜不出來。我不知道。」

「我告訴你吧。是端兒。她心滿意足；她有一個好丈夫，幾個乖孩子，又有這麼好的婆婆。」

「也許妳說得不錯，我從來沒想到這些。」

「女人最希望的就是一個像她那樣的家。湘華很不快樂。我見過不少婚姻，簡直嚇壞了。愛情真是美妙的東西。」

「是啊，愛情真美妙。」

「飛，我們永遠不吵架，永遠不變心。你要我怎麼樣，我就順你的意思。告訴我，男人戀愛是什麼感覺？」

「總覺得她一切都對，他只想要她，然後想保護她，不讓她受任何傷害。我對妳就有這種感覺，很怕妳遇到什麼不幸。我走了，妳會好好照顧自己吧？」

她拂拂臉上的頭髮，開懷大笑。「只要擁有你的愛情，我什麼都撐得住，我只怕失去你。女人一戀愛，就是踏雪也不會發抖。」

她的面孔半掩在陰影裏。他把她顫動的小身子摟過來，覺得暖暖的。直到這一刻，他才知道這位少女愛他有多深。這是他第一次發現女人心靈的奧秘。他過幾天就要走了。這就是三岔別莊的意義，也是她邀他相聚，又把他說成未婚夫的理由。他的手臂緊緊擁住她。過了一會，他靜下來，心中充滿遠別的沉痛……。

月光退出洋臺的門檻，外面的春夜靜悄悄的。遠處蟲鳴聲漸漸歇下來，大湖和山谷都酣睡了。螢火蟲像流星般忽隱忽現，在樹叢中編出一道道光譜。

他們躺在枕頭上，可以看見巉巖上的星星，近得伸手可及，像永恆的謎語閃閃爍爍，不是羞他們，而是向他們微笑。

「下回我再看到這些星星，就會想起你，想起今夜。」柔安說。

這一刻她已經是婦人了。李飛頭腦清楚，一面看星光閃爍，一面撫摸少女朦朧、溫暖的身子，她的頭偏向一邊，對這位火花般獻身給他的勇敢小女孩，他心中充滿溫柔的情意。

「你最好起來，回房睡覺，」她說。「我們明天要走一段路哩。」

他遵命起身，把棉被拉到她頸下。微光中可以看見她白白的鵝蛋臉和烏黑的明眸。他彎身吻她，覺得她呼吸熱熱的。

「可見我多愛你，」她低聲說。

「要緊嗎？」

「不要緊。」

他正要離開，看見她臉上有一股平靜，滿足的笑容。

柔安醒來，白熾的陽光正射入她的房間，在地上映出凌亂的影子。她直起身，看看洋臺窗口的兩張座椅。手擱在腦後，努力思索回味著。唇上泛起一絲微笑。她是不是知道會有這麼回事？她渴望這樣嗎？她不知道該做何感想。她只是追隨內心的願望。她邀他來，原只希望和他共度幾個美妙的日子。在愛情的召喚下，她全心奉獻了自己，她並不後悔。她聽聽隔壁的動靜。悄然無聲。輕輕拍牆壁，也沒有回音。

她起床要了水壺和面盆。

「李先生起來沒有？」

「姑爺起得很早，在花園裏散步呢。」

「姑爺」這個名辭，她覺得好順耳。

她匆匆梳洗，穿上一條棉褲，她知道去喇嘛廟的途中一定很冷。對著一面破兮兮的舊鏡，她看見自己眼神發光，就在唇邊抹了淡紅色。又選了一對珊瑚圓耳環戴上，希望他喜歡。她想到湘華和她的同學們，自覺很幸運。今天她要帶李飛去看她父親，她以他為榮。李飛行止穩重，目光又炯炯有神。一開口說話，總叫她有點茫然。她覺得，全西安沒有一個青年頭腦比得上他。她回頭看到小几上的半杯冷茶，屋外的河岸已經擠滿早捕歸來的漁夫。她幾乎有點奇怪，他們的生活一如往昔，晚上看著他們戀愛的那棵「哨兵」也似乎無動於衷。

聽到敲門聲，連忙打開，李飛穿著厚厚的藍袍站在門外。他把手擱在她肩上，想要吻她。她對他眨眨眼，趕快看看他身後端早餐來的達嫂。她把門敞開說，「來看看漁夫入港吧。」他們越過甬道上的椅子，來到洋臺上。她指著河岸，他卻打斷了她，在她額上匆匆一吻。她覺得這一下很像新郎的晨吻，心裏好高興。

他們吃過稀飯，準備十點鐘動身。柔安在頸子上圍了一條羊毛巾。

阿三雇來的兩匹西藏小馬已經在花園裏候著了。西藏馬夫頭戴尖帽，身穿羊皮襖，軟皮靴。羊皮白天當襖子穿，晚上當毯子蓋，腰部繫得緊緊的，只穿一肩，一邊的袖子長達膝部，另一隻手臂和肩膀卻露出來。他們身材中等，面孔又黑又結實，和四川人長得很像。

天氣清朗寧靜。朵朵白雲懶兮兮堆在天空裏。他們爬上東山脊，轉向南面奧撒塔克峰的方向。二十哩路要經過三道隘口，途中有密林，也有草原。在一大片沒人煙的山區，他們偶爾也看到藏人營地和閒逛吃草的長毛黑犛牛。第二道和第三道隘口之間有一個驚險的峽谷，狂風由峽谷呼嘯而過，在斷崖邊發出嘶嘶的響聲。野雞很多，藏人的宗教是不許獵鳥的。他們殺犛牛來吃或者取用皮革，都要先祈求牠的靈魂平安。這些高山裏沒有漢人，西藏人是一百年前來的，都是為了宗教而逃出扎什倫布區。所有部落寧願北遷，不肯放棄固有的信仰。他們屬於紅族或者「未改革」的教派，一切都由喇嘛來統治。

他們稍歇了一會，才爬上第三道隘口。馬夫牽馬到一條山澗去喝水，自己則拿出煙筒來抽煙。李飛選了一塊近水的岩石，他和柔安背石而坐。

「喜不喜歡我的耳環？」

「戴在妳身上真迷人。」

「我今天特地戴給你看的。我要記住此行一起做的每一件事情。時間太短了，我星期一就要回去。你會喜歡那座喇嘛廟，不過我們只能待一天，後天就得回來。」

他仰望天空和四野。身後有一片叢林，被他們剛剛走過的峽谷遮住了。光禿禿的岩峰向南橫在日光下。除了那兩個西藏馬夫，四顧就只有他們兩個人。

「妳父親若反對我，妳怎麼辦呢？」李飛問道。

她立刻回答說，「我知道他會贊成的。我是他的女兒，他不能眼看我心碎呀。他會的，不過他是老人家，又生病了。飛，我求你，為了我請不要違背他的意思。他很不容易欣賞這一代的年輕人，他甚至不肯和祖仁說一句話。你很聰明，但是我們都還年輕，我們可以多聽少說。」

李飛看出她眼中的焦慮。「他這麼難侍候？」

「不，但是我們的觀念不一樣。我只是擔心，畢竟他也算一個大學者，值得我們敬重。」

「那就別擔心了，我答應。」

「還有一樣。他喜歡守古禮的男人，我希望他接納你，所以才告訴你這些。」

馬夫說，大家該走了。「你們若想天黑前到那兒，我們得趕快動身。」

李飛伸手扶她上馬，自己也跳上馬鞍。在這樣的山區，距離根本看不出來。等他們到達最後一道隘口的頂端，已經五點了。

李飛看到這麼壯觀，這麼純樸的美景，不覺心神恍惚，彷彿面對一種嶄新、奇特、人類無法想像的東西。他們位在海拔一萬一千呎的高峰，藍白色的奧撒塔克山頭在陽光下閃爍，山腰則覆在朵朵白雲裏。遠處的西方地平線露出一層層藍綠的山脈，那就是岷山了。但是最迷人的是喇嘛廟本身，白白的大廈像森林般聳出來，又像王冠立在小丘上，和山坡斑駁的碧綠、深棕形成強烈的對比。整個山谷，就像一片入迷的夢境，彷彿大地剛由造物主手中擺來下，還沒有被人手破壞、接觸過。耀眼的喇嘛白殿，比谷底的小橋高出五百呎左右，是附近唯一的人類建築，不但沒有破壞四周的自然美，反而像人類精神的頌歌，四處絕峰的獻禮。金色的廟頂在陽光下閃閃發光。李飛剛覺得自己到了文明的盡頭，迷失在荒無人煙的石峰群裏，卻看到西藏部落心血的結晶。他聽人說北方的甘邦和拉卜楞有金神像和金頂廟宇，卻沒想到會在這兒看到。

16

杜忠叫女兒來，就知道她一定會來的。

命運和環境把他吹到岷山深處的丁喀爾工巴廟來隱居。他不肯對自己、對別人、甚至對女兒承認，這是自我放逐，是爲了抗議他在西安和自己家裏所見到的情況，對一切表示不滿。他確實喜歡這座喇嘛廟，自成局面，遺世獨立。他常常寫信告訴柔安，他多麼喜歡山谷的寧靜優美，以及喇嘛僧的生活。年屆五十五，又經過波折多變的一生，當過大清學院的一分子，嘉興的地方官，孫傳芳手下的高級顧問，可以說「對政治厭倦」了。孫氏被國民軍打敗，他逃到日本一年，對日本人敬愛皇帝的作風非常感動，他們雖然力求現代化，對過去卻有一股懷念的精神。當時他把柔安交給她叔叔教養。一年半後，風險過去了，他回到中國，住在北京，遊遍熱河和整個長城區，又在山西待了幾個月，遍讀顧炎武的《天下郡國利病書》，研究古雕刻、石碑和書板。

倦遊歸來，在西安住了一年左右。他一向沉默寡言，專心研究，和女兒住在一起，不願與弟弟討論生意。他還是家中的長者，吃飯時仍然坐大位，但是他寧可把事務交給弟弟掌管，彼此也沒有別的話可談。他對地方和中央政治都懷著一笑置之的態度，自覺是退休的官員，對下一代的鬧劇沒有什麼好感，總覺他們無可救藥。他不參加社交活動，不久，地方要人都知道他永久告別了政壇，也就不再打擾他了。

他看不慣芳霖經商的態度，但是一句話也沒有說。他最痛心的是家裏的情形。當然啦，他看不起祖仁，雖然他受了西方教育，卻連一封中文信都寫不好。也不只祖仁一個，杜忠對他談論古典作品，簡直是對牛彈琴。就他來說，大夫的第三代已經變成文盲了。「大夫邸」第三院他父親的藏書室已經堆滿了塵土。

現在他只關心自己的女兒，她是他唯一的希望和安慰。他們父女之間有一種獨特的情感。他把一切傳給她，教她書法的奧妙，陪她讀唐詩，告訴她五十年前偉人的軼事，像曾國藩啦，張之洞啦，左宗棠和李鴻章啦，這些人的故事深深迷住了柔安。

前年夏天他曾經約一個年輕人到西安。小劉是他在孫傳芳手下當官的時候認識的，他把他當做女婿的人選，因爲小劉的古文造詣非常出色。他鼓勵他到西安，沒有說要去見他女兒，小劉也心照不宣。但是小劉手掌濕濕的，從小受母親的嬌養，連夏天也穿上毛衣，穿長袍。小時候他只要打一聲噴嚏，母親就給他加一件衣服，第二聲又加一件，第三聲又加一件，結果他搖搖擺擺，走都走不動。九月一來，他母親就把他房間的窗戶封得死死的。柔安只看他一眼，便知道自己絕不會嫁他，甚至不肯看父親的面子。小劉回上海，事情就過去了。

去年秋天杜忠來到三岔驛。後來參觀喇嘛廟，竟一見鍾情。冬天他沒有回去。當然三岔驛和丁喀爾工巴廟之間的峽谷被雪封住也是原因之一。乾爽的空氣，雪峰群中的山谷，博學和安詳的氣氛，使他覺得這是一個理想的隱居地。

丁喀爾工巴廟是寺院，也是大學，正訓練一千八百位年輕的喇嘛，有正規的課程，也有學位。他能和這些博學僧討論佛理和玄學，中國其他地方的和尚卻很少有這樣的學養，他們大多只會燒香唸佛。這裏的學生都經過嚴格的推理和玄學訓練，有些專攻醫藥，有些專攻西藏或中國曆法。除此之外，特殊的體育訓練還包括十一月晚上在洋臺上站幾個鐘頭。

他真想再看到他的女兒。她長得很快，他和自己的骨肉談天，總覺得志同道合。來喇嘛廟一次，她會喜歡的。而且，她今年夏天就畢業了，他心裏盤算著未來的計畫。有一天早晨他突然昏倒，自覺來日不多，忙寫信叫她來。

馬夫牽馬走下一條山路。柔安說，下馬步行可能舒服些。寒風刺骨，夾著陣陣松香，小路穿過松林，筆直通向橫切山谷的小溪。吊橋的另一端有一排石級街道，沿著密密的白平房斜向坡頂。廟宇的牆垛高五十呎，長兩百呎，四邊都是尖塔，由斜斜的地面高聳數百呎。一排寬石階通向一個大平壇，邊緣有石臺，默禱旗插在上面，隨風飄舞。

他們付過馬資，進入廟宇的內院，問一個負責接待的和尚，三岔驛來的杜先生在哪裏。

「妳是杜先生的女兒嗎？」和尙問她。「他要我們招呼妳。」

柔安的父親在這兒受到學者的禮遇，也被視爲喇嘛首領的嘉賓。

「他是不是病得很重？」柔安用焦急的口吻說。

「不，也不見得。來吧，我來帶路。」這個和尙雖然是藏人，卻說得一口流暢的國語，他被選爲接待人，這也是原因之一。廟內傳來僧侶祈禱的嗡嗡聲。

廟院有一道側門，通入一間兩層樓的裏屋，洋臺向著鋪石的院子。柔安心跳，口乾，胸中充滿複雜的情緒。她覺得有一點罪過，竟讓父親一個人住在離家這麼遠的地方。他病情如何？是不是蒼老了？

僧侶領他們爬上一道褪色、有屋頂的樓梯。柔安停下來看看李飛，用手攏好他額上一撮危危欲墜的頭髮。

僧人掀起一扇藍布簾，說杜小姐來了。木窗關著，桌上有一盞銀燈。李飛看到一個白衣老人坐在床上，正在抽一管白銅水煙。燈光映出白白的頭髮和垂胸的白鬚。杜忠把銅煙管放在桌上，眼睛向他們這邊現出炯炯的光芒。李飛退後一步，柔安衝向床前。

杜忠伸手把她拉過去，用低沉、快樂的聲音說，「柔安，我真高興妳來了。」

柔安咬咬下唇，強忍住淚水。「爸爸，你好嗎？」

「我很好。前幾天出了一點小事，我們待會見再談。我已經一年沒看到妳了。」

他的眼睛轉向暗處佇立的陌生人。柔安馬上說，「爸爸，這是李飛先生。他一直想認識你。」

杜忠詫異地端詳這年輕人好一會兒。他一定是女兒的密友；他喜歡那雙濃眉下清晰的目光和坦率的眼神。

李飛想起柔安的吩咐，就上前鞠了一個躬。他儘量注重禮節，給對方良好的印象。他用堅定的口吻說出一段客套話。

「我早想聽聽您的教誨，可惜沒有這份榮幸，承蒙令嬡帶我來見您。」

「坐吧，」杜忠意外聽到多年沒聽見的優美辭令，便和顏悅色說。李飛用「令嬡」來稱呼柔安，顯得自然而莊重，不讓人覺得太隨便、太輕浮。

老人家和年輕人接著寒暄了幾句。杜忠看出女兒和這位青年說話，眼中充滿柔情。老人家談興正濃，思想也很活躍，他額上青筋暴露，眉毛邊、眼皮上也有了深深的縐紋。他臉形飽滿，血色紅潤，看不出有什麼病容。

他轉向女兒說，「你們倆走了一天，一定累了。看過你們的房間沒有？」

柔安和李飛轉身離去。走到門口，父親叫住她說，「叫廚師做一點菜，燙幾兩米酒，送到樓上飯廳去。妳安頓好，就來找我，我要和妳談談。」

柔安沒讓他等多久；十分鐘就回來了。她父親穿著她所熟悉的深藍寬袖緞袍，坐在椅子上，腳上還是那雙兩層隆線的舊式布底鞋。

她看看房裏的陳設。這是本樓的上房之一。木頭地板上鋪著厚厚的舊毯，牆上掛一副絲底聖像，名叫「唐卡」，以工筆繪出佛教傳奇的故事。角落裏有一個銅製火盆和一個大銅壺，小茶几嵌著精雕的畫板，上面放一個大嘴的西藏茶壺，和幾隻細雕的銀茶杯，好多件長袍掛在牆上。門邊的竹椅上有幾件髒衣服，上斜的窗框旁立著一張長桌，硯臺、毛筆筒和兩件乾淨的衣服就放在上面。柔安看了很難過，憑女人的利眼，她看出他的白內衣領子、袖子都發黃了，和他以前由山西回家的時候差不多；唐媽洗了兩三次，領口才恢復原來的白色。

「你在這裏真的很舒服？誰侍候你？」柔安問道。

「我真的很舒服。我有一個傭人。等妳住熟了，妳就知道這是一個好地方，也不像三岔驛老屋那樣寂寞，廟裏總有事進行著。」

「你整天幹什麼？」

「讀書、散步哇。我教幾位僧侶讀漢文，這邊也有漢人。上個月我應喇嘛首領的要求，抄了一份金剛波羅蜜經給他。這是一件很舒服的運腦工作。」

她打開春梅送的一包中藥。老人仔細端詳，用燈先照了照人參，說是上等貨。

「他們上元節送的一包，還沒用完哩。」

柔安眼中現出愁色。「只有三片，不過二、三兩。沒有人替你燉嗎？」

「太麻煩了。我切一小片，含在口裏，這樣也不錯啊。」

「你寫信說你病了，我好擔心。」

「我現在好了。有一天起床，突然昏倒，老杜發現我躺在地板上，才把我扶上床。第一次發生這種事情，我想是年紀大的關係，我一點知覺都沒有。」

「我想你在這邊得不到適當的照顧。爸，我求你回家吧。你應該看醫生，家裏有唐媽替你燉藥，照顧你的起居。」

她說了不少家裏的情形，又說，「你不要討厭春梅。我來之前，她和我談了不少話，她只想到我們杜家的利益。現在是她當家，叔叔決定給她一個兒媳婦的名份。」

「我根本不討厭她，很高興她有了正式的名份，從開始就是我弟弟的錯。她對妳說了些什麼？」

「她說她很擔心，祖仁無子，我們家人丁根本不興旺，你和叔叔年紀都大了，風水會輪流轉的。」

他眼中現出詫異的光芒。「沒想到她看得這麼遠，她說得不錯。」

「你這話什麼意思，爸爸？」

「看看我弟弟的作爲。妳祖父在三岔驛留下了好名聲，光榮的名聲。現在妳叔叔建水閘，切斷了山谷的水源，如果我不設法阻止，天會罰我們杜家的，我簡直慚愧得要命。我們接下妳祖父的遺產，大湖和城中的一大筆產業，但是我弟弟不明白，真正的遺產是好名聲，是人民對杜家的尊崇和敬意。我活了這麼一大把年紀，知道事情總要發生，天理永遠存在。我在這邊比較舒服，不必看我弟弟的嘴臉。」

父親停下來，摸摸鬍子。柔安察覺到他的目光，就正眼看他，他說，「談談這位陪妳來的李先生吧，他是不是某一種政客？」

她面色突然嚴肅起來。「不，他是替報社寫稿的作家，人很聰明，名氣也不小喔。」

小臉脹得通紅，唇邊也泛起了微笑。

「妳認識他多久了？」

「兩個月左右。」她低下頭，眼中現出一縷柔情，又抬眼顫聲說，「爸爸，我瞭解他，也愛上他。我約他來，就是要你見見他。他開頭難免害羞，等你認識他，你就會喜歡他了。」

「他很有禮貌，古文學的修養如何？」

「還不錯。但是，爸爸現在的年輕人絕對比不上你。他很聰明，學得也很快。他不敢來見你，因爲你是大學者嘛。」

父親看看她激動的表情說，「好，我們再看吧。」

喇嘛廟的黃昏並不如想像中那麼寂靜、荒涼。小鳥的晚唱，烏鴉的嘎啼，老鷹盤桓的尖叫聲，與僧侶唸佛的鐘鼓聲融合在一起。廟壇上傳來嗡嗡的人聲，低長的螺角和木魚聲，反映出晚禱的氣息。

喇嘛廟就是一座小城。俗人區是給香客和嘉賓用的，裏面有不少男女，涼臺的木板也不斷傳出過客的腳步聲。

吃晚餐的時候，柔安高高興興坐在一張小方桌旁，父親在她隔壁，李飛坐她對面。她已經脫下長袍，穿一件深紫的外衣和黑色的棉褲。她看見父親給李飛倒了一杯酒，李飛畢恭畢敬站起來，用雙手去接。她從來沒看過李飛這樣拘禮。

吃完飯，她說，「爸爸，我今年夏天就畢業了，我要你來參加。李飛要遠行呢。」

「去哪裏？」父親馬上問道。

年輕人回答說，「去新疆。報社要我去，我自己也真的想去。」

柔安說，「他今年夏天不能回西安。他這次是逃出來的。」她大略把楊主編被抓去槍斃的事情說了一遍，李飛又補上遏雲被扣、逃脫的經過。

杜忠搖搖頭，眼睛炯炯有神。

「我寫那篇文章也許莽撞了一點，」李飛說，「不過總該有人說句話呀。」

「你做得對，我很高興你不是國民黨。」

「當然不是，」李飛生氣勃勃說。「我不搞政治的。」

「也許我們的看法差不多，到我房間來談。」杜忠把椅子推開，站起來，一面摸鬍子，一面充滿興趣打量這位青年。

「你什麼時候走？」大家走出餐廳，他問道。

「我回程先去蘭州，然後就到肅州去見馬仲英將軍。」

回到房裏，杜忠叫李飛坐下，自己拿一桿水煙，坐在一張低椅子上，僕人送來毛巾和茶水。柔安坐在床上，手臂搭著床板。

燈光照出杜忠的白髮，他正在抽煙呢。看到老人家把冒煙的紙捲吹燃，點上煙管，真是一大享受。管底的水咕咕響，他吐出一股藍煙，似乎很滿意。他一邊談話，一邊繼續點煙、抽煙，每裝一次抽一兩口。

「柔安說，你是頗有名氣的作家哩，」他對李飛說。「你寫那一類的文章？」

「我在報上寫白話文。」他看見老人眼中黯淡的神采，馬上又說，「不過一個人若要寫好白話文，非精通古文不可。」

「最重要的是深厚的文學根底和古代偉人的想法。你讀古詩吧？」

「我讀詩消遣，但是不寫詩。」

「也許你看過我替主席衙門所寫的對句，就掛在接待室裏。」老人眼睛突然一亮，似乎在享受一個好玩的秘密。

「我見過。我記得是杜甫的兩句詩，看過的人都欣賞您那一筆好字呢。」

「你看法如何？」他臉上充滿神秘。「你記得內容吧？」

柔安很緊張。

「嗯，我記得。」他念出那兩句詩：

松悲天水冷
沙亂雪山清

「這兩句充分描寫出西北寒地的風光。天水和雪山對得好極了。」

杜忠很滿意，柔安也露出輕鬆的笑容。父親說，「杜甫這首詩是送一位郭中丞來這兒當節度使，當時本區戰禍連連，胡人又燒殺擄掠。我寫那副對句是有作用的。你猜得出我的意思嗎？」

「不，老伯，」李飛說。

老人又抽一口煙說，「不，我想你猜不出來，也沒有人猜得出來。我可不存心奉承誰，主席本人當然不懂，他的賓客和國民黨的青年也看不出隱藏的意思，所以沒出問題。如果他們知道，他們早就拿下來了。」

李飛想了一會，儘量回憶全詩的內容。突然他想起後面有兩句，意思大白，不覺咯咯笑起來。

「你看出我的意思了吧？」老父欣然微笑說。

「是什麼？」柔安莫名其妙，但是很高興。

李飛歇了一口氣說是，

廢邑狐狸語
空村虎豹爭

「楊主席若發現這兩行詩的隱喻，不氣瘋才怪呢。」「虎豹」顯然是指軍閥和那批貪官汙吏。

「你必須保守秘密，讓他們把這幅對子掛在客堂上讓主席得意洋洋。」

「楊主席和我向來沒什麼交情。等他發現了，連您都不能待在西安囉，杜老伯。」

杜忠很高興有人能和他談杜甫的作品，就開始吟誦古詩，沉迷在另一世界裏。

「杜甫在天水附近待過一段時間，」他說。然後他吟出下列的詩句：

黃河北岸海西軍　椎鼓鳴鐘天下聞
鐵馬常鳴不知數　胡人高鼻動成群
萬里流沙道　西征過北門
但添新戰骨　不返舊征魂

「當時維吾爾族進入甘肅和陝西，和唐室聯盟，戰後很多人就住下來了，所以今天本省才有那麼多回人。」

老人談得投機，李飛也畢恭畢敬聽著。柔安以李飛爲榮，很高興他得到學者老父的敬重。

「可惜你馬上要走了，」她父親說。「我真想和你多談談。你會去很久嗎？」

「我不知道。我有任務在身，而且要等西安的風險過去，我才能回家。楊主席的脾氣其實還不錯，也許您或柔安的叔父能替我說說情。」

「我知道。主席夫人比她丈夫精明多了，其實是她在統治陝西政府。你避開一段時間，我相信我能設法讓你平安回來。至於回教的問題嘛，你不必走那麼遠，也許變亂會傳到三岔驛。」

「咦，您覺得會出事？」

「我們漢人對回人一向不公平，他們忍受政治的壓迫，一旦掀起變亂，回變的號角一響，就像大火，蔓延不息。我看過冷血的大屠殺，無辜百姓、婦孺，都不能倖免。我年輕時候也見過西寧的變亂，屍體堆積如山、路上、門檻，到處可見。一堆堆血淋淋的人體，一堆堆焦骨：有些是被殺，有些是餓死的。肥了野狗，飽了兀鷹，整山谷充滿死屍腐肉的臭氣。空空的城鎮，倒塌的煙囪，和杜甫詩裏所寫的一模一樣。我父親一手拯救了這個地區，才沒有發生種族仇殺的大悲劇。你們現在該去看看回人的山谷，如果暴風雨從那邊吹起，你們也不會吃驚的。」

柔安突然想起幼年的玩伴，就說，「爸爸，蛋子呢？他離開村莊啦？」

「他離開我們，回他族人那邊去了。我在回人村裏遇到他，他還問起妳呢。他現在好大了。」

「他爲什麼要走呢？」

「妳知道妳叔叔的作爲。先是不准回人在湖邊釣魚，害他們的漁夫失業。有些人拋妻別子走掉了。我聽他們的首領阿扎爾說起他們的遭遇。有兩兄弟，哥哥馬卡蘇太老了，不能改行，只好自殺，留下寡婦蜜茲拉。她日夜酗酒，全靠弟弟阿魁•卡力奉養寡嫂和孤兒。然後，妳堂兄祖仁又在回人山谷的源頭建了一個大水閘。這不是我們家該有的行爲，我們毀滅鄰居，來堆積自己的財富。妳叔叔沒有回我的信，我只好回去找他談。我還是一家之長，不能因爲我們想多賺幾文錢，就讓整個回教山谷陷入絕境。柔安，妳記得妳祖父，也記得他在世的時候，回人和我們多麼親愛；妳應該親自下谷地看看，看那邊現在怎麼樣了。我們老一輩去世後，妳會和祖仁分享產業，我不希望妳遭受家庭行爲的報應。回人不可能永遠忍下去。回變就是這些原因掀起的，剝奪他們的土地，斷了他們的生機，還想逼人家改變生活方式。我們在回人村還有幾個朋友，阿扎爾、海傑茲和老一輩記得大夫的人。海傑茲本人也是被迫失業的漁夫，我們小時候常常一起釣魚，在岸邊烤來吃。海傑茲沒有變，但是大部份回人都充滿怨恨。」

她父親又轉向李飛。「對了，」他說，「海傑茲有一個兒子，名叫哈金，現在是馬仲英將軍麾下的中校。你如果去看馬將軍，海傑茲可以給你一封介紹信，也許有用喔。」

柔安說，「爸爸，沒有你作伴，我不敢去回人村，不過我很想見見你的朋友。你何不跟我們去呢？我們可以在湖上共度幾天。」

「我說不定要去。你們走了一天，該上床休息了。我想你們該早點起來看日出的禮拜，包你們永遠忘不了。」

李飛起身告辭，柔安說，「我還要和爸爸說幾句話。」

李飛告別離去，她問道，「爸爸，你覺得他如何？」

「我想他是一個好青年。」

她不禁熱淚盈眶。「我知道他會來提親。真希望你贊成。」

「恭喜妳，柔安。我故意用那首詩來考他，妳知道的。」

「我希望你有一個談得來的女婿，我們可以快快樂樂住在一起。」

「妳能為老爸爸著想，真是乖女兒。」老人抓起女兒的手，輕輕拍幾下。

除了人參，她也帶了一包銀耳來。「我先燉銀耳，你喝了再睡，」女兒說。她起身打開桌上的小包裹，四處找糖。實在找不到，就來敲李飛的房門。「請你下樓弄些糖來，我替他燉銀耳湯。」

李飛下樓，拿了半碗糖來，然後摟住她親吻，她只輕輕碰他的嘴唇一下說，「我要走了。等我安頓父親睡下，再來找你。」

她回到父親房間，開始用水泡銀耳。銅盆裏邊有燒紅的木炭，她從籃中再拿出幾塊，丟到火裏，蹲在地上煽火，又把水壺放回銅盆上。

「太晚了，妳該睡了，」父親說。

「我不睏，我等你喝完湯再走。你先躺在床上。」

她起身幫父親脫下長袍，放在床邊的椅子上，順手摸摸口袋，拖出一條髒手帕。她把手帕放在門邊椅子上，和那堆髒衣服擱在一起。

「你乾淨的衣服放在哪裏？」

父親指指一個櫥櫃，乾淨的內衣放在頂架上，和一捲捲紙張並列著，她只好踮起腳尖來拿。她拖出一條乾淨的手絹，放入他的長袍口袋裏。老人躺在床上看女兒，笑笑說，「柔安，妳在身邊真好。」

她坐在父親床上，一面留心銀耳的動靜，一面拿出煙來抽。

「妳今年夏天畢業，有什麼打算？」

「你若回家，我就跟你學古詩，夠我忙一整天了。爸爸，你襪子有破洞，長袍的下釦也鬆了。」

「妳長大了，真像妳母親。李飛娶到妳，是他的福氣。」

「你覺得我會變成他的好太太嗎？」

「妳會的。男人身邊需要女人。」

「我明白。自從媽媽去世後，你一直東飄西蕩，像托缽僧似的。」

湯在火上慢慢沸騰，發出好聽的咕咕聲。父親拍拍她的手說，「已經滾了。」

「再燉十五分鐘才行。你根本不懂，對不對？」

「大概不懂吧。」

「誰替你補衣服?」

「市集上有幾個女人，替所有僧侶補衣服。」

銀耳湯好了，她端離火邊，把湯倒進大茶杯，看父親喝下去。他伸手要第二杯，她再盛給他。

「和我們在家一樣，是不是?」

「是啊。現在妳該去睡了。」

就和以前在家一樣，她把床簾拉攏，向父親道了晚安，才起身告退。然後熄了燈，走出門，把房門關好。

「妳去了好幾個鐘頭，」她輕輕打開李飛的房門，走向床邊，李飛說。她彎身給他一個熱吻，他把她的秀髮挨在他臉上。

「妳不累嗎?」他喘氣說。

「再累也能感受你的愛情，」她低聲說。

「他睡了?」

「嗯，」她微笑說。

「那就熄燈吧。」

「我要趕快回房休息，別忘了我們要看日出的禮拜。」

石壇上空氣靜靜的，默禱旗也垂下來休息了。杜忠聽到螺角的聲音，馬上起身敲柔安和李飛的房門。他們匆匆穿上長袍，柔安還在頭上加了一條圍巾。

他們走出屋外，石壇上已站滿黑鴉鴉的人影。四周一片漆黑，大地還沒有醒過來呢。遠處的山邊泛出一塊塊黑灰的色澤，山谷裏一條銀灰色的錦帶映出了早晨淺藍的天色。

不久學生僧馬上發出嗡嗡的鬧聲，杜忠和他們在一起，輕輕談著話。過了一會，紫紅的衣袍漸漸明顯了。柔安很喜歡執事人員的法冠，各式各樣，像小孩用色紙糊出來的傑作。負責秩序的僧會會長身穿紫袈裟，頭帶羅馬將軍型的高帽，帽頂成拱狀，垂有黑色的沙蘇。

十五呎長的木角吹出了低長的節奏，宣告日出，也叫大家來朝拜。一群群小鳥由斜坡樹林飛出來，盤桓在灰色的天空上，鳴磬響徹四野，彷彿和號角的聲音相應合。年輕的僧侶匆匆就位，蹲在石壇上，合掌做出祈禱的姿態。

他們各就各位，吟誦禱文，爲萬物求福，黎明的第一道光輝也爬上了奧撒塔克峰，東方地平線發出白熱的光芒。白色化成害羞的粉紅，黎明怯生生來臨，堅決把夜色趕出天空。接著太陽出來了，光線照著喇嘛廟對面的深溝巉崖，也點亮了附近森林的樹梢。陽光就像生命的氣息，深入酣眠的山谷，叫它醒來。一股和風像幽靈般吹過石壇，低垂的旗子開始懶洋洋飄呀飄的。滿山遍野盡是小鳥的輕唱，爲白晝的歸來而歡欣。

祈禱完畢，僧侶都回宿舍去了。

「這是一種偉大的生活，」三個人回到房裏，杜忠對柔安和李飛說。「西藏人擁有我們所缺乏的東西。回人也一樣。有些人把這些部落當做野蠻人，簡直是胡說八道。我們爲什麼硬要改變人家的生活方式呢？」

17

第二天，他們下山到三岔驛。杜忠帶女兒去拜望山谷。回人村大約有三百居民，沿山谷排列，位在大湖西北端，直逼湖岸的高大松林脊，把回村和三岔驛杜宅分開來。土地向北漸漸傾斜，佈滿燕麥田和農舍，中間是一條寬廣多石的河床。河岸兩邊，草地沿山丘綿亙，長滿優美的白楊，最後和遠處嶙峋的藍峰融合在一起。這裡大湖的視界更廣，也可以看見北面的鄉村。大湖南北長三哩，但是這邊離東面的遠山約有五哩左右，環繞著山脊的南端。三岔驛杜宅被石岬圍在寬寬的大湖水限上，風景由杜宅看下來很壯觀，由回人這邊看去，卻顯得優雅而迷人，高地、低地、樹林、變化多端，小溪末端也朦朦朧朧的，地平線上有多層藍峰，沿大山的矮丘望去常常是這種景觀。

小村在平地上呈弧形排列，山邊佈滿柿子、板栗和楓樹，遮擋了北風的侵襲。這個地方曾是良好的漁場和牧地，可以說是回人在洮河谷的最前哨，直逼岷山山麓。回教人口的中心是鄰近青海和甘肅西部的河州。居民有些是一千年前定居的維吾爾和其他胡兵的後裔，有些則是最近搬來的，幾百年來陸陸續續由新疆遷入本區。這個小村的居民屬於一個突騎施族的部落，由褪色的灰寺廟、上釉的綠黃尖塔和圓頂看來，他們是一百多年前搬到這兒的。房屋是泥土牆和扁屋頂，幾條街都是東西向，通往一個有噴泉的方場，老回廟就在那兒。

今天方場上擠滿了高談闊論的男人。男人身穿突厥裝，繡花的便帽向後翹，棉袍及膝，中間有鈕釦和束帶。男人說話，衣衫襤褸、打赤腳的小孩則在一旁靜聽著。一群群身穿印花棉布和燈籠褲的女人站在街角和通道上，頭上蓋著長長的白布面紗。少婦少女仍遵循故鄉塔里木盆地的維吾爾傳統，面孔半遮，卻露出漂亮的棕色大眼睛。杜忠說，這些女人都是跳舞好手，很多人還會彈六弦琴，唱突厥歌呢。庫車和喀什噶爾一帶的女子都以美貌著稱。在甘肅南部的這個前哨地，他們還保留了古代的信仰和風俗，他們和甘肅的大部分漢人回教徒不一樣，仍然固守突厥的語言和風尚。

女人遠遠避開方場的男人，對一切事情卻和他們一樣關心。這一陣騷亂是他們的「阿亨」——村裡回僧領袖——引起的，他宣布年輕的漢人回教司令馬仲英正爲他的回教軍隊召集一萬人馬。消息是從北面的洮州傳來的。村裡年輕力壯的男子可以到洮州報到。回僧阿扎爾是一個長臉的矮個子，鼻子高挺，鬍鬚半白，穿一身回僧的白袍，正被一大堆訊問者圍在中間。他談起新疆的戰事，哈密的被圍，以及突騎施族直接牽涉的吐魯番戰局，還有新疆金主席對該區回族居民的殘酷手段。馬將軍目前在新疆邊界附近的肅州，正要召兵去救他們，漢人回教徒也爲信仰和他們站在同一條線上。派新兵、送戰馬大多由回僧來辦，他是宗教領袖，也是內政首領。

大家談得入神，幾乎沒有人注意到杜忠他們來臨。不過，穿漢裝的人影馬上引起了大家的注意，尤其是藍絲袍外罩深紅毛衣、頭上又圍著淺紫絲巾的中國少女更引人注目。

杜忠走向阿扎爾，希望對方看到他，李飛和柔安則東張西望，不明白爲什麼亂哄哄的。

一個寬肩、鬍子花白的五十歲男子走過來，拍拍杜忠的背部。

杜忠回頭一看，原來是他童年的好友。

「你來這邊幹什麼？」海傑茲說著，古銅色的寬臉露出友善的笑容。

「我帶我女兒和一個朋友來看看你們村莊，同時和阿扎爾談談。」

海傑茲的大嗓門和大笑聲吸引了很多人的注意，不少人回頭張望。阿扎爾看到杜忠，忙撇下訊問者，擠到他身邊來。他雙手擱在胸上，對中國學者行了一個回禮，摸摸鬍子說，「撒冷！」很多村民都知道這位中國學者是杜衡大夫的少爺，也是大湖的主人。

「怎麼回事？」杜忠問他。

阿扎爾約略說了一遍。現在年輕人都解散了，圍在旁邊，低聲說話，暗中品頭論足。女人看到衣著考究的中國少女，也走近來了。杜忠介紹他的女兒和李飛。有幾個女人開始吱吱喳喳的，有一個眼睛水汪汪的四十歲胖女人，身穿油膩膩的黑外套，雙手叉腰，說話比誰都來得大聲。李飛和柔安聽不懂她的話，但是看得出她一副生氣的樣子。她的聲音又粗又急又快，短短的手指指向阿扎爾，阿扎爾回了幾句話，想安慰她。他們在這個節骨眼出現，似乎給村人增添了不少麻煩。年輕人悶聲站著，只看見黑黑的眼珠子。噴泉邊的少女睜大了眼睛看柔安，有些人為胖女人的話而發笑。

訪客不知道阿扎爾正在談吐魯蕃的回村被漢兵燒殺毀滅的經過，民眾正怒火中燒。戰爭爆發了，敵方就是漢人。他們到回人村，來得真不是時候。在村民眼中，這三個訪客就是漢人壓力活生生的代表，戰爭和召兵就是迫害造成的呀。

胖女人得不到回僧滿意的答覆，就直接找柔安，神經兮兮，比手劃腳。她拉她的手臂，問她一句話，柔安根本聽不懂。柔安慘兮兮的，李飛只好用力把女人的手臂抓下來。

「別這樣，蜜茲拉！他們是我的朋友，」海傑茲大叫說。

「她剛才說什麼？」李飛問道。

「她說，你們既然不准我們進入你們的地方，妳為什麼要來我們這裡？」

這時候，一個年輕人擠出人潮，他又瘦又壯，眼睛深深的，留一撇小鬍子，頭上戴著皮帽。他衝入內圈，一看是青梅竹馬的少女，眼睛馬上一亮。

「咦，柔安！」他用中國話說。

蛋子手搭在她肩上，神采煥發，俯視她包著紫圍巾的白臉。

「喔，蛋子！」柔安也大叫。

「我來看你，」她看看他的俊臉和伶俐的身材。

蛋子轉身，手按在胸上，對她的父親行了一個禮。

「你一定要來我家，杜先生。我只能請一頓便飯，不過我好久沒看到柔安了。」

「我已經約杜先生到我家了，」海傑茲說。他轉向年輕人說，「你何不一起來呢？」

一夥人浩浩蕩蕩向前走，杜忠、海傑茲和阿扎爾在前面，柔安、李飛和蛋子殿後，後面還跟了一大群閒逛、赤腳的兒童。一個帶白紗的少女不安地由方場角落偷看他們。蛋子向她揮手說，「米麗姆，我要去海傑茲家。告訴妳母親，吃完飯我就回田裡去。」

少女隔著密密的睫毛，凝視他身旁的漢族女子。

海傑茲的家在村莊外圍，離河岸五十碼左右。這是村裡的好房子之一。和所有回人住宅一樣，有一個林木參差的花園。沙漠居民對樹木的喜好還沒有消失，樹木就象徵水源和蔽蔭。描寫中的回教天堂就是一個充滿果園、葡萄園和清溪的地方，水源永不匱乏。海傑茲的花園比別人大，他說他被迫放棄漁業，就改行當園丁了。他兒子阿爭・哈金混得不錯，所以他才能添置財產，造了一棟四、五個大房間的住宅。房屋面對大湖，中間隔一大片空曠、未墾、黃櫨叢生的土地。屋裡可看見河邊的紅土丘，只有大楓樹偶爾遮斷了視線，喜鵲在楓樹上吱吱喳喳叫個不停。

客廳有地毯、躺椅，牆上還掛著花氈，馬仲英騎馬的照片掛在牆壁最醒目的地方。李飛仔細端詳這位俊秀的小將軍，聽說他只有二十二歲哩。

客人坐定，兩個小男孩端出葡萄乾、栗子和馬奶來。快活的祖父介紹孫子們和訪客認識。「告訴你媽有多少人吃午飯，」他對大男孩說。臺雅用手指算了算人數，就陪三歲的弟弟阿里進去了。

杜忠低聲叫女兒吃栗子，喝馬奶，不吃是不禮貌的。

阿扎爾談起他的任務，眼神充滿悲哀。

「本村一個月內要派出二十位壯丁，大多數人都離不開農莊和田地，有些人會自願參加，我只好等等看。本村有不少青年早就離開了。我們盡力避免戰爭，不過戰爭既然來了，又是馬仲英的號召，我們都願意支持他。本區到目前還沒有參戰，不過他們連老弱婦孺都不肯放過，未免太絕了。哈密王的宮殿已經遭劫，片瓦不留，聽說他的次子正在吐魯蕃沙漠附近帶兵打仗哩。」

杜忠倒想和阿扎爾談談近在眼前的問題。他上次來就看出水閘一建，河床乾涸，村裡的情況很糟，四處都陷入貧瘠。也許有人會說，要避免魚兒流入河裡，水閘非建不可，但是山谷下的農民生計完全受到了影響。回僧曾經到漳縣去，抗議對方的行爲，但是縣長置之不理。大湖明明是杜家的產業，杜家勢力太大，他們可得罪不起。杜芳霖靠鹹魚賺了不少錢，他非常滿意。一切都是祖仁的效率說作祟，若要把魚關在湖裡，就應該圍起來。法律上杜家也有權這樣做。祖仁覺得，能捕多少就捕多少——水閘沒建，魚兒也很多——賺一點錢，讓其他的魚溜走，未免太浪費，太中國作風了。由科學企管的立場來說，這樣不能把生意發展到最高限度，不夠「積極」，不適合大規模的推展。

至於山谷回人的心情，祖仁另有一套看法。湘華第一次到三岔驛，被她丈夫宣告來臨的方式嚇昏了。他帶一把獵槍到湖邊，夜晚登上山脊，他先開一槍，槍聲傳得好遠，四周就像受傷的動物，發出尖銳的哀鳴；然後又開了第二槍、第三槍。湘華覺得一點也不神氣，她不喜歡男人開槍炫耀或取樂。

「你這是幹什麼？」

「每次我來大湖都這樣，好讓那些回教狗知道我來了。」

祖仁沒興趣、也沒膽量踏入回人的地盤。他沾沾自喜，以爲他們是未教育、未開化的野蠻人，卻壓根兒沒想到人心有一條法則，以牙還牙，以槍報槍，當然他的銀行或商業課程也沒有教過這一門。

柔安還爲方場的那一幕而難過。

「那個胖女人是誰？」她問海傑茲。

「她叫蜜茲拉。」海傑茲慢慢轉動眼睛說。他天生是大嗓門。「她嚇著妳了？」

「說實在，她好像恨不得殺了我似的。」

「別把她放在心上。不過妳要瞭解，她丈夫一失去漁人的工作，第二年就自殺了。馬卡蘇太老，改行不容易，整天悶在家裡不做事。有一天他去大湖，划船到湖心，就跳水自殺了。兩天找不到他的屍體。他弟弟阿魁去洮州養馬，儘量奉養寡嫂和姪兒。她也做些零工，替人補衣服，幫忙下田。一個月總有兩三回，她從村裡失蹤，回來滿身酒味。」

馬卡蘇是四、五年前死的，不過在小村子裡，什麼事都被人看得很嚴重。海傑茲的兒子在馬仲英軍中當中校，不時寄錢回來。他沒有什麼煩惱，現在和兒媳婦、孫子住在一塊兒。他把一切精力用來種菜、修果樹，傍晚就彈六弦琴消遣。

「別把她放在心上，」他又說。「妳看，妳那位好叔叔不讓我們靠近湖邊，好幾個家庭都破裂了。卡得家的兩兄弟中，哈山出走，下落不明。聽說他從軍戰死了。索拉巴目前住在河州，不時寄錢回來奉養母親和妹妹米麗姆。」

現在阿扎爾正對杜忠說話呢。「不，大湖的一切幾年來都不太樂觀。上次你來，說要想辦法拆掉水閘。你跟你弟弟談過沒有？」

「我整個冬天都住在丁喀爾工巴寺。我最近寫信給弟弟，但是他沒有回信。其實，我就是來找你談這件事的。我想我弟弟不會聽我的話。我要再去看水閘一眼。」

海傑茲說，花園裡可以看見水閘的情形，大家都走出戶外。由籬笆望去，可以看見下面美麗的大湖。一百碼多，湖水流到水閘邊，潺潺穿過圓石堆，化成一股細流。水閘建得很巧妙，一根根水泥柱間隔排列，再堆上一大籃一大籃的圓石，把水面提高十呎左右。舊河床很平，圓石縫中滲出的湖水流過石堆，在中間聚成一條水道，再流一百碼左右，河床就轉向西北。遠處的流水繞過一串串河灘和湍流，在東西兩岸間彎曲前進。河床中間有一塊塊小嶼上面呈現出零落的翠色，魚兒逃不出水閘，流下來的水量也減到原來的十分之一，因爲湖水不能順原來的出口流下，就形成各條出路，流到大湖的對岸。

杜忠默默穿過籬笆，向水閘走去，大家也跟在他後面。五分鐘就到了。他們一走近，漏水的嗞嗞聲聽得更清楚。圓石壩就在他們頭上二十呎的地方，點綴著斑駁的青苔。圓石很小，用七、八呎建方的竹條大簍裝起來。圓石倒在竹簍中，形成一個整體，成爲好幾噸重的大石塊。這是舊式的築堤法，水道對準西北方，修理的時候拆裝都很方便。

蛋子陪柔安和李飛走下來。柔安對蛋子說，「你記不記得我們常赤腳到淺水去抓喇蛄？」他呆呆看著眼前的漢族女子，毫不掩藏他的敬愛。她笑得好開心。「我不知道你一直住在這兒。上次我來，向阿三問起你，他也不知道。你從來不去我們那邊？」

蛋子低頭看地下。「不，妳也知道原因嘛。」

「蛋子，我想你一定恨我們。」

蛋子挺了挺胸膛。他偏頭看她說，「山谷的情況和我們小時候不同了。我始終記得妳和妳的父母，他們對我真好。但是水閘一建，我們族人當然很氣憤。恐怕旱災一來，我們只好去拆水閘了。不能怪妳父親，但是我們都恨妳叔叔和小杜。」

蛋子走到水閘頂端，站在一堆堆圓石上，笑著俯視大家。

「當心掉下去，」柔安叫道。蛋子大笑不已。

杜忠呆立在一旁，顯然有心事。附近有一個棚子，一隻舊船的船骸半伸出棚外，躺在沙地上。海傑茲那張古銅色的面孔在陽光下發亮，他轉身對杜忠說，

「那就是我們的舊船。夏天我偶爾出來躺一個晚上。你知道，當過漁人，便永遠是漁大本色。我躺在船板上，蓋著毯子，聞聞湖水的魚腥味。半夜睜眼看星星，吸收湖上的新鮮空氣，對靈魂頗有幫助哩。」

杜忠看他的老朋友一眼。海傑茲的話使他覺得很慚愧。「你什麼時候放棄打漁的？」

「四、五年前吧。你弟弟說，這是你們的家湖，我不能在裡面捕魚，我就不能捕了。起先還有人偷偷出來，大都在晚上。等你姪兒回來——我們都叫他小杜——他派出武裝的巡邏隊，下令射擊我們出水的船隻。你可以偶爾偷捕一次，但是不能每天冒著生命的危險哪，所以我們把船拖進來，隨它們在岸上枯朽。」

「你的船還能下水嗎？」

「我想可以吧，要再裝索具。你問這個幹什麼？」

「我意思是說，你願不願意再下水？大湖是我弟弟的，也是我的，我的老朋友說要釣魚，誰敢阻止他？這件事根本不對，我要找我弟弟理論一番。」

海傑茲馬上精神一振，眼中現出幾近童稚的光芒。

「你不會害我被你姪兒射殺吧？」

「我會說清楚。」

雖然這句話很像是杜忠一時的奇想，他臉色卻很沉重，聲音也沒有玩笑的意味。他知道大湖產業的問題一定會在家裡造成裂痕，他弟弟不會輕易讓步的。阿扎爾和海傑茲也明白這一點。

他們上了斜坡，向海家走來，年輕人跟在後面。柔安問蛋子，「你現在做什麼？」

「我替索拉巴看馬。」

「喜不喜歡馬？」

「我喜歡。馬匹就像嬰兒，不會說話，但是你拍牠們，牠們就用鼻子聞你，表示親近，大眼睛盯著你看，雖然不會說話，卻想和你說。」

蛋子指指綠草低地上的幾個小紅點，眼睛一亮。「那邊就是。有時候我牽馬到河州去賣，牠們也知道，牠們大吼、踢地，張著白眼看你，用鼻子摩擦你，想叫你不要離開牠們。」

「方場上和你說話的女孩子是誰？」

「是索拉巴的妹妹米麗姆。」

他的臉色突然正經起來，伸手折了一根樹枝。「我想我會去投軍。馬上就走了，也許再過一週或十天就去。」

大夥兒回到屋裡，午餐已擺好了，一碟碟栗子和甜糕放在矮几上。每一張矮几都有一碟冒煙的烤羊肉片，和醃肉、大蔥、羊肝一起串在小鐵針上。

柔安看見一個少婦的背影走進去。海家媳婦奴莎姨弄好午餐，趕快去換衣服，她知道杜先生是大湖的主人，他女兒也來了。

過了幾分鐘，奴莎姨端一碗熱騰騰的加味飯出來。她把大碗放在矮几上，微笑招呼客人，露出一口雪白的貝齒。

「這是奴莎，」海傑茲用得意的眼光看看媳婦說。

奴莎姨穿著綠綢衫，白絲燈籠褲，看起來美極了。一條白紗面巾由頭頂垂到肩上。她是和闐人，十幾歲向東遷徙。阿爾・哈金在河州認識她，把她娶回來當太太。她不像漢族女子那麼害羞，頭仰得高高的，用深棕色的眼睛看了柔安一眼。她匆匆作手勢叫客人坐下來。自己也坐在長街上，與柔安為鄰。她在河州學過漢語，能夠應付普通的談話，不過異族口音很濃，老是抓不準國字的腔調。

「我們來不及殺一隻羊請妳父親，這是我臨時預備的。」

加味飯是回人的一道大餐。名叫「巴哩」，把米飯和咖哩粉、羊肉一起炒，再配上蔥花、胡蘿蔔，灑上醬油就成了。

阿扎爾談起戰爭的問題，李飛洗耳恭聽。馬仲英是回人的救主，戰爭已經打了一年，照瑞典探查家史文・海丁的說法，也就是「一九三一到一九三四年使新疆變成荒漠的血淋淋大戰。」阿扎爾的話直刺入柔安的耳朵裡。馬仲英最近被封為中國軍的司令，但他是漢人回教徒的領袖，他要站在回人的一邊，對抗漢人主席的軍隊。在遙遠的邊疆，情況很複雜。回人是為土地而戰，對抗當地的漢人主席，與中國內地的政局毫不相干。

杜忠默默吃飯，一句話也不說，讓海傑茲和阿扎爾去談，心裡卻想著自己的問題。他專程來研究地方的情勢，看看有沒有辦法解決。剛剛站在水閘下，他已經看出水閘很好拆。他知道自己此時此刻若叫人拆掉水閘，他弟弟要氣瘋了。但是他也知道，要芳霖贊成他的觀點，根本不可能。一切在他，就看他做不做而已。

他突然問阿扎爾，「飯後你能不能找二十幾個人來？」

「你要做什麼？」

杜忠說得很乾脆，語氣卻很堅決。「我要拆水閘。」

大家馬上靜下來，所有眼睛都轉到他身上。

「我該對你們有個交代，以後水閘再也不會爲幾條魚而阻斷水源了。我知道總有一天要拆的，我來拆總比你們拆好。」

阿扎爾的眼睛現出驚喜的光芒。他一直想談這個問題，沒想到杜忠這麼快，這麼乾脆就決定了。他心裡如釋重負，自言自語說，「感謝阿拉。」然後大叫說，「你決定啦？」

「這不是很簡單嗎？找二十幾個人來，我相信一個鐘頭就能弄好。」

大家都很激動，議論紛紛。海傑茲說，「聽到這個消息，全村都會出動。要先警告下游的人。你要人，我隨時給你找來。」

五歲的臺雅興奮得跳來跳去。「我去告訴大家。什麼時候？」他急躁地拉拉祖父的衣角。

「大家都在吃飯，我們給他們一個鐘頭的時間。蛋子，你騎馬去警告低地的農民。」

蛋子滿眼喜色。他走出屋外，解馬，套上馬鞍。大夥兒看他向索拉巴家疾馳而去。

「我吹號來通知全村。」阿扎爾說。

塔樓號角一響，方場馬上站滿了人潮。阿扎爾說明杜大爺的決定，聽眾無不歡喜欲狂。

「拆水閘囉！拆水閘囉！」這句話挨家挨戶傳過去，不久全村男女老幼都走出屋子，擠向河邊。

蛋子由谷地回來，看到一大群人在河邊走動，還有一群人圍在海傑茲家門口。

阿扎爾負責。志願者太多了，他挑了二十幾個人，分別帶鐵鍬、鐮刀、耙子和長桿。他把人員分成兩路，蛋子帶一隊，海傑茲帶一隊。阿扎爾陪海傑茲和杜忠站在門階上，人潮更密了。

看到男男女女的表情，杜忠感到無限快慰。陰沉的眼光消失了，大家都禁不住滿心的熱誠，有些女人強忍住淚水。阿扎爾介紹杜忠，大家都歡呼鼓掌。兩個站在臺階附近的青年開始敲銅鼓，恨不得敲破才過癮。年紀大的人兩手撫胸，對杜忠行禮，他也鞠躬作答。

阿扎爾在發號施令。「蛋子，你那一隊到對岸去，海傑茲他們在這邊。分散開來，不要衝，也不要攪在一塊兒。由中間挖一個裂口，再向兩邊拆。等大家就緒，我會敲三次鼓，第三聲你就開動。別樂昏了頭。」

一行人列隊到河床，然後爬上堤岸，群眾站得遠遠的，靜靜觀望。

他們來到水閘中間，海傑茲高大的身子特別醒目。鼓聲響了，大家散開，各就各位。第三聲一響，中間的人開始用鐮刀和鐵鍬砍竹條，竹條一鬆，其他的人就用耙子和長桿把圓石橇出來。

第一簍石堆滾下水閘，群眾歡呼了一聲。石堆接二連三鬆垮倒塌。水位到了，中間也有了缺口，湖水開始奔流而下。大夥兒一面歡呼，一面用竹桿和耙子幫助水勢沖垮石堆。現在一股水流奔向下面的河床。

工作人員退出中間的裂口，開始拆兩旁的石堆。大家看湖水湧成一道銀白的溪流，他們的田地和牲口都可以活命了，很多人拍手大叫，也有人滿臉莊重的表情。

杜忠和柔安、李飛站在一旁，他的眼睛閃閃發亮。

「這些農夫居然忍了這麼久，」他說。「真高興終於解決了。」

裂口不斷加大，水速和水重也增加了，沖過大大小小的岩石，發出如雷的吼聲。流水四向橫掃，到處形成小池和小溪，河床注滿了。湖面和底下的河床相差七八呎。大湖周長十五哩左右，水位下降得很慢。裂口一個個形成，水流就愈來愈大，掃過破閘，冒出白浪，濺溼了堤岸上工作的人員。魚兒在下面的溪流裡跳躍。湖水帶著泡沫，攪動了河床的灰土，水色又黃又汙濁，但是在農民眼中，這是幾年來最美的畫面。由河岸棕灰的痕跡，還看得出舊日的水位。小河像一雙餓得皮包骨的動物，突然又長出肉來，恢復了生命。幾隻烏龜無視於眼前的變化，正在水面上漂舞，高高興興探查嶄新的風光。村狗也興奮得狂吠亂跑。

一個鐘頭過得真快。現在只剩水泥柱像骸骨般立在那兒，流水逕自流過去。河水像春潮般奔向下面的谷地。

大功告成，人馬開始走下來。對岸的人必須繞遠路，到小溪下游再過河。海傑茲回來了，用一條黑布巾擦面孔和頭髮，以滿足的神情看著小河。幸虧沒有發生意外。男男女女滿心喜悅走回家，杜忠和女兒、李飛一起走，完成了一件大事，心裡也很高興。

回到門廊上，海傑茲望望北方。「河流要恢復原有的水位，還要好幾個鐘頭呢，」他說。「明天早上，我要站在這兒，看河水流過村莊，和以前一樣。簡直像夢中的舊景又回來了。你明天一定要來看喏。」

他們打算回家，蛋子奔來了。杜忠看看他收養的孤兒，「蛋子，看你長大，又過得不錯，我真高興。」

蛋子笑得很開心。「謝謝你，杜先生。要不是你，我不會活到今天。」

他們向海傑茲一家道別，隨阿扎爾和蛋子走出來。到了方場，阿扎爾千謝萬謝，轉身離去。一路上村民紛紛向他們微笑。蛋子陪他們走到岸邊峭壁底，三個人就乘船到三岔驛杜宅。

蛋子站在岸邊，向他們揮手，小船終於消失在遠處。

18

第二天他們再度過來。夜裏河水已漲滿舊河床，幾乎溢到草地上。聽說幾隻豬在沼地裏挖樹根，被水淹死了，此外並沒有其他的事故發生。現在河中的小嶼半淹在水中。水位達到正常的高度。安安詳詳彎曲前進，在太陽下閃閃發光。有幾個男人和少年手拿釣竿，站在岸上。女人在門口看綠水潺潺流過，恢復了舊日的景觀，一夜之間連谷底的風光也不同了。農夫都出來挖溝，把水引入自己的菜園。

杜忠很快樂。他的作為實在太對了，他根本不考慮弟弟必然會有的反對態度。

那是村裏的大日子，也是柔安回家上學的頭一天。阿扎爾拿了半隻羊到海傑茲家來慶祝，很多村民也殺雞送來，表示感激。蛋子和柔安坐在楓樹下聊天。

海傑茲聽說李飛要到北方去看馬仲英，就寫了一封介紹信給馬將軍麾下做事的兒子阿爾・哈金。海傑茲在這裏也提到了村裏的一切，叫他儘量幫助李先生。

今天是他們在三岔驛的最後一夜。第二天李飛和柔安要去天水，然後李飛上蘭州，柔安就回西安去。

晚飯後，在三岔驛杜宅，達嫂收好碗筷，三個人坐在桌邊，杜忠拿出煙桿，他看見柔安向李飛眨眨眼，李飛的臉色頓時嚴肅起來。

「杜老伯，我這次要走很遠。我有幸認識令嬡，如果您同意，我希望能和貴府聯姻。您知道，我家並不富有，我也配不上柔安這樣出色的女子，不過我希望能得到您的讚許。」

李飛的話很拘禮，但是很自然，不如他預料中那麼緊張，因爲柔安已經告訴他，她父親會贊成的。

杜忠看看他，又看看女兒含笑的面龐，眼裏露出喜色說，「李飛，我只有這一個女兒，我選女婿一直很慎重。不過，我相信我們能夠處得很愉快。我女兒的幸福就是我的幸福，她喜歡你，我看得出來。」

柔安眼中現出自豪和得意的光輝。李飛在桌子底下捏捏她的手說：「我希望我能配得上她。」

「謝謝你，爸爸，」柔安說。「我好高興喏。」

「恭喜你們倆，」父親說。「柔安，我想妳選的是一個好青年，我從此放心了。」他轉向李飛，「既然你要和我們家聯姻，有些事我得和你談談。」說完眼睛看著他們倆。

「祖先留下一堆遺產給我們兩兄弟。柔安自然會繼承一半的產業。我們沒有分，因爲我流浪在外，我弟弟當家，遲早會有衝突，財產只好分開來。我不能永遠和你們共同生活，希望你們瞭解這邊的情況。你們也許以爲，我拆水閘是一時的興致。其實我是繼承先人的作風，還有一個沉重的理由。這間湖濱別墅如果四周都是敵人，住起來就不安全了。我儘量使我們和回人和平相處。我走後，你們要記住我的話。任何家族若違犯了人心的法則，就不可能繁榮下去。我希望我女兒和杜家都有一份好前程，我也希望回人住得快快樂樂，杜家不出賣祖先的傳統。只要我們和鄰居和平相處，我就不怕什麼了。」

「我會牢記您的話，」李飛說。「不過我認爲，你和叔叔該把大湖的問題好好談一下。」

杜忠吐出一口藍煙。「我最近要回西安一趟。還有一件事。我沒有兒子，沒有人繼承我的香煙。我請求你，看在柔安是我獨生女的份上，讓她的第一個兒子姓杜，接我的香。」

「沒問題，」柔安和李飛齊聲說。

杜忠靠在椅背上，鬆了一口氣。「那我就心滿意足了，我可以反笑我弟弟。祖仁無子，雖然他聰明一世，他連春梅都比不上，她還有點常識呢。柔安，我勸妳和春梅好好相處，杜家的未來就看妳們兩個女人。如果妳們倆盡力維持杜家的傳統，我們家還有一點希望。」

「咦，你覺得祖仁會有什麼遭遇？」

「只怕他不得善終，他滿臉殺氣。」

柔安嚇了一跳，「爸爸，你真的相信面相學？」

「我相信。他一臉橫肉，目光凶殘。眼神會表現出一個人的心理，殘暴的人一定暴死。十年後，你們會想起我的話。等我弟弟去世，繼承他香煙的一定是春梅母子。」

那天晚上杜忠寫了一封長信給弟弟，告訴他自己所做的一切，並說明自己馬上要回家商討家庭大事。他現在要回喇嘛廟去，等柔安畢業的那一段時間，他再回家。

第二天一大早，他們匆匆用飯，準備動身。柔安一身遠行的打扮。

「把圍巾拿下來，」父親說。「我們上去拜拜祖先的牌位。如果李飛一起來，在牌位前鞠個躬，我就當做你們已經訂婚了。」他打量年輕人說，「你長袍外面能不能加一件馬褂？」

李飛說，他不知道有這麼正式的場合，所以沒帶馬褂來。

「沒關係，」父親說。「心誠就好了。」

他率先爬上祖廟的臺階。他停在門口，滿臉肅穆，看大家的衣服有沒有穿好。李飛看到靈牌用金字雕著她祖父祖母的官銜和名字。兩人看見杜忠在灰塵樸樸的聖桌上點起兩根蠟燭，不自覺低聲交談了一句，默默跨進廟。杜忠要他們站在他後邊，柔安居右，李飛居左。

他們跪倒在地，磕了三個頭。過了一會，杜忠慢慢站起身，年輕人也跟著站起來。他把手擱在準女婿肩上，露出笑容說，「我們現在是快樂的小家庭了。你從新疆回來，我們就辦喜事。」他滿足地摸摸鬍子。

三人走出門廊，柔安臉上現出一片喜色。她再度用紫圍巾包住頭髮。她原以爲和父親分別，她會大哭一場，所幸他答應回家了。李飛扶她上馬，自己也跨上馬鞍。父親站在霧中的木蓮樹下，眼神稍微有點悲哀，面孔倒笑笑的。

他們走的時候，籬笆上還有露珠。早晨的陽光由薄雲頂射下來。湖面和岸邊有一層濛霧，岸石彷佛由白海中浮出來似的。草地上，露珠兒閃閃發光，使草色更青，金鳳花更黃，比陽光中還要燦爛。漁夫的炊煙裊裊升起，懶洋洋掛在天空。但是山頂的巉崖和樹影立在天空下，倒顯得又清晰，又明朗。

十分鐘後，他們登上了青果樹下的東脊。回顧三岔驛祖屋，雖然看不清楚，他們都知道老父正在東邊門廊上看他們，他們就揮手告別。

杜忠站在門廊上，目送兩條人影消失在山脊背面，心裏很滿足。

一對戀人騎馬到漳縣，要搭車去天水。但是他們到那兒，早班車已經走了，要等下午三點的班車。他們在一家客店吃飯，天空突然暗下來，傾盆大雨打在屋頂上，水絲也由店口和窗戶飄進來。他們坐在硬板凳上，面對空空的餐檯。

現在他們又單獨在一起了，柔安只想到他們兩個人。三岔別莊共處，與父親見面的興奮已經過去。她心裏只想著一件事，李飛遠行的時刻愈來愈近了，這是他們相聚的最後一天。她也隱隱約約爲將來的命運而沉重，女孩子訂婚那天難免有這樣的心情，她的女性本能超過了理智，她父親頭一天晚上所談的家族前程問題遺留在她心裏。她想像自己未來的婚禮；至於什麼時候，她也說不出來。一心獻身給李飛，她並不後悔，她已經像一個成熟的婦人，整個未來都和自己所愛的男人息息相關。她的眼珠更黑了，彷彿看得見，也覺得出生命的奧妙，不分時空，永無休止，許多女人也曾有過這樣的感覺。

「妳在想什麼？」李飛又問了一聲，緊緊抓住她的小手。

她用手指捏住李飛的指頭說，「沒什麼。」

他們看看窗外。水滴沿窗框流下來，不過陣雨已經停了。爲了佔兩個好位子，他們到車站，在露天的濕泥地上排隊等候。車子一來，裏面的乘客一下車，李飛和柔安就上去。運氣還不錯，找到兩個中間的位子。車廂都站滿了，前後要走兩個鐘頭。柔安昏昏欲睡，就把頭靠在李飛肩上，也不管其他乘客做何感想。顛簸、轉彎和換檔的聲音一再把她吵醒。

李飛用手摟住她肩膀，心裏只有一個感覺，他相信走遍天涯海角，也找不到像柔安這樣的女孩。他也想著離別和他的新疆之旅，不過他倒不擔心；他向來習慣把挫折一笑置之，輕視危險，懷著天生的樂觀論，用智慧解決一切問題。

天水是甘肅交通的中心，由渭河沿岸的五個古鎮所構成，是一座古堡林立的落後都市。蘭州的羊毛和皮貨，西安的茶葉和紡織品，都經由這兒轉運。居民大都是漢人，也有不少回族商旅來到這兒。房屋密密麻麻，有些建在舊城牆裏，甚至蓋住了城牆。

為了安全起見，李飛和柔安在城中的一家旅館化名住宿。天水有很多西安來的旅客，他不希望敗露了行蹤。他們要了兩個面水相鄰的房間，可以看見回族婦女在河邊洗衣服。不久就下起毛毛雨來。雨滴弄縐了河面，船夫紛紛用竹墊遮蓋船身。李飛和柔安把臉貼在窗戶上，凝視漸起的暮色。

「我們要不要出去洗一個熱水澡？」李飛問她。「回教浴池都很乾淨，可以暖暖身子。」

「隨你吧，」柔安好像沒有自己的主見似的。「不過外面下雨哩。」

「我們向旅社借一把傘。附近一定有澡堂，然後我們找一家好館子吃飯。」

他們在一起的每一個動作似乎都有特別的深意，這是相聚的最後一晚了。

他們下樓向櫃臺借了一把大油紙傘，夥計告訴他們三條街外有一家好浴室，還說明了走法。李飛一手拿傘，一手摟著她肩部，兩人在碎石街上踩水前進，借店舖的燈光，避免踏入水坑裏。

進了彩色磁磚和雕花地板的回教浴室，有一個女人把柔安領到女子部去。柔安從來沒上過公共澡堂，覺得很新鮮、很有意思。他們出來在走廊碰面，她精神一爽，已經恢復了元氣，滿臉青春的光彩，憂鬱的眼神一掃而空。

李飛撐開傘，讓她走近來。

「你居然賞那個人一張五元的鈔票！」她說。「他一定以為你瘋了。」

「真的？」李飛常常心不在焉。「沒關係。求福嘛。今天晚上我們所做的一切都會帶來好運。」

斜斜的雨絲打濕了長袍的下襬，雨點滴滴答答敲在油紙傘上，但是他們在傘下覺得很舒服、很溫暖。店舖都已經打烊了，只有香煙店和小吃店還開著。偶爾有一兩臺密封的黃包車駛過去，赤腳的車夫慢慢在濕淋淋的街上踏水前進。

一家老飯店廚房的前燈吸引了他們。韭菜、烤肉、生肉、鹽水雞都掛在大鉤上，一盤盤豚肉和豬腳也展示在門邊。炊具和深鐵鍋喀喀相碰，熱湯嗞嗞滾著，加上熱騰騰的蒸氣，使他們飢腸轆轆，胃口大開。廚子圍一件油膩膩的黑圍裙，大聲叫他們「請進！」門口的泥地黏糊糊的，不過廚房的空氣很溫暖。

他們穿過走道，進入內屋，六、七個房間對面而立。座位全滿了，只剩最後一間。門上掛著髒兮兮的灰布簾子，偶爾可以看見裏面的客人。

跑堂掀起最後一間的門簾，讓他們進去。房間只用灰綠色的火板隔開來，隔壁的客人大聲喝酒喧鬧，他們倒不在乎。地板是大舊瓦鋪的，屋裏又乾又暖和。

柔安說，「我好餓，我要吃點東西，不過我們要叫幾道特別的菜。這餐飯我替你餞行，我來會鈔。」

李飛坐下來寫菜單——蒜爆龜肉、酥炸鳥肫、雞捲、炸青豆和「紙包雞」。跑堂特別介紹他們的「九轉柔腸」。他說是預先炸好、隔夜風乾的豬腸，丟入熱油中，加上原汁煮成的。

紹興酒送來了。柔安喝了一口酒，李飛說，「妳記不記得我們在火車站對面的餐廳第一次共同吃飯，當時我們還不太熟？那次也下雨。」

「那是第二次，」柔安糾正他。

「喔，對喲，我忘了。」李飛抓起她的指尖，低頭輕吻。

跑堂端了一大碗肥腸進來。一段一段打成結，在油湯裏漂舞，又脆又肥又軟，每一節剛好一大口，入口即化，只感到滿頰生津，好吃極了。

「很好吃，」李飛說，「但是不應該取這麼傷感的名字。」「柔腸」一語在抒情詩中用得很多，描寫戀人傷別的情緒。柔安看著一段段腸子，似乎正象徵她錯綜複雜的心情。

「這名字不錯，」她說。「詩意又傷感。」她用筷子夾了一段豬腸給他，「你走了，請記住我的思想情緒就像這些柔腸，糾結寸斷。」

「爲了相逢的一刻，我會好好活著，」李飛說。「我連戒指都沒有給妳，但是我會寫信給母親，要家人正式交換信物。妳一定要去看我母親。」

「我會的。不過我怎麼和你通信呢？」

「我還不知道。新疆在八百哩外，又和中國其他各省孤立隔絕，不過郵件可以透過歐亞航線送進來。蘭州和迪化間，一星期有一次班機。我當然會寫信通知妳。」

「反正我會看你在新公報所寫的文章。」

「要通過檢查才行。我知道，郵檢很嚴格。」

「你料想會去多久？」

「不一定。新疆省東西綿亙千哩，自成一個世界。」

她停了一會說，「如果情勢好，說不定我會去陪你哩。我們的孩子也許會在新疆出世。」

「我們的孩子？」這個問題他從來沒想過。她瞥了他一眼，想不通他爲什麼這麼意外，然後又把眼睛轉開了。

「我們還不打算生孩子吧。」

「不。」她沒有再說什麼。

父愛是人類文明的產物，母愛卻是與生俱來的。孩子的問題飄過他腦海，但是並沒有深入他的內心。他只說，「我們若能在那神奇的異鄉共度一年，真是太好了。聽說氣候不錯，有美麗的葡萄和瓜果。大家都以爲那是荒漠，其實不見得。有些地方，土著還在河裏淘出金沙哩。大部分富有的家庭都藏有幾斤金子。所以老聽人說，甘邦和拉卜楞的喇嘛廟都有金屋頂。那是一個富足的地力。」

柔安爲他眼中的熱勁而微笑。不錯，新疆是一個富足、神奇的地方，李飛聽到，讀到的消息都是真的。但是他天生富理想，以爲新疆人整天吃甜蜜多汁的葡萄，所有的沙子都是亮晶晶的黃金。雖然他知道甘肅邊界和哈密之間有大戈壁沙漠，卻不曉得沙丘遍地，寸草不生，只有蜥蜴存在，還有鹹沼澤、流湖、廢城、飛沙走石和乾焦的谷地。但是男人往往被未知的一切所吸引。柔安瞭解李飛魂不守舍的精神，由他的作品中，由第一天見面他活躍的表情中，她就看出來了。雖然她飽受摩登教育，她倒有一份古老的情懷，知道女人的本分就是看家、等候、服從和堅忍。

「那邊的女人也很漂亮，」李飛抽象地說。「乾隆君的香妃就來自喀什噶爾附近的一個城鎮。」香妃是一個回族首領的太太，據說她的肌膚有一種漢人所不知的香味。她丈夫戰敗被殺，乾隆君把她帶到北平，她卻忘不了自己的故鄉。皇帝在她宮外建了一個回人村，想減輕她的鄉愁，但是她寧願守貞而死。

柔安的眼皮顫動了一下。「她真的有異香？」

「我想回族婦女有一股濃烈的體味，和漢家女子不同。」

「我想，那味道和某些漢族女人的狐臭差不多。你喜歡狐臭嗎？我可不喜歡。」

「別破壞我的幻想嘛，」他說。他根本沒想到，這是女性恐慌的表現。他一心熱中於新疆。

「中國最偉大的詩人李白也是新疆來的。」

「不，李白家是這兒人，我們現在待的地方。」

「那是他的祖先。李白說不定有回人或希臘人的血統哩。他出生前一百年，他曾祖父被流放到中亞的碎葉城，在塔喇木蘭河流域（古名吹河或碎葉川，譯注），遠在新疆省外，靠近阿富汗。碎葉城目前屬於蘇俄境內的托克馬克轄區。他們家三代都住在那兒。李白是西元七百年在那兒出生的，五歲才隨父親逃回中國。我相信他母親是回人，因爲他父親和祖父都在那兒成家立業。這些事實全記在官方的傳記裏。」

「難怪他具有放蕩不羈的精神。混血兒一般都比較聰明。」

「也許吧。不過，有人說他回四川才改姓李的。」

他們就這樣邊吃邊談。出門的時候，雨已經停了，街道上亮起朦朧的燈光。

回到旅社，時鐘正指向九點。柔安很懊惱，她無時無刻不在計算相聚的時光。第二天一早，她就要乘船去寶雞。

晚上無星無月，西山谷吹來的濕風打在河面上，屋頂呼呼作響，窗戶也搖搖晃晃的。他們不時被窗框上的雨聲吵醒。

柔安又傷心又軟弱。她對李飛依依不捨，因爲她明白將來她必須有力量承受他遠別的滋味，就算父親回來、唐媽作伴也無法彌補那份空虛。唯有偉大愛情的回憶，才能產生那份力量。

天剛破曉，她就起身點蠟燭。外面還籠罩在模糊如水的光線中，一切都顯出朦朧的陰影和依稀的形狀。遠山的樹林像黑黑的土塊，只有天空現出淺灰色，可見氣候不太晴朗。李飛還睡得很熟。她開始整理簡單的行囊。六點鐘她叫醒李飛，又按鈴要了熱水和早飯。

再過一個鐘頭左右，他們就要下去搭船了。她希望李飛看她高高興興的，就一直講話，幫他弄東弄西。吃完飯，兩個人坐了幾分鐘。所有舊話又重提一遍，李飛該保重，常來信；柔安該找事情消遺，去看他母親，把他家裏的情況寫信告訴他。

「妳如果要人幫忙，記住文波和如水都是我的好朋友。我不在，他們樂意替妳做任何事情。」

門房來拿柔安的行李。李飛陪她到河岸。天已經大亮了。陰陰沉沉，幸好還不冷，風也停了。上了帆船，李飛看著她找了一個好座位，可以沿路躺躺，其他乘客陸續上來，船馬上要開了。他走下梯板，站在岸邊，船夫正在解纜呢。柔安微笑站在船頭，然後突然轉身，船沒開就進艙去，不想讓他看到自己流眼淚。

李飛懷著沉重的心情，一個人默默走上岸。

第四部
玉葉蒙塵

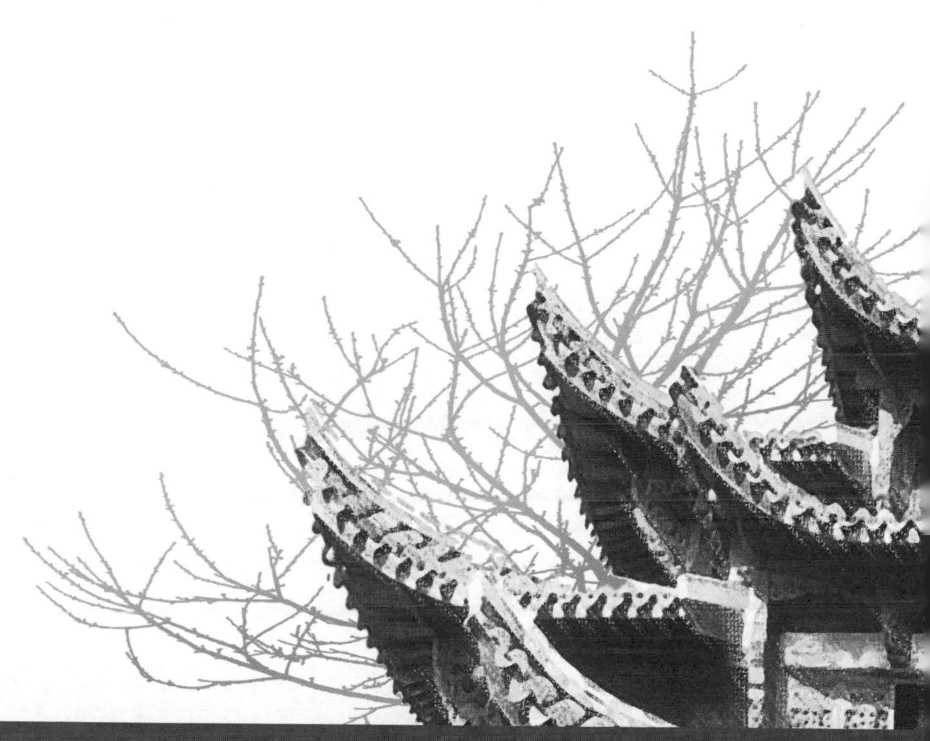

19

蘭州距天水只有一天的路程。汽車穿過皋蘭山峽谷，來到甘肅省會的平原。艷陽照著這座寬壕、深灰城牆的大都市。四郊就像一個天然的果園，到處長滿梨樹。兩個大煙囪同屬一家左宗棠時代就已創建的毛織廠，是現代工業生活唯一的徵兆。城市伏在北塔山腳下，綿延的紅山峰現在已充滿綠意。黃河環繞著山丘，一座大鐵橋橫跨在河上。黃河是本城的北界，過去數百年來，也是對抗回人和匈奴的天然屏障。兩千年前，中國名將曾在這裏擊敗匈奴，四座「烽火臺」過去是軍事信號塔，如今還立在南岸的山頂上。

汽車直接把乘客載到內城皋蘭門外的廣場。蘭州有兩道城牆，城市愈來愈重要，人口也加多了，就在原有的城牆外又建了一道外牆。商業區在通往河岸的幾條街上，因爲蘭州是中國內地和邊疆各省貿易的中心。本城和內地擁擠的市區不同，住宅區的房子都很寬敞，有長長的矮牆，可以看見裏面的果樹。李飛叫了一輛黃包車，直奔他上次住過的旅館，他曾要郎如水留言給他。他發現如水也在那家旅社訂了一個房間，但是這會兒不在房間裏。

他到電信局去拍電報，一封給方文波，要他把安抵蘭州的消息告訴母親和柔安，另一封給報社。他訊問迪化的機票問題，航空社的人告訴他，訂位的人很多，還有一大串名單候著呢。政府官員優先，很多人都失去了機會。他在歐亞航空局研究地圖，發現這麼遠，嚇了一大跳。蘭州離新疆邊界七百哩左右，邊界的星星峽和哈密隔著一百哩的沙漠，到省會迪化又有三百哩。冒險隨商團走沙漠要十天的功夫，在平常也夠艱苦了；戰爭期間，未免太蠻幹、太冒險，就算要等好幾週才能訂到機票，也比商團快一些。他記得柔安要他別冒不必要的大險，覺得自己簡直像一個有家累的男人了。她的音容笑貌留在他心裏，愉快、纏人又柔順。

回到旅社，寫了幾封信，他就去找郎如水。

郎如水不管怎麼樣風吹日曬，面孔永遠白白的。他面有菜色，留了一頭長髮，顯得比西安時期蒼老些、也憔悴些。兩週來不斷奔波，在天水找到遏雲的父親，又要讓她避過警察的耳目，他覺得很刺激，也很辛苦。他一生都沒有遭遇過這麼大的奇遇，臉上有點歷盡風霜的味道。

「你怎麼不修修面呢？」李飛問他。他覺得世界對郎如水太不公平，這個人連一隻蒼蠅都不忍加害，他只希望在世界的一角擁有自由與平安，能找到遏雲這樣的女子成家過日，遏雲正象徵他所渴望的生活。他的看法很超脫，雖然天生多情多感，對軍閥的政府或惡行也不覺得憤怒；不關他的事，天下政府都差不多。天下烏鴉一般黑，郎如水說的。

「遏雲對你好不好？」

郎如水眼睛一亮，露出蒼白的苦笑。「遏雲，」他說，「目前只許我拉她的手，驕傲得像女王似的。我勸她來這裏，倒沒有多費唇舌。她說過一千遍她感激我，卻不讓我吻她。她是半孩子半大人。對男女、愛情、戀史方面知道得很多，自己卻不肯把心扉打開來。她害我在她父親面前好丟臉。我說我要的不是感激。『友情？』她問道。『不，』我說。她就說，『男人都是這樣，除了腰部以下的玩意兒，還會要什麼呢？就算他救了我，我也不答應。』她當著她父親的面這樣說。我好窘，不過還逗她，『妳說腰部以下的玩意兒是什麼意思？』她用手指劃劃臉說，『不要臉，誰不懂啊？』李飛，我告訴你，這話太不公平了，我從來沒有佔她的便宜。她父親起先問我們，我發誓絕對清白，你瞭解老崔，他巴不得我別這樣紳士，就不能不娶她了。但是她說我是真紳士，他也相信。我覺得他的表情有點失望。」

「當時你們在談什麼？」

「就是這麼回事嘛。他父親有時候故意讓我們留在天水宋家。我沒辦法向她求愛。我想她從十一、二歲就聽過、說過那麼多愛情故事，我若向她求愛，總覺得像演戲似的。她讓我拉她的手，把她當妹妹。如此而已。不過她十七歲了。她心裏總有一股柔情吧，只是我不知道該怎麼打動她。她對公子哥兒特別害怕。她父親當然很失望，不過她對自己的婚姻，也有一套看法。」

「於是你就按兵不動了？」

「我在東園門外給他們找了一間屋子，幽靜寬敞，還有漂亮的小菜園。房東是一個老太太，她兒子住在漢口，她只留一間房自己用。我過幾天也打算搬去住。當然老太太不知道遏雲是誰，不過一看到她就挺喜歡的，還說人口簡單，她願意替大家燒飯。」

「你覺不覺得遏雲是閃避你，利用你？」

如水臉色一紅，加重語氣說，「不，這真是一大侮辱。你不明白遏雲。」

他說遏雲和她父親有一點積蓄，夠過一年了，只是目前還不能公開露面，他們會坐吃山空的。所以如水要付房租，遏雲的父親答應了，但是遏雲說，他們要付自己的伙食費。一路上是郎如水出的盤纏，老崔鼓勵這樣的安排。他希望過不久，他能有一個名正言順的女婿，這一切反正都是暫時的。

依李飛看來，郎如水意志堅決，總會成功的。他父親不見得會答應，但是郎如水不在乎，女方的天真和獨立精神使他傾倒，和他在上海認識的名媛閨秀真有天淵之別。他根本不在乎她「出身」低，沒受過教育。「男人對太太要求些什麼？」他對李飛說過。「穿上紗衣服，東家長西家短，吃海綿蛋糕，生怕感染細菌，對丈夫撒謊嗎？」早在他認識遏雲之前，他就決心娶鄉下姑娘，未受歪風影響，天真浪漫。他何必要一個有文憑的太太呢？遏雲走路不像女老師，就是一副少女的步伐。她精神勃勃，脾氣壞了一點，不過卻是好伴侶，青春、愉快、調皮，也不怕說粗話。他在車上看過她對付滿洲兵，那一巴掌可真厲害。她聲音、姿態都有天然的戲劇感，舞臺上用詩文諷刺貴婦，那才真絕呢！就是頑皮加上街頭的粗話使他神魂顛倒。李飛想，她保衛自己的階層，對抗「紳士」，如果也像她維護貞操那麼強勁，老友追求這位小姐，可就要吃苦頭了，心裏不覺好笑起來。不過，他覺得遏雲不可能抗拒自然的趨勢。他想，如果有一天他和柔安，如水和遏雲能在蘭州這麼漂亮的地方共住在一起，生命就幾乎完美無缺了。

有關馬仲英動向的傳聞很多，而且互相矛盾。據說他由戰場回來了，他的司令部設在肅州，離蘭州四百多哩。他完全控制了甘肅走廊，一共綿延七百哩，伸向新疆邊界。交通很困難，李飛若不能確定馬將軍的行蹤，跑這趟遠路根本是浪費時間。他把機票訂在五月底，很怕失去機會。

同時也有不少跡象證明馬將軍在蘭州活動。漢人回教軍不斷通過本城，軍方徵用馬匹，糧食也用駱駝、騾子和馬車送出去。豬皮、牛皮、馬皮吹脹了，蓋上封印，編成筏子，順黃河而下，載運大批燕麥、大麥和其他補給品。這是此地唯一的水上交通，一大排吹脹的獸皮不斷由青海回教中心西寧運到此地。北岸通往肅州的大道，遠至十里天，都擠滿襤褸的步兵、駱駝和一車車補給品。難民和返鄉的軍人傳來漢、回戰況的消息，李飛藉著地圖和想像力的幫助，終於掇起一幅進展圖來，寫給報社。

他收到柔安的信，也寫信給她，說他很喜歡待在這兒。他對蘭州很有興致，還對她描寫如水和遏雲所住的房子。蘭州什麼都好，什麼都便宜，一年四季好花常開。蘭州著名的白梨花現在已謝了，不過喬太太園中的牡丹正要開花呢。「軟兒梨」秋插冬藏，等皮色變黑，柔軟多汁，氣味香濃。牛羊肉價廉物美，皮貨也便宜。氣候乾爽，夏天很涼快，冬天四面的山嶺都化成銀白的世界。李飛把蘭州說成天堂，要柔安來看看，反正如水和遏雲都在這兒。他寄了幾張三人在花園裏合拍的照片。他知道柔安現在不能來，她父親快要回家了，不過他讓她知道，蘭州真是一個値得玩賞的好地方。

他告訴如水，他和柔安已經訂婚了，每次她的信一來，如水和遏雲就逗弄他，當然他絕不肯把情書給任何人看。房東太太對這些年輕的房客關懷備至。她是一個熱心的女人，年紀雖大，身體倒很好。年輕人常出去爬山，傍晚回來，喬太太早已弄好了晚飯。真像快快樂樂的一家人。

老崔和如水都請喬太太幫忙，要她設法勸遏雲改變心意。郎如水打算給女孩子的父親兩千塊，足夠他歡度晚年了。

喬太太有一次單獨和遏雲在一起，就說，「妳爲什麼不嫁郎先生？他是正人君子，又有錢。」

「就是啊，他條件比我高太多了。」

喬太太露出困惑的表情。「我不明白妳，很多富人家都樂意找一個郎先生這樣的女婿。妳不喜歡他？」

「我喜歡他，不過結婚又是另外一回事。他不是我想嫁的那一型，而且年紀太大了。」

「妳這話是什麼意思？就算他比妳大十歲，又有什麼關係呢？」

「是他對事情的看法。他有錢，整天無所事事。也許我太年輕，不明白這些。我知道他愛我，他很有詩意。這還不夠。看看李飛吧，他做事討生活，難怪杜小姐喜歡他。」

「妳要哪一種丈夫？」

遏雲迅速瞥她一眼。「我啊？喬太太。我到過不少地方，也見過三教九流的人物。我佩服的是李世民和薛仁貴那樣的人，能夠帶兵打仗，把敵人拖下馬。要我當王寶釧，在寒窯裏等這種人回來，我也心甘情願。他們不是我們今生可以遇到的普通人。次一等的有蘇秦、張儀，能奔走敵營，靠口才說動敵人改變心意，那些都是亂世救國的學者。但他們也是不平凡的人才，我沒有這麼大的野心，我願意做獵人的太太，看丈夫帶弓箭出門，帶一隻鹿、一隻野豬或山雞回來，我會殺雞拔毛，烹煮鹿肉。那一定很光榮。喔，再退一步，我寧願做農夫的妻子。我要早起弄飯，看他帶鋤頭出門，中午送飯到田裏給他。但是我不想嫁給商人、大官，或者無所事事的有錢人。」

喬太太不禁泛起一絲笑容。

「妳年紀輕，腦袋裏充滿戲臺上的故事，我像妳這樣年齡的時候，也夢想同一類的男人。等妳到我這個歲數，妳想法就會變了。」

「當然我年紀小，不過我想法就是這樣。郎先生和氣又溫存，但他不是我理想中的丈夫，我有權利等待。也許會碰到薛仁貴之流的黑臉獵人，或者武松之流的打虎英雄呢。」

「就算妳不為自己著想，也該想想妳父親。老人家有人奉養，不愁三餐真夠幸運的。」

「我可以奉養我爸爸，」遏雲說。

「妳有什麼辦法呢？」遏雲沒有隱姓埋名，但是也沒有把職業告訴喬太太，老婦人以為他們只是北平來的難民。

「我可以，」少女只說了一句。

日子一天天過去，遏雲好像是唯一沒有煩惱的人。她幫喬太太到園子裏摘菜，剝剝豆莢。早上穿著棉布衣褲，提菜籃陪喬太太上菜場，與熟人聊天開玩笑。下午她偶爾也陪父親和大夥兒上公共娛樂場或者茶樓去，和群眾混得很高興。她喜歡陪大家站在方場上，看拳師舞藝賣藥，或者參觀熊戲、猴戲，以及各種雜耍。她常常去找藝人，問他們打哪兒來，和他們說些「江湖」話，於是她就快樂了。世界上很少人像拳師或藝人，賺多少吃多少，到處流浪，無家可歸，但是也很少人像他們這麼無憂無慮。她父親結識了一位老王，是白蓮教的一分子。郎如水倒不在乎這些，她父親卻希望她當「淑女」，遏雲很怕失去自己的「階級」。不嫁郎如水的真正原因，她沒有對任何人說起，她知道一嫁如水，她就不能拋頭露面唱大鼓了，也不能再接觸她所喜歡的開放生活。

老崔看她在菜園裏拔菜，心裏還充滿希望。「她還是小孩子，」他對郎如水說。「情竇還沒有開呢。」

遏雲愈不理如水，她那天真的魅力和無憂的笑容就愈使他傾倒。天天看見她，他覺得很快活，他願意耐心等待，相信日子久了，她年歲漸增，總會接近他的。

李飛離開蘭州的前一個禮拜，有機會見到海傑茲的兒子阿爾・哈金，他是馬仲英辦公室的中校。哈金到蘭州來接洽徵兵和補給的問題，就叫李飛去看他。

李飛走進三十六師司令的蘭州辦事處。阿爾・哈金穿戴中國陸軍的制服、軍帽和高統皮靴，是一個忙碌、生氣勃勃的青年，高度和他父親差不多，深棕的眉毛、瘦長留鬢的面孔，一看就知道是回人。他站起身，用誠懇、乾脆的態度直盯著李飛。

「馬將軍要我儘量協助你，」他說。「你若肯去肅州，他很樂意接見你。」

馬將軍是一個衝動、野心勃勃、卻很機靈的人，他喜歡接見記者。他聽說一家國立報館有特派員要訪問他，就叫哈金帶他去肅州。

李飛說他願意去，可惜他訂了下週去迪化的飛機。

「真可惜。你若肯等二十分鐘，我們一起去吃飯。」

李飛馬上答應了。他很高興能直接和回軍接觸。青年中校立刻坐下來，一心一意處理文件，然後站起身，把軍服外套拿在手裏，陪李飛走出辦公室。

李飛不明白回人好客的一面。阿爾・哈金已讀到父親的來信，也知道拆水閘的事情。他聽說李飛曾經在父親家作客，簡直就把他當老朋友似的。軍官的威儀消失了，眼中現出溫暖的友情。他問臺雅和阿里長得多高了，奴莎姨什麼樣子，家裏用什麼菜請他。李飛談到拆水閘的經過，哈金眼中現出關切的光芒。

「馬將軍爭取的就是這些。我們不是打中國軍隊，馬將軍本人就在中國陸軍服役呢。哈密附近，我們族人的土地都被奪走了，大家只好逃到沙漠和山區。現在他們又遭到大屠殺，我們族人拿起武器來自衛。奴莎姨寫信給我，談到水閘和我們谷裏的情形。李先生，我們是愛和平的種族，我若在那裏，我早就領導村民自己拆水閘了。杜大爺是好人，我真高興。」

哈金說起敵方滿將盛世才到回疆的消息，以及馬將軍協助回人的計畫。李飛也把村裏招兵的事情告訴他。

「馬將軍要親自去新疆？」

「不。他要訓練軍隊，打硬仗的是馬福明和馬世明。他們是漢人回教徒，不過他們已經把賭注投在我們這一邊。我會給你幾封致回教將領和哈密王前相約巴汗的介紹信。」

「那真是感激不盡。要我到辦公室去拿嗎？」

「不必了，我會派人送去給你；後天我就回肅州。你這次不能去見馬將軍，他一定很遺憾。你如果冬天還留在迪化，也許我們會碰面哩。」

一周後，李飛登上前往哈密的飛機。

20

柔安一心一意等李飛回來。女孩子用情一深，就不可能顧慮自己，只爲意中人打算。柔安用情就是如此。李飛要去新疆，她就讓他去。他暫時不能回西安，所以遠走的理由也很充分。只要能收到他的信，知道他平安，她就會高高興興等下去。她想像不出新疆是什麼樣子，距離遠，又有原始的部族紛爭。她等著父親爲李飛說項，准他平安回來。

離別後，她收過李飛八封信，都是由蘭州寄來的。每次拿到信，她就讀給唐媽聽。她告訴唐媽。李飛一回來，他們就結婚，她父親也同意了。她還用得意的口吻對唐媽說，李飛通過了她父親的詩詞考驗。唐媽不懂那些詩，只知道一定很難，很了不起，因爲柔安的父親是「翰林」哩。

就是柔安不說，唐媽也猜得出來，在這個女孩子臉上，她看出新的光輝和新的肅穆感，柔安常常一句話也不說，靜靜盯著遠處。她表情充滿自豪，爲愛而自豪，使她目光有了微妙的轉變，一眼就看得出來。女孩子知道自己被人愛，對大家都更和氣、更文雅、更體諒，因爲她在愛人眼中找到了自己。她有一個願望，一個方向，一個真正的目標，沒有人能阻止她，妨礙她。女人的愛情具有微妙的力量，統御著她的行動，思想，抉擇，交友和憎惡，有時候最溫柔的情感也會化爲無情的恨意。

愛情的金丹改變了柔安，使她無精打采，使她渴望，使她不關心世界上其他的事物。唐媽和她很接近，當然注意到這一切。她發現柔安每次去看李飛的母親回來，眼神就有了光采，彷彿看到她，離他就近一點似的。

李飛的信常常提到母親和哥哥一家人，他給柔安的信遠超過哥哥。於是每星期她都有機會去看李飛的母親，把她兒子的消息告訴她。

「等妳父親回來，」李太太說，「我們就正式訂婚。能有一個讀書人當兒媳婦，我好高興。妳一定要說出妳的願望，我們不富裕，但是我們會依禮行事。」

由三岔驛回來，柔安一直照父親的吩咐對待春梅。她父親說過，最後她和春梅要負起杜家興亡的責任；她忍不住佩服春梅，上一次的談話也使柔安看出春梅的立場。柔安不知道父親對她和祖仁的預言會不會實現。她不喜歡祖仁，祖仁也知道，感覺得到。現在她尤其愛把李飛和他暗中比較，更看出他的缺點。她愈看祖仁的面孔，愈看出他臉上的「橫肉」和眼中的「殺氣」。祖仁就是待在家裡，什麼也不做，表情仍然很緊張，所以柔安覺得和春梅比較親，心甘情願告訴她，自己決定嫁李飛，她父親見過他，也同意了。

柔安度假回來，知道叔叔和父親之間一定會有嚴重的裂痕。第一頓晚餐桌上，大家問起她假期的生活和她父親的近況。

「我勸他回來，」她說。「他住在喇嘛廟裡，連我們新年送去的人參他都沒吃完，因爲沒有人替他燉。」

「他的病怎麼樣了？」彩雲問道。

「他昏倒過一次，傭人把他從地上救起來。我想那是第一次發作。他陪我們回三岔驛的時候，身體好像蠻健康的。他還帶我們到回人村去。」

「妳說我們，是怎麼回事？」

柔安發覺自己說溜了嘴。「阿三，」她答道。她臉紅了一下，發現春梅迅速瞥了她一眼。她想提水閘被拆的事，又不知道從何說起。

「喔，對了，」她馬上說，「我父親有一封信要給你。」

叔叔拆開來看。是一封字體優美的兩頁長信。他才看半頁，就往下一丟，大家都被他發白的臉色和眼裡的兇光嚇呆了。他把椅子往後一推，站了起來，眼睛冒火，彷彿誰踢中他的要害似的。

「原來他把水閘拆了，嗯？我就知道他會幹這種傻事！」他在屋裡踱來踱去，喘息聲依稀可聞。

「坐下來把飯吃完嘛，」他太太說。

「他簡直沒有常識。和那些喇嘛僧住在一起——咦，他一定瘋了！」

柔安的臉色起初嚇白了一陣，等叔叔說她父親精神不正常，她不禁憤恨填胸，她恢復了鎮定。

「咦，他一定瘋了。讓魚兒溜下河去！那座水閘花了不少錢造的。我們靠大湖賺錢。他待在喇嘛廟裡，什麼也不做，光向我要錢，拆水閘竟不和我商量。」

柔安再也忍不下去了。「我父親完全正常。你為什麼不看看他的信呢？」

「我何必看？他不和人相處。以為西安不配他住。」他走向柔安。「告訴我，妳看到了嗎？這件事發生的時候，妳在哪裡？」

「公公，你坐下，」春梅說。「待會你又要頭痛了。水閘拆了就拆了，等他回來，你再找他理論嘛。我不希望你們兩兄弟為幾條魚吵架，不值得。」

春梅很會說話。這件事不愉快，但是她態度可人，杜芳霖慢慢回到座位上。

「水閘完全拆了？」他問柔安。

「裂口一挖好，」她說，「大水就沖過去，把其他部分也沖垮了。」然後她故意說，「回人很高興，田裡有水了。第二天我過去看，美麗的溪流又漲滿河床。農夫出來，開始修溝渠，牽馬到岸邊喝水，村裡的孩子也在釣魚。父親好快樂。」

柔安抬眼看叔叔，心裡暗自爲他滿臉的苦相而高興。

「我認爲我父親是爲家庭利益著想。他說，那座水閘遲早要被農夫拆掉，與其讓憤怒的鄰居來拆，不如自己拆掉好。」

她叔叔大吼一聲，離開餐桌回房了。

一個鐘頭後，春梅看過廚房，又把小孩哄睡了，就來柔安的院落。柔安斜倚在床上，正在抽煙。她聽到春梅的聲音大喊，「三姑，妳還沒睡吧？」接著看她掀簾子。

柔安連忙坐正，春梅小心翼翼走過來。

「妳不在的那幾天，我要唐媽照常給妳曬被子。四月的天氣，什麼都發黴。」

「多謝妳費心。來，坐在床上，我們可以輕輕鬆鬆聊幾句。妳知道我父親說妳什麼？他說，是妳把家人團結在一起，沒有妳，杜家早就四分五裂了。對於家庭的未來，妳和我父親想法一樣。我把臨走前妳對我說的某些話告訴了他。」

春梅坐在桌邊的一張椅子上，嘴唇泛起一絲笑容，眼睛垂下，似乎有心事，低嘆了一聲，幾乎聽不出來。

「我在餐桌上有沒有說錯話？」

「我沒覺得啊。怎麼？」

「我說兩位老爺不該爲幾條魚而吵架。」

「嗯？」

「我挨了一頓罵。婆婆說，我僭越身分，亂談大事。就算我說了，也只是希望家裡不要為任何事情傷和氣。兄弟不和，是家庭衰敗的第一個預兆。我說『幾條魚』，我並不是說，那些魚不重要。妳看我真難做人，說多了不行，說少了也不行。」

「我叔叔對妳說什麼？」

「什麼也沒說，一直生氣喘息，臉脹得像紅蘿蔔似的。他正要寫信給他哥哥。我不敢再開口了，怕婆婆在隔壁房間聽到，又說我插手管事。三姑，我一聽說沒有人替妳父親燉藥，就覺得他不該留在那兒，他要回家，我很高興。不過我擔心事情不會這樣就算了，我聽他打電話給他兒子，說明天要找他談談——他必須把水閘裝回去。妳看好了。妳父親回來，一定有一場風暴。我沒有到過三岔驛，所以不瞭解，情況很糟嗎？」

柔安解釋給她聽。「除非妳看到那個地方，妳不能體會水閘的意義。整個回人村都在那兒，他們的農田、牧地都靠河水來灌溉。回人怒氣沖沖，但是不敢採取行動。我父親不贊成，因為我們少抓幾條魚、少賣幾條魚沒有什麼關係，但是水源對農夫卻是生死攸關的大事。湖泊很大，沒有水閘，魚量也夠多了。我父親覺得，在湖邊樹立敵人不划算，除了我們雇用的漁夫，那邊並沒有漢人；人不能靠兵力來保衛地方。他覺得我叔叔永遠不會答應拆水閘，所以就逕自拆了。妳應該和我叔叔談一下，讓他明白。」

「不知道他肯不肯聽我的話。」

「一定肯的。」

「這種事不見得。他們都認為，女人不懂生意的大事，除了照顧小孩和廚房，我們什麼也不懂。」春梅苦笑了一下。「但是我說過一句話。一個人要活命，也得放別人一條生路。天道是循環的。」

「妳覺得二哥怎麼樣？」柔安很想知道春梅對祖仁的看法，看她的觀點和父親合不合。

春梅機靈地抬抬眼。她難免想到自己是小兒子祖恩和祖賜的母親，彩雲卻是祖仁的母親。「妳若不問，我可不敢發表意見，大家會以爲，我忌妒家裡的大繼承人。因爲湘華，我對他總是敬而遠之。現在我同意湘華的看法。知夫莫若妻。」

柔安笑笑。她瞭解，湘華對她丈夫從來沒一句好話。

「人就像魚類，大魚有時候很好看，卻不見得好吃，」春梅說。「婚姻也一樣。」

春梅一向是杜芳霖忠心耿耿的妻子──如果可以用這個字眼的話──若說她愛他，則未免太牽強了。

柔安是個閨女，談到婚姻不免害羞，春梅也看到了。什麼事都逃不過春梅的眼睛。

「有人陪妳去三岔驛？」眼睛硬盯著她。「我知道妳說『我們』，並不是指阿三。」

柔安忍不住滿臉通紅。「還有一個人，」她說。「妳猜得出是誰嗎？」

「我難道沒長眼睛？妳走的時候，並不像是純粹去看妳父親。我知道妳去車站那夜，李飛出城了。我把這些事串連在一起。」

「妳覺得他怎麼樣？他曾向我父親提出婚事，我父親也同意了，所以我才問妳。」柔安儘量把事情說得平淡些。「我要等父親回來，才告訴全家。」

「妳如果想等，我就尊重妳的願望，謝謝妳信任我。也恭喜妳，他是一個有頭腦的青年，而且相當成熟。現在我得回去了。他會等我的。」

柔安在企盼中度過了一個月。她給李飛的信中並沒有提到自己的隱憂，因爲她不希望愛人爲自己擔心。不過，她想快點完婚，卻有充分的理由。她還不能確定。起先月經該來而不來，她半信半疑，仍充滿希望。初期的疑問困擾著她。依稀想到自己很可能懷孕，卻也有一點奇妙的感覺。她完成一份美麗高貴、幸福無比的愛情，難道錯了嗎？那夜在三岔驛杜宅，她邀他進房看月亮，把自己完全奉獻給他，當時曾把一切顧慮拋在腦後。獻身的一刻，她只想讓他知道自己是多麼愛他。再遇到相同的情況，她相信自己仍會這樣做。幸虧她父親見過李飛，也同意了。如果父親能替他說情，保證他在西安不出事，李飛就不必遠走新疆，他們也可以結婚了。這些想法她不能告訴任何人，連唐媽和春梅都不行。她寫了一封快信給父親，要他儘快回來。

然後才聽說李飛已離開蘭州了。她把信讀了又讀。他要去好幾個月，說不定去半年，她的憂慮加深了。她再等一個月看看。日子一週週過去，她覺得很正常，心裡又充滿希望。她聽說父親要在她畢業前兩週回來，過不久就知道了。她會和父親談談，甚至撒一個小謊，說事情是在天水離別前夕發生的，當時他已經同意了。她覺得父親會諒解她。然後她會叫他宣布，因爲李飛要遠行，他們已經在三岔驛行過簡單的婚禮。

唐媽看見柔安的眼神愈來愈恍惚，就說，「我看妳把書攤在膝蓋上，根本沒有讀。」

柔安仍盯著遠處，沒聽見她的話。最後她眼睛回到焦點上，問她，「妳說什麼？」

「妳的眼光好遙遠。如果妳有什麼煩惱，一定要告訴我。妳這樣下去，會想出病來。」

柔安嘴邊泛出一絲笑容。「我不能不想，對嗎？」

李飛登上駛往哈密的飛機，除了軍官，只有五個平民客人，那些軍官好像負有重大的任務。乘客都是漢人，只有一個頭戴白巾的回族老頭子，臉上飽經風霜、充滿皺紋，留了一撮密密的白鬍子。李飛和他搭訕，他說他是哈密的商人。戰事爆發，他被困在蘭州。聽說哈密遭到恐怖的破壞，現在戰場已轉到鄯善和吐魯番，他要回家看看家人怎麼樣了。他眉毛深鎖，除非別人找他，根本不和人交談。

李飛隔壁坐著一位軍官，不斷用眼藥水點他發炎的雙目。藥水流下面頰，他大聲吸氣，彷彿很喜歡那個味道。他帽子上有青天白日的國徽，李飛知道他是中國陸軍，但是不能確定他站在那一邊。馬仲英本人也帶這種帽子。李飛和他交談了幾句，告訴他自己是記者，軍官斜眼看他，連頭都沒有轉過來。他用力吸氣，沒精打采說，「你來這邊幹什麼？」

「我要看看戰局，而且我早就想來新疆了。」

軍官哼了一下，像嘲諷又像笑聲。

「我不懂你爲什麼偏偏選上這個地獄邊緣。進來容易，出去就難囉。」

「我不明白。」

軍官微微轉頭，打量身邊的夥伴。「那是你不瞭解新疆。」

「我看不出他們有什麼理由要攔住我。」

「他們會放你進去，」軍官說。「如果你隸屬漢軍，那又另當別論了。但是那邊的戰事與中國或南京政府都扯不上關係。金主席覺得，那是他自己的事，他不歡迎記者私闖他的王國。」

李飛在座位上打盹。一覺醒來，太陽已照在昏黃的平原上，地面有一塊塊巨大的雲影。放眼過去，沒有一絲人煙。他由窗口看出去，右側的機翼外就是遠處雪白的天山。二十分鐘後，藍藍紅紅的小丘和白色的村莊飛快閃過去。馬達的嗡嗡聲和機翼的畫面隔斷了早晨的氣流，振動又平又穩，他覺得自己在空中翱翔，真過癮。一個服務員進艙說，飛機要降落了，教大家繫好皮帶。

地面開始漸漸升高，地平線隆起來，地球好像整個翻倒了。白楊夾道的路面彷彿在眼前飛舞。然後他看到一座邊城的殘骸，屋牆依舊，房頂卻沒有一間是完整的。飛機慢慢盤桓，哈密城一會兒在左，一會兒在右。雖然軍官說了那些話，能安全到達，李飛仍然很高興。

幾個髒兮兮，無拘無束，胸上掛有紅徽章的士兵穿著布鞋和綁腿在機場辦公廳踱來踱去。李飛進入檢查文件的外廳，排隊走向一個頭髮稀疏，在桌上辦公的老人。一個穿灰制服的中年軍官走來走去，打量旅客。軍服旅客正在檢查證件，軍官就走向李飛前面的回族老頭子。

「你是誰？」軍官問道。

「我是這裡的居民。」

軍官發出不祥的吼聲，老回人走向辦公桌，他的眼睛一直打量他，此人沒有證件。

軍官上前逼問道，「你來這邊幹什麼？」

「我來找我的家人，我家住這兒。」

「你等等，」軍官惡狠狠說著，冷笑了一聲。老人遵命退到牆邊，臉色發白，全身發抖。

輪到李飛了。桌前的人檢查他的證件，翻來翻去看半天，他從來沒聽過「新公報」。他面無表情，在證件上蓋了章，交還給他。李飛走到軍官帶士兵搜行李的地方，李飛知道，他已來到戰地。士兵臉上沒有一絲笑容，大家心情似乎都不好，屋裡也有臭味。

一個士兵敲敲他的臀部和腿部，要他把口袋裡的東西掏出來；他拿出黑皮夾和一疊信件。士兵把信交給軍官，他一封一封拆來看。讀著讀著，臉色就變了。三十六師的信紙上有哈金的介紹函。軍官猛晃著那幾封信，皺眉說，「你知道這代表什麼？你明不明白，你會以回諜的身分被槍斃？你來這邊幹什麼？」

「我是新公報派來的，當然需要我們這邊的信件，和回教將領的介紹函。這沒有什麼不對嘛。三十六師也是我們陸軍的一部分。」

軍官根本沒有聽。

他彈彈信紙，自言自語說，「馬世明，馬福明，還有約巴汗，你從哪裡弄來這些信？」

「在三十六師的蘭州辦事處。一個朋友交給我的。」

「原來你有朋友在馬仲英的辦公廳做事！」

李飛故作輕鬆。「軍官，你不能太認真。哈金中校給我這些信，只因爲我碰巧認識他在甘肅南部的家人。」

「這恐怕很嚴重，很嚴重喔。你有沒有寫給金主席他們的介紹信？」

「沒有。」

「那我只好扣留你，等迪化方面的指示。你知道戰局很緊，我們不容許間諜冒充記者。」

軍官第一次泛出冷冷的笑容，露出一口大黃牙。「我不知道你是什麼身分，不過你若是正規的記者，不是替馬仲英服務，你的行動未免太傻了。你只好碰運氣了，年輕人。這邊很多人爲更小的事情就挨了槍子。我覺得你面孔挺老實的，不過我也沒有辦法。」

李飛口乾舌燥。他發現處境很糟糕，第一個念頭就想到柔安，萬一自己惹上麻煩，她真要愁壞了。其他旅客都走了，只剩下老回人孤單單站在一角。

「來吧，跟我來，」軍官說。李飛和回人被帶出機場，後面跟著四個兵丁。街道上渺無人跡，新疆的大城兼入口哈密就像一座鬼城似的，偶爾有野狗出沒。幾個士兵站在一棟沒有屋頂的房子裡，逗弄一頭綿羊。大溝渠兩側排滿老柳樹中空的軀骸。

他被帶到一間長粉壁、石頭門的屋子裡。看起來很像商人的住宅，僥倖逃過一場大劫，就徵用做軍官的總部。回亂一起，市監獄首先遭難，等漢人反攻，就完全破壞了。

「在我沒有收到迪化的指示前，你是我們這裡的賓客。」軍官說得很客氣，也很嚴苛。

李飛暗暗著急發火。「長官，這太可笑了。我是派來報導戰況的。我想你一定聽過新公報，那是最大的國立報紙。你可以打電報去上海證實一下。」

「這我倒不懷疑。不過，就算你是南京政府派來的特使，也沒有什麼差別。很抱歉，我只是執行任務而已。我們不會加害你，但是別離開這間屋子。」

李飛要回介紹信。

「你不必撕毀信件，撕了也沒用。」

「我何必撕？我還打算去見約巴汗他們呢。」

晚上他躺在富人睡過的豪華大床上，不知道該怎麼辦才好。他進屋以後，曾反覆思索家庭和事業的問題。他聽見老回人被關進另一個房間。回人來這兒，真是太傻了，僥倖活命的回人早就逃到南部山裡去。

李飛的沉思被腳步聲打斷了。他注意傾聽，幾分鐘後，腳步聲由大廳盡頭走回來，夾著士兵的咒罵，他還聽出老人求饒的哀叫聲。他聽到泣啜和步槍槍托打人的聲音，老人的喘息，以及拖拉雙腿的摩擦聲，漸行漸遠。又過了幾分鐘，他聽到一聲槍響，知道回族老商人已經沒命了。

槍聲短促而尖銳，接著一片死寂，就像一個信號，促動了他全身的組織，使他進入警覺的狀態。一顆鉛彈具有決定性的力量。他聽過一大堆無辜平民被殺的消息，再死一個回人，對軍人根本不算什麼。如果這就是新疆的戰爭，可和他想像的差太遠了。熱血在他腦子裡洶湧，他靠在床板上，儘量冷靜，判別情勢。黑暗中，他伸手去掏香煙，拿了一根，點上火柴，火柴的微光照見了他的指頭。他趁火柴還沒熄，彎彎手指，覺得能活著，能彎手指，實在太好了。

他發覺自己陷入複雜的局面，軍方疑心很重，用刑很快，生命卻一文不值。他的生命全憑一個司令官的興致來決定，沒有討價還價的餘地。與其等迪化的回音，他應該靠自己，想法逃出去。他認爲，最安全的出路就是參加回軍，他有介紹信呢。

他起身站在窗前。一輪淡月躲在薄雲中，後院的高牆外，他什麼都看不見，也不知道自己在哪裡。他走到門口聆聽。大廳靜悄悄的。他記得街上士兵很少；這也許只是一間暫時的拘留所，只有幾個衛兵在大門外。進房的時候，他看見一條通道，一定有出口。他開門，故意點煙來喚起注意。一個坐在大廳另一頭的衛兵慢慢走過來，問他要什麼，他說要上廁所。不出所料，通道走下幾個臺階，就是後院的一個矮門。他進廁所，衛兵守在外面。牆上的破洞使他稍微看出屋外的景象，只看見鄰舍沒有屋瓦的牆頂。

回到後院，他和衛兵交談了幾句。

「你出了什麼紕漏？」

李飛大笑。「太可笑了，我正在去見主席。他們把我關在這兒，等迪化方面的回音。等主席的口信一到，他們說不定要向我賠罪哩。」

他已經打定主意，他必須儘量逃到回軍那一邊。幸虧他要回了哈金的介紹信，那些信簡直成爲他最珍貴的財寶，他生還蘭州的媒介。一個人往東逃向沙漠未免太傻了。最好的出路就是向西加入鄯善的漢人回軍。如果他成功了，就可以設法經過庫爾勒和婼羌，走南徑回去，他知道很多新疆難民都是走那條路回來的。他也可以瀏覽大半個新疆。說來這個想法也有它的諷刺性。他來本省的第一夜接受的是什麼待遇，這次的旅程又多麼令人難忘！也許要好幾週才能安全抵達回軍的陣營，但是他希望一見到馬世明，就能發信給柔安。

他迅速理好衣物、鈔票、一份詳圖和五包香煙，用雨衣當布巾，把長袖綁起來，做成一個包袱。然後他抽出皮帶，捆牢包袱，留下長長的末端繫在背上。

月亮掛在半空中。他偷偷起來，聆聽了一會，躡手躡腳開了門。人廳那一頭的燈光已經熄了，他迅速跨上甬道，來到後院。氣候濕冷，但是沒有風。他把包袱拋到外舍小屋頂上，探究四周的情勢。如果他能靜悄悄爬上屋瓦頂，就可以沿牆攀到隔壁去。他高舉雙臂，手肘還碰不到屋簷。不知道薄屋瓦會不會被他踩裂溜下來，把衛兵吵醒。他很想回房拿椅子，但是又要再穿過甬道。微光中，他看見角落裡有一個黑黑長長的東西，走近去一看，原來是生鏽的汽油桶。桶高和他很相配，鑾重的，他只好慢慢滾動。空鐵桶有回音在靜靜的夜裡，每動一下，他聽來就像千軍萬馬。他一吋一吋移著鐵桶，終於把它立在牆邊。

上了屋頂，他窺視牆外。外邊跨過溝渠就是大路，大門在二十碼外的溝道上。往下跳太冒險了，他必須在牆頭爬二十呎，才能到對面。一個衛兵在門口踱來踱去，肩上扛著步槍。李飛等了一刻鐘。衛兵一走出視線，他馬上蕩到牆頭，俯臥觀望，又回頭看看有沒有人發現他。一到牆角，他就坐起來，深深吸了一口氣，然後沿牆爬到對面去。不出所料，地上鋪滿碎片。

他小心往下跳，進入一個大廣場。月光照著破牆和孤零零、搖搖晃晃的灰黑怪磚柱。他憑山頂的微光辨認方位，穿過鬼城的廢墟，停在陰影裡，聽到自己的腳步聲都嚇得要命。哈密是一片斷瓦殘垣，房屋、洋臺、果園，無一完整。

天亮時分，他睡在哈密城外三哩的森林斜坡上，包袱枕在頭底下。

21

六月中，杜忠回到西安。接到弟弟的信和女兒的信，他只好提前回來。不過促使他立刻整裝的原因，卻是他到三岔驛，發現工人已經在一隊漳縣士兵的保護下，企圖修復水閘。

柔安在疑慮中隨祖仁和湘華去接父親。現在他回家的意義，比當初她要他回家養病的時候更重大了。她在火車站接他，不像往日那般快活。他長途跋涉，氣色倒還不差。

春梅和兩個小孩在「大夫邸」正門恭候。她要小孩叫伯公，自己也微笑相迎。和柔安談過那番話，她更決心保持自己在大爺心中的好印象。她穿一件素淨的淡紫旗袍；頭髮梳得光光的，眉毛重新畫過，沒抹胭脂，也不擦口紅。看起來就像這家的兒媳婦。

杜忠摸摸孩子的頭，用賞識的目光看了春梅一眼。他抬頭看門上的匾額，以及上面古老、微微褪色的「大夫邸」幾個字，不禁輕嘆了一聲。背部微駝，慢慢走進去。

大家一進屋，穿黑衣的彩雲孀孀立刻站起來，杜芳霖也走出房間。哥哥已經一年沒回家了。有祖仁、湘華和小孩在，客廳熱鬧極了，充滿團圓的氣氛。

杜芳霖又舒服又自信，用前市長的威儀來接待哥哥有些傲慢，不過還算誠懇。「大哥，你回來了。」

杜忠也以兄長的身分，嗯了一聲算是回答。四目交投，兩個人的眼睛都閃閃發光，唇邊也泛起微笑，很難說究竟誰比較自負。接待的禮儀，端茶送毛巾啦，女人問話，孩子叫人、問東問西啦，使大家都忙了一陣子；但是兩兄弟心裡都明白，有一個問題要解決，現在暫時不好說起。

「你應該休息一會再吃飯，」杜芳霖用有趣、容忍的表情看著大哥說。

「慢慢來。我們可以晚一點開飯，」春梅說。

父女回到自己的院落，柔安說，「爸爸，我急著要你回來。」

「妳好像不快活。李飛還在蘭州？」

「不，他已經去哈密了，恐怕有一段時間會收不到他的消息。」

除非萬不得已，她真不想說出自己的問題。再過兩週就知道了。杜忠好像不太累，頭上青筋暴露。他進入自己房間，很快又出來，兩眼冒火。過了一會才說：

「妳知道妳叔叔幹了什麼好事？他在把水閘裝回去呢。回人繃著臉，一句話也不說，默默觀望。他召來幾個槍兵，督導工作。所以我才匆匆趕回來。」

「今天吃晚飯，」柔安說，「你最好別談水閘的問題，大家好好吃一頓。春梅說，她準備了豐富的酒菜，不過沒有魚，因為她不希望挑起爭端，看你們兩兄弟在餐桌上吵嘴，她擔心家庭的全局。」

杜忠搓著鬍子，微微一笑。「那個女人還有點腦筋。」

「現在她是家裡正規的兒媳婦了。清明節掃墓，我看見她的名字已經用紅字刻在祖正的墓碑上，列在她兒子上端。名份一定，她快活多了。」

晚餐真的很豐富。彩雲嬸嬸在桌邊繞來繞去，檢查春梅放的湯匙和筷子。為了慶祝這個場面，小男孩都穿上鮮紅的長袍，祖仁一身白麻中山裝，整整齊齊的。他知道伯父不喜歡他，刻意使氣氛愉快些。他談起本市的新聞，他的水泥工廠，和「西京」的發展計劃。湘華打扮很優雅，穿著淺藍的長沙夏布衣。

彩雲嬸嬸正在檢查飯碗。她沒事可做，就決定把瓷湯匙放在盤子裡，不擱在桌下。春梅出來了。臉上薄施脂粉，穿一件白色圓點的人造絲衣裳。她一眼就看出湯匙動過了。不知道是誰弄的，她走到桌邊，把湯匙放回桌上。

「應該擱在盤子裡，」彩雲說。「我要放那兒。」

「對不起，」春梅說。「我以爲放在桌上比較好。」她繼續完成手邊的工作，太太臉上露出一副無可奈何的表情。

杜忠走到上首，以一家之長的身分坐大位。芳霖坐一邊，彩雲坐一邊，年輕人則依次排下去。大家邊吃飯，兩兄弟邊想著自己的問題。哥哥額頭較高，鬍子較長，看起來年長些，不過他眼神清晰穩定，人瘦瘦的。前市長比他哥哥矮一點，眉頰飽滿，一看就知道是志得意滿的成功者。

暫時的歡笑掩蓋了緊張的局面。杜忠彷彿沒有什麼心事。他很高興和全家團圓，一直說說笑笑，形容他和喇嘛僧的生活。芳霖也熱心提出幾個問題，只是聲音很粗鹵，陰森森的。他的態度表示他熟知西北的土著，連西藏的喇嘛僧也不例外，他不感興趣，只是不好潑冷水罷了。

年輕人一語不發。看到杜忠興致高，胃口好，柔安和春梅都鬆了一口氣。杜忠那天晚上很興奮。有親骨肉、女人、孩子圍著他，又回到自己的故居，他覺得家裡真不錯。飯吃到一半，芳霖的心思軟下來。面對面，他覺得哥哥和信裡不同，不是一個愛作夢、不負責，不通世故的人。燒酒使他的腸胃鬆弛了，他心情寬厚了些，美味的魚翅也使他比平常更快活。等香菇燉肉送上來，他充滿手足之情說，「你得多吃一點，大哥。你在喇嘛廟裡一定餓壞了。」

春梅瞥了瞥柔安，幾乎想說，她的菜餚已經讓兩兄弟心平氣和了，然後她照孩子的叫法說，「伯公，但願你不回去了。你要永遠回來住，這樣柔安也快活些。」

祖仁和湘華也紛紛要他回來。彩雲夾了一大塊豬肉，放在他盤裡。

杜忠睜大了眼睛。怎麼回事，他想？難道他們想用好菜來賄賂他？不過他繼續吃著，知道自己可以等適當的時機，才談到正題。晚餐幾近奢華，他已經一年沒嚐過這麼好的酒菜了。他喝了五、六杯陳年紹興酒，額上青筋暴突，下巴和頸部也泛出深紅色。餐桌上有一道八寶飯，鑲了核桃、蓮子、龍眼和其他乾果，是湘華特地爲伯父做的。

酒席接近尾聲，他站起來說，「我們要乾一杯，紀念我們的祖父。」芳霖和大夥兒都陪他乾杯。他放下杯子，眼睛盯著年輕人——尤其是春梅——說，「你們年輕人，我要你們記著你們的祖父，他給大家留下了這間屋子，這份地位，以及杜家的好名聲。別忘了，我們的遺產不是財物，而是名望的尊嚴，學問和榮譽。你們不能沾辱這份好名聲。你們必須……」

他的聲音突然中斷了。他往下坐，伸手抓椅子的扶手，身體晃入座位中，臉上似乎現出一片陰影，雙目緊閉，手臂也麻了；接著失去知覺，滾到一邊。

「爸爸！」柔安大叫。

大家奔向桌首，腳步紊亂，椅子也翻倒了。杜忠一隻手臂靜靜放在膝上，一隻手垂在椅邊。芳霖多疑的面孔嚇得發青。祖仁彎身看伯父，抓起左手來把脈。他的頭微微轉動，嘴唇也掀了一下，但是沒有發出聲音。女人噤口不言，小孩子也嚇得縮在一角。

「扶他到我床上去，」芳霖說。

全身僵麻，根本扶不動。唐媽幫祖仁連人帶椅抬過庭院，來到芳霖的房間。柔安一句話也不說，緊跟在後面。她面色慘白。進去跪在床邊，一心一意盯著父親的面孔。燈光照在老人的白鬚上，鬍子在胸上微微起伏，這是生命的唯一徵兆。祖仁連忙打電話叫醫生，春梅跑到老人身畔，開始揉擦他的手掌、雙足、頸部和腋窩，讓血液恢復循環。

柔安托住父親的面孔，用恐懼的聲音大叫，「爸！爸！」他似乎聽到，又好像沒聽到。嘴唇動了一下，還是發不出聲音。她把手放開，他的臉又偏到一旁。女兒熱淚盈眶，突然大哭起來。

「噓，鎭定一點，三姑，」春梅說。「醫生馬上就來了。」

過了十分鐘左右，除了柔安的泣啜，屋裡靜悄悄的。老人的鬍鬚在胸上一起一伏，漸漸靜下來。突然他的身體痙攣了幾下，頭猛烈搖動，喉嚨發出又像沙音又像用力講話的聲音，然後抽筋停止了。面孔一片寧靜。祖仁彎身聽脈搏，默默走開，頭垂在胸口，一句話也不說。

春梅臉上現出一片肅穆的神色。芳霖看祖仁搖頭，就隨兒子走出房間。

柔安看看春梅沉默的面孔，又回頭看看大家。眼中充滿驚懼。她慘兮兮環顧四周，喉嚨似乎哽住了，猛趴在父親身上，發出一陣可憐、椎心刺骨的哀號，聽者莫不爲她心碎。她靠上去，雙手抱住屍體，面孔埋在父親胸上，一陣一陣哀哭著。春梅扶她起來，她的淚水已沾濕了父親的鬍鬚。春梅和唐媽相攙扶她坐在一張低椅中，她簡直像一具自動的玩具，那一刻真不是筆墨所能形容的。

唐媽含淚走出房間，拿了一條熱毛巾回來，然後一直守在柔安身畔。

醫生來到，老人的雙手已經冰涼了。醫生訊問一切，大家說以前發作過一次。醫生宣布，死因是腦溢血，可能是回家太興奮，又喝了太多酒的緣故。

唐媽扶柔安回房躺下。她被這突來的悲劇弄癱了，茫然瞪著天花板。她手腳僵冷，思緒在絕望的迷宮中轉來轉去，震撼她的不止是喪父的悲哀。午夜時分，唐媽泡了一杯茶給她，她稍稍恢復了元氣說，「一切都完了。」

「別傻了，孩子，我會永遠陪著妳。」

柔安沒有再開口。她甚至沒聽到唐媽的話。過了半個鐘頭，她又哭起來，但是眼淚早已流乾了。唐媽坐在她床邊，看見她哭累了，終於矇矓睡去。

父親去世的第二天，柔安完全失去了勇氣。他的死埋葬了她的一切希望。如果李飛還沒有離開蘭州，他也許會偷偷奔回西安來。意外的巧合把她的一切計畫撕得粉碎，更增添了她的懼意，一切逃避的良方都受阻了。現在保證李飛安返的機會很微渺。她行婚禮、與丈夫父親同住的美夢也煙消雲散了。如果她懷孕，她會遭到羞辱。她希望父親對家人宣布三岔驛完婚的謊言，如今也無望了。她不知道李飛在哪裡，甚至沒法和他連絡。能不能告訴他家人？他母親和端兒也許會笑她不正經，不配進他們家門。她心中充滿了強烈的自尊，她決不讓他家人知道她的處境。當然還有方文波，不過她深深爲自己的煩惱而憂慮，幾乎沒有想到他。方文波又能如何呢？她總不能把女性的煩惱告訴他吧。

「柔安，」她自忖道，「妳是一個不幸的女子。母親去世，十四歲就做了孤兒。現在父親又死了。妳會變成未嫁的媽媽，叔叔也許會不認妳，社會也會指責妳。爲什麼發生這些不幸？妳做了什麼？妳愛上一個男人，一個任何女子都會引以爲榮的男人。不，妳很幸運。全世界那麼多女子，他只愛妳一個。」然後李飛的話又回到她腦中，「命運有時候是一個殘酷的嘲諷家，喜歡施小計來折磨戀人。」她不後悔愛上他。兩人分開了，心還連在一起，他會回來的，也許一兩個月就回來。他會回來。他會回來的。她感受他愛情的力量，卻憤恨命運的殘忍。如果必要，她願赤腳走過雪地和沙漠去看他，她願意面對一切來等他。但是她不敢面對家人的輕視和嘲笑的眼神。她要靜觀一切變化，再過兩周左右，她就知道了。

她躺在床上，腦子亂紛紛的，聽到其他院落遙遠的人聲。家人忙了一早上，安排死者入殮的大事。祖仁奔進奔出，從事大喪禮——幾天的隆重儀式——的準備工作。連春梅也沒有來看她。唐媽進進出出，說明大家在幹些什麼。她照例端來湯麵當早餐，柔安看了一眼，胃部發痛，說她不想吃。近午時分，唐媽端了一碗杏仁露進來。

「妳一定要吃，孩子，否則妳會生病的，喪禮需要力氣。下午大殮，妳一定得起來。」

這時候全家都忘記了她，人神都不眷顧她，似乎只有唐媽和她最親近，簡直像母親似的。老婦人坐在一旁，看她勉強把杏仁露吃下去。

中午湘華來了。她早上很晚來，不敢靠近停屍間，想到柔安，就過來安慰她。她們不算親密，但是常一起看電影，找樂子。湘華和她年齡相近，喜歡新式的玩意兒。

「萬事天定，」湘華帶上海口音說。「所幸他活了這一把年紀，死前又有家人在身邊。柔安，我告訴妳，我在妳這個年齡的時候，以為生命全是花朵。現在我嫁了人，知道不是那麼一回事。男人出外搞事業，什麼都不在乎，女人就不同了。妳看妳嬸嬸、春梅和我，誰也沒抓到自己希望的一切。我遠離父母，在這座城裡幾乎無親無故。」

湘華喋喋不休，根本不明白眼前少女的煩惱。她進來柔安忍不住縮了一下，彷彿有人來嘲弄她的不幸，彷彿全世界都知道她懷孕了。但是湘華開始訴說自己的煩惱，柔安鬆了一口氣，興致勃勃聽著。

「我想看我父母，但是祖仁不讓我去。」

「他還熱愛妳。」

湘華咬咬嘴唇。「我們剛結婚的時候，他是愛我的。我不知道自己怎會這樣說話，我真希望自己還像妳一樣，是未嫁女兒身；那我就快快活活，無憂無慮了。」

柔安沒搭腔，覺得真是一大諷刺。她看看湘華，一心一意談論自己。不過看別人說出煩惱，卻減輕了她的劇痛。

湘華又說，「妳還年輕，前程似錦。李飛回來，妳就會忘掉眼前的憂慮。我覺得他是一個好人。」

柔安眼睛潤濕了。這是她第二次聽到別的女人稱讚李飛。

過了一會，她聽到外面緩緩的鼓聲，喪號的哀鳴和遠處嗡嗡的人聲。唐媽衝進來說，佛僧來了，她一定得起身。

「棺材再過一個鐘頭就到了，妳必須出去迎接，我們正在整頓遺容呢。」

唐媽到父親房裡，由大櫃取出他的官袍、念珠、靴子和帽子，死者要全副衣冠入殮。柔安起身，一摸到父親的衣物，完全回到現實中。父親的床鋪特意弄好等他回來，連睡都沒睡，他卻走了。

下午很暖和，屋頂的大樹飄來烏鴉的叫聲。她對鏡洗臉，打量自己。唐媽送來孝衣，是不縫邊的粗白布，裁縫臨時趕出來的，她身為死者的女兒，在喪禮中是最重要的人物。孝衣外面再披一個粗麻袋，袖口剪洞，頭上要戴尖頂的麻冠，鞋子再縫一塊粗麻布。穿戴完畢，她被領到前院，等候棺材，唐媽隨時站在她身邊。通向第一院的正門大開，全家穿白孝衣，正奔前奔後的。

春梅兩眼通紅，她走過來，輕拍柔安的肩膀說，「腦子放輕鬆。棺材一到，妳就出去跪在大門口迎接，然後跟在後面走進來，我們會料理其他的一切。」

柔安等棺材，東邊的別院正在誦經、擊鼓、鳴鐘，行齋戒沐浴的大禮，所有喪儀都要在東院進行。黑檀香木的棺材運到了，柔安被攙到前院，面對大門，遵命跪下。僧侶護棺材進屋，鼓聲哀樂齊鳴，夾雜著婦女的哭聲。

柔安本來很害怕，一看到父親穿著海藍色的絲袍和靴子，彷彿睡著似的，一切恐懼都消失了。唐媽始終守在她身邊。遺體搬來放進去，在誦佛聲中，蓋棺加釘。柔安倒在棺材上，依禮號啕大哭。

第二天，柔安卸除了一切縟禮，只在晚上守靈。大家儘量把時間縮短，只意思意思，讓她輕鬆些。

喪禮準備了好幾天。杜芳霖希望喪禮能配合死者和家族的身分。她等了兩星期。她根本沒想到畢業典禮，喪禮過三天就是畢業大典，現在似乎無關緊要了。她小心觀察自己，任何徵兆都加深了她的恐懼。更重要的是李飛的消息。她不斷詢問方文波，文波告訴她，一有消息，他就來電話。

有一天李飛的母親來了。她起初不明白柔安爲什麼不再出現，後來李飛的哥哥收到杜家發出的訃聞。春梅聽了柔安的建議，也發了一份給李家。

李太太是一個靦腆的女人。方文波自己不想來，卻慫恿李太太來安慰喪親的少女。李太太遲疑不決，她從來沒進過杜家，就要端兒陪她來。

門房帶兩個人穿過古屋複雜的庭院和走廊，她們都睜大了眼睛。她們流覽秀長的藍石鋪道、梨樹、門廊的珠簾和漆柱，柔安就在門廊上迎接她們。

「太太，嫂子，多謝妳們來。」彼此都故作莊重，但是雙方的眼神可以看出，她們都爲見面而高興。

柔安要客人進屋，李太太和端兒用好奇、讚美的眼光打量地毯和傢俱。

李太太用一般的措辭來安慰喪家，然後說，「我們一直等妳父親回來，好正式交換訂婚的禮物。現在他走了，我不知道妳家有沒有人肯替我兒子求求主席，讓他回到我身邊。」

「我們再看吧。我父親去世，問題就難了。」

她們不自覺談到新疆，老婦人對那邊的情況一無所知。端兒靜靜的，但是她看出柔安的態度很緊張。李太太由臂上取出一個三兩的金鐲說，「我們是單純的百姓，不過我希望妳收下這個。我知道妳若告訴我兒子，我給了妳這個，他會高興的。至於正式的禮俗，恐怕只好等他回來再說了。」

柔安知道，這份禮物雖然像個人的贈禮，卻等於是訂婚鐲子。她滿面羞紅，睫毛上珠淚盈盈。

她伸出玉臂，讓母親戴上鐲子，心裡卜通卜通跳個不停。

「妳要保密也無妨，柔安，不過看妳戴上，我心裡真高興。我已經保存好久，就等著送給未來的兒媳婦。」

「這回我可真是妳的嫂子了，」端兒逗她說。

柔安心裡如釋重負。就算這個人不是李飛的母親，她也會喜歡這麼優雅、溫柔的老太太。唐媽進來添茶，柔安得意地展示她手上的金鐲。

唐媽先是困惑，接著露出開朗的笑容。

「這是秘密，」柔安說。「我們還不要讓全家知道。」

另一個女傭端來一盤點心、核桃和棗子說，「奶奶派我拿這些東西來待客，她說她一會兒就來。」

自從春梅升格以後，傭人都叫她「奶奶」。春梅聽傭人說，有一位李太太帶一個少婦來看柔安。她正忙著打發一個辦公廳派來的職員，他告訴她採購蜜棗、甜薑和各色細點，準備「開市」那天招待客人的經過。帳單超出一百元。春梅聽到這個數字，不禁揚起眉毛。

「怎麼？」她問道。

「物價上漲了，乾龍眼半斤就要一塊二。」這個職員是由店裡調來辦雜差的。春梅知道，客人會來幾百位，買的東西很多，不過這個職員似乎買得超過了限度。兩週來，鈔票滾滾而去；傭人似乎都趁機揩油，她不禁光火了。她看到小職員腳上的名牌新鞋，決定給一點教訓。

「夠了，老張，」她說。「我們家人手不夠，才由店裡把你調來，依我看，五斤龍眼就夠了，我們又不煮龍眼大餐來待客。我沒聽說福建有旱災，價錢不該漲這麼多，比去年貴一倍……」

「這裡有帳單，」職員說。「我覺得——」

年輕的女主人打斷了他。「就算價錢漲了，也不必買這麼多。我信任你的判斷力，喪禮就是喪禮，該花的錢我不會小氣，畢竟，大夫邸的作風總要維持。祖先的錢來得不容易，我當家，不想在零星項目中就耗費一千元。這次沒有四千塊絕不夠用。棺材八百元；前幾天才買了一百斤糖，我們不用甜食來毒死客人。雖然東西買多了也可以留，總不必買那麼多，你新來，也許不會習慣這種家務事。喏，拿一包蓮子和一包龍眼回去給你的小孩吃。但是你若不習慣這個工作，或者覺得少奶奶太厲害了，我可以找人來代替你。」

年輕的職員忙答道，「是，是，」兩手恭恭敬敬放在身旁，眼睛盯著地板。

「你可以走了，」春梅說。

他走後，她來到柔安的院落。她猜想客人一定是李飛的母親，想看看她長得什麼樣子。她知道，兩家有一天會結成親戚。

她穿著短袖及肘的白布衫進來，李太太已經聽說過春梅。柔安早就把手鐲脫下來，放進抽屜裡。

她介紹春梅，說是她的嫂子。

李太太客客氣氣站起來。

「我在主席的舞會上見過令郎，他教我學跳舞，沒想到他會突然離開本市。」

「我不明白他寫些什麼，得罪了當局。我們女人不懂那些事，但是我希望認識主席的人能替他說話，讓他回來。」老太太眼睛都紅了。

春梅轉向柔安。

「李飛有消息嗎？」

「沒有，」柔安迅速回答說。「我們連他在哪兒都不知道。」

「男人出遊，守在家裡的女人比他更辛苦。不過李太太，我想妳不必擔心，我相信總有人能替他說話。」

話題轉到喪禮上，春梅藉辭告退。

李太太光臨，柔安的疑慮減輕了些，卻沒有完全消除。最後她再也憋不住了，她必須說出來，說出她飄浮的思想和恐懼，也許還要徵求別人的建議。她一個人靜坐著，唐媽也看出她的緊張和嘆息。父親去世的打擊過去了，她不該一直悶悶不樂。

喪禮前夕，唐媽端熱水進來，等柔安洗好上床，她就坐在床邊說，「柔安，妳好像有心事。妳一定得告訴我。」

柔安想說，舌頭卻遲遲不聽話。唐媽是她的知己，但是她要怎麼開口呢？

「唐媽，我信任妳。妳肯不肯保守秘密，別告訴任何人？」

「好，」唐媽低聲說。

「我的經期已超過兩個月，上個月我不想告訴妳，現在拖太久了……」突然她痛哭失聲，用手掩住面孔。「唐媽，我怎麼辦呢？」

唐媽摸摸她的手臂說，「很高興妳說出來。我們別聲張，儘量想辦法。」

柔安淚流滿面，身子一晃一晃的，轉向另一邊。

唐媽用力把她扳過來，柔安任唐媽抓住她的小手。她邊擦鼻涕邊說，「是我的錯，不怪他。我愛他，他要走了，我忍不住那麼做，唐媽，妳知道我願意爲他犧牲一切。我希望他和我共度幾個快快活活的日子，才出遠門。」

「我不怪妳，很多女孩子都有過這種情形，只是她們沒有遭到後果罷了。」

「我說過，我們已經訂婚了，他和我隨父親在祖先的牌位前敬過禮。父親說，我們若在祖先的神牌前行禮，他就當做我們訂婚了。」

唐媽一直盯著她。

「兩家時常發生這種事。男女立刻結婚，事情就遮掩過去了。妳真不幸，在李飛遠行的時候出問題。」

「唐媽，有沒有辦法？」

「妳若願意，倒有一個法子，我會幫妳解決。」

柔安嘆了一口氣，躺在床上，盯著天花板。

「妳考慮考慮，還有時間，」唐媽說著，小腳一拐一拐走出房間。

親友弔唁那天和葬禮那天，柔安臉色比一般孤哀女更悲哀，淚水更多，哭聲更大，心情也沉重得多。她遭遇到年輕的心靈無法應付的困難，不免充滿無依的感覺。弔唁那天，從早上九點到下午五點，還有葬禮那天，她站在布簾後面，接受客人在遺像前行禮，也鞠躬答謝，曾經多次昏昏欲倒，膝蓋發麻，唐媽只好攙著她。葬禮完畢，她坐車回家，累到極點，神經抽痛，心靈飄在無言的慘境中，她像機械般對客人答禮，春梅和彩雲嬸嬸都看出她臉上無言，空洞的表情。她思潮起伏，眼中也現出奇特的光芒，她們不知道她並非爲亡父傷心，而是想著一個不那麼「恭敬」，正統的問題。她的心裡一直矛盾：我該不該向唐媽要那一帖藥？

命運騙走了她快樂的權利。爲什麼她最需要父親的時候，他卻去世了？她心中泛起受挫，甚至不平的感覺。既然如此，她也要欺騙命運。難道她該受眾人輕侮，受現在對父親行禮的眾人嘲笑？不，除了向唐媽求援，別無辦法。然後她想起李飛，力量又來了。一想到他，她該受的一切似乎都值回了代價。孩子是李飛的骨肉，她體內的小生命，是她的也是李飛的生命，他們愛情的結晶。不管別人說什麼，知道新生命在體內生長，頭腦、音容笑貌都會像父親，不知道要多麼快活。想到這些，眼中就現出異采，像思緒般飛閃而過，然後又像暗處神秘的光線只閃了一秒鐘就匆匆消逝了。接著其他念頭，更現實、更緊急、更實在，有關社會的輕侮和自己地位貶低的念頭——又把空靈、如絲的想法排出腦海外。

她就這樣想來想去——老是繞圈子。在一切親友中，她不敢確定事情敗露，還有誰會對她好感，湘華不見得，春梅也不見得——只有唐媽例外。她在端兒面前真要羞死了！至於叔叔和嬸嬸，她一想起來就害怕。

22

由哈密到七角井，一路上只見漢人農民住在蜿蜒的小屋裏，沒有人費心來查李飛的證件。軍人很少，大軍都湧到七角井西南。滿洲將軍盛世才把回人逐出七角井和整個巴爾庫區，現在正向南推進，爲鄯善之役鋪路，漢人回將馬世明就以鄯善爲據點。路上常充滿地底溝渠溢出的流水，地溝是本區特有的灌溉系統。七角井下方幾哩處，土地由天山泛現，傾斜成寬廣的草原盆地和粗糙的黃土臺地。

李飛走了兩星期，才溜過戰線，抵達鄯善，泥濘襤褸，又疲倦不堪，但是心裏很高興，除了鞋底磨破，雙腳起泡，滿臉鬍子沒有刮之外，總算平安到達了。

他直接到馬世明的總部，把馬仲英官署拿來的介紹信呈給他，又說出他逃亡的經過。

馬世明是一個面貌愉快的漢人回將，他看了信，用詫異的眼光打量他。

「你能不能發信到蘭州？」李飛問他。

「我試試看，哈密的電報被截斷了。我們只好取道吐魯番，那邊還在我們手中。」

那天晚上司令招待他，他抽了三天以來的第一根香煙。晚飯後他被安頓在一間原始的土屋裏，地板空空的，只有一張粗桌，幾張凳子，一個搖搖晃晃的床鋪和一條髒兮兮的被子。他並不奢求舒適，安全感比什麼都珍貴，過去兩週他睡地下也習慣了。他倒在床上，手臂拱在腦後，很高興自己還活著。蘭州相去千哩，西安簡直像一座異樣安全、舒服的夢中城市，有一個女孩子正在「大夫邸」等他的消息呢。

現在他平安了，類似悲哀的感覺襲上心頭。他已經三個禮拜沒接到柔安的消息。說不定她病了，她一定很寂寞，很擔心他。他為什麼興沖沖跑到新疆來，離開她呢？他死了怎麼辦？她溫柔的聲音、眼中的情火、坦白的訴情、她在丁咯爾工巴寺匆匆來往於他和父親臥房間的時候那熱情而匆匆的一吻，天水那夜她的溫香和淚水，次晨在船上突然轉身——這一切影像和回憶都在他心裏燃燒。他現在覺得撇下她一個人，真是罪過。這個曾經冒險愛他的女孩現在不只和他隔著空間的距離，隔著荒漠、高山、熱情漢手中殘暴戰爭的危險。現在他幸運逃生了。但是他目前身在戰地中，而這個戰爭正破壞城市、鄉村，殺戮人民——他一路上親眼看到的——是無情追殺、毀滅的戰爭。戰爭會打多久，他逃生的機會有多大呢？他沒有權利給柔安帶來那麼多的煩惱，她愛他毫無私心，對他的遠行從來沒有提出異議。

他覺得虛弱——弱得像孩子——一想到柔安，熱淚就滾下面頰。生命中有些時刻，一切似乎都變得空虛、毫無意義，只有親愛的人對我們的關心才真正存在。他彷彿聽到耳邊有一聲低語，「愛人，我會等待。」聲音很真切，因為他知道千哩沙漠傳來的訊息正是柔安所想、所說的話。

他現在離開西安和蘭州更遠了。戰爭要向西進行，吐魯番是戰略中心，控制著北面油化和南疆塔里木盆地通路的交通。回人守得住吐魯番最好；守不住，他們只好再向西退。他不知道他的訊息什麼時候會達到馬仲英的蘭州辦事處，辦事處又要多久才轉給老方，因為這純粹是私人電訊。歐亞班機只停在哈密和油化，兩城都在回人所打的漢軍主席掌握中，信件根本送不到內地。

柔安矛盾了一星期，還拿不定主張。春梅來探望她，她和唐媽都沒有洩露秘密。在絕望中，她的腸子扭成一千個哀結，這時她聽到電話鈴響了。她全身顫抖，說不定是她苦等的電話呢。

「杜小姐，」對方說，「我收到李飛的電報，是由蘭州轉來的。他已到達鄯善，……他平安，特別送來他的愛……杜小姐，杜小姐……」

聽筒由手中落下，她癱倒在椅子裏。這些話在她耳中迴響，其他的她都沒聽見。她喜極而泣。唐媽跑過去拿起聽筒。

「怎麼回事？」對方又說。「妳是誰？告訴杜小姐，李飛拍電報來，說他平安。」

柔安迅速搶回話筒說，「告訴我，我正在聽。我就是杜小姐。」不錯，是方文波的聲音。

「電報是鄯善發的。我不知道鄯善在哪裏；一定在新疆境內，我要查一查才知道。是十天前發的，這已經算快了。妳覺得如何，杜小姐？我在喪禮上看到妳，當然不能上前和妳說話。是的，我已經打電話給李飛的母親了。有什麼事要我幫忙嗎？妳為什麼不來看我？」

柔安頭暈目眩。「唐媽！他安全了！」她的聲音充滿得意。

「他在哪裏？」

「很遠的地方，我要查查地圖才知道。」

突然一樂，她竟忘了李飛的電報並不能改變她的處境，只表示雙方還有接觸，今後她可以再收到他的消息。

她穿衣出門，叫了一輛黃包車到方家。他出去了，不過馬上就回來。她在客廳裏等他，十分鐘後他回來了，立刻拿電報給她看。電報是三十六師的蘭州辦事處轉來的，沒有回電地址。這是怎麼回事，鄯善又在哪裏呢？方文波拿出一份地圖，找到了那個地方。李飛顯然已離開哈密西行，一定和回軍在一起。她想拍電報，但是唯一的辦法是透過三十六師，必須拍給鄯善的司令。司令是誰呢？戰事的消息不多，都過了期，也不大可靠。方文波和柔安擬了一份電報稿，但這是私事，誰敢保證軍中電臺肯發出去？他們無論如何要拍，只好碰運氣了。

於是她高興了幾天。她定下心來等候。在快樂的傻勁中，她把那封電報誇大了，以為他有機會早日歸來。

三個星期過去了，毫無消息。她留心報上一點一滴的新疆戰況，內容往往互相矛盾，含糊不清，很可能是編者杜撰的。她買了一份新疆詳圖，仔細研究，熟悉迪化、洛浦、巴爾庫、烏蘇、且末和葉爾羌等陌生的地名，還有其他不那麼生疏的名字。她稍微弄清了戈壁沙漠的位置，以及天山如何把新疆分成兩半……

新的症狀來臨了。每天早上，她都想吐。她恐懼萬分，臉上又恢復了絕望的表情，現在她完全明白了自己的處境。李飛短時間大概不會回來，就算他回來，也於事無補。她告訴唐媽心裏的決定。

唐媽出去弄了一帖藥回來，是黑黑、黃黃的各色藥根和一包乾種子。她警告柔安，吃了會很痛苦，也許會病幾天，但是她們要小心，不讓全家人知道。

晚上她躺在床上翻騰，體內痛如刀割，五臟像烈火焚燒，讓她痛得受不了。她精疲力盡，以為自己沒命了，哭著要水喝，大杯大杯灌下去，痛苦就減輕了些。唐媽看她輾轉呻吟，嚇得要命。後來劇痛突然消失了。

第二天一早，柔安昏昏睡去，臉色白得和床單一樣。春梅聽說她生病，跑來看她，以為她肚子痛。屋裏有藥味，但是春梅沒有說什麼，後來她送了一些止痛藥，叫唐媽交給她，又說如果不好，就應該請醫生。一想到醫生，柔安真是嚇慌了。

幸虧沒有再發作。她在床上躺了三天，只吃清湯和稀飯，第三天就起床。過了一週，老症狀又出現了，她決心不再吃那種藥，會出人命的。更慘的是，她的情況再也遮不住了，她一直不舒服，家裏的女人都猜出了一點端倪。

柔安心意已決。起先她剛出來吃飯，彩雲嬸嬸就不時偷看她，說些曖昧的言語。因爲是一般性的，她也用不著回答。她只是傻楞楞，一言不發。彩雲嬸嬸向來對誰都沒有好感，這段時間似乎特別愛說未嫁媽媽的故事。柔安如果真懷了孩子，就難免落入彩雲的掌握中，她會像小貓捉弄老鼠，或者像漁夫玩弄上鉤的魚兒。漁夫不時抽抽竿子，看魚兒是否還在，然後讓牠自己慢慢疲憊而死。柔安逃不掉了。

「收到李先生的消息沒有？」彩雲老愛問。

「沒有，」柔安答得很平靜，心裏卻怒火中燒，知道嬸嬸對這個答案很高興、很滿意。

「去！去！真糟糕，」彩雲說著，彷彿充滿同情。「妳不能怪他，誰知道那個蠻荒地帶會發生什麼事情？妳若早告訴我，我會叫妳勸他不要去。不過沒有消息就是好消息，我們必須等著瞧。」

她強調最後一句話。她真的打算等著瞧。柔安又能說什麼呢？大家都看出她臉色羞得發紅。嬸嬸的腦子一向空空洞洞，隨時準備吸取女人和她一般失意的故事，如今這個題目佔了她的心思。自從春梅生下第一個孩子，多年來她一直憤恨不滿，春梅在她眼中代表一切年輕漂亮的女人；她看見春梅過得好好的，對她一點辦法也沒有。不，她這個姪女可逃不掉。醜事如香料；就算出在自己家，生活也增添了不少趣味。

春梅看在眼裏，明白在心裏，她等柔安來告訴她一切機密。她苦思良久。自己也有過類似的經驗，當年她被迫嫁給那個粗魯的園丁，心裏多麼憤慨。她心裏向著柔安，兩人都曾受到環境與社會風尚的阻礙和羞辱。

至於叔叔，他心裏起了家醜的恐懼，牽涉到他對輿論的重視和家庭榮譽的關心。也許因爲這次他不必負責，他簡直不相信會出這種事。他真恨柔安的行爲，如果杜市長管不了自己的姪女，家裏竟出了私生子，大家會說些什麼？而且，他良心也毫無不安。他和春梅有了小孩，那是很容易瞭解的；天知道他多麼需要她。春梅是唯一充實他生命、滿足他男性需求的人。他常常自問，他此生得到了什麼，那就是春梅和她的幼子。她和他滿口黃牙的正妻差太多了！但是柔安是女性，女人如果也開始放蕩、失節、不守婦道，世界就要粉碎了，家庭的神聖性會受到威脅，公共道德的基礎也會動搖。

進一步來說，叔叔和嬸嬸都明白柔安代表她父親那一房。她父親的經濟情形糟透了，叔叔一向忍耐著，心裏老大不高興。杜忠是少有的清官，真正靠薪餉過活，潔身自愛。一點點積蓄，在日本和其他旅遊中早就花光了。國民政府一來，他隨孫傳芳將軍垮臺，嘉興的那一點產業也充了公。芳霖一直在接濟哥哥。他們的家產要照不合法的中國傳統，由兄弟均分，一個人有錢，弟兄都有錢，而且由於手足天賦的權利，也可以花他的鈔票；一個人欠債，就算債主死了，弟兄也有義務還債。由杜忠的立場來說，家產是祖父傳下來的，雖然杜忠向弟弟拿錢，至少也是祖產的收入，只不過芳霖當家而已。

現在杜忠一死，問題就來了。很難想像他會分一半財產給柔安，而他自己有三個兒子要照顧呢。他是生意人，討厭這個想法。他不希望人家說，他奪了哥哥的產業，但是他認爲家裏的錢都是他們父子賺的，他問心無愧。他姪女無所事事，和男人亂來，卻要分享他工作的成果？於是他更堅信姪女不貞，敗壞家聲，如果她惹上麻煩，也怪她自己，她要自食惡果。

其實，柔安的父親一死，他還沒有聽到柔安不軌的傳聞，他對她的態度已經改變了。他一直氣她爸爸，想爲三岔驛水門狠狠和他吵一架。幸虧哥哥死前沒有時間吵，但是他對杜忠「不負責任」的恨意未消，惡感仍然存在。

憂能傷身，柔安心裏的煩亂比身體的毛病更痛苦。她開始怕見人，怕別人的利眼瞥向她的腹部，其實現在還看不出來。總有一天她不得不告訴大家。

23

有一天彩雲來看她。柔安沒精打采，態度冷漠，嘴唇一直發抖。

「可憐的孩子，自從妳父親死後，妳一直不舒服，」彩雲用同情的口吻說。「我日夜爲妳擔心。我去請個醫生來，看看是怎麼回事。」

唐媽站在一邊，眼睛冒出怒火。

柔安滿面通紅。她不再忍受這種凌遲的虐待了，她要直接說出來，讓嬸嬸不能慢慢折磨她。

「嬸嬸，」她說，「我不必看醫生，我有了身孕。」

「真的！」嬸嬸驚嘆道。她全身毛孔大開，彷彿早已等待這一刻，就像漁夫等著拖魚兒上岸似的。她露出蠢笑。「有喜了！」她使用一般懷孕的賀辭，但是獰笑未免太過分。其實她一口黃牙，看起來真噁心。

「妳也不必高興，」柔安說。「我知道我敗壞了家聲，我要走。」

「走，去哪裏？」

「我不知道。我不會麻煩妳。」

「是李先生嗎？」

「是的，」柔安堅決答道。她不想再解釋。

唐媽看出她臉上的惱怒和反感。「她告訴過我，」她說。「她爸爸贊成這門親事，他們在三岔驛訂婚了，她父親要回來正式安排一切。」

「夠了，唐媽，」柔安說：「我已經拿定主意，我可以在別的城市找一份教書的工作，養活自己。嬸嬸，妳告訴叔叔，給他添麻煩我很抱歉。我懷了孩子，就是這麼回事，不必請醫生，也不必再談了。」

彩雲還不滿意。姪女坦白說出來，她覺得洩氣和不解。咦，她想，這個女孩兒竟一點羞恥心都沒有！

「孩子多大了？」

「三個月左右。」

「是在三岔驛發生的？」

「不勞妳費心。李先生不在，我要生下孩子來等他。」

「我沒說什麼呀。」嬸嬸一臉困惑說。

「有，妳想知道事情的時間、地點和經過。請妳別煩我好嗎？」她的聲音又緊張又煩亂。

「看看她！」嬸嬸氣沖沖喊道。「我是替妳著急。妳自己惹了多大的麻煩，我以爲妳還有一點羞恥心，那我就沒辦法了。妳自作孽，只好自食惡果。別的女孩子若做出這種事，絕對不敢大聲嚷嚷。她們會去上吊。」

柔安咬牙切齒。「不，嬸嬸，我不打算上吊。」

嬸嬸走後，唐媽和柔安默默相對，兩人都覺得事態嚴重了。柔安常說，總有一天事跡敗露，她要離開這兒。現在她宣布了自己的決定，叔叔和嬸嬸一定不會留她的。

柔安自己也很意外，她覺得好多了。她曾想到，家人問起而她不得不承認的時刻，她真要羞死了，現在很高興事情過去了。

「但是妳要上哪兒去呢？」唐媽問她。

「我一直想去蘭州，李飛的好朋友郎如水在那兒。他說我若有困難，可以去找他和方文波。三十六師也在那裏。離新疆近些，容易收到他的消息。我要找一份工作，和遏雲住一起。他寫信告訴我，那是一個美麗的城市。肉類和蔬菜都很便宜，我可以養活自己。唐媽，我需要妳，妳得陪我去。」

「當然，否則我又去哪裏呢？我決不離開妳，尤其孩子出生，更少不了我。」

主意已定，一切恐懼和疑惑似乎都清除了。接著春梅來，面色發紅，眼睛卻閃閃生輝。不管社會的看法如何，一個女人懷孕的消息總能吸引另一個女子的興趣。

「聽說妳有喜了，」春梅說。措辭和彩雲嬸嬸一樣，但是語氣不帶嘲諷，柔安並不生氣，她滿面羞紅。

「是的，」她低頭看地板說。

「喔，柔安——我叫妳柔安吧——我看出有這麼回事，但是時候不到，我不想問。」她停了半晌說，「妳打算怎麼辦呢？」

柔安告訴她心裏的決定。春梅站起身，在房間裏踱了幾步，坐下又站起來。最後才說，「也許這樣最好。我知道老頭子的脾氣，我來和他談。寧可讓他先知道妳要走，別等他趕妳出去。別給他那樣的機會。他會氣一段日子。聽說妳和妳嬸嬸吵了一架。我不知道她說了些什麼，不過妳別放在心上。我們年輕人得爲將來打算。蘭州離邊界近些，妳去那邊等李先生。反正已經發生了，總是女人吃虧。我當年也是未嫁的媽媽，事情向來如此。但是柔安，妳找到了一個好丈夫，要抓牢他。」

那天氣候濕黏黏的，很悶人，一點風都沒有，下不下雨，老天還沒拿定主意呢。柔安透不過氣來。她對身體從來沒這麼敏感過；內衣奶罩一週週緊了，胸部更豐滿，正是生兒育女的前兆。不管她吃得夠不夠、睡得夠不夠，體型卻一天天擴大。傍晚她洗了一個澡，浴畢決定不用奶罩了。她覺得舒服些，連中衣也不扣。她站在鏡子前，心裏已有成熟婦人的感受，很高興春梅同情她。

晚飯時分，她窘得要命。她知道彩雲嬸嬸一定還在氣她，但是總覺得最糟的場面已經過去了。事情赤裸裸公開了，她沒有什麼好隱瞞的。不錯，她很丟臉，但是已經認罪，就獨立自由了。她最怕的是叔叔發火。

彩雲一句話也不說，春梅則不停聊著孩子、天氣和其他家裏的事情。叔叔也扳著臉不說話。他爲什麼不開口，把事情鬧開呢？柔安低頭吃飯，小心翼翼夾青菜，根本心不在焉，隨時等候叔叔發作。她覺得叔叔看了她好幾眼，但是心裏似乎想著別的事情。不管多氣，杜芳霖絕不願在傭人面前說什麼。

「到我房間來，柔安，」飯後他說。她跟他進屋，他坐在紅木椅上，逕自裝煙斗。叔叔沒要她坐，她只好站著。春梅在屋外踱來踱去，假裝忙東忙西的。

柔安硬起心腸，等待眼前的風暴。說也奇怪，她覺得自己的眼睛和心思都集中在叔叔領邊的白癬上，白癬在燈光下閃閃發光。杜芳霖說話的時候很少盯著人看，現在他卻瞥了姪女一眼說，「妳知道我要談什麼？」

她沒有搭腔。叔叔又說，「沒想到會出這種事。妳知道自己幹了什麼事？」

「我知道，」她充滿悔意說。

「妳知道這樣不對，妳給家庭帶來恥辱嗎？」

「是的，叔叔。」

「聽說妳要走。在這種情況下，這是唯一體面的做法。妳今天下午對妳嬸嬸很沒有禮貌，可見妳毫無羞恥心。不是我趕妳出門，是妳趕走自己，不能怪別人。妳父親如果還活著，這件事還不會叫我那麼痛心，現在我有責任。妳逼我陷入窘境。我要妳告訴我，妳知不知道一切後果妳得自己負責。」

「我知道。除了我自己，沒有人能負責，所以我才要走。」

「很高興話說清楚了。別讓人說是我趕妳出去的。妳自己要走，我很高興。妳的孩子不是杜家人，除非那個小無賴正式娶妳，別再來見我的面，從頭到尾都與我無關。也許他撇下妳逃走了。年輕人常常這樣。」

柔安覺得他語含敵意，知道他有心傷她，說話故意帶刺兒。她覺得怒火中燒，他不必用輕蔑的字眼來提她的愛人呀。

她脫口而出，「叔叔，你錯了，他不是逃避我，他是逃避你那一幫奸詐的朋友。」

叔叔用力把銅煙管摔在桌上。

「妳敢這樣跟我說話！妳知道妳爸爸死前一文不名，這些年來我一直接濟他？他死了，我們不要談他，但是我指望妳還有一點感恩的心情。妳以爲李飛不是逃避妳，那是妳的事，與我無關。只要妳不在我這間屋子裏出現，我才不管妳做些什麼，妳明白嗎？」

「非常明白。你要我說，不是你趕我走，是我自己要走的，但是我不能在這間屋子露面了，這畢竟是祖父的房產哩。」

「我們已經談妥了，妳自己說的。我不准妳來，因爲杜家會因妳而蒙羞，妳怎麼想都無所謂。妳已經畢業了，學校看我的面子，因爲妳是我姪女，才把文憑送來給妳；妳應該能養活自己，不像妳兩手空空的爸爸，老向我要錢。我會給妳五百塊，妳可以拿那筆錢滾蛋了，走前也不必來向我辭行。」

這一段多餘的訓話有一個重心，就是柔安被逐出家門，卻不是叔叔趕她的。這些話傷不了柔安；她瞭解他，根本不放在心上。

「話說完了？」她轉身要走。

「還有一樁，妳也許以爲祖父留了一大筆錢。其實不然，他留下一些政府債票，現在根本一文不值了。妳父親心裏明白。不錯，他留下這棟房子，等妳正式結婚，妳可以回來住。我只是不希望非杜家的雜種在這裏出世。至於三岔驛地產，妳知道祖父並沒有開創漁業，漁業賺來的錢都是我自己賺的，不是妳父親賺的。我們不要談他幹的好事——只會破壞漁生意罷了。我希望妳知道這些事實。」

「叔叔，三岔驛產業還是我父親和你共有的。」

「不錯，不過妳父親並沒有盡力發展它，錢是我賺的。最近幾年我一直供養妳們父女兩個。」

「我大概還擁有一半湖產吧。」

「大概吧，妳總不能把大湖切成兩半哪。這件事我們以後再談，不必現在研究，希望妳聽清楚了。」

「很清楚。」

柔安出門，和春梅對望了一眼，就回到自己的院落。

她明白叔叔話裏的意思，除了他給她的一點錢，她別想再分產業了。她沒有力量和他爭，她是孤兒，又勢單力薄，她必須靠自己。她覺得總算談完了，鬆了一大口氣。

她告訴唐媽，「如果有必要，我叔叔連打家劫舍都幹得出來。」

爲了避開她叔叔，她叫人把飯菜送到房裏來吃。

她有一種自立的感覺，離家她並不難過，反正最近幾年她在家始終沒有快樂過；決定離開，反而有一份自得感。她不想再墮胎了，她決定在蘭州生下孩子，靜候李飛歸來。

她忙了一星期，整頓行裝。她決定把一切告訴方文波，因爲她需要他的幫助，她必須把出奔的原因告訴他。郎如水和遏雲遲早也會知道的。

雖然他是李飛的好友，女孩子家對男人說這種事，總不免要覺得難堪。她繞了半天圈子，說她和李飛訂婚，她父親同意了，又說起他們在三岔驛的日子，卻沒有談到正題。方文波用審愼和同情的目光一直盯著她。

「但是，妳叔叔爲什麼要趕妳走呢？」

柔安害羞地垂下眼睛。「我們在天水分手——在旅舍裏……」她突然鼓起勇氣向上望。「我離家是因爲蘭州離新疆近一點，而且我希望李飛的孩子在那兒出世。」

方文波表情變了，嘴唇挽成一條線。

「我明白了。如果是這麼回事，我會幫妳的忙。我來安排一切，送妳上那邊。」

「那太麻煩你了。我會帶唐媽去。」

「要搭五天車，沿途還要住旅館。我很樂意送妳去，這是最起碼的小事嘛。妳幫過我的忙，我很高興能報答妳，我自己也想見見如水和遏雲。李飛的母親呢？妳要不要告訴她？」

「不，你也不能告訴她。文波，爲了我，千萬別說出來。」

方文波盯著她乞求的面孔。

「我懂了。妳要等李飛回來，才讓他家人知道？」

「千萬別讓他們知道，拜託。我走後，他母親若問起我，就說我在蘭州找到教書的工作。我會從那兒寫信給她，但是我沒有臉見她的面。」

既然決定長期離開，她開始整頓行裝，把所有衣服和能帶的東西都裝進去。那幾天很熱，她穿得很少，屋子裏也亂七八糟的。春梅、湘華來話別和幫忙。看到她忙上忙下整東西，清抽屜，頭髮亂糟糟的，穿著拖鞋走來走去，衣服的下半截鈕釦鬆開著，露出結實圓滾的臀部，她們都替她難過，嘴裏不說，心裏卻明白她是一個孤兒了，被逐出家門，等於失去了繼承的權利。她沒有流淚，臉上有平靜的肅穆感，只是偶爾難受地咬咬嘴巴。她不想聽叔叔或嬸嬸的反應。唐媽也幫著打包，但是有些東西唐媽根本不懂——她父親的書籍文件之類的。她整理這些東西，看見家人的老照片，有她嬰兒時代和童年的，也有母親、父親和祖父的，這時候淚水才涔涔掉下來。

「妳父親的東西留著吧，」春梅傷心地說。「房子還是妳的，妳可以收收好，把房門上鎖。柔安，別傻了。」不知怎麼，春梅現在叫柔安叫得挺順口。「老頭子會反悔。妳會回來的，我知道。妳一走，家裏比以前更冷清了。不能這樣下去，我們家不能這樣四分五裂。妳有朋友，妳走後，朋友們可以和老頭子談談。」

「我不知道，」柔安回答說。「我心裏做最壞的準備。我叔叔暗示說，他要剝奪我的繼承權，我一個涉世未深的女孩子，怎麼爭得過他？分家的時候，他沒有向我算父親的老帳，我就夠幸運了，我該感謝他不追討舊債。我父親死了，誰能算得清過去十年或二十年的家庭老帳呢？除了祖產，我父親死前一文不名。我覺得很驕傲，他沒拿過一分骯髒錢，他留給我的就是這個——自尊；他留給我這些已經很夠了，我要靠自己。」

「我能不能看看那些照片？」春梅指指桌上的幾張快照說。

「當然。」她把郎如水在蘭州拍的照片拿給春梅看。有一組是遏雲彎身在園裏摘菜的鏡頭。

「這個少女是誰？」

柔安遲疑了一會說，「仔細看看，妳見過她呀。」

「咦，是那個大鼓名伶！」

柔安微笑了。「是的。李飛說，郎如水正接濟她，還想娶她做妻子，但是她一直沒答應。」

離別前一天，春梅把叔叔的五百塊交給她。

「這是他叫我給妳的。」然後另外拿出五十元說，「這是我的一點小意思。錢數不多，但是可以派派用場。妳可以寫信給我，我會叫人替我看信和回信。」

皮箱先運走，方文波已做了一切安排。第二天柔安仍舊穿著粗白布孝衣，提幾個皮包走出去。最後她遲疑了一會，想打電話給李飛的母親，但是又決定不打。她可以面對任何人——她叔叔、嬸嬸、春梅——說出真相，但是她不能讓那個慈祥的老太太傷心。她一定會傷心的，不僅因爲她，也因爲她兒子李飛。

她和唐媽沒有走前門，她想靜悄悄離去。只有春梅和幾個傭人來到小邊門，目送她們登上黃包車。頭上艷陽高照。春梅直等到黃包車消失在巷口，才低頭進屋。

第五部

蘭州

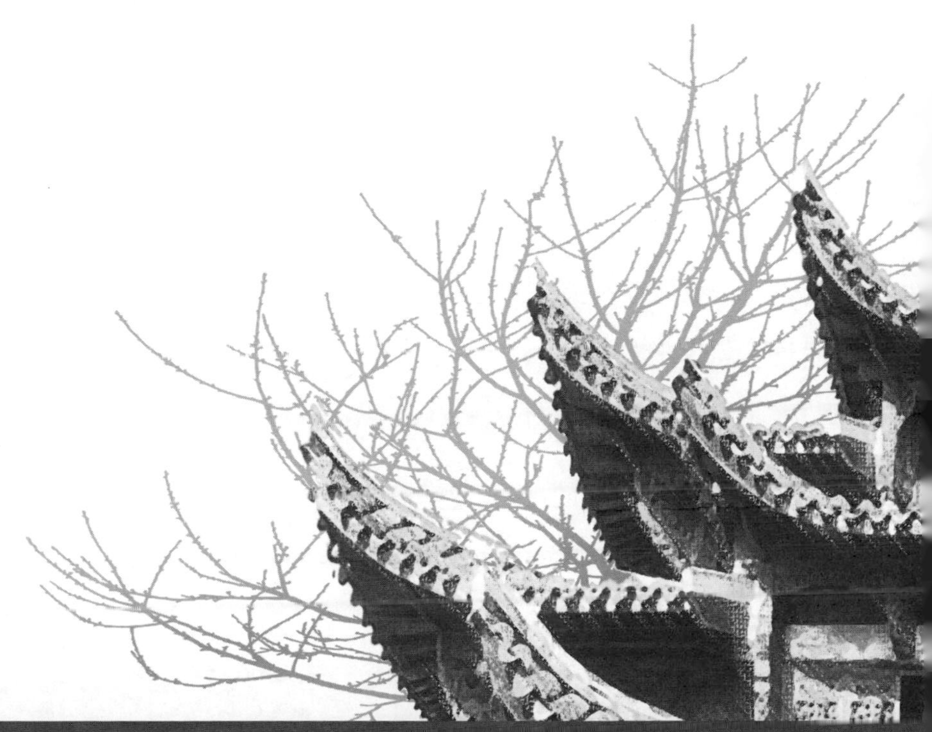

24

夏天的蘭州真是一個宜人的所在，不僅環境特殊，北面南面都有高山，現在一片蒼翠，令人心曠神怡；更有幾個看不見卻更直接的優點。一個城市和四周適宜居住，總有些說不出的條件，就是所謂城市的「氣氛」。這裡有古要塞的色彩和調調兒，古代名叫「金城」，兼有二萬多居民的北方都城的氣勢。皮貨商的車馬和倉庫林立，悠哉遊哉的駱駝商團沿黃河北岸向遙遠的邊區推進——向東往內蒙，向西往西寧、青海和哈密的沙漠。城裡有不少漢人回教徒，白白的帽子或頭巾十分醒目。街上的交通悠閒而繁忙，一路都是旅邸和飯店。甘肅少女穿著衣褲走來走去，眸子深黑，笑容坦白，市集和市場上更到處可見。這裡有沁人的山風，夏天稍熱卻並不難受，晚上很涼爽，睡覺還要蓋毯子。居民都友善、好客，茄子大，牛羊肉鮮美，蔬菜也便宜，甜蜜爽口的翠瓜一斤才一毛錢。香梨入口即化，像奶油又像霜淇淋。幾乎每一棟住宅都有大花園，每一家都自種花果和青菜。

喬遷的興奮，景緻的改觀，又突然掙脫西安大宅的壓迫感，使柔安減輕了不少悲哀，元氣大增。看來她在新居會住得很快活。這裡沒有人認識她，她不必為生孩子而感到罪過。唐媽陪著她，周圍又有朋友。活潑的遏雲整天笑嘻嘻的，和柔安在戲臺上的印象大不相同。如水是李飛的好朋友，因此也變成她的朋友，她可以全心信賴他。他性格比李飛文靜，很敏感，待人體貼，在蘭州和遏雲的吸引下，他對本市充滿熱誠，以前李飛也是如此。

住在新環境中，柔安簡直像一個新人。早上由小窗口射進來的陽光完全不一樣；她在「大夫邸」住久了，頭幾天一睜開眼睛，總想看光線落在舊房間熟悉的櫥櫃上，等她明白自己身在蘭州，離家很遠，又自由自在的，實在很新鮮很快活，然後才想起她要自力謀生呢。她像一個初試羽翼的小鳥，有一種嶄新的獨立感。她要用真名找工作，因爲她想保持自我，不覺得恥辱。她確信這兒誰也沒聽過杜柔安的名字。

那五百五十元分文未動。她相信自己可以教中學新課程，尤其是中文課；她希望那筆錢留到孩子出生。她要付房租，郎如水不肯，只答應一個月收二十四塊做她和唐媽的伙食費。她不必買新衣服，但是她一自立，主婦的本能就出現了。她開始未雨綢繆，希望有不虞匱乏的感覺，不只爲生產，也爲了安全起見。此外，她還有幾件首飾，也許值兩、三百元吧。

方文波陪她來，不到一星期就回去了。他替她找過幾個學校，都沒有肯定的結果。不過他主要是來想辦法和李飛連絡。李飛信裡曾說，阿爾•哈金幫了他很大的忙，他能透過馬仲英在蘭州的辦事處拍電報，說不定也全虧了他。他們帶電報到總部，想追查發報的機關。哈金遠在肅州，辦事處似乎沒有人知道。他們被領到城外十哩的一個軍中電臺，看見一個二十歲的回族少年正在操作一臺小小的手提收發機。

「這封電訊是哪裡拍來的？」

方文波問道，少年看了一會說，「吐魯番。」

「誰由鄯善發報？」

「我怎麼知道？」

「鄯善的司令是誰？」

「別問我，三十六師辦事處也許能告訴你。就我所知，那邊現在可能沒有司令了，郜善已落入敵手。」

這個消息固然惱人，在戰線每週改變的流動戰場中卻應該是預料中事，他們唯一的辦法就是回到師部要哈金肅州辦事處的地址。拍電報到肅州也許會讓收件人莫名其妙，經過審慎的商討，還是由柔安寫一封信給哈金，問哈金怎麼樣和李飛取得連絡。

如水和遏雲聽到柔安出西安到蘭州找工作的原因。方文波還在的那幾晚，話題老是回到這件事情上。

「弟兄奪產，或者叔叔剝奪姪兒的產業，也是常有的事，」方文波說。「妳叔叔的話裡就有這種意思。妳父親死了，他知道妳孤弱無依，他可以隨便玩花樣。我回家之前，要去看看三岔驛。」

「乾爹，」遏雲說，「你是好心人，不該眼睜睜看柔安遭到這種事。」她相信「乾爹」具有無窮的能力，連他的黑麻臉和激動時的斜視眼她都崇拜萬分。她喜歡他，不僅因爲他幫過她很多忙，也因爲她看見他不厭其煩送柔安來蘭州，只因他是李飛的朋友，信守「江湖」人物的俠士風範。

文波看看她。他知道如水雖然用勁追求，也爲她盡了一切心意，卻沒有什麼進展。

「妳呢？」他說，「我想妳不太好心。如水怎麼啦？他配不上妳？」他的語調幾近父兄的嚴肅，遏雲不免縮了一下。

老崔多皺的額頭轉向方文波。「我已勸過她，她就是不聽。方老爺，你應該給她一點父兄的訓示。」

遏雲發現自己被三個男人的怒目和柔安好玩的目光所包圍。「乾爹，」她說，「我還年輕。如水對我像大哥似的，我很感激……」

方文波打斷了她。他的口氣照例很乾脆，眼睛一直盯著她，充滿慈愛。「妳是我的乾女兒，我要以父親的身分和妳說話。如水若是瞎了，跛了，或者有十一根手指，我絕不會要妳嫁給他；但是他和別人一樣都有兩眼，有四肢，妳不嫁他，簡直犯了幾條大罪。最大最重的就是不孝，妳要讓老父歡度晚年才行。第二，妳忘恩負義。妳說妳很感激，但是妳不肯報答他，這就是一句空話。第三，妳心裡毫無悲憫。他愛妳，覺得妳是他見過最好的女子，他絕不娶別人。妳不希望他慘兮兮吧。來，是他年齡太大了？」

這段訓話很像她所熟悉的古戲文，遏雲不覺一顫。不孝、忘恩和不仁——全包了——尤其不孝最嚴重。方文波語帶遊戲，不過，最令她感動的卻是最後一句問話。她滿面通紅，遲疑了半晌才說，「不。」

「妳喜歡他？」

「乾爹，你若這樣說話，我就不回答了。你不能當眾問一個女孩子的感情。」

「這不是當眾。我們就像一家人，對不對，崔大叔？沒關係，妳說吧。」

她恢復了鎮定。「我接受你一切指控——不孝那一條例外。這個罪名太大了，我可擔當不起。我一直替父親著想，女孩子到了我這個年紀誰不考慮婚姻呢？但是婚姻決定女孩子一生的命運。俗語說『嫁雞隨雞，嫁狗隨狗。』我若嫁如水，不就成了『郎夫人』嗎？我沒有讀過書，他的朋友會笑我。我也不是吃燕窩、魚翅、整天病懨懨，捧心裝病的那一型。我會不快活，也會害他丟臉。這是第一樁。」

「妳不愛魚翅，沒有誰會逼妳吃，」如水插口說。

她繼續說下去。

「他說他現在爲我傾倒，但是我們婚後不久，他就會看上門當戶對的美人，那我會殺了她。這是第二樁。第三點是我還年輕。我現在暫時休息，過一段日子我要重拾舊業，再上舞臺。你能想像郎夫人在戲臺上拋頭露面嗎？所以我對自己說，不行。第四點也是最後，最重要的一點，我不想給任何人添痲煩。我逃出西安，多虧你幫忙，但是誰能保證我絕對安全呢？我逃出來，有衛兵被殺。他們若找到了我，我不希望別人牽連進去，所以我何必現在結婚，使局面複雜呢？」

她滔滔不絕說出一大堆理由，最後才停下來。

方文波半認可、半詫異地哼了一聲。

「崔大叔，」他說，「我不知道你女兒在臺下也這麼會說話。她的洞房花燭夜，新郎只有聽她訓話的份兒。」

「我的理由充不充分？」遏雲說。

如水立刻回答說，「不見得。妳是亂幻想。」他轉向方文波。「有一件事我得明說，好叫她安心。她以爲婚後不能上舞臺，喔，有些家庭確實如此，但是我不覺得公開演戲或唱歌有什麼丟臉，如果遏雲要，有何不可呢？假如她擔心這一點，我保證不阻攔她，她願意上臺，就可以上臺。」

「真的？」遏雲充滿了驚訝，面色不覺緩下來。

「是的，我喜歡妳，就因爲妳是這一型的女孩子。我不會強迫妳改變，繼續維持妳的本色吧。」

方文波用手指摸摸面孔，又清清喉嚨。「遏雲，妳聽到如水剛才的話了，我要以乾爹的身分和妳談談。妳的理由一點都不充分。如水愛妳，我認爲一切都圓滿。他會供養妳，他喜歡妳原來的面目，他不干涉妳上舞臺，還有什麼不好呢？妳若不聽我的話，別再叫我乾爹了，妳真要人好好打一頓屁股才行。」

血色湧上遏雲的面頰，一想到許嫁郎如水。她便興奮得發抖，她羞答答低著頭，顯出女孩兒默許的姿態，眼睛也水汪汪的。

「妳怎麼說，遏雲？要不要我叫妳爸爸打妳三十下屁股？」

遏雲偷偷抬起眼，瞥見郎如水正襟危坐，緊張萬分的樣子，她臉頰通紅。方文波看她動搖了，就說，「妳一定要嫁他。」

「是父兄的命令？」

「這是命令，」方文波說。「妳得接受，」說這話是讓她好開口。

遏雲笑笑，突然衝出房間。

「方老爺，」她父親說。「我不知道該怎麼謝您，我拚命勸她都沒有結果，您兩三句話就改變了她的心意。」

方文波臉上露出滿意的紅光。「她是一個不尋常的女孩子，只有我這個繼父才知道她的心理。」

後來那幾天，遏雲簡直換了一個人，眼睛充滿柔情，但是一看到如水就害羞，她已失去了獨立感和自足感。聲音小多了，面孔也柔多了，她對他的感覺就像普通女孩對未婚夫一樣。

方文波把柔安交給如水照顧，又得意自己撮合了如水和遏雲的婚姻，第二天就回西安去了。回到西安，他寫信給柔安說，他去過三岔驛，見過水閘，也和海傑茲談過回人村的問題。

夏天轉眼進入初秋。柔安休息一陣，恢復了正常，和如水、遏雲等小小的一家人共處，過得很愉快。害喜的毛病消失了，胃口很好，雖然身體日漸加重，她卻不像以前那麼容易累了。

一切都瞞不過房東喬太太。他們起先告訴她，柔安結過婚，後來遏雲不知不覺洩露出柔安離家的經過，最後才知道，她原來只訂過婚。喬太太也不在意；她覺得待產的女人就是待產的女人嘛。她對這一群西安來的房客印象頗深——鈔票總不缺乏——尤其只停留幾天的方文波。由唐媽口中，老太太知道柔安是一個富家千金，住在大古宅裡。她的美貌，相知後的性格，以及她悲傷空洞的眼神，讓房東以爲她是涉世未深的少女，一失足成千古恨。因此喬太太願意幫她隱瞞真相，她告訴鄰居，李太太的丈夫出遠門了。

秋天的早晨稍有涼意，學校都開學了，但是柔安還沒有找到工作。她不想在政府機關或公共機構謀職，怕有人從西安來，會認識她家人。因此她想找家庭教師的差事。她準備提出學歷，宣布自己是李太太，但是用本名任職，很多現代婦女都這樣做。有一天她應徵報上找女家教的廣告，居然成功了。週薪十元，教一家上海人的三個子女，家長覺得他們需要學國語，才能應付學校的功課。父親陳先生年約五十歲，在紡織廠當工程師。他們在家只講上海話。柔安恰好在上海和北平待過，北平的國語最標準了，他們很高興聘用她。他們對西安一無所知，柔安覺得很安全。她告訴他們，丈夫出遠門了，生產的時候她要請假一個月。這家人覺得孩子只需要學兩三個月，而且他們對她很滿意，認爲這根本不成問題。

她只要五點到七點（或七點半）孩子放學後在陳家上課就行了。工作輕鬆，收入也足以應付開支。有時候孩子溫書溫累了，他們就邀她吃晚飯，飯後再繼續教。

柔安是過來人，知道小孩子課業很重，不過看到七點左右五歲的老么眼皮下垂，她仍不免心痛。中國學校給孩子的負擔太重了，簡直變成全國性損害兒童健康的項目。白天把他們關起來，不准他們翻書，要他們背，放學後他們腦子疲倦萬分，身體需要到戶外休息，卻又要他們回家溫書。

柔安的時間相當自由。她像所有的母親，已經爲寶寶織毛衣被褥了，那時她的表情又安詳又美麗。她想到新疆的冬天一定很冷，也開始爲李飛織一件灰毛衣。有時候手指鉤累了，臉上就現出茫然的表情。

收到那封安抵鄯善的電報後，就再也沒有李飛的消息了。哈金的回信雖然誠懇，卻沒有多大的用處。在混亂的局勢中，很難查出李飛的動向。他會盡力查，但是希望不大。她知道李飛若能和她連絡，一定會試的。怎麼回事呢？毛衣打好，她還不知道該送到哪裡，大粒淚珠滾下面頰，只好嘆一口氣收進箱子底。

秋天來了，森林和高山一片紅、綠和金黃，混濁的黃河也化爲澄藍色。鄉下的樹葉都發褐了，坡地上剪過毛的綿羊也長出了新毛，以應付嚴冬的氣候。十月到了，柔安漸漸感到不安。如水、遏雲、唐媽，甚至喬太太都是好侶伴，但是還不夠。如水和遏雲就像一對年輕的愛侶。他們沒有談婚期，也沒有正式訂婚，他們只是一天天過下去。遏雲已經把如水當做未婚夫，她漸漸欣賞他表面上看不出來的特質。

柔安和他相熟後，也漸漸欣賞他沉默的個性。她仔細研究他，特別注重李飛和他成爲知交的原因；她想用李飛的角度來觀察一切。

如水最教柔安感動的是他對動物的多情。他買了一隻黑色的燕雀，可以訓練說話；郎如水很在行。他修剪鳥翼和舌尖的時候，簡直把小鳥當嬰兒看待。他出手很輕，臉上充滿柔情。然後，想到雄鳥孤單單一個，他又費了不少心思去找一隻雌的來配對。

郎如水不像李飛那麼有趣，說話也不如他清楚、有力和尖刻，可以說有點懶散。但是他十分誠懇，對一般重要人物覺得微不足道的小事，他也能興致勃勃；他有一副天真、坦白、幾近孩子氣的外表。遏雲起先不瞭解他，柔安也是和他混熟了才明白他的性格。她起初也把他當做有錢、無憂無慮、只會玩照像機的少爺。如果他那麼膚淺，李飛不會喜歡他的。有一天她意外發現如水看透了生命，對一切十分了然，他表面上吊兒郎當，其實自有深刻的內涵。

一個星期天傍晚，三個人一起散步回來。屋子附近有一條窄巷，通往開闊的鄉間，兩邊都有密密的樹籬，後面便是田野和農舍。巷尾直接通到一堆栗樹林。如水和遏雲喜歡往那個方向漫步，這星期天柔安也陪他們一塊去。散步回來就吃飯，飯後照例圍坐聊天。老崔現在有安全感了，晚上常一個人到戲院或茶樓逛逛，讓年輕人獨處。郎如水高高興興半躺在椅子上。

「遏雲，妳知不知道我們又過了一天？」

「當然嘛，」遏雲說。

「我們不知道自己幹了些什麼，妳以爲妳今天做了一些事，今天過去了，明年此時妳根本不記得今天做了什麼。明天、後天、大後天也一樣，我們知道自己爲什麼活著嗎？」

「我想大家都不知道。不過我們還得照樣活下去，對不對？」柔安說。

「對極了。大家不知道爲什麼活著，銀行家不知道，政府僱員也不知道，沒有人知道。大家都上某一個地方，卻沒有人知道爲什麼要去。」

「妳有點憤世嫉俗。」

「才不呢。我是想找出大家忙碌的原因，我得到一個結論，大家就爲了生存而生存，不見得知道生活的目標。」

「我不懂，」遏雲說著，眼裡充滿敬愛。

「我意思是說，不管我們做什麼、信什麼，大家都是一樣的。妳到深山的一個孤村去，發現男人女人都在那邊生活著。妳以爲那種荒村的日子一定很難過，他們卻不覺得難過。爲什麼？因爲他們活著。妳問全國最富的富翁，或者小村最卑微的農夫，生命中什麼最教他感興趣，使他活得不亦樂乎，答案永遠相同：女人爲孩子，丈夫爲妻子，老人家等著看女兒或兒子成親。我說得對不對？無論貧富，我們都爲相同的目標而生活。所以維繫世界的力量是什麼？是我們對親人的愛，妻子也好，孩子也好，父母也好。就是世界上最凶惡的壞蛋也有他關心的人。如果沒有，他會馬上自殺哩。」

十月是蘭州最宜人的月份。哈金來信告訴柔安，他兩三週後會到本市來，還說他已經拍電報叫馬世明找李飛，傳達柔安到蘭州的消息。柔安充滿希望。同時，孩子在體內一天天成長，也給她一種自豪和奉獻的感覺，總覺得她體內這個躍動的生命就是李飛的一部分，實在很奇妙。想到這一點，她就快活，也更深沉了。休息了這一段時間，又有如水、遏雲作伴，唐媽細心照料，她身上彷彿出現了奇蹟，皮膚紅潤潤的，眼睛更深，胃口大得驚人。在郎如水一再勸說下，她去看一個西醫，醫生告訴她一切正常。他沒有多問，只登記她是李太太。爲了充場面，她還借了一個結婚戒指來戴哩。

25

十月中左右，有一天大夥兒正在吃飯，幾個省政府的警察出現在門口。他們放下筷子，側耳傾聽，喬太太出去見警察。

他們聽到一個男人的聲音說，「這裏有沒有一個名叫崔遏雲的女子？」

「你們要幹什麼？」

「我們奉命逮捕她。」

他們面面相覷，遏雲嚇得睜大了眼睛。大家都慌了。警察進屋的時候，遏雲的父親正起身拉她穿過廚房門。

「你找她有什麼事？」

遏雲嚇壞了，臉藏在如水背後。

「哪一個是崔遏雲？」警官問道。

「我們接到西安的請求，要帶她去做兇殺案的證人。很抱歉，跟我來。」

郎如水抗議，警官說，「你們倆是什麼關係？」

遏雲馬上挺身答話。「沒有關係，只是同一間屋子的房客。我和我父親住在這裏。」

警官一一詢問其他的人，寫下她父親和郎如水的名字，然後命令遏雲跟他走。

「如果非去不可，你得讓我帶幾件衣服。」

「警官，你一定要喝杯茶再走，」喬太太說。「她去準備，你坐坐。」

「叫她別想逃，後門也有人把守。」

老崔眼淚都流出來了。「警官，她會不會有事？」

「那要看西安方面的決定，這件事和我們無關，我們只送她去聽審。真可憐，她一個這麼漂亮的小姑娘。」

「拜託，行行好。你不知道他們在西安會怎麼對付她。」

「我很抱歉，公事就是公事。我有什麼辦法呢？」

他流覽房裏的一切，走到餐桌旁，把帽子放在桌上，眼睛瞥見柔安。

「妳在這邊幹什麼？」

「在一戶人家教國語。」

警官似乎很想找人聊聊。

「週薪多少？」

「十塊錢。」

如水趁機溜到遏雲房間。她一面收拾東西，一面小聲泣啜，聽到如水溜進來就轉身面對他。

「你別擔心，」她低聲說。「他們抓我。不會抓你。你拍電報給方爺，叫他不用擔心。他們別想問出我的口供。我可能會坐牢，但是他們一句話也休想問出來。我怎麼知道是誰殺滿洲衛兵？我說不定逃得掉。也許乾爹會救我出來；就是出不來，保證你們也不會受牽累。」

如水由皮夾拿出兩百塊錢說。「拿著，出手大方點，我會來看妳。」

「你最好別來。沒有用的。你照顧父親，叫他走，你也走。如果我能出來，我會——透過乾爹和你連絡。」如水對她現在的心情十分詫異。

他回到飯廳，警官正和柔安聊得起勁呢。他抬眼看看，又低頭看指甲。「他不就是我在報上看過的那個大鼓名伶嗎？」

她父親仍苦苦哀求。「你不認識那一省的主席，我女兒曾被他綁架過。」

警官目瞪口呆。

這時候，遏雲帶著包袱出現在門口。她面色悲悽瞥了父親一眼，怕他說得太多了。「我來啦，」她故意打著話題。父親看到女兒真要被抓走了，忍不住千哭萬求。她把手放在父親肩上說，「爸爸，別擔心，他們只是要我去做證。」然後突然抑制不住，伏在他胸前。警官在一旁耐心等候，然後拍拍她肩膀。

「走吧！」他下令說。

一個警察手裏的燈籠扭開了，其他的人都準備出發。走到門檻，遏雲轉身靜立了一會，對郎如水等人注目告別。她眼裏淚光閃閃，軟弱地說，「大家再見，多保重，別替我擔心。」

她猛一轉身，低頭隨警察去了。外面的泥土路一片漆黑，燈籠照亮了警察的步伐，在牆上映出搖曳的長影。老崔直望到他們的腳步聲消失在遠處，全身的骨架似乎都軟了。

燈光下，大家臉色發白，眼中充滿焦慮。如水激動地踱來踱去，用手指抓頭髮。唐媽本來躲在廚房中，現在貼牆而立，用手翻衣角。

「誰會告密呢？」她父親還站在門邊。「我們現在怎麼辦？」

郎如水好像沒聽見。他雙手背在後面，走向一扇窗子，望著暗處發呆。柔安看見他伸手去揉眼睛。

「誰會告訴警方遏雲住這裏呢？」柔安問道。

如水回頭，聲音哽咽說，「真想不通。現在該拍電報給文波，她被審訊，恐怕會出麻煩。不，我們還是明天再拍吧，等我們想清楚對策再說。」

柔安一夜睡不著。她躺在床上，胡思亂想，心中充滿未知的恐懼。遏雲被捕她感慨很深，如果當局逼問遏雲，她和朋友們都會牽連進去。實在沒想到他們會查出遏雲在蘭州，西安的警察怎麼知道她在這兒呢？她有一種禍事臨頭的感覺，覺得命運和她作對，夜色增添了想像力，也加深了她的不安。她覺得有人追蹤她，命運殘酷無情，是她給遏雲帶來了壞運。孩子重重的，她翻身側躺，隔著百葉窗看初升的月亮，她聽見如水在他房裏踱來踱去。

她起身開窗，凝視臯蘭山上清明的冷月，覺得自己住在陌生的西北邊城，舉目無親。

她聽到唐媽在對面床上翻來覆去。唐媽點上小錫蠟油燈，用髮夾挑燈蕊。她披上棉衣，穿拖鞋走過來，坐在柔安床上。

「我一直在想，」唐媽低聲說。「也許是妳叔叔；他可能知道妳和遏雲住在一塊兒。」

「我叔叔一定聽說了。他會問春梅，春梅知道，我告訴過她我的住址。」

柔安真不願這樣想，不願意相信。

唐媽咂咂舌頭，嘆了一口氣。「如果妳叔叔知道，他可能會通知警方，好叫妳惹上麻煩。他對妳不安好心眼，也許巴不得妳或李飛受牽累。」

「他想害我，所以也想害我的朋友。但是我不相信春梅會狼狽爲奸。」

她們愈談，愈相信這個說法。柔安記得春梅看過遏雲在蘭州這兒拍的照片。

「妳不該把照片給她看。」

「我怎麼知道我出了那棟屋子，叔叔還不放過我們呢？而且春梅也不是那種人。」

夜裏瞎猜也沒用，不過她心裏一直耿耿於懷。她恨她叔叔，彷彿她已經確定是他通知警方的。這時候想起父親，不免又感到孤獨無依。

「孩子在動了，」她感受到輕微的壓力，就告訴唐媽。

「妳睡吧。老天有眼，我活了這麼一大把年紀，不相信世間的惡人能逃過報應。」

思緒亂紛紛湧入腦海——大抵是猜測遏雲的命運，如水和文波的下場，爲他們擔心——想到李飛音訊渺茫，又想到自己，胡思亂想，終於睡著了。

早上她發現遏雲的父親很早就出去了。如水說，「老崔也許去向朋友們打聽消息。」

「你認為如何？」柔安說著，看看如水憔悴的面龐。

「我們得拍電報給老方，只是我不知道該怎麼起筆。文波在西安頗有勢力，也許她到那兒，他可以想想辦法。大家都清楚，她不可能用切石鑽殺死衛兵，也沒有仇人要致她於死地。」

柔安把心中的想法告訴他。「恐怕是我來了，才給你和遏雲惹下麻煩。」

如水不相信。

「妳叔叔何必要毀了妳呢？」他用手指摸摸面頰，儘量思考其中的意義。她的說法似乎是唯一合理的解釋，也讓人想到以後的結果。如果告密者只想和柔安搗蛋，驅散她的朋友，遏雲也許還有一線機會。

「明天有飛機去西安。我要送一封長信給老方，把我們的想法告訴他，他也許能想出辦法來。他是李飛的朋友，妳叔叔如果太過分，他很可能會對付他喔。我想妳還是換地址，搬家對妳也沒有什麼壞處。除了我們，不必通知任何人。」

「我想他說得對，」唐媽說。

「我也想走了，」如水說。「昨天晚上遏雲要我帶她父親走，好好照顧他。我想我該先辦這件事，等我們有進一步的消息再說。」

老崔回來，說他去看老王，要他向省監獄打聽消息。他們可以透過老王和遏雲連絡，老王有辦法和獄卒打交道，天下獄卒莫不要錢，老王會是一條得力的引線。

如水說他們該離開這兒。

「除非知道我女兒要送到哪裏，我不能走，」老崔窄窄的肩膀比平常更彎了，呼吸也長一陣短一陣的。

如水說，「也許等幾天也沒關係。遏雲受審，說不定會牽累老方和我們這些跟她在一塊兒的人，我們都扯進去了。等我們知道遏雲解送西安的方式，最好還是到別的地方避避風頭。」

他們坐立不安了好幾個鐘頭，向晚時分，老王帶好消息來了。遏雲關在省監獄，獄卒收了二十元，所以她可以舒舒服服，受到很好的待遇。除非西安政府有進一步的公文傳來，他們暫時不會有受累的危險，但是如水如坐針氈。

那晚老崔和如水去探監，帶了食物、毛毯和枕頭。典獄官是一個便服的中年人，很拘禮，很客氣，把他們帶到遏雲的牢房。腳步聲在暗暗的走廊上迴響。

遏雲還穿著頭一天穿來的灰旗袍。一盞小電燈在牆上映出弱弱的紅光，也在她蓬頭垢面的輪廓中投下一道道陰影。等眼睛適應了燈光，如水看出她哭過了，聲音清脆，臉上掛著疲憊的笑容。

如水搬一張木椅給老崔坐。遏雲走向他，把手放在他肩上說，「你不幸的女兒惹上了這場麻煩，不過他們不會對我怎麼樣。我走後，如水會照顧你，你不必擔心。」

父親抬頭，轉動著眼珠，一副慘兮兮的樣子。

如水說，「我們通知老方，他也許能想辦法。」

遏雲笑笑。「他們不敢公開審判我，如果大家知道我被扣留的經過，主席自己也不光采。」

「也許他們不會公開審問妳。」

他們走出來，心裏好過多了，遏雲顯得比昨天冷靜些。

一連幾天，他們每天都去看她。她還是老樣子。獄卒說她胃口不錯，睡得也很好。如水帶了幾本書給她看，因爲她說獄中的日子很難打發。

「妳覺得還好吧？」他問道。

「還好。只是獄中的飯太硬了，嚥都嚥不下去。一塊一塊的，又有泥沙，不小心真會把牙齒弄斷。」

「這邊有沒有女傭？」

「我不需要女傭。有一個年輕的獄卒想吃我豆腐，不過我沒給他機會。」

第三次去，發現牢房中多了一個女犯，和遏雲似乎合得來。遏雲有伴可聊聊，總顯得快活些。

如水和老崔看她默默接受現狀，放心多了，就忙著準備遷居。方文波打電報叫他們遷到安全的所在，並通知他遏雲解往西安的時間，電報要他們找他的傭人老陸連絡。

如水告訴柔安，「我想和老崔到河州去。妳若跟我們走，我會放心一點。」

「我不想走。哈金信上說他要來，我得見見他。而且我現在也不好坐騾車遠行，我寧可留在蘭州，換一個住所。李飛若有消息到辦事處，我得在這兒。」

如水不得不遵照她的意思。他在西門外的西關區給她找了兩個房間。設備很差，沒鋪地板，傢俱少得可憐，牆壁也很多年沒有粉刷了。房東錢太太是一個老花眼的寡婦，不過柔安挺喜歡這個地方，因為寡婦一個人住，地點又僻靜。房租很便宜，一個月只要十二塊錢。座向她也喜歡，房裏有窗，可以看到黃河對岸的公路。據說這條路就通往青海和新疆。公路上不斷有人、車和牲口來往，她想像李飛會走那條路回來。

第二天柔安和唐媽搬出喬太太的屋子，說她們要出城去南方。柔安行李不少，她把個人的財物，書本和衣服都帶來了，裝了兩大皮箱。她拚命收拾，但是唐媽要她多休息，別累壞了身子，粗重的搬抬工作都由她來負責，如水和老崔則幫忙搬運。

搬到新居後，柔安說，「唐媽，妳陪我走了那麼一大段路。辛苦妳了。如水和遏雲要走，我從此孤單單一個人。我現在沒有多少錢可給妳，但是我永遠不會忘記妳的。」

「別說什麼錢不錢了。我侍候妳父親十五年，不會丟下妳不管。妳馬上要生產了，妳怕不怕？」

「不，我不怕。」

兩天後，如水和老崔來辭行。柔安問道，「怎麼啦？」如水看看屋裏屋外。

「沒關係，房東太太耳朵不靈光。」柔安說。

「我們明天就走。今天下午去探監，聽說遏雲已經被兩個士兵押走了，我沒有機會告別。我問他們怎麼走法，獄官說，『當然是走路哇』！」如水氣沖沖說。

「走路！」柔安大喊。

老崔說，「這是老規矩。士兵的津貼是照里程來算的，路愈長，他愈高興。我想他們會帶她走平涼，那是老路。」

平涼那條路是通往省界最遠的一條，到了省界，遏雲就交給陝西警察看管。遏雲三、四周內應該能走完全程，在嚴冬來臨前到達目的地。幸虧她身上有錢，路上可以不吃苦。不過，把年紀輕輕的閨女交給士兵護送，總歸有點冒險，他們腦筋又不太安分。如果他們搭汽車到天水，在寶雞換火車，就可以省掉許多不必要的苦差了。說來氣人，政府做事常選擇最花錢的法子。這是老規矩，也沒有人感到詫異。

「柔安，」如水說。「把妳丟在這兒，我覺得很不安。妳不肯改變主意？」

「不，我必須留在這兒。」她想了一會又說，「我怎麼和你連絡呢？你得寫信告訴我地址。我在這兒是『李太太』，我要改名叫耐安。」

「耐安」就是心平氣和的忍耐。柔安一心一意留在蘭州等李飛，如水十分感動。「這名字很不錯，」他說。「妳一旦拿定主張，好像什麼艱苦都決定克服。」

柔安說，「你若想避風頭，我有一個建議。你何不去三岔驛，到喇嘛廟去住，等事情有結果再說？那個地方與世隔絕，比哪裏都僻靜，必要時兩天就能趕到西安。」

如水和老崔其實並不知道要上哪兒好，就滿心感激接受了柔安的建議，他們可以輕易由天水到三岔。

他們起身告別，如水拿出五十元說，「柔安，我沒有盡到照顧妳的責任。請收下這筆錢，我身上錢不多了，因爲我得給遏雲一些，不過我隨時可以再寄來。如果妳不喜歡這個地方，也許以後能換一個好地點。」

她激動地看著他。「李飛知道了，會好好謝你。」

如水聲音顫抖說，「自己保重。」她看兩個人離去，眼睛不覺潤溼了。

那天晚上，她站在窗前眺望，看見明朗的秋月在北塔山的隱影中冉冉升上鐵橋頂，不免覺得孤單。現在只剩唐媽陪她了。黃河在秋天的白晝裏一片深綠，如今在月光下卻化成黝黑的奔流，表面激起陣陣漣漪。河水被兩個小嶼割裂，水流在她居所附近會合，劃破了悄悄的靜夜。她想起父親，想起李飛，思緒飄到童年時代，母親身上，和她在北平的日子。想到西安的家，雖然只離開兩個月，卻彷彿隔得好遠好遠。她有點思念她那座愜意的小院落，畢竟她心靈平安，沒有憂愁或責任的時候，仍然有過一些美妙的日子。隔了這麼遠，又在窗前沉思，她怒氣全消了，只看見叔叔自私、陰沉、兇惡的型體，他畢竟是一個不幸的人。然後她又想起春梅，她不相信她的麻煩和春梅有關。體內的生命動了一下，她回到了現實，知道自己是爲這個小生命才逃到這兒的，心中充滿幸福感，力量又來了。

「妳在想什麼?」唐媽看她靜靜站在窗口,就問她。

柔安回頭。「只是想,我們現在真的孤單單了。小孩剛才踢了一腳,他一定是強壯活潑的寶寶。」

「現在妳得躺一躺。我給妳沏壺茶。」

柔安遵命爬上硬木床,唐媽早已將自己的棉被讓出來,暫時當墊被,好使床鋪軟一點。房裏沒有電燈,一盞大油煤燈放在桌上,在破兮兮的牆上映出嘲諷的光芒。

唐媽端茶給她,她緊緊抓住唐媽的大手。唐媽輕輕用另一隻手把被褥塞在她肩膀下。

「孩子,」她說。「老天有眼。我明天到廟裏燒香,替妳求福,也祈求李飛回來。」

她抽回手,把燈光弄弱。月亮已高高掛在天上,在窗前的地板上照出一道白光。她看見柔安垂下眼皮,就把燈吹滅了。然後她輕輕爬上自己的床鋪,傾聽柔安寧靜均勻的呼吸聲。

26

河邊的房子年久失修,地點又偏僻,只能說是窮人的一間破寮。未漆的窄大門只有三呎寬,立在泥磚矮牆上,上面蓋了茅草。房子本身是紅磚造的,曾經粉刷過,有一大塊一大塊褪色的黃斑,很像地圖上的島嶼,可見屋主太窮了,沒辦法顧到外觀。圍牆和房子間的小空地闢成包心菜和韭菜園。西邊牆上有葡萄籐覆蓋,另一邊的空地搭上棚蓋,用來堆柴火。不過,屋主若能花一百五十元修理一下，這間房子仍不失為小家庭的一個整潔的住處。它立在小坡上，可以看見皋蘭山的景緻，又能俯視城內的屋頂。北邊比河面高三十呎左右，中間隔著爛泥灘，灘上堆滿礫石，雜草叢生。因為高低不平，黃河常常氾濫，低地都沒有人要了。北面的河水較深，激流穿過岩石岸，在附近留下一堆黃土。河上沒有船隻，倒常常看見全牛、全豬、全馬的生皮筏子由西寧運貨來。

房東錢太太一年到頭穿著油膩膩及膝黑外套。她是一個愁眉苦臉的婦人，本人也和房子一樣邋遢。她似乎抱定一種態度：我出租的房子就是這樣，你若求精緻，就不該到這個地方來。她讓房客用廚房的大灶，自己則用手提的小火爐來燒飯。

柔安沒打算在這裏招待客人，但是她和唐媽單獨居家，卻有一種滿足感，因為她從來沒有這種經驗，刷刷洗洗好多天才使廚房和兩個房間呈現出馬馬虎虎能住人的樣子。唐媽自己動手，沒有叫房東太太幫忙。

柔安不想動那五、六百塊的積蓄。然而，她卻捨得花三、四十元買新被褥、毯子和坐墊；她已經在找嬰兒床，打算放在南窗邊。她覺得臥室沒鋪地板，應該罩一下，又花了十二塊錢買草蓆。要房東太太花一文錢添傢俱或者買把新茶壺，是絕對不可能的。

柔安興致勃勃為自己和寶寶佈置一個新家。她買了一塊藍布來罩皮箱，上面放些書本和什物。然後又買一個皮框來放李飛的相片，擱在她梳粧的桌子上。由父親的書法作品中，她挑了一張特別為她寫的左宗棠名詩，把這張字和郎如水的一張水彩畫掛在牆壁上。現在這房間即使說不上舒服，至少也有暖烘烘的氣氛了。等白白的嬰兒床放在南窗下，她開始覺得自己有了一個新家。

房間整個改觀，房東應邀進來，臉上不覺露出罕見的微笑。房東太太看她穿著名貴的衣服，又知道她是富家千金，實在想不通她為什麼要搬到這個地方來。她的態度由冷漠變為敬重，甚至同情了。

柔安仍在陳家教課。路程有三分之二哩左右，她開始不耐走，第一次搭黃包車上班。不過，醫生勸她每天多走路，所以她遵命步行，早點出發，讓時間充裕些。

她避免一切社交，不過，有一個星期天陳先生邀她和家人一塊兒到飯店吃飯，她答應了。她很高興陳家把她當自己人看待。陳家人也吃了一驚，因爲她穿的衣服太好了，不像教書謀生的人。她穿一件頸部加扣的黑緞袍，那件松鼠皮領的紅羊毛外套顯得十分優雅。陳太大很好奇，問起她的家庭狀況。她說她父親曾在孫傳芳手下做官，最近去世了。陳太太覺得，一個產期將屆的少婦爲十元週薪走那麼遠的路實在太可憐，就常常約她留下來吃晚飯。日子愈來愈短，柔安經常雇黃包車回家。

除了傍晚那幾個鐘頭，她的時間很自由。太陽出來，她常常搬一張小凳子坐在菜園中，看看成長的蔬菜，和城外坡下的市區；想著遙遠的事情，然後臉上就顯出焦慮的神色，或者抬眼看白雲飄過灰色的天空。有時候她在窗邊站十幾分鐘，腿酸了才走開。她開始寫日記，把思想和渴望都記下來，日記不自覺變成給李飛的信函，由內心深處對他說話。她難得漏記一天，不過她很容易累，有時候整篇只寫三兩行。

有時候天空黯淡，烏雲低低覆在山頂。那時房間就很暗，因爲窗戶小，只有微光射進來，開燈也不好，不開燈也不好。十月下旬風沙大，常下小雨，從來不痛痛快快下一場，也不大晴，彷彿雨滴想落下來，又被秋風刮來刮去，沒有別處可逃似的。一連幾天，遠山罩在霧峰中。起居室的泥地濕淋淋的，臥室地板總少不了黑腳印，洗刷又要好幾天才能乾，柔安只得買一個小炭爐，放在臥室裏，一面烘乾，一面取暖。

走路到陳家，雨絲滴在她臉上，使她有一種自立謀生的獨立感。她想，很多女孩子也爲了同樣的緣故而離家，境遇比她還慘。她嬸嬸曾說，「妳自作孽，要自食其果。」她正是如此，卻毫無悔意。

她似乎覺得，單獨在陌生的城市裡彳亍獨行，讓雨絲飄打她，她就表達了自己對李飛的愛情，所以她達到了苦中作樂或樂中有苦的境界。

有時候，通常是星期三傍晚，她聽到哈密來的飛機由頭頂飛過，心就攪動起來，渴望第二天收到信件。但是她搬家以後，雖然向郵局改了地址，卻沒見過郵差進門呢。收到李飛那份安抵的電報，已經隔三個月了。她早已習慣了音訊渺茫的狀態，雖然每星期四早晨都靜候著、想望著，卻再不也覺得詫異了。不過星期四她都很沮喪。

除了「新公報」，她還訂了一份地方報紙，熱心讀一切新疆戰況的消息。歐亞班機的時間表吸引了她的注意。每週都有定期班機在蘭州和哈密——迪化間往返。每星期三一定有旅客從新疆來，如果她到飛機場，也許能找人問問，或者聽人談起那邊的情形，於是她每星期三傍晚都乘黃包車，直接由陳家到飛機場，看飛機進站。機場有招待室，候機的客人可以喝杯咖啡，吃點三明治。柏林和上海之間常有歐洲客人往返，飛機一到站，總有穿白衣的飛行員進來，有中國人，也有德國人。她孤單單坐在一旁，靜聽她一向關心的話題。李飛像一粒沙消失在沙漠裏，這等於她和那個遙遠世界的一種接觸方式，看到沙漠來的人，心裏總舒服些。職員和侍者都注意到她了，但是她不和人說話，大家也就不去打擾她。

終於有一天，一個三十六師總部的傳令兵來說，哈金中校第二天中午要見她。她心跳不已，一夜都睡不著，恨不能立刻去見哈金。如果他半夜叫她去，她也會去的。她想像他會當面告訴她各種消息，他是她和新疆世界唯一的連繫呀。

天一亮，她就不耐煩了。她想早些衝到哈金的辦公室，但是終於決定等一等。他一定不會拒絕見她，他父親和她父親是好朋友呢。不過他把午餐時間空出來陪她，已經夠好了，那時他們也可以悠哉遊哉慢慢談。當然他會注意到她的情況，但是她也不想隱瞞。她總覺得告訴他自己爲什麼離開西安，單獨住在這兒，她想透過他讓李飛知道這個消息，哈金一定什麼都知道。李飛曾來信說，他很友善，也幫了不少忙。

約定的時間是十二點半，她十二點就到達他的辦公廳，她的皮包和紅外套使她看起來就像一個很會穿衣服的中國摩登少女。穿灰制服，戴俄國羊皮毛邊帽的士兵在大房間裏穿來穿去。她一面等候，一面由皮包裏拿出鏡子，點了點朱唇。

十二點半前幾分，辦公室門開了，一個鬍鬚整齊、個子高瘦的軍官走出來。他看到穿紅衣的少婦，深棕的眼睛不覺一亮。她不知道寬外套下是否能看出她的肚子。哈金把兩隻手都伸出來。

「咦，是妳呀，杜小姐？簡直不敢相信！」他的聲音很急，但是很低沉；棕髮向後攏，一手拿著軍帽、斜紋呢外衣和一個舊舊的小提箱。

「來吧，我們到附近吃飯，」他戴上帽子，陪她走出去，辦事處的人員都好奇地睜大了眼睛。

天氣晴朗，但是柔安根本沒注意。

「回到蘭州真好，」哈定看看擁擠的街道，挺胸抬頭說。「肅州是一個小城，這個季節冷得要命。」

「你有沒有李飛的消息？」柔安抽了一口氣說。

「還沒有。」

「你總知道他在哪兒吧？」

哈金斜眼看看她。「還沒有。只確定一件事，馬世明將軍找到他的下落，一定會通知我。我們邊吃邊談。妳不反對回教館子吧？」

「才不呢。」

他們進入一家前門敞開的飯店，店前有木板刻著「清真」二字，讓回教人明白這是他們的館子。店前鐵鉤上掛著半隻殺好的綿羊。陽光由格子窗射進來，在地板和凳子上映出白斑點點的圖案。回教館子素來以乾淨聞名，凳子和不舖檯布的餐桌都刷得一塵不染。

哈金幫柔安脫下外套，眼睛看了她膨大的腹部一眼。然後他把自己的外衣、軍帽放在椅子上，扶她坐上陽光的一個位子。

「李飛沒告訴我，你們結婚了。」

「我們沒結婚，」說完用肘支著下巴，正眼和他相望，毫無羞窘的神色，閃動的陽光映在她臉上。哈金微微轉動一下眼珠子，才明白過來。

他叫了米飯，大塊煨牛肉，和一碟冷雞。「再沒有比這兒更好的牛肉了，」說著又叫了四、五兩燒酒。

哈金倒酒，兩個人共同爲李飛而乾杯。

「真想不通他爲什麼音訊全無，」她說。

哈金把嘴抿成一道直線。「新疆不像內地。那是另一個大洲。當然也有郵政，可是只能由哈密的飛機送進來，如今哈密落在敵人手中。李飛唯有在敵方，在迪化或哈密，才能直接和妳通訊。信件兩三月才到，也是稀鬆平常的事情。現在他們改走婼羌，只有軍方有信差，要星期六才到，一切都不可靠。」

哈金停下來，儘量把話說得樂觀些。「我曾給他致馬世明、馬福明和約巴汗的介紹信。約巴汗和荷雅・尼阿茲同是回人的領袖。」他故意說得又慢又婉轉。「他們是哈密廢王的首相。妳聽人說過，整個皇宮都遭到燒殺掠奪；很高興漢人回教徒站在我們這一邊。妳當然也知道我的心情，我是一個善良的老維吾爾人，祖先由和闐搬來……不過，還是談李飛吧。我不懂他怎麼能穿過戰線來到我們這一邊，才由鄯善發電報。現在鄯善落到滿洲司令手中了，顯然馬世明撤退的時候，李飛沒跟上。」

柔安嘴巴張得圓圓的。「那是什麼意思呢？」

「也許他逃到別的地方，也許他以中國報社記者的身分留下了。就我們所知，他好像和馬將軍失去了連絡。」

「他們不會殺了他吧？」柔安心裏卜通卜通亂跳。

哈金笑笑。「怎麼會呢？他又不是回人。若是我們，滿洲將軍就不留情了。戰時到處都一樣，妳有沒有熟人能和對方連絡？」

「沒有。」

「何不試試李飛的報館？他們應該能向新疆主席打聽消息。」

哈金勸她打電報給上海的「新公報」。「我的辦事處立場很微妙。我們是中國陸軍的一部分，但是我們和新疆正在打仗呢。那個怪物其實獨立了，他隨心所欲亂來一通。」

哈金建議她由報社打聽消息，柔安不覺恢復了希望。她現在孤苦無依，很高興他關心自己的問題。

「杜小姐，」他說，「妳父親是我們的朋友，不過妳叔叔真混帳，他逼得父親和我不能再幹打漁業了。」他把頭向後一甩，笑得很開心。「但是我現在幹得不錯。妳叔叔若不禁止我們到你們湖裏去抓魚，我現在還當漁夫哩。李飛說妳父親把水閘拆了，妳當時在不在？」

「我在場。谷裏的河水又滿了，我看見你們族人好高興。」

「啊，是啊，不過現在聽說水閘又修好了。妳堂哥小杜率領士兵監督完工的。」

「你們為什麼不拆掉呢？」

哈金又甩甩頭。「等著瞧吧。總有一天會出麻煩。我們無法向你們的官署伸冤，妳叔叔和小杜勢力太大了。不過等戰爭一完，無論合法不合法，我們返鄉的軍人都不會容忍下去。他們心裏怨氣叢生，他們看過同族人被趕出地面，家園被燒，村莊全毀，牛群被殺光。我和妳說老實話，我父親常談起妳祖父當大夫的德政。但是那些日子已成過去，非流血不行了。」

「哈金，」柔安說，「你幫了我的忙，我願意告訴你一切。」她說明李飛逃出西安的原因，他們在三岔的約會，以及叔叔趕她離家的經過。

哈金充滿同情，聽完就說，「妳不覺得這件事還有更深的含意嗎？三岔是妳父親和妳叔叔共有的財產，妳是繼承人；至少我們的敵人是同一個。等我回來，我要算帳，決不透過中國官員的法庭，我和妳握手同進退。」

他伸出手，柔安也把小手遞上去。

「妳的事包在我身上，既然知道妳叔叔這樣對付妳，我更願意幫妳的忙，把妳當做自己的妹妹看待。」

他們走出飯館，哈金帶她回辦公室，把她介紹給一個名叫阿都爾•貝格的少校。貝格少校年約四十歲，面孔胖胖，鼻子扁扁的，除了一撮灰棕色的鬍鬚，幾乎與漢人沒有差別。哈金一個月左右回蘭州一趟，貝格卻長期坐守辦公廳。

「李太太是我家的一個朋友，」哈金說。「我不在的時候，希望你儘量幫忙她。」

電訊拍往《新公報》，柔安沒有帶回李飛的消息，卻很高興漢軍和回軍方面都可以設法找他；至少沒有惡耗。不過李飛處境一定很艱苦，否則他會發訊回來。唐媽看見她躺在床上，眼睛盯著牆壁。然後振作起來，繼續鉤孩子的毛線毯。她一針一針鉤著，臉色陰鬱而沉默，她心裏一直擔心李飛遇到了麻煩。聽說新疆已經下雪了，吐魯番附近寒冬刺骨。她忘記自己的煩惱，忘記屋內的寒意，覺得她和李飛相比簡直太舒服了。然後她又想到，有了哈金的幫助，李飛一定會回來的。她甚至幻想要慶祝他歸來了。

「唐媽，」她突然說，「我們今天上館子。妳準備一下，我由陳家回來，我們就出去。」

她們進入全市最好的一家館子「金城樓」，天空已經黑了。

柔安滿臉喜氣問跑堂說：「你們有沒有一道菜叫做九轉柔腸？」

「沒聽過。」

「我是指燉豬腸，切成一段段，每段打一個節，然後煮得軟軟、水生生的。濃湯蠻好喝哩。」

「妳怎麼不早說？」

然後她叫了雞捲、炸肫（李飛特別喜歡這一道菜）和燉龜肉——菜碼和他們在天水的最後那天完全一樣。

她們叫了五、六兩紹興。一大碗豬腸端上來，柔安的眼睛不覺一亮。她把熱騰騰的腸子放進口中，品嘗那微妙的滋味，同時儘量捕捉離別前夕的回憶。唐媽好幾個月沒看到她眼睛這麼亮，表情這麼快活了。

「孩子，看到妳又快活起來，我真高興。」

「我很快活。等他回來，我們一起到這兒來慶祝，只有我們三個人，加上孩子。我叔叔會來向我道歉哩。他會看出我們多麼幸福。我要活著讓他看看我嫁了一個聰明人，過得很快樂，妳聽到沒有？」她眼睛潤濕了，又說，「他會回來的。」然後泣不成聲。唐媽彎身安慰她。

「哭吧，孩子。這樣對妳有好處。等他回來，妳會灑另外一種淚水，幸福的眼淚。」

幸虧她們單獨在小房間裏。唐媽要了一塊熱毛巾，替柔安擦臉。「我真傻，」柔安說。

她回家心情好多了。唐媽安頓她上床，柔安幾乎馬上就睡著了。

幾天後，郵差第一次進入她家，帶了一封信給「李耐安太太」。她拆開來，是郎如水寄來的。她看著看著，眼睛愈睜愈大。

「怎麼啦？」

「祖仁死了！」

信是如水由三岔驛寄來的。

「親愛的柔安：

老崔和我已經到這兒十天了，天天為遇雲擔心。目前還沒有消息，不過她現在應該還沒到西安。老方到這兒來和我商量。她再過一星期左右會到西安，我要跟老方回去。我們有地方可住，但不是老方家，所以還不要寫信來。遇雲的父親仍在喇嘛廟裏，我下山到三岔驛來會老方。我們一起去回人村看水閘，和海傑玆歡聚了一天。我也看到哈金的太太了，他們都很誠懇。

大多數青年都當兵去了。文波和我在谷裏逛了一天，因為文波對妳所說的一切非常感興趣。現在我得告訴妳一件大消息。祖仁來這兒督建水閘。他掉到閘下，被落石打死了。是海傑玆告訴我們的。他是意外死亡，沒有人殺他；目擊者一致這麼說。他頭部破碎，屍體在水閘下方的池塘裏找到了。

請記住我們隨時掛念妳和李飛。文波和我經常談到妳，我們都佩服妳堅毅的精神。妳堂哥的死訊會使妳大吃一驚，但是請保持鎮定。丁喀爾工巴寺正如妳說的，非常美麗，我很高興留在那兒，但是我現在看到邪惡人心所造成的悲劇，心情根本靜不下來觀賞自然的美景。文波有空會寫信給妳。多保重，柔安。冬天來了，定時吃飯，等娃娃降生，可別弄壞了心情。獻上最溫暖的關心。」

她一直把信攤在手上。這封信熱情、誠懇，一如筆者本人，只是信裏包含了令人震驚的大消息。她第一個念頭就是，父親的預言終於成真了。她想起湘華，不知道她、叔叔、嬸嬸和春梅對這個消息有什麼反應。她雖然和祖仁不投機，祖仁夭亡，她仍然很難過。

她再讀一遍，眼睛注意到劃線的句子。由這種不自然的強調，她懷疑祖仁並非死於意外。「沒有人殺他」；她懷疑是方文波奧妙的手筆。她父親說過，如果水閘不拆，三岔驛住起來就不安全了。她父親好有先見之明！

後來方文波來看她，她由文波口中知道了事情的真相。

他曾經巡視山谷，閒站在水閘下，問海傑茲說，「士兵一年到頭都在？」

「不，水閘完工後，漳縣縣長發出一道命令，叫人民不要亂動它，否則要受嚴厲的制裁，然後士兵就走了。」

「我看到佈告啦，」方文波說。

「喔，那個因獵魚禁令而死了丈夫的女子蜜茲拉才不管什麼公告不公告呢。有一天，她帶鋤頭來到水閘邊，劈壞了幾根竹條。她自己一個人弄的。她弄出一個小缺口，幾個石堆開始被流水沖下來。但是裂口不大。這件事被報上去了。過幾天黃昏時分，我們聽到一聲槍響，知道祖仁來了。他總是用這種方法宣告他的來臨。現在他留在三岔驛杜宅裏。」

「士兵陪他來，還是一個人來？」

「他昨天來檢查水閘。我們沒看見士兵。」

「他應該早點把水閘修好。你看那些石堆鬆鬆的。很危險，你知道，」方文波看看海傑茲說。「有那道裂口，人一走近，很容易摔下去。如果附近有士兵，那又不同了。不過他若碰巧踩到一個鬆石堆，掉下去，連目擊的證人都沒有。真的，這不是玩的。下面不深，不過人若掉下水，石堆一定會滾下去壓到他。我知道這種事遲早會發生的。」

方文波繼續把故事說完。「我只說了那些話。第二天如水和我就上了喀爾工巴寺去了。我們再下山，海傑茲告訴我事情的經過。祖仁到村莊找回僧，追問是誰在水閘上弄出一道缺口。『什麼缺口？』阿扎爾問道。『來看哪，我要報告當局。』阿扎爾高高興興隨他去了。村民看祖仁和回僧一起走，不禁滿面怒容。幾個男男女女跟他們到閘邊，密茲拉也是其中之一。祖仁堅持說，有幾根竹條被砍斷了。他們兩個人就上去看。你相信嗎？他們站在附近，一隻黑色猛犬突然跳出來，對祖仁大叫亂撲，彷彿牠也是忠心的回教徒似的。祖仁嚇慌了，他往後退，一失足就掉下水裏。很不幸，一個大石堆也跟著垮了，打到他頭上。祖仁的屍體躺在水閘底，沒有人敢去碰他。第二天有警吏來問話，全體證人一致發誓，他們親眼看見祖仁掉下去，是他自己不小心。」

方文波停了半晌又說，「他們沒有提到那隻狗。海傑茲私下告訴我，那隻狗是蜜茲拉的。」

文方波眼睛一眨一眨，讓人覺得他也沒有說出全部的經過。方文波最喜歡故作神秘，讓聽者自己去瞎猜。

27

回軍撤出鄯善，李飛也跟他們走。他已把賭注投在回人這一方，又受過馬世明熱烈的招待，就決定前往吐魯番，再由那兒設法走南徑，避開哈密的沙漠。金主席最得力的部將盛世才一步步進軍，尋找回人據點。整個鄉野都是回村，主要是維吾爾人和部分龜茲族的流民，還有不少漢人回教徒。盛世才打的不是兩軍之戰，而是滅種的戰爭。因此馬氏才得到整個鄉間的支持。戰況慘烈無情，盛軍把回民全部殺光，所過之處，城市村莊盡成瓦礫。衝突的殘酷和慘烈並沒有使回人屈服，只把他們趕開了，馬世明的兵力反而一天天加強。據說馬世明的軍隊也大殺漢人，和不願意參加叛變的自己人。李飛到處看見胸上別有白布章的回民，他們加入補充兵的行列，但是在亂局中還沒有編成正式的隊伍。

盛世才的軍隊橫掃鄯善北方，馬世明不抵抗，決定向西退，誘他到吐魯番，那兒的地形易守難攻。交通工具缺乏，一切駝獸都被軍方徵用了，除了少數軍官，大家都步行前進，一連走好幾天，經過未遭劫難的玉米和大麥田。高高的白楊樹叢和寸草不生的小丘交互出現，山邊岩架突出，到處是直立的柱狀物，像古陵廟似的。衣著鮮明的美少婦，手抱孩子，也隨隊流亡。

吐魯番是一座大古城，有一個塔高百呎的大回寺，屋瓦用鑲畫構成精心的圖案，形狀像大火箭似的，造形渾圓，頂端呈尖形。數百年來中亞部落多次入侵，城內建築還保留著他們的影響。巷道不鋪，但是扁頂的方形白屋高達二、三十呎，在李飛的漢人眼光看來，簡直像碉堡，巷子裏到處有茅草覆蓋的市集場所。本城控制了新疆往天山南北大村落的古道，是一個富庶的都城，以葡萄和美酒著稱。鄉村靠地下溝渠自山邊引水來灌溉。漢族回將的大本營就設在這裏，他可以北攻迪化省會，也可以向南向西，沿古絲路到塔里木盆地；如果兵力夠強，還可以反攻哈密，與馬仲英的部隊會合。

吐魯番的一段日子倒也値得。李飛要來研究新疆的生活方式，如今總算看到了。他學會幾句吐魯番話，看回人和漢人回教徒次數多了，也大都分得出來。漢人回教徒說中國話，穿中國服裝，但是和東部的漢人不一樣，他們眉毛濃，額頭方，眼睛較圓，鼻子較挺，尤其都留了密密的鬍鬚。

李飛也學別人，剪一塊白布別在胸口，這樣和當地人比較容易溝通。他不想再瞭解這一場戰爭了，由七角井到鄯善，一路看到的都是恐怖的情景，完全是獸性的表現。不管戰爭的起因或藉口是什麼，現在對他都沒有意義了。現在戰爭只是一道咒語，一群群難民，燒毀的家園，焦黑的屍體，攪亂了文明生活的一切，迫使男男女女爲呼吸、生活，找一塊地板睡覺而做野蠻的掙扎。吐魯番這兒倒還平靜，但是一份不安全、接近毀滅的平靜卻使他更悲哀。他只瞭解一件事，那就是被逐出家園、親友被殺的人心中的怒火和怨氣；除非來一場生死的大戰，某一方贏了，強制帶來緊張的和平，否則誰也消不了那份怨氣。就連回教徒這個名詞對他也失去了意義，回教徒也是男人、女人、男孩子和女孩子，也和他一樣想活下去。他簡直覺得自己是他們的一分子。

達板城戰役發生，他就抱著這種心情。達板城離吐魯番只有五十哩。不能算城市，只能說是小社區，控制著五、六十哩外迪化的道路。它在敵人手中，但是迪化最高統率部一片紛亂，只派一兩百個士兵保衛這個戰略要點。若不是有滿洲將軍和俄國移民兵團，迪化早就攻下來了。金主席的士兵衣衫襤褸，紀律很差。馬世明兵力漸增，決定試攻達板城，然後進逼迪化。五百人沿山路進發，輕輕鬆鬆就打下了那個軍事據點。漢軍晚上正喝酒作樂，被殺得落花流水，只有一小部分逃出去，簡直算不上打仗。回教勝軍屯駐在達板城，迪化岌岌可危。

第二天馬氏的增援來了。道路擠滿騾車、馬匹和補給品，準備進攻省城。但是，傍晚卻響起了軍號。晚飯剛吃飽，士兵都在營房裏，忙了一天，正打算休息。槍聲起時，李飛正在司令部附近的一棟民宅後邊散步。子彈打在附近的岩石上，發出尖銳刺耳的砰砰聲。然後他聽到軍號。大家衣冠不整，衝進衝出。一彎眉月在峭壁頂的上空慘笑著。隔著薄暮的微光，他看見山邊有一大群移動的黑影。屋裏的燈光熄了，四周盡是軍人在上方就位的腳步聲。遠處有馬蹄的答的答響，起先低低沉沉，繼而像雷雨交加，敵人的騎兵已出現在山區的峽谷四周。

騎兵衝下谷地，李飛就往山上跑。一排排子彈開始攻擊他棲身的房舍，本能告訴他，他應該逃出谷地的中心。他跑著跑著，看到一間民房著火了。黃光照亮了山坡。四周都是砲火聲，集中攻打下面的騎兵。憑著間歇的火花，他看見鋼鐵的白光、豎立的馬匹和奔忙的人體。騎兵受到密集的攻打，開始四處分散，有一隊直接穿過燃燒的補給品，登上他們來時的山脊，想切斷回軍的退路。月亮躲進薄雲裏，只有槍火的閃光照出了難以形容的亂狀。除了槍聲，他還聽見附近垂死者的呻吟和活人的詛咒。敵人找到藏身地，不那麼容易中槍，炮火就緩下來，有條理多了。

李飛發現自己伏在一塊岩架上，身體向前屈，可是完全露在外面。他爬到一個比較隱密的位置，手碰到一件暖暖濕濕的東西。扭動的軀體發出一陣呻吟。強光一閃，照見一個十六、七歲小男孩的面孔，和他那對驚慌過度的白眼睛。「你哪裏受傷？」男孩子哼了一聲，算是回答。李飛想扳動他，他大叫一聲。他的膝蓋已經砸爛了，血肉模糊。下面射來的子彈在空中呼嘯而過，打散了上面堆下來的岩石和泥土。

李飛揹起少年，衝向上面幽暗的地點。走了還不到五步，一顆子彈擊中了他的腳跟。他膝蓋一彎，不自覺摔倒在地，背上的人體隨他摔下，砰然落在地上。他想站起來。右腳卻抬不動，到處都是彈藥和泥土的氣息。他面孔朝下，靜靜躺著，感受地面附近的冷風。他伸手摸摸少年的身體，呻吟已經停止了。他慢慢爬向幽暗的凸岩架，免得被落石擊倒，也免得直接被子彈射中。他看見頭頂樹枝交錯蜿蜒，在灰色的天空中依稀可見。他頭腦非常清楚。燃燒的屋舍和補給品火光漸歇，留下一片灰煙，在夜裏就像白霧似的。最後他只看見騎兵在對面巉巖上走動。然後猛撞了一下，他就什麼都不知道了。

等他醒過來，只覺得有濕草的味道，還有一串涼水滴在他臉上。他睜開眼。心中馬上憶起戰爭的模糊景象，知道他還活著。他摸摸頭，摸摸臉，才發現一棵樹幹壓在他腿上。他想坐起來，兩腿卻發麻了。他拚命推開樹幹。水滴由樹頂落下來，地面濕答答的。天空半明半暗，濃雲密佈，近得分不出是晚上還是白天。山谷一片死寂。他把眼睛的焦點定在遠處，扭曲的形狀才化爲固定的形狀和圖案。雨水味和彈藥、焦木的氣息融合在一起。他知道天亮了。

他眼睛慢慢適應了四周的光度，看出下面的旗幟不是回教旗，而是漢軍的青天白日滿地紅國旗。他以爲自己晚上跑了很遠的路上山，現在才看見谷底房屋的殘骸就在他下面，距離只有兩白呎。他不時聽到遠處孤零零的槍聲。入侵的軍隊不是搜救自己的傷兵，就是處決殘餘的敵軍。他在吐魯番買的黑羊皮短襖外面都濕透了，襯衫也濕了好幾塊。他的腰部被碎片擦了一下，幸虧沒有受重傷。也許落石把樹幹擊倒，砸到他頭部，然後才倒在他腳上。他舒展全身，簡直有死中復活的感覺。雙手沾滿黃泥，不過說也奇怪，他昏倒的時候，雨水卻把他的面孔洗得乾乾淨淨。

他再把交纏的樹枝推開一點，奮力站起來。腳踝痛入心脾，但是他總算來到岩架邊，倚石而立，研究下面的大屠場。下面屍體成堆，死狀千奇百怪，回軍顯然逃走了。他正不知所措，突然聽見後面有沙啞的喊叫聲。

「你是誰？」

二十步外有一支槍對著他。他知道對方若看到回人，早就開槍了。他立刻舉起雙手說，「別開槍。我是漢人，上海來的記者。」

那個穿軍服的漢子走上來。後面跟著三、四個兵丁。李飛立刻扯下襯衫上的白布，偷偷丟掉。那個軍人打量他，看見他穿著老百姓的衣服。摸摸他全身，然後要他證明身分。李飛由黑皮夾掏出名片，上面有報社的名字。

「算你好運，」士官說。「我正要開槍，才發現你沒留鬍子。你得跟我來。」

現在別的士兵也上來了，大家扶李飛走下山谷。他用一隻腳跳躍前進。

一個軍官坐在小火堆附近的巖石上，研究報館的名片說，「你爲什麼和回教叛軍在一起？」

「我是記者，報導戰爭的消息，這是我的任務。我是完全中立的。」

軍官蹙蹙眉，搖了搖頭。

一小時後，天空大亮，傷者都慢慢找到了。他和別人一樣，也分到一杯茶。直到中午，軍方才組成擔架隊來抬傷者，並找了騾子和草驢來載送能騎馬的人。

一行人來到迪化，李飛被帶到主席的弟弟眼前，他似乎是本地的指揮。李飛的情況太特殊了。金司令也和他哥哥一樣，生就一張濃眉、細目的長臉。眉毛和嘴巴之間特別長，就是一般人所謂的馬臉。他下令拘留李飛。沒有商量的餘地，記者的身分似乎決定了一切。金主席對一切新聞採取檢查措施，不准記者離開這個區域。此外，他又是和回軍一起被抓的。

「你知不知道你沒有當場被槍斃，已經夠幸運了？你應該慶幸自己還活著。」

他被送到省立監獄。在迪化所見的只是陸軍總部到大獄場之間的一兩條路而已。

監獄擠滿各階層的人民，他們都爲了某一項原因而得罪了當局。兩天後，軍方發現他就是身上帶信、和馬仲英辦事處有關、又逃出哈密牢房的人，就把他轉到西大橋附近一個關回人的監獄去。他要求發信給報館，軍方嚴詞拒絕。以前曾聽過不少主席專斷的傳聞，如今總算親身體會了。

他想，唯一的辦法就是聽天由命，在監牢裡等戰爭結束。他爲柔安和母親擔心，但是一接受了現狀，他就決心好好保重身體。他毫無辦法。當局准他看書用紙筆，似乎已是很大的享受了。獄卒看出他是學者，儘量供應他紙張。光線很壞，不過他最快活的時刻就是提筆的那幾個鐘頭。

報館打電報到主席公署追查他的下落，李飛根本不知道。金主席客客氣氣卻置之不理。

柔安見過哈金，又蒙他答應兩頭設法，心中不免恢復了希望。她多次到貝格少校的辦公廳，探問上海的報社有沒有消息。音訊全無。她愈來愈覺得，她可以向哈密迪化班機的旅客打聽消息。星期三傍晚她一再到飛機場去。

飛機通常要停一兩個鐘頭，才繼續飛到上海。往往有幾個乘客會來招待室，大多是軍官和政府官員。這些人太重要、太匆忙了，根本沒時間答話。有一次她鼓足了勇氣，攔住一個平民老頭子。

「迪化的天氣如何？」

「凍死人。情況很糟，吃的東西貴極了，補給品不來，價錢步步高漲，軍隊掌握了一切。」

「容不容易進去？」

老人苦笑了一下。「大家都想出來。」

下週三黃包車走了半個多鐘頭才到飛機場。路很黑，又冷得要命，她裹緊身體，及時去喝一杯咖啡，吃了一個三明治。然後到欄內的走廊上，看飛機盤桓、降落、滑行，最後終於停下來。機場的例行公事深深迷住了她。白帽白衣的飛行員常常隨旅客下機，進來喝杯熱咖啡。這些飛行員對哈密和迪化一定很清楚。

柔安進屋，找了個餐檯坐下，再點一客三明治和咖啡。兩個年輕的飛行員坐在她鄰桌。他們曾多次看見這個紅衣少婦孤單單坐著，滿臉沉思的表情，眼睛也如夢如幻。

「等人？」其中一個問道。

「是的，我來接一個朋友。他還沒來。」

柔安假意看窗外燈火通明的跑道，卻不時回頭望望那兩個機員。一個飛行員站起來，戴上帽子，走到她身邊。

「我能不能送妳回市區？」

「你不是要繼續飛上海嗎？」

「不。你以為我們是銅牆鐵壁做的？到上海還要飛一整夜哩。」

「那你是留在這兒囉？」

「是的，等星期五再飛出去。我可以用我們的車子載妳回城，天氣太冷了。」

這個年輕的飛行員很樂觀、很討喜。他說他名叫包天驥，家住上海。一路上柔安聽到不少新疆戰況的消息。

「你是停在迪化，還是繼續飛更遠？」她問道。

「不，迪化有德國飛行員接班。我留在那兒，下星期三飛回來。」

車子進入市區，她要他在廣場停車，然後儘量露出和煦的笑容，向這位機員表示謝意。

發現有人每週來往於迪化和蘭州之間，也許能帶回千哩外異鄉的消息，簡直像天賜的宏恩。他曾表示要幫忙，她知道認識這個朋友意義太重大了。

星期六她接到貝格少校的通知，要她去一趟。已經開始下雪了，太陽一出來，除了街道上雪塊泥濘，四周的山上都呈現一片耀眼的白光。但是柔安根本無心觀賞銀白的美景。她走了一段路，到少校辦公廳。雪花在空中飛舞，無聲無息落在她頭髮、面孔和頸子上。她走進辦公室，心卜通卜通跳個不停。

貝格少校看看她發紅的面孔。嘴唇繃得緊緊的，眉毛也皺起來。她被他的表情嚇呆了。他手上拿著一份電報。

「快告訴我，有什麼消息？」

「我們已查到李飛的下落。他在迪化，」又慢慢說，「正在坐牢。」

他把電報遞給她。她看看那張紙片，儘量瞭解其中的含意。是《新公報》拍來的。報社一再發電報，終於收到主席公署的回音。李飛在戰役中被俘，正和回軍在一塊兒，為了公共安全，他已被拘留了。內容正式而簡潔，和所有官方的通訊一模一樣，一句話也不多說。

她跌入一張有坐墊的籐椅中，不斷喘氣。「那他還活著！」

「可以算好消息。這種事稀鬆平常，很多人為更小的事情就坐了牢。我們也沒辦法，對不對？」

她嘴唇顫抖。「說不定我們能和他連絡，至少讓他知道我在這兒。」

「恐怕不能由這個辦事處發消息。我們這一邊送去的東西只會對他有害，我們得特別小心。他必須維持中立記者的身分，他只能慢慢熬。等戰爭過去，相信他們會放他回來的。」

她走出少校辦公室，只覺頭昏眼花。她曾擔心最壞的結果，幸虧他還活著！這個消息令人沮喪，但是卻讓她知道他總有一天會回來的。這消息像一道銀光，劃開她滿眼的烏雲。她來到蘭州，覺得很自傲。

回到家，她立刻想起姓包的飛行員。她必須見他，要他找李飛，帶一封信給他。她有多少話要說啊！就算只是一句話，他也會歡喜欲狂。她要高高興興的；告訴他孩子快出生了，告訴他自己在這兒等他——還有祖仁的死訊。她要捎點錢去，他一定缺錢用。

她坐立不安等到下星期三。那天雪下得很大，街道黏糊糊的，她手指都發麻了。七點差一刻她就匆匆離開錢家，希望飛行員進站時，她能準備妥當，舒舒服服，顯得容光煥發。

小包進入機場接待室，把帽子往桌上一丟，跨坐在一張椅子上。他打開煙盒。這趟路好辛苦，他點上香煙，一眼瞥見穿紅衣的女子正向他微笑呢。

柔安走到他桌旁。

小包向她笑笑。「妳還想搭便車回家？」

「也不盡然。我有困難，不知道你能不能幫助我。」

「坐吧，我願意盡一切力量來幫助妳。」他抗拒不了柔安的笑容。

她坐下來。「我不得不找你談，因爲我認識的人只有你去迪化。你能不能到迪化監獄去找人？」

「監獄？」

「是的，他是我丈夫。」

他匆匆把咖啡喝完。「等一下，」他站起身，大步走向辦公室。她雙眼目送他，心中充滿謝意。他是一個下巴寬寬，眼神機警的人。他低頭在櫃臺上塗塗寫寫，一撮髮絲落在前額上。他動作很快。他回到餐檯說，「妳何不陪我去吃飯？我餓得要命。我很樂意幫忙，但是妳得多談談妳丈夫的一切，我才好找他。」

她眼中露出喜悅的光芒。

在飯店裏，她把拜託他的事情一一說出來，小包聽著聽著，對她的故事愈來愈有興趣。

「你務必告訴他，你見到我了，我在這兒很快樂，就是一心等他回來。小孩過兩個月要出世，你若有幸找到他，問他需要什麼。也許你可以替我帶幾件衣服給他。」

柔安覺得，小包既然要幫這麼大的忙，她必須全心信賴他。她把一切全告訴他，只沒有說他們未婚，她是前市長杜芳霖的姪女。小包知道《新公報》，但是沒聽過李飛的名字。

「星期五以前，妳交一封信給我。我下星期就回來，看看我們的運氣如何。」

飯後柔安說，「你何不到我家去？你可以告訴他，你看到我住的地方了。」

於是小包陪她回家，發現衣著這麼考究的女子卻住在一棟破屋裏，不免十分意外。她把房裏新買的嬰兒床指給他看，又拿出她打好的灰藍色毛衣和一百塊錢，但是他說，「錢暫時留著，我還不曉得能不能找到他呢。如果他需要錢，我再通知妳。」

臨走前他說，「我勸妳別去機場了。這個月氣候多半很差，飛機也許要慢好幾個鐘頭。我會來這兒。」

他走後，她舒舒服服跌進椅子裏。她很感激，也很高興。她早就知道，只要努力去試，總會有辦法的。

28

柔安寫了一封長信給文波，告訴他這個消息，並要他轉告李飛的母親。她依照文波的吩咐，把信寄給傭人老陸，其實她也不知道方文波目前在什麼地方。好久沒有遏雲的消息，她非常擔心。遏雲已經走了好幾個星期，現在該抵達西安了。文波自己行蹤隱密，又怎麼救她呢？她覺得一點辦法都沒有。她心中充滿對叔叔、嬸嬸的恨意，不知道祖仁死了，他們有什麼感想。她餘怒未消，簡直覺得這就是他終生貪婪、無情、自私的報應。

天氣冷得刺人，就算在蘭州也很少見。她只得在小臥室的爐子裡燒炭球來取暖。只有這間房暖和，她和唐媽大部分時間都待在房裡。夜裡爐火慢慢熄掉，早上醒來真凍得要命。窗上老是結一層厚霜。柔安通常起得晚些，唐媽先起床，端進一爐紅的炭火，炭土相混，燃得很慢很均勻。等爐子上茶壺嗞嗞響，熱水燒好了，柔安才起身。現在她在房裡漱洗，不去廚房了。黃河結冰，行人可以安安穩穩步行到對岸。有時候她由窗口可以看見兒童在冰上玩耍。公路上還是車水馬龍，士兵和騾車總是一群群通過。

孩子一天天加重，她走路也愈來愈吃力了。有時候她爬起來就腰酸背痛。路上到處結冰，很難走。她出門去陳家教課，唐媽老是替她叫車。陳太太留心她的狀況，就問她，「妳什麼時候要停課？」

柔安想要賺那筆錢，十元在她眼中不是一個小數目。「我可以再教一個月，現在才十一月初呢。」

「我和孩子他爹商量一下，」陳太太說，「也許可以把時間縮短。」

第二天，天空又冷又灰暗。一陣北風由蒙古沙漠穿過城東的峽谷，吹得什麼都冷冰冰的。柔安指節發紅，嘴唇發青。陳太太說，「我和孩子他爹說過了。天氣太壞，妳若願意，可以現在就停課。」

「喔，不。我喜歡繼續教。也不是真的受不了，何況我又坐車來。」

「我只是替妳著想。妳若願意，可以把課程減到一週三次。他們的父親說，如果是錢的問題，我們很樂意照常付給妳。」

柔安很喜歡這個主意，尤其希望每週三能空下來。

「妳真好，陳太太。等孩子出世，我再補回來。」

她們講好，柔安星期二、星期四晚上來，另外星期六下午來教一堂書法課。

到陳家對她也有好處，使她能在戶外走走。她覺得工作輕鬆愉快，收入又足以應付大部分的開銷。經歷最初的興奮後，她靜下心來等候，她也許要在蘭州住一段很長的時間。李飛說不定會缺錢用，就算他家人會寄錢給他，她也要爲他買點東西。錢對她太重要了！冬天那幾個月比較辛苦，但是春天一來，事情就輕鬆了。她已經打算孩子出生後，要找一間比較好的房子。

「唐媽，我羨慕妳。妳沒有煩惱，」有一天晚上，兩人坐在火爐邊烤火，她說。

「還說沒煩惱！妳給我的煩惱夠多啦。」

「不過妳不必擔心鈔票和衣食。」

「那倒是真的。我存了七十塊錢，自從到妳家，我就不愁吃喝。我在故居的村子裡買了一塊地，等我太老，不能跟妳了，我就回村子去。」

幾天後，方文波拍了一份電報來。他已通知李飛的母親，還要親自來商討對策。另一行寫道「遏雲事已決。如水已返。將親自說明一切。」她知道方文波最喜歡故作神秘，不過卻放心多了。

星期三那天，她緊張兮兮等小包回來。她一直計算小包若能見到李飛，李飛幾天前就該收到她的信了。

刺骨的寒風吹過谷地，在山頂發出呼嘯的聲音，搖落了樹上的雪塊，也吹斷了冰柱。每次暴風雨來襲，跨河的鐵橋就嗚嗚響，她在屋裡都聽得見。今晚她不必在風雨裡奔波，真謝天謝地。她叫唐媽煮一碗雞肉麵，等飛行員來吃。

八點開始，她靜候飛機的嗡嗡聲，並凝視窗外的夜空，尋找飛機的燈火。不出所料，氣候太差，飛機晚了兩個鐘頭，好不容易才通過甘肅的暴風雨。

又過了三刻鐘，她聽到一輛汽車駛近屋前。小包衝進屋，雨水也打進來。唐媽連忙引他到臥室，屋裡又暖又亮，正等著迎接他呢。

「我看到李飛，」他掛起雨衣，笑著大喊說。

柔安高興得張大了嘴巴。「真的，他拿到我的信啦？」她滿臉樂得通紅。

「嗯，」小包走向炭爐，伸手烤火說。他的皮靴在草蓆地上刮得沙沙響。

唐媽出去熱麵，小包打開他夾克的袋蓋。「這是他的回信，」他說。柔安接過手，拆開來看，裡面還附了一封給他哥哥和母親的信。小包望著她，心裡很滿足。信是李飛用鉛筆匆匆寫的。她讀到一半，淚眼就模糊了，簡直看不清下面的字句。有一大段描寫他這幾個月的經歷，她馬上跳過去，還有他訴衷情的段落也很美，不過她可以待會兒再看。

「告訴我他什麼樣子？他好嗎？」

「身體還不錯。迪化有兩個監牢，他關在第二個。他和另外三個犯人同房。他沒想到會有人去看他，我是他第一個訪客哩。當然我說是妳叫我去的。他問起妳的一切，我把所知道的都告訴他了。」

「當然你也把毛衣交給他了？」

「嗯。牢房很冷，不過還很乾燥。我問他缺不缺錢用，他大笑說，錢對他幾乎沒什麼用處。我給他買了一個羊皮褥子和一件新棉被，他說他只需要這些。妳知道，他們只有髒兮兮的灰毯子，一人一條。」

唐媽把雞肉麵端進來，小包吃麵，柔安再度看信。

「我看了他兩次，」小包說。「我現在和典獄官交情不錯哩；一張五塊錢的南京鈔票用處可大了。妳還是把妳要通知李飛的話告訴我吧。我不知道妳是西安市長的姪女。」

柔安迅速瞥了他一眼。

「他說他已經自認是妳的丈夫了，他隨時想念妳。我見過妳，可以瞭解他的心情。」

柔安直挺挺坐著，眼睛注視爐火，火光映在她臉上，紅噴噴的。悲哀的沉思表情使她看起來就像一個年輕的媽媽。她開始介紹她的家庭，以及她來這兒的經過。

「李飛和我團圓後，」她說，「我們一定送你一份大禮。」

「你們會團圓的。」

「回軍攻入迪化的機會多不多？」

「誰也不知道。他們已逼近了，勢力又一天天強大。主席人緣極差，手下的漢軍和白俄人都不喜歡他。回人要他辭職，並答應他下臺就不打了，漢人軍官或白俄人有一天也許會把他幹掉。上一任主席就是在宴會上被殺的。那邊很容易出這種事情。」

第二天柔安出去，花七十五塊錢買了一件帶深棕絨線的黑羊毛外套給李飛，又寫了一封長信給他。第二天她把包裹送到小包的旅社，覺得自己交到這麼一個朋友，實在太幸運了。

第二天十點，方文波來了，圍巾裹到頸部，黑長袍外面罩了一件大衣。他打量這棟小房子，床鋪還沒有收拾，房裡亂糟糟的。柔安看出他不以為然的神色。

「如水不該把妳安頓在這麼邋遢的地方，」他說，「這裡冷得要命。」

柔安叫唐媽添幾塊木炭，炭火劈劈啪啪燃起來，發出一股濃煙。「還不壞嘛，」她說。然後她一眼瞥見他袖子上的黑布，面色不覺一凜。

「你為什麼戴這個？」她指指黑孝布說。

「為我乾女兒，」文波只說了一句。

他面孔突然收緊了，嘴巴也彎成一道直線。「我沒有成功，」他說，「沒來得及救她，上星期我把她葬在亭口附近的河岸邊。如水已回西安，我們還請了她父親來。」他戛然止住。柔安從來沒聽過他的聲音抖得這麼厲害。他顯然說不下去了，立刻改變話題。「我來看看李飛的事情有沒有辦法。」

她想問遏雲的死因，停了半晌說，「我和他連絡上了，那個飛行員帶回他一封信。他已經見到他。他昨晚又飛向迪化，一定就是你搭來的那班飛機。」

她把李飛的信和寫給他母親的信都拿出來，又說出小包告訴她的一切。

文波一直眨眼睛。「妳怎麼認識這位小包的？」

「我一次又一次去機場，這個飛行員注意到我了。我們搭訕起來，就這麼開始的。」

文波鼻孔大張，笑笑表示讚許。「妳真不錯，柔安。妳怎麼想得出這個辦法？」

「不是我想出來的。我只覺得，飛機是我唯一溝通的希望。我徘徊太久了。小包是好人，他說要幫我的忙。」

「很多飛行員都樂意替妳這樣的小姐服務。」

「現在能不能談談遏雲的事情？」

他拿出一根煙來點上。「她跳河了，」他終於說。「她以死來保護大家。如水和我已經回到西安。我得到情報，押犯人的老路是用官船走涇河。遏雲想必在解差的押送下走了三個多星期才到陝西邊界，然後交給憲兵隊看管。我得到情報，就找了幾個人，登上一條小舟。不，不算是救遏雲，只是救我自己。我必須讓她脫出法庭的掌握，她若苦打成招，我就完了。我對她信心不夠，我看錯她了，早知道我該在邊界等她。」

「你原來有什麼打算？」柔安看他這麼傷心，想安慰他。

「我本來可以救她的。我帶了幾個最得力的人手，都是游泳健將。官船有紅旗，一眼就認得出來。兩天兩夜的航程，我們可以找機會下手。那些衛兵根本沒有用，我相信他們不會游水。我打算找機會撞官船。」

「後來又出了什麼事？」

「我遲了一天。我估計我們會在亭口下方和官船相遇，結果不見官船來。船到亭口，衛兵的小船已泊在岸上。她早就溜出衛兵的掌握，在附近跳河了。他們在橋邊找到她的屍體，撈出水面……我到司法官那兒去認屍，把她埋了。」

過了一會他又說，「她瘦了不少，體重大概不超過九十磅，她想必走了二十五天的長路。」

「如水呢？」她換個話題說。

「他回到我家，悲痛欲絕，我不要他陪我去河邊。我回來後，他去安排遷葬的事宜。是的，他自由了。她不會說話，我們都自由了。她現在什麼也不會說了。」他用尖刻、苦澀的口吻說。

柔安看出，遏雲去世他悲痛很深，悔恨也很深，手臂上的黑布正表達了他的悲哀。遏雲不讓法庭有機會審問她，卻也讓朋友們沒有機會救她了。說不定這樣也好，她決定自己免掉一場苦刑，她早就說過決不招供的。柔安兩個月前還看到遏雲開懷大笑，這消息有如棒喝。她喉嚨一緊，就對著手絹哭起來。

文波此行既然是商討對策而來，柔安就勸他等飛行員回來再走，他也想和小包談談。

文波一來，柔安不再像幾個月，覺得孤孤單單、獨自奮鬥了。最意外的是文波居然帶了幾件嬰兒的衣服。

「是春梅送的。」

柔安目瞪口呆。「她怎麼會送去給你呢？」她難免為自己懷疑春梅而覺得罪過。

「她一個人來看我。柔安，妳不知道妳有一個了不起的嫂嫂，她也許是我見過最出色的女子。老陸說有一個大夫邸的少奶奶來看我，妳可以想像我多麼吃驚。」

柔安插嘴說，「她穿什麼衣服？」

他的語氣充滿少見的熱情。「好像是一件棕色的湖南綢衣吧。反正她顯得很優雅，我從來沒聽過誰說話像她那麼得體。她先為自己的冒失而道歉，然後說妳曾經告訴她，我是妳的朋友，也是李飛的朋友。後來她顯得有些靦腆，可又不是真的害羞。『方先生，』她說，『你也許會誤解，我是杜家的一分子，說話應該也像杜家人。我是以杜家女子的身分發言，但是我不願意說，杜家一切都是對的。柔安是我三姑，我直叫她柔安。我也不能說柔安的一切都沒有錯誤，她和李飛懷了這個孩子，當然對家裡不是一件體面的事。不過老頭子趕她出門，我一直很不安。家務事最複雜，我不想麻煩你，不過她畢竟代表她父親那一房，老頭子真該尊重他哥哥生前的回憶；父親一死，她就被趕出門，實在不應該。祖先的遺產有時候是福，有時候反而是禍。我看她出門，覺得年輕輕的少女這樣一個人出外，實在很不好。她說要跟你去蘭州，我覺得安心多了，所以我現在才來找你。我得說明一件事。有一天老頭子向我要柔安的地址，他聽婆婆說，柔安正和那位大鼓名伶在一塊兒。都怪我不好，是我告訴她的。老頭子堅持要知道她住在那兒，我沒有說，可是他找到了我收藏的那張地址，沒想到他會掀起這件大禍。你得相信我。』最後她把替妳寶寶準備的一包東西交給我，要我向妳解釋。『我交給你，』她說。『你送去給柔安吧，我不想打聽她的新址了。』」

柔安熱淚盈眶，沿面滾下。「沒想到落難時期，姻親比血親更周到。」

「我想杜家有這麼一個女人真幸運，妳叔叔那混帳才配不上她呢！」

「很高興你欣賞她。」

「欣賞她！妳不知道，那麼迷人的少婦用那種口吻說話，對男人有多大的魔力。老天無眼，那老狗根本配不上她。」

有時候老方的口氣浪漫得嚇人。柔安忙把歪念頭推出腦海，問起湘華的現況。文波說，他沒有參加祖仁的喪禮，所以沒見到她，不過聽說湘華打算回上海娘家去。

柔安把李飛寫給母親的信交給他。

「妳沒有問起李太太，」他說。

柔安低下頭。「我覺得不好意思。我猜你已經告訴她了。」

「是的。」

「我想她現在一定瞧不起我，我沒臉見她。你知道我沒有去向她辭行。」

「我得對妳說實話，她的確很傷心，她問我妳爲什麼匆匆離去，我只好告訴她。」

「她說什麼？」

「她說她真不知道該做何感想，然後又說，沒想到她兒子會做出這種事來。」

「你想她會原諒我嗎？她對我真好，不過我猜她現在一定對我完全改觀了。」

「她是一個慈祥的女人。妳肚子裡畢竟是李家的骨肉，我回去再找她談談。妳爲她兒子也盡了這麼多力，我收到妳的信，曾去看她，把妳來這兒獨自找她兒子的經過告訴她，她好像說了一句『可憐的孩子』，畢竟，妳們是最愛李飛的兩個人，苦難會把妳們連結在一起。」

「李飛不回來，我可不敢見她。」

方文波待到星期三，等飛行員回來。柔安要文波到她家，給他們介紹。文波聽完李飛的消息，又問起新疆的戰況。大體說來，戰局似乎對回軍有利，他們正在招兵買馬，打算進攻迪化。滿洲將軍盛世才在戰場上是一個優異的將領，但是漢軍高級統率部軟弱無力，決斷不足，內部又自相猜忌，回軍卻愈戰愈勇，因爲他們不戰勝就有滅種的危機。手下人才濟濟，主席只信任他弟弟。也不能怪他，幕僚和白俄軍團部都怨聲載道，忠於他的人沒有幾個。

方文波第二天走，一切可行的辦法都試過了，他覺得很滿足；李飛只好乖乖等局勢改觀。文波給柔安兩百塊錢，叫她需要的時候再寫信給他。他會陪她去見回軍少校、她的醫生，也去過她打算生產的醫院。

29

小母親產期將屆。嬰兒的一切都準備妥當，連毛線被都鉤好了。

現在她每星期收到李飛一封信。他甚至拿獄裏的伙食開玩笑，又介紹不少室友的故事，自誇他學了多少多少回語。除非情勢劇變，他不敢有出獄的奢求。小包跟他提過一些戰爭的消息，但他似乎一心一意研究獄中的小世界，此外只關心他的家人。他抱怨吃不飽。柔安認爲，這是他身體健康的表現，給他的信裏總夾著他寫給母親和哥哥的信，柔安就按時轉給他們。

除夕前幾天，有不少漢族回教軍官到蘭州來度假。暴雨時節過去了，蘭州晴朗宜人，空氣雖冷卻乾燥，山上林間都蓋著白雪。柔安到辦事處去看哈金，問起戰況，哈金開懷大笑。「金主席落在老鼠籠中了。」她問馬仲英什麼時候要進軍，哈金不肯透露。

第二天，蛋子意外來訪。靈活的身子罩在棉制服中，毛邊帽像光圈套在頭上，使他看起來更高了。

「你是一個英俊的士兵。」她看看他領子上的三個銅三角說。除了李飛，蛋子是她最高興見到的人。「官階是什麼？」

「上尉，」蛋子驕傲地說。

「你怎麼知道我的地址？」

「我問哈金要的。我是他的幕僚之一。」然後他正色說，「我最近才知道妳父親去世了，我爲他戴了一個月的孝，我這條命全虧了妳爸爸。米麗姆還寫信告訴我妳堂哥的死訊。」

「是意外，對不對？聽說有一隻狗撲向他，他掉在水閘底。」

蛋子以有趣的神情看看她。「是的，他掉在水閘底下，不過並沒有摔死。妳猜出了什麼事？」

「說嘛，告訴我嘛。」

「出了什麼事？蜜茲拉揀起一個石塊，輕輕甩在他頭上。我想阿扎爾他們也踢了幾個石堆下去，才把他壓死的。警吏一來，全村都發誓說是意外。他們有什麼辦法呢？妳現在明白真相了吧。」

兩個人又交換了不少新聞。

「妳除夕有什麼計畫？」蛋子問她。

「我教書的那家人約我一起吃飯，我還沒決定。」

「留下來陪我吧，好不好？」

他眼睛閃閃發光，唇邊掛著她童年所熟悉的無憂無慮的笑容。

「樂意奉陪。」

唐媽一直站在旁邊。「柔安，」她說，「妳老說要搬家。趁蛋子在這兒，何不叫他幫我們？」

柔安說明一切。能幫她做事，蛋子最高興了。他跑了兩天，尋找合適的房子。第二天下午，他帶柔安和唐媽去看一間光園門內的住宅。位在鬧區，四周都是鄰舍，不過房子很乾淨，地上鋪了木板。窗戶和木器都是上好的質料，還有禦寒的設備。房子只租半邊，他們去看的時候，太陽正照著小小的內院。房東太太答應在地板上鋪一層舊地毯。柔安馬上就決定了。

十二月二十八日，她們遷入新居，蛋子幫忙打包和搬運，傍晚就弄好了。嬰兒床放在陽光充足的角落，唐媽也有了自己的房間。

除夕那天，大夥兒在家吃了一頓豐盛的晚餐。柔安聽說小包在城裏，也請他來參加。她剛收到文波和春梅的信，小包又帶了一封李飛的信來，信裏建議小孩取名葉「蘭生」，表示「在蘭州生的」。

爆竹聲響徹四方。他們飯前也點了一串。大家站在院子裏，仰望天上的星星。一顆流星閃過天際。

「蛋子，」柔安說，「你還相信流星的故事嗎？小時候你告訴我，精靈總想衝入天空，流星就是天使派來擋他們的。」

「我還相信。」

他們喜氣洋洋進去吃晚飯。桌上點了紅燭，使房間充滿過節的氣氛，李飛的照片就擱在桌子中間。

飯後柔安問蛋子，「馬仲英軍隊攻入迪化的勝算有多少？」

「我打賭春天迪化會落入我們手中。」

蛋子接著說起同村的鄉親。他見過索拉巴和米麗姆的哥哥哈山，大家原以為他早就去世了。阿魁應徵入伍。蛋子還透露一條消息，馬仲英自己的七千多軍隊雖然還沒有上戰場，很多回教新兵都已加入前線的軍團，馬氏正由南徑經庫爾勒送彈藥來。

「蛋子，我想軍隊前進，你也會跟去，你可以替我辦一件重要的事情，你和哈金務必要設法救李飛。」她轉向小包說，「你把監牢的位置告訴他。」

小包告訴他，監獄靠近西大橋，是回人住宅區。

「根據聽來的消息，」小包說，「李飛在獄中比外面安全。城中戰事一爆發，死傷一定很慘，我相信馬世明會衝入牢獄去救回族犯人。」

「我和哈金談談，」蛋子說。「也許我們還沒到，馬世明就攻下省城囉。」

方文波回到西安，對柔安十分佩服，就去看李太太。自從李飛去新疆，李太太無時無刻不爲兒子擔心。十月和大半個十一月，她連方文波都找不到。等方文波告訴她，她兒子正在坐牢，她覺得好難過。

「可憐的孩子，」她對文波說。「我日夜擔心，怕寒冬他在牢裏會受凍。」

文波抬抬三角眼，嘆了一口氣。「柔安才是可憐的孩子。她省吃儉用，給他送了一件皮襖去。蘭州已經是深冬了，我發現她住在一間月租十二元的小破屋裏，臥室擠了兩張床，只靠一個小火爐來取暖，唐媽和她同房。她爲妳兒子省得要命。」

母親的眼睛不覺一亮。「真的？她叔叔那樣趕她走，真是太無情了。」

「李太太，」文波正眼盯著李母悲哀的面容。「妳上哪兒去找一個對妳兒子這麼堅貞的姑娘？首先，她寧願住在那兒，離消息的來源比較近，好找他。她找到那個飛行員真不簡單。連我都想不出來。每次飛機進站，她就冒著寒夜風雨到機場去，好聽人談起新疆的消息。去的次數多了，大家都注意到她，她才認識那個飛行員的。第二，她上三十六師辦事處，找到一個回族中校，請他發電報找妳兒子。第三，她由回軍方面沒有找到他，又請他的報社幫忙。所以她才查出李飛在迪化。她爲妳兒子所盡的心力，比誰都來得多。我想現代這種女孩子很少了。她愛李飛，千辛萬苦也不變心，這才是所謂的矢志不渝。」

文波的一番話達到了預期的效果。「虧得她！」做母親的人嘆一口氣。意思是說，柔安做出了可敬的大事，很少人辦得到。「我想起這些，總覺得是我兒子不好。」

「她什麼時候生？」端兒問道。

「下個月。」

「不管怎麼說，孩子總是我們的骨肉。媽，我覺得妳該想想辦法。」

「妳說得對，端兒。如果她早來告訴我，我會諒解的。」

「媽，她那種處境的女孩子怎麼會對愛人的母親說這種事呢？我們應該先採取行動。」

正月的第一週，母親收到柔安的第一封信，她用李飛最近的消息做爲提筆的藉口。她的信很拘謹。

「親愛的太太，

您一定收到方先生轉告的令郎消息，他也必定把一切都告訴您了。我轉了幾封令郎的信，相信您已收到。飛行員小包人很好，我元旦前夕約他來吃飯，表示感激。他十天前才見過令郎。我特地寫這封信告訴您，李飛很好，不缺什麼。他這星期沒有附信給您，所以我代他寫。戰況的消息使我們有了一線希望。我正和幾位三岔驛來的回教軍官連絡，他們都是我的老朋友。回軍好像不久就要攻入迪化，我要中校打電報給回軍司令馬世明；馬世明是李飛的朋友。哈金中校已答應用他自己的名義來發訊。如果馬世明能攻入迪化，他會救出回族犯人，也會特意解救令郎。我能做，能祈求的也就是這些了，然後只好靜待時機。

我再過三星期左右要進醫院，希望一切順利。

太太，您一定以為我忘記您了。我隨時想念您，記得您對我的好意。多保重，問候嫂子。

不足取的，柔安。」

母親叫長子替她讀信。

「平兒，你看法如何？」

「我覺得她還不錯。」

「我是想，」母親說。「小孩快要生了，那是我的孫子，不管別人說什麼，親骨肉總是親骨肉。如果她有家可回，我們可以慢慢再說。但是她被趕出家門了，讓她一個人在那兒受苦，好像不太應該。看來她是一個堅貞的女子，就算她犯了錯，也怪我兒子不好。如果飛兒回來之前她能到我們家，我至少可以幫忙照顧嬰兒，給她家庭的溫暖。這件事非比尋常，你們得說說你們的想法，我是說你們兩個。」

「我當然覺得該邀她來，她接不接受又是另一回事。」端兒說。

「你說呢，平兒？」

「我覺得這也沒什麼不平常嘛。『童養媳』是自古通行的風尚。妳就把她當做在我們家長大的童養媳好了。照目前的情況，這似乎是唯一的辦法。她也許不好意思接受，不過我們至少應該提提看。」

柔安收到一封李母署名的來信，除了表示同情和感激，末尾還建議，等嬰兒適於遠行，要她搬去和他們同住，李平很樂意來接她回家。柔安非常感動，這份邀請表示她已被李飛的家人所接納。但是他們要怎麼樣向鄰居解釋呢？她知道不是李飛提出的。她要馬上寫信給他，問他看法如何。她總覺得該等李飛一塊兒回去，那時他們怎麼說都無所謂了。

正月的第三週，她進入醫院，以「李太太」的名義掛號，還填上父親、母親的名字。她不再介意這些了。她隨身帶了李飛的照片，得意洋洋拿給護士看。有一個護士讀過李飛的文章，對她特別多禮，特別殷勤。

她三點入院。晚餐時分陣痛逐漸加強，晚上十一點進產房，午夜一過，孩子就生了。

凌晨她醒過來。唐媽坐在她房裏。「男的還是女的？」柔安馬上問她。

「男孩子，」唐媽說。「重七磅半。」

小母親半睡半醒笑一笑，又睡著了。

後來那幾天，她一直有大功告成的喜悅感。她幾乎相信，一切都是她有心計畫的，因為和自己所愛的男人生孩子，實在是天經地義的好事。

小蘭生頭髮密密的，眼睛像他父親閃閃發光，嘴巴又小又漂亮。聽到孩子嘹亮的哭聲，她覺得自己所受的一切羞辱和痛苦都已一掃而空。

她一邊餵奶，一邊摸他的頭髮，對唐媽說，「唐媽，妳記不記得我們曾想做一件蠢事？」

「不記得，妳是指什麼？」

「妳記不記得我服了那帖藥？幸虧沒傷到我的寶寶。」

她叫護士寄一張照片給李太太。說來意外，她不但收到她的賀辭，也收到方文波、郎如水、甚至春梅和湘華的賀件。

「唐媽，妳覺得我們該不該回西安？」

「很難說。這邊離孩子他爹比較近，妳也許可以幫助他。但是時間若要拖久，妳住在他家就好多了。反正娃娃這幾個禮拜還不能出遠門。所以也不忙著決定嘛。」

第六部

歸來

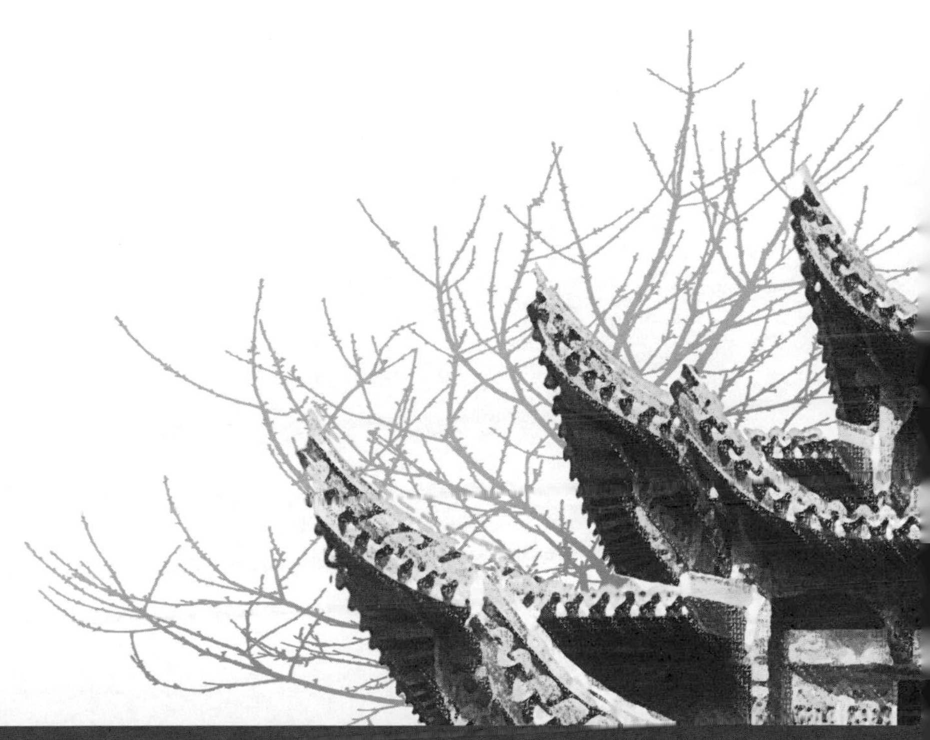

30

小包下一次來，帶給柔安一個令人倉皇失措的消息。迪化正受到軍法管制，漢軍的一位熊旅長對鄯善人大施報復，屠殺每一個涉嫌加入叛軍的人，結果點燃起最初的怒火，而滿將盛世才一路殺人如麻，也使回變的火花轉成全民性的烈焰，遍及整個新疆。盛世才收復鄯善和吐魯番，把回人趕到山區。

戰事已化為全民之爭。回教的人道觀被怒火和恨意所沖毀，變成可怕而混亂的洪流，眼看就要吞沒壓欺者了。西到阿克蘇，東到哈密，漢人回教徒和回人團結在一起。漢人和回人都怕自己城中發生種族暴亂。盛世才把馬世明趕到焉耆，不過他一撤退，回人又收復了吐魯番。

「街道一片死寂，」小包說。「我一降落在飛機場，就有人警告我不要進城。不過，我還是和一個德國飛行員進去了，我們歐亞航空局的制帽制服就是最佳的安全保障。」

「你有沒有看到李飛？」

「看到啦。不過我告訴妳，除了東門，所有城門都關閉了，我們是靠這一身制服才混進去的。店舖全部關閉，志願民兵在街上巡邏，大部分軍人都派出去了。有公告禁止人民散佈謠言，隨意走動。聽說很多人由郊區搬到城裏去避難，我們歐亞航空局，途中經過公園，看到縣長衙門外有四具屍體；聽說這幾個『包頭』（回人）涉嫌殺死鄉下一家五口的漢人，被抓來處決了。我們還看到一些制服邋遢的白俄兵，然後轉往西大橋李飛的監獄。人人臉上都有懼色。西大橋是鬧街，將近半哩長，居民大部分是回人，漢人很少。每一個人——漢人、回人、白俄人——都怕種族暴亂發生。沒有人喜歡暴動，但是人人都覺得暴動是免不了的。我到監獄去了。」

「獄中情況如何？」

「領頭的軍官是一個四十多歲的漢人，他也爲生命擔憂呢。回人隨時會攻進牢獄，救他們的同胞，這是一觸即發的場面。」

「李飛知道外面的情況嗎？」

「知道一點。我叫他不要輕舉妄動逃出獄，裡面反而安全些。我告訴他，馬世明曾受託照顧他，他應該在牢裏等回教軍官來找他。他一直問我妳情況如何，我會不會再去看他，我答應儘可能試試。那天晚上我住歐亞航空局，第二天就走了。我寧可呼吸外面自由的空氣。食物很貴，價錢節節高升，大米簡直買不到。我們辦事處的人員都吃麥餅和鹹蘿蔔。除了少數地段，整個鄉間都在回人手裏。他們燒了好幾座城市的軍糧倉，迪化在圍城狀態，不久他們打算直接攻進去。」

小包只在下一週見到李飛一次。這回他不能再帶信了。郵件實施嚴密的檢查。公園裏曾搜到隱藏的炸藥。當局發現回教商人把消息暗傳出去，乾脆就沒收或扣留一切信件。有些回教商人寄出買布的訂單，用藍色、紅色、黃色、綠色等名稱來代表各城的名字，還有人寄出空信封，表示本城「空虛」，沒有軍人把守。小包叫柔安帶口信。她現在主要是擔心李飛沒有錢回來，她叫小包帶三百元給他，自己只留下一百多塊的閒錢。

小包抵達的頭一天，吐魯番被回軍攻克。盛世才一路在種族仇恨中進發，所向無敵。但是他只有幾千人馬，就連哈密——吐魯番——迪化區的一小塊新疆地盤他也沒法守住。他一退兵，回人總趁機貼近。達板城得而復失，昌吉的郵局和縣長公署也被燒掉了，地方暴動很快被壓平，看起來頗有秩序，但是人民倔強，很多官員和地方首長也不可靠。聽說張培元將軍已奉命由五百哩外的伊犁調兵來。他會來嗎，來了又會把賭注投在哪一方呢？此外，阿克蘇和庫車的局勢也不穩定，變亂眼看就要傳到天山南路了。盛將軍把馬世明趕到迪化和焉耆之間的山裏，只不過驅散了火花，得來造成一場大火，第二年漸漸燒到新疆最西的俄國邊界。

飛行員是少數特權分子之一，可以進出城門，來去自如。衛兵尊敬飛行員，也是很自然的現象，迪化高級官員沒有一個不想和歐亞航空局的人攀交情。

實際上小包是硬逼典獄官讓他進去的，獄方曾奉到嚴格的指示，不准任何人和囚犯連絡，因爲犯人中有幾個回族軍官曾在哈密王的朝廷裏擔任要職。典獄官想阻止他，小包說，「跟你說，我是去看我的漢人朋友，不是回人。你幫幫忙，日後我也許可以幫助你。你自己說不定也要離開這個老鼠洞，回到內地去。你可以跟我來，我和他說話，你就在一旁監督好了。」

獄官領他到李飛的牢房。小包長話短說，「你太太生了一個男孩子。我看到小孩了。」

「她好嗎？」李飛大叫。

「她很好，現在換了一間好一點的住宅。這是她的新地址。」

「請你叫她去和我母親同住，我會覺得放心些。」

小包把三百元遞給他，他默默捏了捏小包的手掌。窗外的光線斜照在他的臉上，他似乎比小包初見的時候瘦了一點。兩人互道再見，他聲音都哽咽了。

下一趟來，小包根本連城門都進不去。附近有戰事發生，昌吉和德化亂紛紛的，飛機只停下來加油，換駕駛員，小包被迫留在飛機場。

二月二十一日，長達四十六天的迪化圍城戰開始了。一大早炮彈的聲音就震撼了屋瓦。幾天前，有六百多個回軍從南方逼近本市。他們攻到城牆外，被白俄兵打退了，另外幾支軍隊由焉耆來，回族志願軍紛紛加入，偷偷開向紅山渠。人數超過一千五百人，騎在馬上，備有兩門大砲，幾桿機槍，和六百多支步槍。回族騎兵大都佩著彎刀、軍刀和長茅。紅山渠就在城市頂端，衛兵的戰術技術差，訓練也差，晚上睡得正熟，被殺得落花流水，其他的軍隊攻下了妖魔山和蜘蛛山。天還沒亮，城外小教場的電臺已落入攻擊者手中。

李飛關在牢房裏，整日聽到砲彈的轟隆聲和斷斷續續的機槍掃射聲。獄中的難友都是回人，正興奮若狂，咒罵著，狂笑著，跳來跳去，都希望恢復自由。李飛知道他的安全和回人息息相關。他知道本省百分九十的居民都是漢族回教徒或回人，他已學了不少回語，必要時可以順利通過鄉間。

傍晚攻擊停止了。他和衣上床。第二天早晨槍聲離得更近，政府軍由城牆射出一排排子彈，想收復紅山渠。遠處傳來砲彈反擊的聲音，幾顆砲彈擊中附近的民房，地面都震裂了。下午機槍聲似乎來自另一個方向，戰場大概移到電臺附近。三百多個善戰的白俄兵街上紅山渠，把它奪回來。攻城者失掉了山丘的據點，就轉往市郊。西大橋的回族社區鬧哄哄歡迎回教騎兵光臨。滿洲將軍被擋在六道灣，守城的士兵連白俄在內，只有七百人。李飛聽到獄外的馬蹄聲，男人怒吼，女人尖叫，和步槍子彈的咻咻聲。有幾棟房屋著火了，由監獄的窗口可以看見一股股濃煙。一顆子彈穿透屋頂。然後是一片寂靜，偶爾傳來狙擊的槍聲。回兵已攻下西大橋，用民房和附近一間棉花廠做據點。五點鐘騎兵已向公園開進。

現在監獄裏一片騷亂。有些犯人想鬧事，故意尖聲怪叫，希望獄官分心，引他們到牢房來。但是獄官卻不見人影。群眾開始把門撞開。李飛附近一間牢房的厚木門鬆脫了鉸鏈，七、八個犯人往外衝。其他的門也陸續垮了。一桿機槍在外面的院子裏咻咻響，獄官已在石製門廳中找到了據點，三、四個犯人倒在庭院中，其他的人連忙撤退。但是走廊上的犯人愈聚愈多。年紀大一點的正撫鬚、按胸，忙著祈禱，年輕的想憑人多勢眾，衝出去攻打門廳。五、六十個人在附近亂轉，有五、六個女犯縮在牆角。

一個戴小帽、穿寬袍的老頭兒開口說話了，他勸大家等天黑再說，再過一個鐘頭太陽就下山啦。老人平靜、堅決的口吻給犯人留下深刻的印象。

暴亂稍稍平息下來，有些人蹲在大廳地板上觀望，有些人不安地踱來踱去。獄官留在外面的據點，機槍對準牢門。有些犯人拿著桌腳、銅門環和椅子，凡是能做武器的東西，都派上了用場。

牢門到石製門廳約有三十呎的距離，如果一大堆人衝上去，總有人到得了大門口。監牢的庭院圍有三尺的高牆，監獄大樓的頂端有一個小碉堡，由窗口可監視院內的情況，現在碉堡樓上沒有衛兵，由碉樓可以看見獄官在大門口的動靜。四個人組隊佔上據點，大家紛紛把各種千奇百怪的物品遞上去，放在碉樓地板上。同時有一隊年輕人相率溜出後面的天井，由屋子末端繞出去，沿兩側牆邊的窄道偷偷貼近前院。

李飛爬上小碉堡。西南紅焰滿天，有幾棟房屋著火了，火花不斷射入天空。監獄的院落橫在薄暮裏，門廳現出一盞燈，他可以看見兩個獄官的頭部，幾個士兵也低頭坐在那兒。另一個衛兵站在外面，正用白色的燈光猛照著院子。

訊號一閃，一個重重的門環丟入門廳中。獄官嚇得跳起來，機槍開始掃射，桌腳、木條、皮靴和磚塊紛紛落下。電筒在庭院裏亂照一通。突然一頂燒紅的帽子落在黑黑的庭院內，訊號一發，二十幾個人就由大樓兩側的巷道衝出來，奔向門廳。他們用大樓扯下來的木棍和磚頭猛擊獄官，有一個人頭破血流，倒在地板上。另外幾個人都被捆起來，雙手反綁，口部塞了東西。其他犯人走上來，棒打腳踢，怒沖沖把他們踢死、打死。李飛看到十一、二個人躺在醫院內，機槍斜在一角，靜悄悄的，只有一小股煙柱在燈籠的微光下冉冉升空。

現在男男女女的囚犯都衝入院中，每個人帶著隨身的包袱。領頭的人由獄官身上搜出鑰匙，把大門打開。有些人趴在死者身上痛哭，有些人則救助傷患，其中四、五個還活著。

李飛隨大夥兒衝出去。他第一個本能就是到門外求安全。然後又折回來，從死者頭上抓到一頂帽子。燈籠照出衛兵俯臥的屍體，頭部和頸部傷痕累累，血淋淋的。

二月寒風刺骨。他戴上小帽，把領子拉攏走了出去。地面下斜，通往一個古教場。狙擊聲完全停止了，夜色靜悄悄的。他不知道自己身在何處。只看出小溪邊幾顆老柳樹模糊的外形，和一個亭子般大小的方形崗哨。左邊是一條市街，幾盞燈光由房子裏射出來。他走向柳樹邊，坐在地上，覺得不上街最好。然後他想起有人叫他留在獄內，等人來接他。他怎麼找那位回族軍官呢？那個人會來嗎？

老樹蔭下沒有人看見他，他極力思考下一步的舉動。他看到幾個穿高靴的人走進大門，過了一會，拖著機槍出來。他們剛出門，就碰上十一、二個兵丁，由一位騎馬的軍官帶隊。由他們的白頭巾看來，李飛判定他們是回人或漢人回教徒，一聲喊叫，彎刀齊發，漢人巡邏兵應聲倒地，屍體躺在街道上，那組士兵就彎進獄中去了。

李飛趁機走向監牢。兩個「包頭」站在外面，他用回語大喊。他們命他止步，他舉起雙手，慢慢走向他們。經過屍體旁邊，他注意到他們都沒有穿軍服。

李飛上前說，他是牢裏逃出來的。他正在說話，一個滿嘴絡腮鬍、矮矮胖胖的回人出來了。

「我是馬世明將軍的朋友，」他立刻說，同時掏出名片。

「啊，你就是我要找的人，我奉命送你到馬世明那兒。」

「他在哪裏？」

「離這兒三十哩的地方，在南山上。」

李飛長長舒了一口氣。

大夥兒在夜色中穿過死寂的街道，前往西大橋區，進入回軍佔領的棉花廠。領頭的軍官對他說：「我們的任務到此爲止，我不能派人跟你去，但是我負責你的安全。你如果向南走，包你沒事，我會給你一張通行證。你隨便碰到我方的任何一個人，他們都會告訴你馬世明在什麼地方。」

第二天李飛剛要走，砲聲又開始了。炮彈落在西大區，點燃了不少屋舍。然後是一個難以置信的破壞場面，整個回人社區都著火了。房子起火倒塌，冒出一股股藍色的煙柱。彈如雨下，壁壘的機槍開始掃射奔逃的男男女女和小孩。回人知道他們的據點守不住了，連忙撤出城外，男男女女和小孩擠滿了通向南山的道路。一天過去，西大橋的戰火已害死了兩千平民，數目是兩方戰死軍人的十倍，全區盡成焦土瓦爍。

李飛向前走，一整天陸陸續續看到大批軍人和難民往南山撤退。

「你這樣來來去去太不安全了，」馬世明說。「我給你一件漢人回軍的制服。戰火正沿天山南麓向西擴展，你最好去吐魯番等機會，我堂弟統領那兒的回軍。漢城裏只有少數蒙古兵，由焉耆的蒙古王子率領，那邊很少打仗。哈密還進不去，不過馬仲英將軍準備出動，和我們會師。我要走了，迪化已被包圍，我們若不能憑武力攻下這個城市，也可以切斷敵人的糧源，逼他們投降。」

李飛一到吐魯番，立刻要馬福明族長拍電報給哈金，把自己逃脫的消息轉給柔安知道。他說局勢未變，哈密的通路未清，他恐怕還回不去。

白天寒意逼人，晚上沙漠的大風在平原上呼嘯掃過。水井枯乾了，居民都由院子掃雪來烹飪和洗滌。李飛疲憊不堪，衣衫襤褸，卻很高興找到一個暫時的安身所在，又一次呼吸到自由的空氣。

他回想柔安為他所做的一切，心中感觸很深。他虧欠她太多了！他不僅強烈體會到此愛情的深度，也瞭解了自己一年前認識的這位文靜孤獨、心不在焉的少女許多可貴的特質。「愛情會是一件美事，」她曾經說過。他現在明白這句話的意思了，愛情是一件優美、無私、勇敢而堅強的東西。他好幾個月沒看到她了。他心中存有她的肖像，美麗秀氣，卻經得起大犧牲。他覺得，一年來她所表現的愛情簡直不是人間能有的，漫不經心的狂放，全心全意的奉獻，就像白色的火焰包圍他，照亮他的道路，也給予他無限的溫暖。他什麼時候也能像她一樣，證明自己永恆的愛心呢？他恨不能立刻回到她身邊，去看她的面孔，聽她的聲音。

他不在乎刻苦的生活。他已經好幾個月沒吃到米飯，喝馬奶、吃羊肉當三餐也習慣了。他甚至遵照回人的風俗，不用臉盆漱洗。早上他到院子裏，捧起一堆雪來，就用雪擦臉。熱水澡是他夢寐以求的大享受。

說也奇怪，吐魯番雖然陷落又收復了好幾回，倒沒有遭到劫難。馬世明在這兒的時候，曾嚴禁種族暴亂，這邊也沒有野蠻的報復舉動。街上擠滿難民，很多人都在市集亭子中過夜。本省的幣值已降到五十兩換國幣一元的地步，李飛發現他用不了多少錢，因為一塊錢就能派很大的用場。

他到吐魯番的第二個星期，在司令辦公署遇到一個身穿縐兮兮灰棉制服的英俊小軍官，面孔很熟。他和司令講話，那位青年軍官看了他好幾眼。等他們談完，他帶著相認的表情走向李飛，「咦，是你呀，李先生！我是蛋子。」李飛馬上想起他們在三岔驛見過面，立刻驚喜交集站起來。

「你來這邊做什麼？」

「我從馬仲英將軍那兒帶一個口信給馬司令。」

「怎麼來的?你是走哈密那條路?」

蛋子笑笑說，「我二月到哈密。」他眼中喜氣洋洋。「看到你真好。我在蘭州見到柔安了，元旦前夕我曾和她一起吃飯。」

馬福明走上來說，「李先生想回蘭州，也許你回程能帶他一塊兒走。」然後又對李飛說，「他知道怎麼通過。」

兩人走出辦公室，蛋子說，「跟我來，我們一起吃午飯。」

他們進入新城鬧區的一家飯店，那邊有幾間中國舖子，還有幾個俄國人開的商店。他們坐下來吃大麥餅和炸羊肉，李飛說出自己逃出迪化的經過，蛋子則描述他在蘭州的假期，又說他幫柔安遷入一間好一點的住宅了。「我走的時候，她即將生產。」

「孩子已經生了——是男孩。」

「我不知道哩!元旦一過，我就回肅州了。」

「你怎麼通過的?」李飛問他。

蛋子甩頭咯咯笑。「你若是回人，又會說回語，那就簡單啦，整個鄉村都是我們的同胞。漢軍住在營房裏，他們根本不敢出城，出城總是一大堆人集體行動。恰丹有不少我們村子來的鄉親，急著回去，他們不敢靠近迪化，都躲在一個村莊裏。沒有駝獸，他們也不敢走沙漠。他們已經來了一年左右。有些人在鄯善附近受了傷，我答應帶他們回去。」

李飛胸中燃起了希望。「你要親自帶他們走大戈壁?」

「走沙漠只要十天左右，路上有三、四個停留站，過了第一站，就沒有漢軍崗哨了，我想哈密馬上也可以通行無阻。十天前我離開哈密，漢軍正在拆電臺，我看到不少他們西遷的徵兆。」然後蛋子又笑著問他，「你若跟我走，胃腸受得了嗎？」

李飛說，如果蛋子是指殺人如麻的場面，他已經見得太多了。

「你會看到那種場面。男男女女和小孩的屍體躺在雪地上，有時候一堆七、八十人。我第一次看到，也很不舒服，現在我常常若無其事走過去。這場戰爭愈來愈沒道理了，我是回人，我知道有些中國婦孺也被我方殘殺，不過漢軍更殘忍，這些有什麼意義呢？我看夠了。拉門、阿魁和索拉巴——他們都想回家。」

「上級會批准嗎？」

「你知道一役打完的情景。在這種戰爭中，沒有人會調查你的下落。他們是去年夏天來的，他們跟了馬福明六個月，見過最慘烈的鬥爭。我去和馬司令談談，他會放他們回去。他缺的是彈藥，不是兵，我只不過正式些，給他們弄一張證件，他們好隨軍隊旅行團一塊兒走。」

蛋子帶李飛去看一間回舍，也是部分軍官的營房，又帶他去看自己那間又乾又暖的地下臥室。吐魯番的住宅大都有地下室，居民夏天可以避暑。比盆地低於海拔，氣溫最高可到華氏一百二十度。如今鄉村一片雪白，但是氣候漸漸暖了，積雪漸融，淹濕了某些街道。

第二天蛋子拿到他所要的一切證件，兩人就動身去哈密。他們踏上古老的商路，話題老是回到柔安身上。

「她是一個好女孩，」蛋子說。「我發現她住在河邊一棟破屋裏，後來我才替她另找一間住宅。」

李飛聆聽每一句話。柔安信裏從來不告訴他這些事情。飛行員說過一點，但是他想要知道柔安所經歷的一切。她住哪一種房子，她教書賺多少錢，她看起來怎樣。

「她有一個王八叔叔，居然在她父親死後把她趕出家門。他一定很高興把她甩開，好佔有她父親的財產。」

蛋子又說起祖仁的死訊。「我偶爾會收到家鄉的來信，」蛋子說。「米麗姆寫信給我，我們誰收到信，就互相交換新聞。」

「怎麼回事？」

「祖仁死後，警吏來了，不過當局也沒有辦法。後來士兵到湖畔巡邏，保護水閘。上次我聽說兩個士兵失蹤了。」蛋子壓低了聲音。「怎麼失蹤的，你猜也知道。家鄉的情況和這兒差不多，只是規模小一點。血債要用血來還，等我們回家，恐怕會幹一場。現在我們的壯丁都不在村裏，軍人可以爲所欲爲，我們回去就不同了。拉門等人急著回家，這也是原因之一。」

鄯善市一片斷瓦殘垣。漢軍佔領期間，居民——大多是回人——都逃到魯克沁、喀拉和卓和南方的村落。鄯善是一個熱鬧的小城。闢展酒很出名，「闢展」是當地人對鄯善的別稱。葡萄、棉花、羊毛也是當地的名產，百姓聽說軍人北遷，向天山隘口進發，就紛紛回到沒有屋頂的家園，盡力搶修花園和傢俱，一大片街道立在水澤裏。不過有些家庭已開始安放床鋪和克難灶，幾個煙囪的殘骸又冒出了炊煙。

李飛和蛋子走了兩天，精疲力盡，決定在鄯善停留一天，才嘗試艱辛而危險的哈密之旅。

31

小包說，他上一次飛行，根本沒辦法進入迪化，柔安整個身體都僵了。她一直希望回軍攻入迪化，現在卻擔憂萬分。

她給娃娃做滿月，不知道李飛剛好也在那天獲得了自由。她大約三星期沒有收到他的音訊，報上的消息很模糊，令人不安，大多是政府軍勝利的報導。一再報捷只表示戰況很激烈，沒有明確指出「懲」亂的戰役正朝哪一個方向推展。報上曾描寫西大橋之役，但是柔安根本不知道西大橋在什麼地方。

二月末，她實在受不了滿心的疑慮，就去看貝格少校。出乎意料之外，她聽說迪化正在圍城期間，回軍一週前曾進入市中心，後來又被趕出來了。

李平曾到蘭州，送禮物給嬰兒，也代表母親邀她回去。她不想回西安，希望向軍方直接打聽消息。

她說，「我必須留在這邊等消息。」

李平說，「妳可以帶寶寶坐飛機，到西安只要兩個半鐘頭。唐媽和我坐車回去。」

但是柔安很堅決。李平要在蘭州待一個禮拜，購買皮貨，他仍希望柔安肯改變心意。

三月的第一週，蘭州天氣還很冷，貝格少校送來一份通知，裏面附著吐魯番馬福明辦事處的一張電報，說李飛已經逃出監獄，要等時局改變再動身。李飛終於要回來了！

自從她知道李飛入獄，這是半年來第一個大好的消息。她淚流滿面，但現在是歡喜的眼淚了。她把嬰兒的面孔貼在她脖子上，高聲狂叫。「蘭生，你父親要回來囉！」孩子靜靜貼著她，似乎懂得她的意思，微微笑了笑。李飛自由了。她手抱孩子在房間踱來踱去，拍他入睡，雙腿忽然壯起來，步履也輕快不少。她叫唐媽到李平的客棧，告訴他這個令人興奮的消息。李平馬上到她家，柔安把電報拿給他看。李平手握電報紙，沉吟了半天。

「電報說他要等時局改觀，也許要過好幾個月他才能動身回來，我想妳現在不必擔心了。」他停下來看了她一會。「母親和我對於妳爲我弟弟所做的一切，非常感激。母親急著看她的孫子，我們都是一家人。跟我回西安，妳也許會覺得不自在，但是妳總聽過『童養媳』吧，妳不必擔心鄰居的閒話。」

柔安機靈地抬抬眼。「我不在乎鄰居說什麼。」

「那妳沒有理由不回去嘛，我們都希望妳和我們在一起。至於我弟弟的消息，他們可以送到這兒，也可以送到西安哪。」

唐媽說話了。「柔安，李飛自由了，又打算動身回來，妳應該到他家去等他。妳來這邊夠久了，我陪妳過了這一個冬天，我也想回去，那邊會舒服一點，而且更像家。李飛心裏也會好受些，他不必替妳擔憂。」

最後柔安改變了主意。「你母親真好。如果你們家收我做兒媳婦，我不在乎別人的看法。」

李平一走，她突然覺得精疲力盡，幾個月的掙扎過去了，她似乎沒有力氣再爲任何事情操心。她倒在床上，希望有人來安慰她，卸下苦等的擔子。她眼睛轉向寶寶，坐起來靠在他的小床上說，「蘭生，我們要回到你祖母身邊了。」

柔安坐在往西安的飛機上，腦子亂紛紛的，心情也很緊張。李平送她上飛機，自己和唐媽搭車回去，好節省路費。大件的行李都由李平照料，她只帶了一個手提箱。懷中抱著孩子，她不免想到自己的處境，無論家人多和氣，她難免要發窘。他們是不是同情她才接納她的？他們會不會嫌她不清白？如果端兒問起事情的經過，她真要羞死了。

她也懷疑，誰會到機場接她，她進李家大門會受到什麼樣的招待，她要如何稱呼李飛的母親。她希望飛機晚上到，沒有人看見她，她可以偷偷溜進門，第二天早晨手抱娃娃出房間說，「媽，這是妳的孫子。」她曾叫李平通知方文波，因為機場上需要男人幫忙。她不介意方文波，說不定郎如水也會陪他來；面對李飛的好朋友，倒沒有什麼難為情的。

飛機即將著陸，她小心把嬰兒包好，拂拂自己的頭髮和衣服。飛機在地面上輕輕迸了一下。五點整，太陽還高掛在天空。她心臟狂跳不已，她要靜靜坐著，等別的旅客先下去。最後大家都走了，她站在門口扶梯上，看見方文波離她只有十呎的距離。她笑笑，又恢復了勇氣。方文波總能夠違例辦事，這次他告訴守衛，有一個少婦要帶嬰兒來，他必須進去扶她。

她小心下扶梯，方文波已經在梯腳，等著幫忙。

她抬頭一看，端兒在欄杆後面微笑，一條白色的手絹猛揮個不停。孩子們都站在她身邊，手撫欄杆，後面是李母嬌小的身影。端兒衝出大門，把嬰兒接過去，小英、小潭和小淘都跑上來看娃娃，又跳又笑的。

母親站在一旁揉眼睛，用細弱顫抖的聲音說，「柔安，妳回來啦。」母親伸手表示歡迎，柔安把手遞上去，她連忙抓住。柔安心裏有一種說不出的感覺。端兒忙把娃娃抱給母親看，她伸手接過來，低頭親他。

「我兒子有什麼消息?」母親面色凝重說。

「自從那天收到吐魯番的電報,就沒有進一步的消息了。」

她正和母親說話,突然發現春梅漂亮的雙眼正含笑盯著她。她看到湘華也來了,站在如水旁邊,簡直嚇一大跳。咦,他們都來啦!

春梅額上蓄著捲髮。她再見到柔安,掩不住滿臉的喜色。湘華瘦了,不過臉上化了粧。

「我聽方先生說妳要回來,」春梅說。接著湘華、如水都上前和她握手。如水也瘦多了。這樣的歡迎場面,完全出乎她意料之外。她不但沒有受窘,這次帶孩子回來,朋友們對她完全和以前一樣。現在端兒又把孩子抱過去,柔安陪母親走。後者步履蹣跚,柔安扶著她的臂膀。柔安心中充滿喜悅。

走到出口,春梅說,「我得回家了。老頭子不知道,我還沒告訴他妳回來的消息。明天我再抽空來看妳。」

「嬸嬸好嗎?」柔安問道。

「自從二弟死後,她整天誦經念佛。」

湘華正要告別,如水說,「我要陪他們回家,妳何不一起來呢?」

「好吧,我真想和柔安談談。」

一大串黃包車很快來到李飛家門口,柔安抱孩子下車。她穿過小小的外門,簡直像走入夢境中。她確實夢見過自己進門當新娘,不過夢中有李飛在身邊。她知道這是她的家,她就屬於這裏。

客廳的桌上擺了鮮花,母親立刻帶她到李飛的房間,一個鋪白被單的嬰兒床早就準備好了,房裏有炭盆取暖。柔安把嬰兒放在小床上,脫下紅外衣。她彎身放嬰兒,有心展示母親給她的金鐲子,然後跌坐在椅子上，喉嚨彷彿有東西哽住，說不出話來。

「柔安，這是妳的家，」李太太說。

「媽！」柔安不加思索叫出來。

出到客廳，大家聊個不停。大家都有很多話要問柔安。小英起初不好意思，現在站在柔安身旁，小弟們還記得她，覺得她帶一個娃娃回來，實在太棒了。在場的人只有小孩子用真實、自然的眼光來看這一件事。他們始終覺得，女孩子帶一個娃娃回家，實在是一件偉大、奇妙而又神秘的事情，事實也是如此嘛。

柔安爲祖仁去世而安慰湘華。

「我打算回上海，」湘華心平氣和說。

「我勸她留在西安，」如水說。

方文波默默對柔安遞了一個眼色。

「我目前住在大夫邸，」湘華說。「我把那間屋子放棄了。妳應該回來看看妳的小院落。」

「妳明知道不可能，我是不准回去的。家裏怎麼樣？」

「照樣空虛、陰沉、煩悶。祖仁死後，老人家心情很不好。他年紀大了，沒法照顧生意，吃飯的時候簡直沒看過一張笑臉。我婆婆靠佛教來逃避現實，常常召尼姑到房裏去，妳會以爲我們家遭到了什麼詛咒。五月我就要走了。」

她起身告辭，如水說要陪她走。他們走後，柔安對方文波說，「如水似乎比以前更靜了。」

「可真苦了他，」文波答道。「他親自將遏雲的棺木運回來，葬在城外。」

柔安想問一句話，又忍住了。文波說，「這些日子他常和湘華見面，同病相憐嘛，我鼓勵如水去找她，整天坐在家裏悶悶不樂，對他也不好。」

「湘華覺得怎麼樣？」

「我想她對他頗有好感。他們似乎很相配，年齡相當，志趣也相投。祖仁死，她好像不太傷心。」

「她並不怎麼愛他。她告訴我的。」

「最好兩人都忘掉過去，」文波簡短地說。

他站起來告辭。他說她若需要什麼，隨時可以找他。

家人準備了簡單豐盛的便餐。柔安看到桌上有酒杯。

「我不知道該怎麼做才恰當，」母親說。「這是妳到我們家當兒媳婦的第一餐，我備了一點水酒應應景，等飛兒回來再好好慶祝。」

「媽，」柔安叫媽叫得好順口。「回家我就很高興了。」她慶幸桌上只有母親、端兒和孩子。她一早就知道會這樣，只有簡簡單單的一家人，母親慈祥，孩子又帶來溫暖、輕鬆的氣氛。

母親舉杯說，「敬妳，也預祝飛兒回來。」然後她又說，「我會提醒飛兒永遠記得妳對他的好處。」

端兒笑笑。「飛弟才不需要別人提醒呢。」

「我不會說話，不過我就是這個意思，他必須永遠記在心底。」

柔安說，「我只是照內心的願望去做。」

「很高興他找到了妳這樣的女孩子。妳對李飛會有很大的幫助，母親心裏也很高興。至於別人的批評嘛，我會告訴他們，你們先在蘭州結婚，他才出遠門的。」

飯後三個小孩說要再看娃娃一眼，才肯上床睡覺。兩個大的站在一旁靜靜看，小淘對小弟弟興趣很濃，大人拖了半天他才走開。婆婆問柔安奶水夠不夠，柔安說「夠」。

「那很好。我們會煮些當歸來給妳補奶。」

柔安不想學一般中國母親，當著全家人面前給嬰兒餵奶。這是她來的第一夜，她覺得不好意思，她一直坐到婆婆走開才餵他。

那天晚上她睡李飛的床鋪，覺得自己是一個已婚婦人，是這個家庭的一分子。

等李平和唐媽回到西安，柔安已經住慣了，和他同桌吃飯也不覺得難爲情。而且，他們到家前一天，柔安收到三十六師辦事處轉來的一封電報，日期已過了好幾天。

「隨蛋子離吐魯番。不難抵哈密。或能由哈密發訊，或不能。與哈金連絡，問候全家。」

是李飛親自署名的！

這道消息使全家歡欣鼓舞，也引起了不少猜測。哈密在哪裏？蛋子是誰？哈金是誰？家人都不曉得其中的關係。提到蛋子，柔安特別高興，因爲她知道蛋子和哈金關係很密切，可見李飛會得到三十六師的幫助，乘他們的工具回來。

柔安回來的第二天下午，春梅來看她。不是空手來的，她帶了一個小玉墜給娃娃。

「叔叔知不知道我回來？」柔安問她。

「知道，我告訴他了。」春梅沒有說下去，柔安明白叔叔還沒有原諒她。

春梅又說，「他慢慢會忘掉這些的。」

「我並不惋惜什麼，」柔安傲然說。

「我告訴妳，妳走後，妳父親的墳墓造好了。當然妳要去看看，清明快到了，我們把妳的名字刻在墓碑上，女婿的位子空著，以後再補。」

「我知道湘華現在搬進府了。」

「是的。她住在妳的前院，她常叫人把飯送到房裏吃，她覺得那樣比較自由，餐桌上大家又悶聲不響。老頭子多半不吭聲，家裏很沉悶。她打算回南方去。只有我不能走，我盡力而為，吃我的飯，管我的家務事。湘華對家務不感興趣，可以說她心不在家裏。老頭子氣她穿白孝服連一年都穿不滿，但是她不在乎，三個月她就脫掉了，說現代婦女不重視這些習俗了。當然啦，我覺得她對她丈夫沒有什麼情感。」

「她不是常和郎如水見面嗎？」

春梅笑笑。「妳回來一天就有不少新發現嘛。這是情感的問題。如果她要再嫁，誰也攔不住她。我的看法是，年輕的寡婦想要改變生活，她有自決的權利。就是古代，皇帝老子也不能逼寡婦守寡呀，必須是自願的，所以才受到推崇。二弟也不是秀才或粗人；他受過外國教育，我想湘華再嫁，他在天之靈也不會生氣才對。妳看這個家已經四分五裂了，二弟連一個繼承香煙的後代都沒有。等老一輩去世，妳想這個家會變成什麼樣子？」

「叔叔為什麼那麼消沉呢？」

「事情不太順利，祖仁死，對他打擊太大了。生意由員工照管，沒有一個人靠得住。去年除夕我聽說很多帳都收不回來。我找了經理來問話，但也只能暗示他不要太過分。我是年輕的女了，總不能到辦公廳去調查每一件事情呀。老頭子最擔心的是三岔驛的局面。」

「怎麼啦？」柔安關心地問她。

「二弟死後，我盡力勸老頭子別去管水閘了。大湖給他帶來財富，最後卻付出了他兒子的性命。妳也許會說我迷信，我相信那樣的大湖一定有神明掌管。也許湖神不高興了，他不高興水路被切斷。但是老頭子不聽。水閘是二弟的主意，老頭子似乎覺得，祖仁已爲它犧牲了性命，他堅持要修復水閘，還從漳縣調兵來看守。後來兩個士兵失蹤，其他的人紛紛逃命。我懷疑是回人幹的，老頭子也這樣想，就寫信叫縣長採取行動。縣長不答應，說他不想再派兵到那個充滿敵意的地方去送死。沒有屍體，沒有證人，他又不能起訴，所以水閘建了一半就擱在那兒，聽說崩垮的石堆愈來愈多，老頭子擔心他的魚群，他想建一個水泥閘，就沒有人能拆，也不需要看守了。我覺得人是違抗不了湖神，山神的，妳同意嗎？妳若冒犯了神明，就會受到天譴，不管妳多聰明都沒有用。我說得對不對？」

「妳說得對。我想他老人家從來沒有替山谷的回民著想過。春梅，坦白告訴妳我的感覺，湖神、江神也許存在，也許不存在，但是讓鄰居有水灌田絕不會冒犯神明的。我們訂婚那天，父親告訴我和李飛，除非我們和回族鄰居做朋友，三岔驛地產住起來就不安全了。我父親擁有一半湖產，叔叔也許想剝奪我的繼承權，但是我和他都姓杜，我不希望谷裏的人詛咒杜家。嬸嬸念一千遍一萬遍佛經，也不能幫助他抵擋回人的怒氣。」

「妳若能阻止妳叔叔，或者讓他改變心意，妳的成果就比我大多了。男人都覺得自己比女人聰明，他們不肯聽我們的話。」

柔安聽出春梅話裏有憤恨的口氣。

「如果由妳作主，妳會不會把水閘拆掉？」

「我會。我要說的就是這句話。」

「那麼至少妳和我父親的看法不謀而合。」

32

在吐魯番和哈密之間的大道上，有一個名叫恰丹的小村莊，位在天山腳，住有一百多戶人家。街道一片泥濘，夾著沙漠吹進來的黃沙，積留在通往吐魯番盆地的灰谷中。牙車在路上刻出一道道溝紋。大家都很煩躁。三岔來的一群回兵又憔悴、又襤褸、滿身汙泥，看起來就和東面的沙丘一樣，灰濛濛的。他們已經在這兒待了一個月左右。他們在街道上踩泥前進，泥土滲入軟皮靴中，使他們步履維艱，簡直像踩在蜜糖上。

一週前，他們看到漢兵和蒙古兵穿過村子，退出鄯善向北遷。回人沉著臉默默觀望，漢軍也和他們一樣愁眉苦臉，疲倦不堪，散散漫漫向前進。回人站在街道旁。他們和敵人相望，雙方都無精打采，漢軍逕自走過去，簡直像伐木人和老虎擦肩而過，老虎吃飽了，所以兩方都漠不關心。回人不怕小衝突，卻也不想多事，他們互相殘殺真是殺夠了。他們無需互表敵意，也不必冒充朋友。恰丹這個地方，漢軍和回軍來來去去，居民逃了又回來，回來又逃走，反反覆覆好多回。

殿後的漢軍隊長掏出一根香煙，向一個高個兒留鬍的回兵拉門走過去。

「有沒有火？」

拉門拿出火柴，替他點上，問他，「能不能來一根煙？」

他還剩三根，就客客氣氣拿一根給他。

「你們要去哪裏？」拉門問道。

「到奇臺去。我們會不會在那邊碰到你們？」

「說不定喏。」

漢軍隊長笑笑，就跟上隊伍走了。

北面遙遠的天山上，藍白色的冰河在陽光中閃爍。這條路通向一個泛藍的峭壁，峭壁由低低的平原上矗然升起，南面的鄉村立在低矮的荒丘內，有不少蜿蜒的溝道、木橋和樹林。

現在這一群回兵縮在客棧裏，客棧前門敞開。蛋子隔著空空的餐檯向外望，指指東面遠方灰黃的沙丘帶，對李飛說，「我們走那條路去哈密。四、五天就能走到。只有一百二十哩左右，大部分是沙丘，有些綠地長滿蘆葦和矮樹。我就從那條路來的。」

「我們怎麼弄到食物呢？」拉門一隻腳架在腳子上說。

「有幾個停留站。向南幾哩有一條小河。我們可以沿河到猶爾，然後就到那一邊啦。」

通往七角井的公路上，路邊有山丘環繞，很可能會遇到漢軍。他們不知道七角井和哈密之間現況如何。蛋子猜漢軍會由那邊來。穿過大戈壁邊緣的沙村，路比較難走，卻不會碰到士兵。

大家都急著出發。他們精神勃勃，手上又帶了蛋子向馬福明申請的榮譽退伍證。三岔來的人約有二十個，其中十二名獲准還鄉。

「我們得在河州停留一段時間，」阿都爾阿派克手拿文件說。他又高又瘦，穿著一雙由死人身上接收的新皮靴。事實上，很少人沒有換過衣服。十八歲的羅西穿一件毛邊的外套，長及膝下，比他的身材大了兩號，但是毛料很好，還相當新呢。

他們動身的時候，碧空如洗，天氣轉溫了。以戰時的標準來說，這一群雜色民兵的設備和武器都算不錯啦。每個人帶了一把尾端翹起的闊彎刀，大夥兒一共還有十把步槍。阿魁扛著拉門三天前獵到的一隻冷凍鹿肉。李飛覺得這是一群喧鬧的好伴侶，大家結伴回家。

在沙路上走了四天四夜，他們終於到達哈密。李飛記得那一夜他摸黑逃出城的情景，現在他第一次看見四周美麗的鄉村。回城在漢城西邊一哩處，只剩一堆沒有屋頂的房舍和搖搖欲墜的殘垣，但是南面丘陵腳下有一大片沃野，不少葡萄園、棉花田和草地點綴其間。

不出蛋子所料，漢軍已經西遷了。漢人店主都很緊張，半數的舖子都關了門，哈密陷於真空狀態，沒有軍隊把守，電臺和電報局的人都撤走了。郵局照常營業。

李飛到歐亞航空局打聽飛行員小包的動態，局裏的人告訴他，他下星期三會回來。他的盤纏不夠買半張蘭州機票，登記的人又很多，機上坐滿歐洲到上海的旅客，看樣子他得等一個月。迪化和哈密很少人下飛機，通常只有四、五個空位。

李飛回到得勝街的客棧，那兒離歐亞航空局只隔一、兩條街。他寫了一封長信回家，叫哥哥在西安替他買機票，空郵寄來。不過第三天電信局重新開放，他又拍了一封電報去，並註明地址。

已經四月了，蛋子和拉門一夥人先跟駱駝商團動身，要走十天的沙漠。沙漠中有路可走，但是春天往往有颶風，很多旅客都會迷路。

下一週他收到哥哥的電報，說機票已經付了款，要他到航空局去訂座。聽說柔安已經住在他家，他大大鬆了一口氣。現在他又有了舒舒服服的安全感，而且能和家人連絡了。他拍一份電報給哈金，謝謝他幫忙，第二個星期三又和小包見了面。多虧小包相助，他獲准在五月的第一週訂了一個機位。辦完這些，他就專心等待，替報社寫稿。

當時正是春天，哈密城原來有兩萬人口，如今已恢復正常的商業生活，聽說戰爭移到奇臺——迪化區，連回教徒也紛紛回家。李飛時間很充裕。他來新疆，只有這一個月沒遭到麻煩，心靈很平靜。美麗的蘇巴什湖就在城外，湖岸彎曲，有兩座亭閣，以楊柳成蔭的湖堤和岸邊相通。風平浪靜的日子裏，水面映出山峰的倒影。由湖心可以窺見漢城與回城的全貌。

四月中旬，他聽說政府軍正在吃癟的時候，七千滿洲兵獲得俄國的許可，突然由西伯利亞入境，解除了迪化的危機，回軍又被趕到山裏。幾天後，他聽說金主席被自己的手下驅逐了。

李飛眼看這場人生大戲劇的第一景落了幕，但是他知道自己不在家的時候，家裏演出過一場更偉大的戲劇，他是一切事件的主因，卻被一個女人的力量挽救了。很多學者、作家大半生與文字爲伍，重覆別人說過的內容，在抽象的討論中亂揮羽翼，藉以掩飾自己對生命的無能，他對這些人向來就不敢信任。現在他深深學到了有關女人的一課，女人比男性更能面對生命的波折，而這一類的生活隨時在他四周出現，那些玩弄抽象問題的人往往忽略了渺小而真實的問題，他身爲男人，也算得上作家，在生命中卻扮演著微不足道的角色。

五月的第一週，他抱著這些想法登上了飛機。馬仲英正開始衝過哈密沙漠，重新領導回教界，打一場遍及全新疆的大仗，後來才被俄國飛機的炸彈所轟垮。

飛機早上八點起飛。途中遇到大雷雨，晚了兩個小時才到蘭州。不到八點不可能在西安降落。

西安整天小雨不斷，低暗的雲層擠在天空，飛機進站的時候，天完全黑了。李氏一家人打算到機場去接李飛，傍晚雨勢漸大，最後決定母親和端兒留在家裏弄晚飯，李平和柔安去接他。

方文波和郎如水開車來接他們去機場。八點前幾分，他們一聽到飛機在頭上嗡嗡響，雲層太低，飛機不能降落。嗡嗡聲停止了，飛機似乎開到別的地方。二十分鐘後又聽到機聲在雲端出現。城南有太白山的高峰，駕駛員不敢冒險。雲端的飛機和下面的人群足足捉了四十分鐘的迷藏，柔安簡直等得心力交瘁。最後機員由渭河的火車橋認出了十二哩外的咸陽，才直接飛進來。

柔安和文波、如水站在欄杆附近。她穿著一年前和李飛茶館相遇時所穿的黑緞袍，加上紅圍巾。她身材還像少女一樣纖秀，只是頰上有一種餵乳婦特有的光澤。一切等待和相思都過去了，今天是她勝利的日子。

在機場探照燈的映照下，李飛高瘦結實的身子出現在飛機甬道上，他面帶微笑，眼睛張望個不停。他們站在暗處，他面對強光，根本看不見他們。他提著行李走向大門口，只聽到柔安叫他，「飛！飛！」

他還沒看清楚，她已經衝上來擁抱他，他擁她入懷，喃喃叫著「柔安」。她眼睛濕濕的，但是仰臉對他微笑。他彎身吻她，四片嘴唇緊貼在一起，直到彼此的思念稍稍平息下來，才暫時分開。他摟著她，他感受到她身體的氣息，知道愛情把他們緊緊連結在一塊兒，彼此是一心一體。文波和如水退到後面，不打擾他們，後來柔安憋不住喉嚨裏的熱氣，低頭說，「你哥哥和如水、文波都來了。」

文波、如水和李平上前歡迎李飛，不那麼露骨，卻也熱情洋溢。

「寶寶呢？」李飛問道。

「他在家。下雨，我想還是不要帶他出來。」

文波和如水說，他們要讓李飛和家人團聚，晚飯後再去看他。

李平的孩子在家門口，看他們回來，爆出一聲尖叫。小淘直拉李飛的褲管，要他注意他，他彎身把小傢伙抱入懷裏，然後快步上前，摟住母親顫抖的身子。她抬眼看他說，「飛兒，你氣色不壞。有沒有受傷之類的？」

「沒有，媽，我很安全，很健康，在哈密足足休養了一個月。」

「你可讓我們擔心了整整一年哪！」

「我不會再走了，媽，妳放心，我給妳和柔安帶來不少麻煩。」他的話很簡單，說也奇怪，不像往常那麼激動了。面對這兩個女人，他打從心裏自慚形穢。

唐媽把娃娃抱進來，柔安接過手，抱給他父親看，眼中充滿自豪。「他只四個月，已經會笑了，」她說。

李飛抱起孩子，低頭親他，孩子被陌生人一嚇，放聲大哭，柔安高高興興把他抱回去。

晚上吃飯，柔安和李飛坐一邊，端兒和大哥坐一邊，母親坐在上首。李飛不大說話，一直看著柔安。倒是她談鋒很健，眼睛比平常更亮了。

「飛，你還沒有謝謝媽把我接到你家來。」

「我要謝的，」李飛用低沉、收斂的聲音說。他盡量壓制高昂的情緒。他舉杯說，「謝謝媽約柔安來這裏，謝謝你們大家。至於柔安，我什麼都不必說了。我們大家敬柔安一杯。」

李母清了清喉嚨。「孩子，我要當著全家人說幾句話。你走了以後，柔安接著去蘭州，好離你近一點。她懷了娃娃，爲你熬過許多艱苦的日子，找朋友去看你，又給你送錢送衣服。你有一個這麼堅貞的太太，是你的福氣，我要你隨時記住這些。她吃了不少苦，現在你必須愛她、保護她、使她快樂。如果你們鬧憋扭——年輕人免不了的——我要你對她好些，讓讓她，那你的老媽媽就高興了。」

「媽，」兒子回答說。「我深知柔安所做、所經歷的一切。妳說的事情我一定辦得到，妳看好啦。」

「那就乾這一杯吧，」母親說。

端兒替柔安和李飛倒酒，他們互敬對方，然後全家敬他們，像平常祝福新郎、新娘一樣。

「這有點像新婚酒嘛，」李飛說。

端兒忍不住笑出來。「但是你已經結過婚啦！」她大叫。

「真的？」

母親和哥哥都笑得合不攏嘴。

「還有證人哩，」端兒又說。

他轉向柔安說，「這是怎麼回事啊？」

柔安只說，「你待會就明白啦。」

李飛沒有再說話，以爲柔安對他們說了些什麼，還沒有時間向他解釋。

飯後如水和文波來了，家人端出龍眼茶。

再過半個鐘頭，春梅和湘華也來了，現在李飛真的嚇了一跳。

「她們是應邀來的，」柔安低聲說。

客人問候了李飛，大家就叫春梅坐上一個特別的位子，湘華則坐在如水旁邊。春梅環顧室內說，「我以爲你們會點兩根紅蠟燭。」

「我去拿，」李平說。

李飛看看如水，又看看文波，一副傻楞楞的樣子。端兒拿龍眼茶給春梅和湘華喝，李平則由屋裏拿出兩根紅燭，在高桌上點著了。

「這是幹什麼？」李飛問道。

「你待會就明白了。」

文波問春梅，「妳帶了圖章沒有？」

「當然帶啦。」

文波由袖口抽出一份繫紅緞帶的紙卷。他慢慢走向李飛，攤開紙卷說，「看這個，你已經結婚了，自己都不知道。」

李飛睜大了眼睛，面孔泛出有趣的笑容。那是普通的結婚證書，兩旁印有紅色的龍鳳，日期是一九三二年八月五日，地點是蘭州。除了新郎和新娘的名字，還有證婚人方文波；女方家長杜春梅，男方家長李老太太；證人郎如水和遏雲的父親老崔。在鋼筆寫的名字下，每個人都蓋了私章──只有新郎和春梅沒有蓋。

「這是我們和令堂送給你和柔安的禮物，」文波說，「柔安的父親不在。根據輩分，我們覺得應該請春梅代表女家簽名。」

「我不懂，」李飛詫異地說，「那天我不在蘭州，我已經走了三個月。」

「只是形式嘛，沒有人會問的。柔安已經在這兒蓋了印，你看你母親和春梅的名字後面都加上一個『補』字，表示她們同意，卻無法參加婚禮，印章是後來補蓋的。至於你，我們總不能說新郎不在場吧。」

李飛看看柔安，柔安正用好玩的神色打量他呢。「這真是好主意，」他熱心叫道。「妳們女人似乎有一肚子的主意。」

「這回可不是，」柔安說。「是文波建議的，媽也堅持要這樣做。新郎不在場的婚禮，這恐怕是破天荒頭一遭哩。」

李飛進房，高高興興拿出他的小象牙圖章。證書方方正正擱在高桌紅燭下。大家靜立一旁，李飛小心翼翼把圖章蓋上去，然後他退立一旁，春梅也拿出私章，蓋在她名字下面。

他回頭一看，端兒正和他母親走出房間。兩個人都變了，他母親穿一件深紫色的緞袍，褲子外面加了一件打褶裙。李飛明白大家要他幹什麼。

母親坐上一張椅子，在桌邊就位。不用人吩咐，李飛自動拉起柔安的小手，站在母親面前。李平和家人排在一邊，春梅等人站在另一邊。文波稍微跨前兩步，擔任婚禮的司儀。他連續唱道「一鞠躬」、「再鞠躬」、「三鞠躬」，李飛和柔安就遵命行禮。

母親歡歡喜喜望著一對新人，她伸手去擦眼淚，想起李飛的父親，覺得自己爲娘的任務已經完成了。

文波又叫新娘新郎謝一邊的「親屬」和另一邊的「來賓」。

「我們站錯邊了，」春梅對湘華說。「我們不是來賓。」

「沒關係，」方文波說。

春梅走向柔安說，「我很榮幸代表杜家，接替妳父親的位置，我知道他贊成這門婚事，我們是執行他的遺囑。湘華馬上要離開我們，我自己也快變成老太婆囉，妳一定要回娘家走走。」

「我在這裏很快活，不想回去，」柔安說。

大家坐定，春梅又說話了。

「妳別太死心眼。老頭子不准妳回家，妳就讓他如願。妳來嘛，房子是妳的，老頭子又能怎麼樣呢？而且，妳現在已正式完婚啦。前幾天我對婆婆說妳回來了，當然她不會干涉。我不喜歡家裏有尼姑出入。她們兩三天就來唸一次經，房子顯得陰沉沉的。如今湘華要回上海，家裏會更沉悶。妳若肯來看我們，免得我跑來看妳，真是幫我一個大忙哩。」她轉向李飛說，「你認爲如何？我說得對不對？」

李飛看看柔安，她說，「我不想去，太不愉快了。」

「三姑，」在別人面前，春梅正式叫柔安，「我看過不少世事，有時候妳不爭取就什麼也得不到。妳父親的遺物還在那兒，妳祖父的書閣還在，祖先畫像也還在。現在妳已完婚，老頭子不能禁止妳來了。爲了杜家，我求妳來看我們，把那邊當做妳的娘家。如果妳不爲父親的權利而奮鬥，又有誰能辦到呢？」

「妳嫂子說得對，」李飛說，「妳還是聽她的勸吧。」

「妳總得來看我吧，」湘華說。

「妳什麼時候走？」柔安問她。

「我們只等李飛回來。如水好心要陪我去上海，但是他要等著見李飛一面。」

「你若想參加你好友的婚禮，最好到上海去，」春梅對李飛說。他看看如水，如水直點頭。

李飛笑笑。「就是如水結婚，我也不離開家了。不過你們婚後一定要回來喲。」

大夥兒走後，李飛和柔安回房休息，覺得今天確實是他們的洞房花燭夜。

33

如水和湘華動身的前一個禮拜，柔安和李飛到湘華的庭院去看她。杜芳霖很生氣，兒子的孀婦竟完全不顧老規矩，祖仁死了才六個月，她就要改嫁了。杜家的財產留不住兒媳婦，他覺得更屈辱；湘華已明白表示，她不要丈夫的遺產。

柔安聽春梅的勸告，到正院去請安。春梅已經勸過叔叔，並且對柔安說，她身為小輩，理應先有表示。不出他們所料，氣氛很冷淡，儀式簡短而拘禮，柔安看到叔叔和嬸嬸，不免覺得恐怖。杜芳霖似乎元氣大減，下眼泡凹陷成深溝，多肉的面龐皮膚也鬆了，彩雲嬸嬸的灰髮已轉成白色。

大約十天後，春梅來電話，說她要去三岔驛。

「妳叔叔要去解決水閘的大事。」

「妳要陪他去？」

「是的。我得陪他去，看能不能做一番安排，總有辦法協商吧。」

柔安告訴李飛，他說，「妳叔叔會陷入蜂巢裏。」

一個禮拜過去了，李飛請方文波來便餐，飯後他談到三岔可能會發生的問題。

「我和那些返鄉的三岔回兵一起穿過沙漠，對他們相當瞭解，我想拉門、阿魁和阿都爾阿派克看到水閘復建，一定不會干休的。」

方文波眼色凝重。「妳叔叔要去修復水閘？」他問柔安說。

「是的。」

「我想他會帶兵去。」李飛說。

柔安說，「春梅沒有說他要不要帶兵去。她說她要儘量想辦法，看能不能和平解決，所以她才陪他去。」

方文波差一點由座位上跳起來。「她去啦？」

「嗯，她已經去了一星期左右，她要阻止我叔叔魯莽行事。」

「妳知道這表示什麼？」方文波聲音沙啞。他轉向李飛，「我們得去一個人，天知道戰禍一起，她會遭到什麼結果。李飛，你瞭解那些軍人，我們得想想辦法。」

「李飛這次可不去，」柔安說。「原諒我自私，但是我關心春梅，我們能不能送個口信去？」

文波把香煙壓熄。

「你們正在度蜜月，我要李飛去，未免太不公平。你們倆都認識回人，如果你們寫一張條子，我負責送到他們手中，我打算親自去。」

「你親自去？」李飛問他。

「這是最好的辦法——不依靠別人。」

「我寫一張字條給蛋子，叫他保護春梅就成啦，」柔安說。「飛，你寫信給拉門，說春梅是站在他們那一邊，要勸我叔叔的。我們得說清楚，她是他們的朋友。」

文波說，「我帶這兩封信去見海傑茲，他還記得我。」

那天晚上，方文波來拿信，然後搭車去寶雞。兩天後他到達三岔，馬上去見海傑茲，他沒有找春梅，因爲他不想和杜芳霖碰面。

「我帶來一封柔安給蛋子的親筆信。這裏的局面平靜嗎？」

海傑茲大吼。「平靜！靜得叫人擔心。」

方文波在海傑茲的門廊上看視水閘。閘長六、七十尺，以水泥柱支撐，中央呈直線，但是兩端向內彎，湖水由中間的一個大洞和兩邊的幾處小裂口徐徐滲出來。岸上堆了幾桶水泥，和幾個木製的彈藥箱。方文波聽說這兩樣東西都是最近三天運來的，有兩個士兵看守，村民已經知道杜家要建一個永久的水泥閘，代替原來的一簍簍石堆。湖畔有六個士兵輪值，等工程開始，還會再派兵來。

海傑茲說，「士兵只會把局面愈弄愈糟，前幾天阿扎爾去和老杜商量，求他做一番安排。照目前的水位，山谷還有水可用，勉強能灌田。我承認我們族人曾經撬壞一兩個石堆，把裂口擴大。不過只要能維持現在的水位，我們就心滿意足了。」

「老杜說什麼？」

「阿扎爾白跑一趟。老杜說大湖是他的財產，他的鹹魚生意全靠大湖，他愛怎麼做就怎麼做。」

「阿扎爾有沒有看到一個少婦？」

「有，聽說是她的兒媳婦。」

「阿扎爾該去找她談，不該找老杜，這個女人比我們都有腦筋。」

方文波要找蛋子。蛋子回鄉後，已經娶米麗姆為妻，和索拉巴母子住在一起。

蛋子看看柔安和李飛的信件。

「你是來調停的？」

「不，我只是替柔安帶信來，萬一有糾紛，千萬別傷害春梅。」

「我不知道會有什麼糾紛，一切全看對方。我打仗打厭了，不想在我的村子裏掀起戰端。我想柔安的叔叔帶兵來，簡直瘋了，只會激怒大家。水泥閘有什麼用呢？五十磅的炸藥就能炸一個大洞，我們有的是炸藥。阿都爾阿派克和拉門都蠢蠢不安了。有些人想等水閘完成，再用炸藥去破壞。他們總不能一年到頭都派兵把守哇。也有人主張現在就出面阻止建閘。村民都很不高興，等工事開始，任何小事都會害村民和士兵幹起來。」

文波告訴他李飛歸來和婚禮的情形，蛋子很感興趣。

「柔安父女是我們的朋友，我願意為她做任何事情，就是不能救她叔叔。」

「這位春梅也是你們的朋友，她和柔安意見相同，也反對造水閘。她是來替你們說話的，你能不能答應救她，並且對你們族人說說看？」

「我保證親自負責她的安全。你要留在這兒？」

「我只留一天，看看情況。我會在海傑玆家。」

那天下午，村民報告說，有十二個漢兵由東山脊過來了。回僧阿扎爾三、四點就到驛宅去見老杜，求他撤兵。阿扎爾爭了半天，沒有結果，老杜不肯妥協。士兵駐紮在漁人村。

阿扎爾乘船回家，已經傍晚了。他經過河岸，停下來看看那一堆水泥桶。

「你在這邊幹什麼？」一個士兵前來挑釁。

「我是路過。」老僧回答說。

阿扎爾上前數水泥桶，士兵揪住他的肩膀，阿扎爾把他甩開，逕自向前走。

「站著！」士兵大喊。另一個士兵上前擋住他的去路。

「我們奉命不准任何人靠近這兒。」

阿扎爾把第二個士兵推開，他們揪住他的肩膀，抓得他四處搖晃。

「你還是跟我們來吧，」其中一個說。

阿扎爾抵抗，但是敵不過他們，手被反綁在後面，推進小船裏。他們上船的時候，有幾個村民看見了。

回僧被捕的消息像野火燒遍了全村。海傑玆從躺椅上站起來，高大的身軀氣得發抖，神情很嚇人。「如果阿扎爾再過一個鐘頭不回來，就要流血一戰了。」

黑黑的人影在山谷中流動，奴莎姨和孩子們都嚇得發抖。不久阿都爾阿派克來到花園中，肩上扛著步槍。

「大家都聚攏了，」他說。「再過半個鐘頭就到方場集合，與其日後再阻止他們，不如現在行動。」

海傑茲走到方場，文波也跟他去。一大堆男女在夜色中咒罵、狂喊。拉門來了，蛋子和另外五個人跟在後面，都騎著馬，寬刀在腰上閃爍。另外還有七十多個人手拿鋤頭、短刀和長矛。

「我們再等半個鐘頭，看阿扎爾回不回來，」拉門說。「如果不回來，只好去救他了，最要緊的是阻斷士兵的退路。我們到山頂的松林去，最好偷偷爬上山脊，在暗處攻擊他們。我們有三十匹馬，一部分人到另一山頭，切斷他們向東的退路，另外一些人攻打驛宅和漁村，搜救阿扎爾。我們要給他們一個教訓，以後再沒有漢兵敢來三岔了。」

幾顆星星在暗谷的天谷上閃爍，頭上的清風吹過松林。有兩個人上山看阿扎爾回來沒有，如今正是走下坡的小路。

「沒有動靜，幾間漁舍和三岔驛宅燈光都很亮。」

大家決定等到半夜。八十個人整裝待發，武器也分好了。還足足要等兩個鐘頭，有些人把馬繫好，坐在草地上升起火來，還有人回家磨刀磨劍。他們派人到斜脊站崗，注意另一面的燈光。漁村的燈火熄了，不過杜宅的窗口還很亮，可見屋主還沒有上床睡覺。

文波走向火邊的人群，要蛋子救春梅。

「別擔心，我帶的那一夥人負責攻杜宅。我已經叫手下找她，帶她來這裏。」

「你們要怎麼樣對付杜芳霖？」

蛋子咂咂舌頭，眼白在火光中亮晶晶的。「那就看他的運氣了。我猜他會抵抗，我可不喜歡和命運作對。」

在沉寂的星夜裏，阿派克帶一批騎兵走向回村和漢地交界的山口。一上山脊，地面就向南岸緩緩傾斜。大家穿過密密的灌木，無聲無息往下走。下面的漁村燈火全滅了，通向平地的三百碼距離倒不難走。

一到平地，拉門所帶的主隊就要包圍村莊，尋找阿扎爾。阿派克領導的騎士儘量靠近外圍區，槍火一起，立刻奔上東山脊，蛋子所帶的第三路人馬則包圍三岔驛杜宅。

巡邏隊先走，兩個漢人哨兵蹲坐在碼頭上。「沒有辦法啦，」巡邏隊長說。

巡邏隊離第一棟村舍二十呎的時候，聲音驚動了哨兵，他們立刻站起來，四處搜索。回人爬到屋牆附近，猛然跳出去。一場混戰，兩個哨兵都被殺了，臨死還射出一顆子彈，在空中咻咻響。

其他各小隊知道事不宜遲，連忙由暗處往外衝，夜裏到處是馬蹄聲和腳步聲。蛋子率隊走上杜宅前的砂石小徑。還沒到目的地，突然聽見一聲聲尖叫，在靜夜裏非常清楚，接著是漁村砰砰的子彈聲。

杜芳霖睡在驛宅的前廂。他聽到第一聲槍響，連忙起身，窺視下面的山谷，由窗口可以看見奔忙的人影。過了一會，有一個士兵用力敲門，說下面有人，他立刻披上長袍。腳步聲已踏上小徑，驛宅只有四個衛兵，其他的人都在漁村裏。入睡的衛兵剛剛爬出床鋪，陽臺上槍聲就起了。

杜芳霖衝出房間，大叫春梅。「回人來囉！打起來了，我們還是由花園逃走吧。」外面發出一連串的槍響，衛兵四處亂竄。

春梅穿著睡衣跳下床，房裏沒燈，杜芳霖不等春梅，逕自跑向屋後，蛋子剛好帶電筒衝進來。他開燈，叫大家搜索驛宅。

房門打開，春梅在角落裏發抖。電筒一照，照見她縮在床鋪附近。來人退出，蛋子進來了。他扭開桌上的檯燈，燈光照見春梅半露的身子，黑黑的大眼充滿驚慌。

「妳是誰？」蛋子問她。

「我名叫春梅。」

「穿上外衣，不用怕，」蛋子說。「老杜呢？」

「我不知道。他正和我說話，聽到外面的槍聲，就跑出去了。」

蛋子轉向一個部下說，「看守這個女人，別讓人傷害她。」他用安詳、穩定的聲音對春梅說，「別想逃，這個士兵是留在這兒保護妳的。」

他走到屋後，碰見一群人。

「老杜逃了，」其中一個說。「他們正往小丘追去。」

屋後有一個斜坡，長滿灌木、竹子和高樹。杜芳霖逃出驛宅，連忙向斜坡奔去，想爬上山脊。後來他聽見下面的槍聲，知道那條退路已經受阻，就開始爬上後面的矮丘。有人追來，他知道自己被包圍了，他唯一的生路就是爬過巉巖，由另一面下山，但是他歲數大了，追兵愈來愈近，愈來愈多。

他跑下斜坡，前面是一片沼澤，沒有別的出路。他聽見後面有人追來，摸黑往前跑。腳下的泥土陷下去，他雙腳濕淋淋的。他想爬上來，但是愈陷愈深，泥土到達他膝部——最後淹到他的肩膀。大家聽到他可憐、發狂的求救聲。微光下，他們看到杜芳霖的頭顱慢慢沉到泥沼中，兩手高舉，猛揮著不停，最後終於消失了。

大家回頭，在崖邊碰見蛋子，把所見的情形告訴他。他回到驛宅，對春梅說，「老杜死了。淹死在沼澤裏。」

「你們要把我怎麼樣？」春梅滿眼怒火說。

「我名叫蛋子。柔安和妳很要好，對不對？」

「嗯。」

「她也是我的朋友。她派一個友人來，叫我保護妳，我馬上帶妳去見他。」

春梅露出懷疑的神色。「那個朋友是誰？」

「他姓方，就在我們村裏。」他由口袋裏掏出柔安和李飛的信件。春梅認得柔安的筆跡，知道老方是專誠來救她的。

村裏還有一場戰鬥，熟睡的士兵不聲不響就給幹掉了。四個人逃出去，剛到東山脊底部，就被阿派克的手下射死，不幸有一兩個漁人在暗夜中喪生。回僧阿扎爾關在一間村舍內，安然無恙。

蛋子帶春梅走下斜坡，到了下面的村子，他牽一匹馬給她騎。

「我不會騎馬，」她抗議說。他輕輕把她扶上馬背，自己跳到她身後。阿扎爾騎另外一匹馬，跟在他們後面。

來到海傑玆的住宅，方文波早已等得焦急萬分，正和海傑玆翁媳說話呢。他看到蛋子走進花園，眼睛不覺一亮。房門開了，由屋裏透出來的燈光，他看到春梅坐在蛋子前面，他衝出去迎接他們。蛋子滑下馬鞍，伸手給春梅抓，另一隻手扶著她的腰部，拉她下來。

她看到方文波，心跳不已。雖然聽人說了，還是很難相信他會真的出現在這兒。

蛋子對老方說，「我守信用，把她平平安安帶到你面前。」

春梅滿眼激動和困惑，杜芳霖暴死，她第一次隨男人騎馬，方文波意外出現在回村，現在又看到陌生的回舍內部，海傑茲和奴莎姨都在，後者身穿回衫，燈籠褲和翻起的靴子，這一切使春梅產生奇怪而混亂的印象。

奴莎姨端出馬奶、葡萄乾和甜餅來待客。已經一點半了，文波對春梅說，「今天晚上妳一定吃了不少苦頭，妳得好好休息一下，明天我們參觀村子，然後我就帶妳回家。」

奴莎姨帶她進房。她睡不著，對自己生命中突來的變化感到十分不解。

今後她要獨力掌管杜家的產業。杜芳霖死了。杜太太生病，對家裏的事情不感興趣。柔安嫁人，湘華已經回上海再嫁了。她沒想到一年之間，變化這麼大，她想起自己的孩子祖恩和祖賜，年齡還小，知道自己責任重大。她不明白，有些人遠不如她能幹，卻好像無需計畫就能過得很好——湘華就是一個例子——而她的憂患總是一天天增加。柔安曾經有一番苦鬥，勇敢地撐下來，如今雨過天晴，正和年輕的丈夫過著幸福的日子，她忍不住羨慕她們。

第二天她很早起床，屋裏已充滿男人的喧鬧聲，有些人在花園裏，大家都討論前一夜的事故。阿派克和拉門來商量炸水泥椿的計畫。

吃過早飯，阿扎爾和蛋子來了。阿扎爾建議大家去埋屍體。

「我們怎麼辦？」他看看海傑茲，又看看蛋子。「政府不會放過這件事。」

蛋子說，「我們已經做了，只好擔當一切後果。政府若派兵來，我們可以在湖邊打一仗。我們還構不成一支完整的軍隊，只好在山裏對付他們，北面都是回人的領域，西面的高山和溪谷很適宜埋伏。」

文波一直低頭默想，現在說話了，「我若能表示意見，我可要出幾點主張。」他從容的聲音吸引了大家的注意，大家都面向他。

「情況並沒有糟到那個地步，其實還有轉機，」方文波說，「杜芳霖死了，三岔產業現在掌握在兩個女人手中，她們都是你們的朋友。我是指杜大爺的女兒柔安，和蛋子昨天晚上救來的春梅。我相信她們倆都不想留住水閘，至少柔安的父親主張拆掉。所以一切糾紛的成因已經不存在了。

「第二點，縣長派兵來，也是受了杜芳霖的壓力，我相信他不願意再派兵來惹麻煩。我們回去後，春梅和柔安可以擬一份正式的請願書，以三岔繼承人的身分告訴縣長，事情已和平解決，叫他不要再派兵來本區。這種事件應該立刻停止，再鬧下去會演成回變，連甘肅南部也會發生一場漢回小戰爭，像新疆的回亂一樣，這一點是不難明白的。如果柔安和春梅肯簽下這樣一份請願書，縣長高興還來不及呢。

「第三、我想你們族人太多慮了。縣政府受了私人的託，派幾個士兵來，你們就嚇得半死，你們不知和縣長打交道。你們忘啦，本省主席馬步芳是漢人回教徒，阿扎爾該跑一趟，把事情說給馬步芳聽，要他主持公道。他是回教徒，他下一道命令，就什麼都解決啦。別爲這些小縣官擔心。」

文波說完，海傑玆眼睛睜得大大的，雙手由頷部落下來。阿扎爾還皺著眉頭，但是他一面撫鬚，一面點頭讚許。奴莎姨深棕色的眼睛投出一道佩服的光芒。蛋子鬆了一大口氣。春梅筆直坐在躺椅的角落裏，用心聽著，她忍不住贊同文波的看法，他的話使大家驚喜交集。

「妳看法如何，春梅？」文波問她。「妳和柔安都是繼承人，妳可以替自己說話呀。」

「我同意方先生的說法，」春梅說。「我希望我們能使本區和平相處。至於水閘，你們何不現在就派人去炸呢？」

阿扎爾站起來，雙手撫胸摸鬍子，對這位漢族少婦說，「我獻上全村的友誼，妳不必怕我們。」

老僧伸出手，春梅站起來握住。「妳不愧爲杜衡大夫的繼承人，」阿扎爾說。「杜大夫生前，就是他和我的前輩握手，才挽救了三岔的命運。」在場的人都很詫異，這樣簡簡單單握一下手，就保證村民不必受到戰火的威脅。

外面的阿派克等人正把炸藥條捆在水泥樁上。全村都出來看這個場面，和柔安她爸爸領大家拆水閘的那一天一模一樣。男男女女站在安全的地方，看火藥爆炸。

十一點火藥爆炸，濺起一股浪花，把水泥柱和石堆沖垮了。砂石滾下河床，大水流過破閘，岸上的男男女女和小孩都發出興奮的歡呼。

第二天春梅和文波離開了三岔。他們回到西安，把一切告訴柔安和李飛，杜芳霖連屍身都無法安葬，文波幫著柔安和春梅寫一份請願書給縣長。他所提的一切步驟都照辦了，他們收到阿扎爾熱烈的謝函。

七月到了，三岔呈現出山區勝地的美景。李飛划一條船，柔安抱著六個月大的娃娃坐在裏面。春梅也在湖上，帶著孩子，和方文波同船。

文波划入湖心。他停下槳葉，讓船慢慢飄著，眼睛注視半哩外李飛和柔安的小船。

「三岔真是美麗的地方，對不對？」文波說。「從現在開始，我們每年夏天都該來一趟。」

「真可惜，我進杜家十一年，今年才看到這個地方。」

「妳爲什麼穿孝服呢？」他問道。

春梅斜眼看他。「你怎麼問這種話？這是規矩嘛。」

「因爲湘華只穿了三個月。規矩已經變啦，妳知道。」

春梅是聰明人，當然猜得出他的意思，她忍不住滿面羞紅。

「三個月還沒到哩，」她說。

「妳對湘華再嫁有什麼看法？我不信那些老規矩了，妳呢？」

春梅低頭摸摸祖賜的頭髮說，「看情形而定。」